POLA MEKLEJN

Pariska žena

Prevela
Milica Cvetković

Laguna

Naslov originala

Paula McLain
The Paris Wife

„Nije važno šta je Francuska tebi dala, već šta ti nije oduzela."

Gertruda Stajn

„Ne postoji *jedna* istina. Sve je istina."

Ernest Hemingvej

PROLOG

Jako sam ga stalno tražila, konačno sam morala da priznam kako za Pariz nema leka. Delimično zbog rata. Svet je već jednom doživeo kraj i mogao je svakog časa opet. Rat je naišao i izmenio nas time što se dogodio kad su svi govorili da neće. Niko nije znao koliko ih je tačno poginulo, ali kad biste čuli brojke – devet miliona ili četrnaest miliona – pomislili biste: *Nemoguće.* Pariz je bio pun duhova i ranjenika koji tumaraju. Mnogi su se vratili u Ruan ili Ouk Park u Ilinoisu, prostreljeni ili s delićima onog što su videli u čašicama kolena, puni praznine koju nikad neće izmestiti. Nosili su tela na nosilima gazeći po drugim telima da bi im to uspelo; i sami su ležali na nosilima, u sporim vozovima ispunjenim buvama i nestalnim glasom nekog ko govori kako želi da ga devojka kod kuće upamti.

Više tog kod kuće nije bilo, ne u suštinskom smislu, a i to je bio deo Pariza. Kako to da nismo uspevali da prestanemo da pijemo, da pričamo ili ljubimo pogrešne ljude bez obzira na to šta ćemo time uništiti. Neki od nas su se zagledali u lica mrtvih i pokušali da ništa posebno ne upamte. Ernest je jedan od tih. Često je govorio da je umro u ratu, samo na tren; da mu je duša napustila telo kao svilena maramica, izvukla se pa lebdela nad njegovim grudima. Vratila se nezvana, a ja sam se često pitala da li je pisanje za njega način da spozna je li mu duša uistinu tu, ponovo na svom mestu. Da kaže sebi, ako ne i svima, kako je video ono što je video i osetio svu tu strahotu, pa ipak preživeo. Da je umro, ali da više nije mrtav.

Nešto najbolje u vezi s Parizom jeste naš povratak pošto neko vreme nismo bili tamo. Preselili smo se 1923. na godinu dana u Toronto, gde nam se rodio sin Bambi, a kad smo se vratili sve je bilo isto, ali nekako više. Bilo je prljavo i veličanstveno, puno pacova i kestenova u cvetu i poezije. S bebom kao da su nam se potrebe udvostručile, a imali smo manje na raspolaganju. Paund nam je pomogao da nađemo stan na drugom spratu zgrade okrečene u belo u uskoj zavojitoj ulici blizu Luksemburškog parka. U stanu nije bilo tople vode, kade, električnog osvetljenja – no to nije bilo najgore mesto na kojem smo stanovali. Ni blizu. S druge strane ulice strugara je uporno zujala od sedam ujutro do posle pet po podne i uvek se osećao miris sveže isečenog drveta a strugotina nam je ulazila kroz prozore i vrata, uvlačila nam se u odeću i terala nas na kašalj. Iznutra se uporno čulo kucanje Ernestove korone u sobici na spratu. Radio je na pripovetkama – uvek je imao neku pripovetku ili nacrt za nju da napiše – ali i roman o prazniku u Pamploni koji je započeo tog leta.

Tad mu nisam čitala rukopis ali sam verovala njegovom osećaju o njima i verovala sam svakodnevnom ritmu. Svakog jutra bi se rano probudio, obukao i otišao gore u sobu na svoje dnevno pisanje. Kad mu tamo ne bi išlo, uzeo bi sveske i nekoliko dobro naoštrenih olovaka pa odšetao do kafea *Kloseri de Lila* na *café crème* za mermernim stočićem koji je najviše voleo, dok bismo Bambi i ja sami doručkovali pa se obukli za šetnju ili odlazili da se nađemo s prijateljima. Kasno posle podne vratila bih se kući pa, ako je dan dobro prošao, Ernest bi već bio tamo za trpezarijskim stolom, zadovoljnog izgleda i s finim hladnim soternom ili konjakom i sodom, spreman da o svemu priča. Ili bismo ostavili Bambija s madam Šotar, našom gazdaricom, pa otišli na porciju debelih ostriga i razgovor u *Selektu* ili *Domu* ili u *De mago*.

Tad je na sve strane bilo zanimljivih ljudi. Kafei Monparnasa su vrveli francuskim slikarima, ruskim baletskim igračima i američkim piscima. Svake božje noći mogli ste sresti Pikasa kako ide iz Sen Žermena do svog stana u Ulici Gran Ogisten, uvek istim putem i uvek mirnog pogleda uprtog u svakog i u sve. Hodajući tada pariskim ulicama skoro svako je mogao da se oseća slikarem jer su to iz vas izvlačile svetlost i senke po zgradama, mostovi što kao da su hteli da vam slome srce i izvajane lepe žene u crnim uskim haljinama *Koko Šanel* koje puše i zabacuju glavu kad se smeju. Mogli smo da uđemo u svaki kafe i osetimo njegov divan metež, naručimo perno ili rum *Sent Džejms* dok se blaženo ne obrljavimo srećni što smo tamo zajedno.

„Čuj", rekao je Don Stjuart jedne večeri kad smo svi bili izuzetno veseli i pijani kao smukovi u *Selektu*. „To što ti i Hem imate savršeno je. Ne, ne", već je zaplitao jezikom a lice mu se iskrivilo od osećanja. „To je svetinja. To sam hteo da kažem."

„Lepo od tebe, Done. Znaš, i ti si dobar." Lako sam mu dotakla dlanom rame plašeći se da će se rasplakati. Bio je humorista, a svi znaju da su duhoviti pisci u suštini najozbiljniji ljudi. Uz to još nije bio oženjen, mada je bilo nekih izgleda, pa mu je bilo vrlo važno što vidi da brak može biti fin i dobar.

U to vreme nisu svi verovali u brak. Stupanjem u brak kao da ste govorili kako verujete u budućnost a i u prošlost – kako istorija i tradicija i nada mogu ostati upleteni i držati vas. No rat je naišao i odneo nam sve dobre mlade ljude i nadu. Ostalo nam je samo danas, da se u njega bacimo bez razmišljanja o sutra, a kamoli o zauvek. A od razmišljanja vas čuva alkohol, čitav okean alkohola, svi uobičajeni poroci i kanap da se obesite. No neki od nas, vrlo mali broj, klade se na brak mimo svih predviđanja. I premda se nisam baš osećala svetom, zaista sam mislila da je ono što imamo retko i pravo – i da smo bezbedni u braku koji smo sklopili i dograđivali ga iz dana u dan.

Ovo nije detektivska pripovetka – nikako. Ne želim da kažem: *Čuvajte se devojke koja će naići i sve uništiti*, ali ona svakako dolazi, namerena u velelepnoj bundi od krzna veverice i lepim cipelama, smeđe kose tako kratko podšišane uz fino oblikovanu glavu da će vam izgledati kao da u kuhinji imate lepu vidru. S onim nehajnim osmehom. Sa žustrom pametnom pričom – dok će u spavaćoj sobi, neuredan i neobrijan, ispružen na krevetu kao despot, Ernest čitati svoju knjigu i neće nimalo mariti za nju. Bar ne u početku. A u čajniku će vriti čaj i ja ću pričati priču o devojci koju smo obe poznavale pre sto godina u Sent Luisu, pa ćemo ubrzo sasvim lako i prirodno osetiti da smo prijateljice dok će na drugoj strani dvorišta, u strugari, pas zalajati te nastaviti da laje i nikako neće prestati.

PARISKA ŽENA

PRVO POGLAVLJE

Prvo me uporno gleda onim predivnim smeđim očima pa kaže: „Možda sam previše pijan da bih procenio, ali izgleda da tu nečeg ima."

Sad je oktobar 1920. i džez je svuda. Ja se ne razumem u džez pa sviram Rahmanjinova. Osećam da mi obraze obliva rumenilo od jake jabukovače kojom me je, ne bih li se opustila, nalila moja draga drugarica Kejt Smit. Iz sekunda u sekund sve me više hvata. Počinje od ugrejanih i mlitavih prstiju, pa se širi nervima po čitavom telu. Nisam se napila već više od godinu dana – otkad mi se majka ozbiljno razbolela – i nedostajao mi je taj savršeni pokrivač od magle što mi se iz potaje, divno spušta na mozak. Ne želim da mislim i ne želim da osećam, sem ako to nije nešto tako jednostavno kao što je koleno ovog lepog momka na pedalj od mog.

To koleno je već dovoljno, ali tu je i čitav muškarac, visok i vitak, s mnogo vrlo tamne kose i jamicom u levom obrazu u koju možeš da upadneš. Prijatelji ga zovu Heminstajn, Oinbouns, Berd, Nesto, Vemidž, kako god u trenu smisle. On Kejt zove Stat ili Batstajn (ne baš laskavo!), a jednog momka Grozničica, drugog Rogati ili Veliki Rogati Članak. Čini mi se da svakog zna i čini mi se da svi znaju iste viceve i priče. Dobacuju kratke doskočice u šiframa, hitro poput munje i vrcavo. Ne mogu da ih pratim, ali mi i ne smeta. Samo to što sam blizu ovih srećnih nepoznatih ljudi za mene predstavlja moćnu transfuziju dobrog raspoloženja.

Kad se Kejt pojavi odnekud kod kuhinje, on bradom pokaže na mene i pita: „Kako ćemo zvati našu novu prijateljicu?"

„Haš", kaže Kejt.

„Hašhded je bolje", kaže on. „Hasovič."

„A ti si Berd?", pitam.

„Vem", kaže Kejt.

„Ja sam momak koji smatra da bi trebalo neko da zaigra." Smeši se svime što ima i veoma brzo Kejtin brat Kenli nogom zgura tepih u kraj dnevne sobe pa pokrene Viktrolu. Bacamo se na posao da odigramo onu gomilu ploča. On nije prirodno nadaren, ali noge i ruke kao da mu nemaju zglobove i rekla bih da mu je prijatno u tom telu. Nimalo nije stidljiv ni što se meni nameće. Za tili čas su nam šake vlažne i sklopljene, obrazi dovoljno blizu jedan drugom da mu osećam vrlo stvarnu toplotu. I tek tad mi konačno kaže da se zove Ernest.

„Doduše, razmišljam da ga se odreknem. Ernest je tako tupo, a Hemingvej? Ko želi da bude Hemingvej?"

Verovatno svaka devojka ovde u Aveniji Mičigen, pomislim pogledavši u stopala da ne pocrvenim. Kad ponovo dignem pogled, on me posmatra onim smeđim očima.

„Pa? Šta misliš? Da ga odbacim?"

„Možda ne još. Nikad se ne zna. Takvo ime se pamti, a šta ćeš ako ga se rešiš?"

Počinje spora stvar i ništa ne pitajući, on me obuhvati oko pojasa i privuče me svom telu, koje je još bolje izbliza. Grudi su mu čvrste, kao i ruke. Lako oslanjam šake na njima dok me on vodi po sobi, pored Kenlija koji oduševljeno navija Viktrolu, pored Kejt koja za nama dugo i znatiželjno gleda. Zatvorim oči i utonem u Ernesta, koji miriše na burbon i sapun, duvan i vlažni pamuk - i sve je u tom trenutku vrlo oštro i ljupko, radim nešto što uopšte ne liči na mene i prepuštam se tome.

DRUGO POGLAVLJE

U to vreme je bila popularna pesma „Make Believe“ Nore Bejs, što je možda najveselija i najubedljivija oda samozavaravanju koju sam ikad čula. Nora Bejs je bila lepa i pevala je drhtavim glasom kojim bi vas uveravala kako zna šta je ljubav. Kad vam ona savetuje da odbacite sav stari bol, brigu i glavobolju pa da se *nasmešite* – prosto poverujete da je ona to već uradila. Nije to bio predlog, već recept. Izgleda da je ta pesma i Kenliju bila omiljena. Puštao ju je triput one večeri kad sam stigla u Čikago i svaki put sam osećala da su njene reči upućene baš meni: *Pretvaraj se da ti je lepo kad si žalosna. Posle kiše sine sunce.*

Ja sam imala sasvim dovoljno kiše. Pogodile su me majčina bolest i smrt, ali i prethodne godine su mi bile teške. Imala sam tek dvadeset osam godina a već sam živela kao usedelica na gornjem spratu kuće svoje starije sestre Foni, a ona, njen muž Roland i njihovo četvoro dragih zverčica živeli su na donjem spratu. Nisam nameravala da tako ostane. Ranije sam pretpostavljala da ću se udati ili steći karijeru kao moje školske drugarice. One su postale užurbane mlade majke, učiteljice, sekretarice ili ambiciozni pisci reklama, kao Kejt. Šta god da su postale, one su živele život, radile su nešto, pravile greške. Ja sam se nekako usput – mnogo pre majčine bolesti – zaglavila pa nisam znala kako tačno da se oslobodim.

Ponekad, pošto bih jedan sat podnošljivo svirala Šopena, sručila bih se na kauč ili tepih osećajući kako mi je ono malo energije što sam imala dok sam svirala sad napustilo telo. Grozno je osećati se tako prazno, kao da sam niko i ništa. Zašto ne mogu da budem srećna? A šta je uopšte sreća? Može li se ona glumiti, kao što upućuje Nora Bejs? Možeš li je na silu pričvrstiti kao sijalicu na oprugu u kuhinji ili se o nju očešati na nekoj zabavi u Čikagu pa se zaraziti njom kao kijavicom?

Ernest Hemingvej mi je još bio sasvim nepoznat, ali mi se činilo da on u potpunosti vlada srećom. Nisam kod njega nazirala nikakav strah, samo snagu i živost. Oči su mu blistale po svemu, po meni kad se izmakao na peti pa me okrenuo i privukao sebi. Čvrsto me je stisnuo uz grudi, pa sam mu osetila topli dah na vratu i kosi.

„Otkad znaš Stat?“, pitao je.

„Išle smo zajedno u osnovnu školu u Sent Luisu, u Institut *Sent Meri*. A ti?“

„Tražiš da ti iznesem čitav obrazovni pedigre? Nije nešto naročito.“

„Ne“, smejem se. „Pitam te za Kejt.“

„To bi ispunilo čitavu knjigu, a nisam siguran da ja treba da je napišem.“ Glas mu je bio nemaran, i dalje šaljiv, ali prestao je da se smeši.

„Kako to misliš?“

„Onako“, reče. „U najkraćem i najslađem, naše porodice imaju letnjikovce uz Petoski. To je u Mičigenu, za južnjakinju kakva si ti.“

„Baš čudno što smo oboje odrasli uz Kejt.“

„Ja sam imao deset godina a ona osamnaest. Recimo samo da sam srećan što sam odrastao *pored* nje. Uz lep pogled na pejzaž.“

„Drugim rečima, bio si zatreskan.“

„Ne, to su prave reči“, rekao je i skrenuo pogled.

Očigledno sam ga darnula u neki živac i nisam htela to da ponovim. Dopalo mi se kad se osmehuje, kad se smeje i kad je opušten. U stvari, reagovala sam na njega tako snažno da sam odmah znala kako ću mnogo toga učiniti da on ostane srećan. Brzo sam promenila temu.

„Jesi li ti iz Čikaga?“

„Iz Ouk Parka. To ti je odmah na kraju ulice.“

„Za južnjakinju kakva sam ja.“

„Tačno.“

„Pa sjajan si igrač, Ouk Park.“

„I ti, Sent Luis.“

Pesma se završila pa smo se razdvojili da dođemo do daha. Ja sam otišla na jednu stranu Kenlijeve dugačke dnevne sobe a Ernesta su brzo progutali obožavaoci – naravno ženski. Izgledale su užasno mlado i samouvereno s kratkim kosama i jarko narumenjenim obrazima. Ja sam bila više viktorijanski uzdržana nego šmizla. Kosa mi je i dalje bila duga, skupljena na vratu, ali je bila lepe pune kestenjaste boje pa, iako mi haljina nije bila savremena, to sam nadoknađivala stasom, bar sam tako mislila. U stvari, vrlo lepo sam doživljavala svoj izgled sve vreme dok smo Ernest i ja igrali – oči su mu bile pune uvažavanja! – no sad kad su ga okružile vesele žene, samopouzdanje mi je splaslo.

„Izgledala si užasno druželjubivo s Nestom“, rekla je Kejt prišavši mi.

„Moguće. Mogu li da uzmem to što je ostalo?“ Pokazala sam na njeno piće.

„Pravi vulkan.“ Iskrivila je lice i pružila mi ga.

„Šta je to?“ Primaknem lice rubu čaše, što je bilo sasvim dovoljno. Mirisalo je na užegli petrolej.

„Nešto iz kućne radinosti. Grozničica mi je to dao u kuhinji. Nadam se da ga nije smućkao u cipeli.“

Tamo uz dugi niz prozora Ernest je paradirao napred-nazad u tamnoplavom koporanu koji je neko iskopao. Kad bi se okrenuo, koporan bi se zadigao i opasno raširio.

„Kakav kostim", rekoh.

„On je ratni heroj, nije ti rekao?"

Zavrteh glavom.

„Sigurno će stići i do toga." Lice joj ništa nije odavalo, ali joj se u glasu osetila stegnutost.

„Rekao mi je da je patio za tobom."

„Stvarno?" Opet onaj isti prizvuk. „Uveliko je to prebrodio."

Nisam znala šta se isprečilo između to dvoje starih drugara, ali šta god da je, očigledno je zamršeno i zataškano. Okanula sam se toga.

„Volim sebe da smatram devojkom koja bi mogla sve da pije", rekoh, „ali možda ne baš i iz cipele."

„Tako je. Hajde da nađemo nešto." Nasmešila se i one zelene oči joj zasijaše, postala je opet moja, nimalo smrknuta Kejt, pa smo otišle da se dobro napijemo i razveselimo.

Ostatak večeri sam hvatala sebe kako tražim Ernesta, čekam da se pojavi i sve uzmuti, ali nije ga bilo. Mora da se u nekom trenutku iskrao. Jedno po jedno su redom odlazili pa se u tri ujutro zabava svela na šaku jada s Grozničicom kao tragičnim ukrasom. On se obrljavio na kauču, s dugačkim tamnim vunenim soknama raširenim preko lica i šeširom nasađenim na ukrštena stopala.

„U krevet, u krevet", rekla je Kejt zevajući.

„Je l' to Šekspir?"

„Ne znam. Je li?" Štucnula je pa se zasmejala. „Odoh ja u svoju skromnu izbu. Hoće li ti biti dobro ovde?"

„Naravno. Kenli mi je spremio divnu sobu." Otpratila sam je do vrata, a dok se ona uvlačila u kaput, dogovorile smo se da se sutradan nađemo na ručku.

„Moraš mi ispričati sve što se događa kod kuće. Nismo imale prilike ni da popričamo o tvojoj majci. Mora da ti je bilo grozno, siroti stvore."

„Priča o tome će me samo opet rastužiti", rekoh. „Ali ovo je savršeno. Hvala ti što si me nagovorila da dođem."

„Plašila sam se da nećeš doći."

„I ja. Foni mi je rekla da je prerano."

„Da, to sasvim liči na nju. Sestra ti je pametna u nekim stvarima, Haš, ali kad je reč o tebi gotovo nikad nije."

Zahvalno sam joj se osmehnula pa joj poželela laku noć. Kenlijev stan je ličio na jazbinu i bio pun stanara, ali Kenli mi je dao prostranu i vrlo čistu sobu, s krevetom s baldahinom i komodom. Obukla sam spavaćicu i spustila kosu pa je četkala razmišljajući o najuzbudljivijim trenucima te večeri. Koliko god da sam se lepo zabavila s Kejt i da mi je bilo drago što je vidim posle tolikih godina, morala sam priznati da mi je na prvom mestu spiska upečatljivih događaja bio ples s Ernestom Hemingvejem. I dalje sam osećala njegove smeđe oči i onu električnu, naelektrisanu energiju – ali šta je njegova pažnja značila? Je li me pazio kao Kejtinu staru drugaricu? Da nije još lud za Kejt? Je li ona zaljubljena u njega? Hoću li ga ikad više videti?

Glava mi se pretvorila u takvu košnicu pitanja na koja nema odgovora da sam se samoj sebi nasmejala. Zar nisam upravo zbog ovoga došla u Čikago, zbog nečeg novog o čemu ću razmišljati? Okrenula sam se i pogledala u ogledalo nad komodom. Hedli Ričardson je i dalje tu, s kestenjastim uvojcima, tankim usnama i svetlim okruglim očima – ali kod nje se pojavilo i nešto novo, iskra mogućnosti. Moguće je da se sunce pomalja. U međuvremenu, pevušiću pesmu Nore Bejs i dati sve od sebe da se pretvaram.

TREĆE POGLAVLJE

Sledećeg jutra sam ušla kuhinju i zatekla Ernesta kako, lenjo navaljen na frižider, čita jutarnje novine i nasrće na polovinu vekne hleba.

„Jesi li ovde spavao?“, upitah ga ne uspevši da prikrijem iznenađenje što ga vidim.

„Odseo sam ovde. Nakratko, dok mi ne krene.“

„Šta nameravaš da radiš?“

„Pretpostavljam da ću ući u književnu istoriju.“

„Au“, rekoh, opet zadivljena njegovom samouverenošću i ubeđenjem. To ne može da se odglumi. „Čime se sad baviš?“

On napravi grimasu. „Sad pišem bezvezne reklame za *Fajersonove* gume, ali nameravam da napišem ozbiljne pripovetke ili roman. Možda i knjigu poezije.“

To me je oborilo s nogu. „Mislila sam da su pesnici tihi, povučeni i da se boje sunca“, rekla sam sedajući.

„Ne i ovaj.“ Prišao je k stolu pa okrenuo stolicu i zajahao je. „Ko je tvoj omiljeni pisac?“

„Valjda Henri Džejms. Stalno se vraćam na njega.“

„Da nisi malo zastarela?“

„Jesam li? Koji je tvoj omiljeni pisac?“

„Ernest Hemingvej." Iscerio mi se. „U svakom slučaju u Čikagu ima mnogo poznatih pisaca. Kenli poznaje Šervuda Andersona. Čula si za njega?"

„Naravno. Napisao je *Varošicu Vajnzberg u državi Ohajo.*"

„To je taj."

„Pa s tvojom odvažnošću verovatno možeš da uradiš sve što ti padne na pamet."

Pogledao me je ozbiljno, kao da pokušava da proceni da li se šalim ili ga smirujem. Nisam radila ni jedno ni drugo. „Kakvu kafu piješ, Hasovič?", konačno upita.

„Vruću", rekoh a on se iskezi kao što je umeo, spremno i ironično.

Kad je Kejt po dogovoru stigla, Ernest i ja smo i dalje pričali u kuhinji. Nisam se ni presvukla iz spavaćice, a Kejt je bila tačna i sveža s crvenom vunenom kapom i u kaputu.

„Izvini", rekoh, „biću spremna za minut."

„Samo polako, zaslužila si malo razvlačenja", reče ona, ali mi se učini da je ipak nestrpljiva.

Otišla sam da se presvučem a kad sam se vratila, Kejt je bila sama u prostoriji.

„Kuda je zbrisao Nesto?"

„Nemam pojma", rekla je Kejt. A zatim, očigledno primetivši razočaranje na mom licu, dodade: „Je l' trebalo i njega da pozovem?"

„Ne budi blesava. Ovo je naš dan."

Na kraju smo se ipak lepo provele. Od svih devojaka u razredu u Institutu *Sent Meri*, Kejt je bila najhrabrija i najneustrašivija, sposobna da priča sa svakim i da ismeva sve odreda. I dalje je bila takva, a dok sam s njom išla Avenijom Mičigen i ja sam se osećala odvažnije i mnogo mlađe. Ručale smo u restoranu preko puta ogromnog mermernog Umetničkog instituta, pred kojim su dva kraljevska lava nadzirala saobraćaj i neprestano ustalasano more crnih kaputa i šešira. Dan je bio prohladan, pa smo posle ručka podruku krenule Ulicom Stejt i svraćale u svaku zanimljivu radnju usput. Pokušala je da me namami da pričam o kući, ali nisam htela da pokvarim raspoloženje. Umesto toga, navela sam je da priča o letima u Mičigenu, o pecanju, plivanju i sveopštoj razuzdanosti. U svim njenim pričama bilo je čamaca s veslima i ukulelea, punog meseca, logorskih vatri i groga. Bila sam užasno ljubomorna.

„Zašto tebi dopadnu svi mladići?"

„Oni nisu moji, samo ih zajmim." Smešila se. „Tako ti je valjda kad imaš braću. Uostalom, to je katkad dosadno. Pola prošlog leta sam se trudila da ohrabrim jednog i obeshrabrim drugog, ali svi signali su se izmešali pa na kraju niko nikog nije ni poljubio. Vidiš kako je to? Nemaš na čemu da mi zavidiš."

„Da li te Karl Edgar i dalje redovno prosi?"

„Uf, nažalost da. Siroti stari Odgar. Katkad se pitam šta bi se dogodilo kad bih pristala – eksperimenta radi."

„On bi se pomamio."

„A možda bi izbezumljeno pobegao. Neki muškarci izgleda da žele samo da devojke utabaju put u suprotnom pravcu."

„A Ernest?"

„Šta s Ernestom?" Odjednom je napregnuto gledala.

„Voli li on da mu se žene opiru?"

„Otkud znam."

„Koliko je on zapravo mlad? Ima li dvadeset pet?"

Ona frknu prezrivo. „Dvadeset jednu. Momčić. Znam da si dovoljno pametna."

„Šta hoćeš da kažeš?"

„Učinilo mi se da ima izvesne zainteresovanosti." Uporno se upiljila u mene.

„Samo mi je dosadno", rekoh. Oduvek sam loše lagala.

„Možda bi bilo bolje da kupiš novi šešir?", rekla je i pokazala mi nešto visoko i puno perja pod čim nikako nisam mogla sebe da zamislim.

Kad smo se kasno tog popodneva vratile u stan, tamo je već bio krkljanac. Kenli i Bil, najmlađi iz klana Smitovih, pokušavali su da odigraju partiju karata. Momak kog su zvali Brami svirao je na klaviru neku regtajm melodiju, a Ernest i Don Rajt, još jedan prijatelj, kružili su jedan oko drugog na tepihu u spontanom boks-meču. Goli do pasa, njih dvojica su skakutali i zamahivali pesnicama dok je jedna grupa stajala oko njih i navijala. Svi su se smejali i činilo se da se sjajno zabavljaju dok Ernest nije navalio bočno savijenom rukom. Don je dobrim delom uspeo da izbegne udarac pa se meč nastavio u dobrom raspoloženju, ali ja sam spazila ubilački izgled Ernestovog lica kad je uputio taj udarac i znala sam da je za njega sve to sasvim ozbiljno. Želeo je da pobedi.

Kejt nije uzbudilo boksovanje niti išta što se događalo u stanu. Izgleda da je tu uvek uveče ludnica, sjajan provod na jednom mestu. Veći deo te godine na snazi je bila prohibicija, a taj „plemeniti eksperiment" je podstakao, gotovo preko noći, pojavu noćnih klubova u svim gradovima. Samo u Čikagu ih je navodno bilo na hiljade, ali kome treba klub kad je Kenli, poput mnogih snalažljivih mladih ljudi, nakrcao dovoljno cuge da ukiseli krdo slonova? Te večeri je u kuhinji bilo mnogo otvorenih boca vina pa smo Kejt i ja gucnule malo, pa još malo. Kad se spustio suton i obojio sobu mekim ljubičastim tonovima, našla sam se stisnuta na kauču između Ernesta i Rogatog koji su preko mene pričali na šatrovačkom. Nisam mogla prestati da padam od smeha – a kad sam se uopšte poslednji put smejala? Sad mi je to iznenađujuće, opojno lako išlo.

Kad je Rogati ustao da s Kejt ode na improvizovan plesni podijum, Ernest se okrenuo i rekao mi: „Čitavog dana smišljam kako nešto da te pitam."

„Stvarno?" Nisam znala jesam li više iznenađena ili polaskana.

Klimnuo je glavom. „Bi li pročitala nešto moje? Još nije pripovetka, više je crtica." Nervozno je stegao bradu, a ja sam se gotovo nasmejala od olakšanja. Ernest Hemingvej je bio nervozan, a ja najednom nisam. Nisam ni najmanje.

„Naravno", rekoh. „Ali ja nisam književni kritičar. Ne znam baš hoću li ti biti od pomoći."

„U redu je. Hoću samo tvoje mišljenje o tome."

„Onda dobro. Hoću", rekoh.

„Odmah se vraćam", reče pa jurnu do pola tepiha, ali se okrenu. „Nećeš nikud otići?"

„Kuda bih?"

„O još kako bi imala kuda", rekao je tajanstveno pa otrčao po rukopis.

Pripovetka u suštini i nije bila pripovetka i tu je bio u pravu. Bila je to crna crtica pod naslovom *Vukovi i krofne* smeštena u italijanski restoran na Aveniji Vobaš. No iako je bila nedovršena, napisana je otrovno oštro i urnebesno smešno. Otišli smo u kuhinju radi boljeg svetla i malo tišine, pa dok sam ja čitala, Ernest je hodao prostorijom, mahao rukama i udarao u prazno čekajući da mu odgovorim na pitanje koje nikako nije uspevao da postavi – *je li dobro*?

Kad sam okrenula poslednju stranicu, seo je naspram mene pogleda punog iščekivanja.

„Vrlo si talentovan“, rekoh pogledavši ga u oči. „Verovatno sam suviše vremena provodila s Henrijem Džejmsom. Tvoje štivo nije takvo.“

„Nije.“

„Nisam sigurna da sam sve shvatila, ali mogu da kažem da si pravi pisac. Šta god da je to, imaš ga.“

„Bože, što je to dobro čuti. Ponekad pomislim kako mi je potrebno samo da mi neko kaže da ne udaram ludom glavom o zid. Da mogu da se oprobam.“

„Možeš. Čak i ja to vidim.“

Pogledao me je prodorno i probušio rupu onim očima. „Znaš, dopadaš mi se. Ti si dobar čist soj.“

„I ti se meni dopadaš“, uzvratih mu pa mi pade u oči kako sam opuštena s njim, kao da smo stari drugari ili da smo ovo radili već mnogo puta, da mi on pruži rukopis otvorivši se – nije mogao da se pretvara kako mu ovaj rad ne znači sve na svetu – a da ja čitam njegove reči, nemo začuđena onim što ume.

„Hoćeš li mi dozvoliti da te odvedem na večeru?“, reče on.

„Sada?“

„Šta nas sprečava?“

Kejt, pomislih. *Kejt i Kenli i čitava ona pijana gomila u dnevnoj sobi.*

„Niko neće ni primetiti da smo otišli“, rekao je shvativši zašto oklevam.

„Dobro“, prihvatila sam ali sam se ipak kao lopov odšunjala po kaput. Želela sam da odem s njim. Umirala sam od želje, ali on nije bio u pravu da nas niko neće primetiti. Kad smo šmugnuli na vrata, osetila sam da me Kejtine zelene oči prže po leđima i čula njen nemi uzvik: *Hedli, budi razumna!*

Dojadilo mi je razumno ponašanje. Nisam se obazrela.

* * *

Bilo je pravo zadovoljstvo hodati hladnim ulicama Čikaga pored Ernesta, pričati i pričati, dok mu se obrazi rumene i oči blistaju. Otišli smo u jedan grčki restoran u Džefersonovoj ulici gde smo jeli jagnjetinu i salatu od krastavaca s limunom i maslinkama.

„Verovatno je to sramota, ali nikad nisam probala maslinke", rekla sam kad je konobar stigao s našom narudžbinom.

„To ne bi smela da priznaš. Hajde, zini."

Spustio mi je maslinku na jezik, a kad sam zatvorila usta oko nje, onako zejtinjave i vrlo slane, shvatila sam da crvenim ne samo zbog divnog ukusa već i zbog prisnosti, s njegovom viljuškom u svojim ustima. Bilo je to nešto najsenzualnije što mi se u poslednjih sto godina dogodilo.

„I?", upitao je.

„Obožavam ih", rekla sam. „Mada su pomalo opasne, zar ne?"

On se osmehnuo i zadovoljno me pogledao. „Jesu pomalo." A onda ih je pojeo dvanaest, jednu za drugom.

Posle večere smo prošetali ispod pružnog prelaza i uputili se ka gradskom doku. Sve vreme je žustro pričao o svojim planovima, onom što želi, o pesmama, pripovetkama i crticama koje žudi da napiše. Nikad nisam upoznala nekog tako energičnog i živog. Kretao se kao svetlost. Nikad nije *prestajao* da se kreće – a očigledno ni da razmišlja i sanja.

Kad smo stigli na dok, šetali smo njim skroz do kraja tramvajske linije.

„Jesi li znala da su ovde za vreme rata bile kasarne i jedinice Crvenog krsta? Radio sam za Crveni krst tamo u Italiji, kao vozač ambulantnih kola."

„Rat se sad čini tako daleko, zar ne?"

„Nekad." Na čelu mu se pojavila bora brige ili sumnje. „Šta si ti tad radila?"

„Uglavnom se krila.Ređala sam knjige u podrumu javne biblioteke. Rekli su mi da su na kraju poslane vojnicima u Evropu.“

„Baš čudno. Ja sam te knjige delio. I čokoladice. Pisma, cigarete, bombone. Imali smo kantinu, ali nekad sam noću biciklom išao na front. Možeš li to da zamisliš?“

„Mogu. Nekim razdrndanim crvenim biciklom, je l' tako?“

„Dečko je bio sav razdrndan kad ga je eksplozija rasturila.“

Ja stadoh. „O, Erneste, izvini. Nisam znala.“

„Ne brini. Bio sam junak na dan ili dva.“ Naslonio se na ogradu i zagledao u jezero, sivo na sivom, s vrlo malo sablasne beline. „Znaš li o čemu sad mislim?“

Odmahnula sam glavom.

„O svilenim bubama. Proveo sam jednu noć u San Pedru Norelu, selu na frontu. Rogati je bio tamo – tamo sam ga i upoznao – i, dakle, ležajeve su nam postavili na pod u toj zgradi. To je bilo odgajalište svilenih buba. Bile su nam nad glavama, na tavanu, gde su grizle na policama punim dudovog lišća. Samo to se čulo. Ni granatiranje, ništa. Bilo je grozno.“

„Nikad nisam tako razmišljala o svilenim bubama. Možda uopšte i nisam razmišljala o svilenim bubama, ali sad ih čujem kao što si ih ti čuo.“

„Ponekad kad ne mogu da spavam, mislim da čujem to grickanje. Moram da ustanem i popalim svetla i pogledam u tavanicu.“

„Ima li ih nekad?“, nasmešila sam se trudeći se da malo razvedrim raspoloženje.

„Još ih nema.“

Okrenuli smo se od blistavo osvetljenih radnji pa krenuli kući – a ja sam se začudila kako je to retkost da čuješ gotovo stranca koji ti otkriva nešto tako suštinsko o sebi. Uz to je on sve pričao tako lepo, iskreno. Mislim da sam se malo zablentavila. Ko je zapravo ovaj Ernest Hemingvej?

On je iznenada stao i okrenuo se na pločniku k meni. „Slušaj, Haš. Nećeš mi pobeći, je l' tako?"

„Nisam baš neki sportski tip", odvratila sam.

„Dopada mi se tvoja odlučnost. Jesam li ti to rekao?"

„Jesi."

„Onda mi se dopada još više", reče. Zatim mi se neodoljivo osmehnuo, pa nastavio da hoda ćušnuvši moju šaku s rukavicom pod svoju ruku.

Narednog jutra mi je u sobu bez kucanja upala Kejt. Još se nisam ni obukla.

„Čekala sam do posle ponoći. Gde ste bili?"

„Žao mi je. Ernest me je pozvao na večeru. Nisam mogla da ga odbijem."

„*Ne* je najjednostavnija reč koja postoji. *Deca* nauče da govore izgovarajući ne."

Zategla sam jače ogrtač pa sela na krevet. „Dobro. Nisam htela da kažem ne, Kejt. Bila je to samo večera. Ništa strašno se nije dogodilo."

„Naravno", rekla je, očigledno i dalje uznemirena. „Samo želim da te zaštitim i neću da vidim da se upetljaš u nešto grozno."

„Zašto grozno? On mi ne izgleda kao loš momak."

„Nije on baš loš." Videlo se da pažljivo bira reči. „Samo je mlad. Voli žene – očigledno *sve* žene. A vidim da se ti bacaš pred njega, da mu slepo veruješ, a to me brine."

„Ni pred koga se ja ne bacam", rekoh najednom ljutito. „Večerala sam s čovekom. Stvarno, Kejt."

„Imaš pravo, imaš pravo", rekla je. „Zanela sam se." Sela je pored mene na krevet i uzela me za ruku. „Zaboravi da sam išta rekla, važi? Ti si razborita devojka. Znaćeš šta treba da radiš."

„*Ništa* se nije dogodilo."

„Znam. Grozna sam." Protrljala mi je šaku i ja sam je pustila, ali mi se u glavi prilično vrtelo.

„Ne treba toliko razmišljati pre doručka", rekoh.

„Sirotice." Ustala je, zagladila suknju, pa zagladila i izraz lica, a ja sam je posmatrala kako ispravlja i pojednostavljuje sve. Dobar trik. Kad bih ja umela to da izvedem.

Ostatak prepodneva mi je prošao u izmaglici jer sam se mučila oko Kejtinih reči i njene brige za mene. Zar je Ernest zaista neko koga se treba čuvati? Meni je izgledao sasvim iskreno i otvoreno. Priznao mi je da piše poeziju, zaboga, i pričao o ranjavanju na frontu – i o svilenim bubama! Je li to sve deo neke zamršene taktike da me iskoristi? Ako je tako, onda je Kejt u pravu, ja padam na to, padam na njega kao prava naivka – verovatno jedna od desetak sličnih. Jedva sam podnosila i da mislim o tome.

„Možda bi trebalo da zbrišemo odavde pre nego što se neko uzmuva", rekla je Kejt kad smo popile kafu. „Danas uopšte ne moram na posao. Šta ćemo? Nema ograničenja."

„Ti odluči", rekoh. „Meni je svejedno." I bilo mi je.

Neka druga devojka bi možda posumnjala da je Kejt ljubomorna, ali ja sam tad bila sasvim jednostavna i puna poverenja. Štaviše, bila sam neiskusna. S dvadeset osam godina imala sam šačicu udvarača, ali sam se samo jednom zaljubila i to je bilo dovoljno grozno da posumnjam u muški rod i u sebe na duži rok.

Zvao se Harison Vilijams i bio mi je nastavnik klavira kad sam imala dvadeset godina i samo što sam se vratila kući u Sent Luis posle samo godinu dana na koledžu *Brin mar*. Iako je bio samo nekoliko meseci stariji od mene, izgledao je mnogo starije i finije. Meni je istovremeno bilo privlačno i zastrašujuće što je studirao u inostranstvu kod čuvenih kompozitora i znao neviđeno mnogo o evropskoj umetnosti i kulturi. Mogla sam da ga slušam kad priča o bilo čemu i verovatno je tako sve počelo, s divljenjem i zavišću. Zatim sam primetila da mu posmatram šake, oči i usta. On nije bio očigledni Kazanova, ali bio je lep na svoj način, visok i tanak, s tamnom proređenom kosom. Najviše mi je prijao njegov utisak o mojoj nadarenosti. Smatrao je da bih uspela kao koncertna pijanistkinja, a i ja sam to mislila, barem onih sati koje sam provodila na njegovoj klavirskoj stolici vežbajući etide dok mi se prsti ne ukoče.

Tih popodneva kod Harisona mnogo sam vodila računa o kosi i odeći. Dok je on hodao i ispravljao me, povremeno i hvalio, trudila sam se iz sve snage da ga odgonetnem. Znači li njegovo lupkanje vrhom prsta po slepoočnici da je primetio moje nove čarape ili da nije?

„Imaš lepo držanje na stolici“, rekao mi je jednog popodneva, a meni je samo to bilo dovoljno da se bacim u fantaziranje o svom držanju u beloj čipki, njegovom držanju u fraku i divnim belim rukavicama. Tog dana sam užasno svirala, ometena svojim zastranjivanjem.

Volela sam ga punih godinu dana a onda, jedne večeri, sve želje su mi se srušile. Oboje smo bili na zabavi kod nekih suseda, gde sam sebe naterala da navrnem dve čaše preslatkog vina ne bih li bila hrabrija u njegovoj blizini. Prethodnog dana smo nas dvoje išli u šetnju po šumi kod grada. Bila je oštra jesen, ali bez vetra, s oblačićima koji su ličili na predstave oblaka. On mi je pripalio cigaretu. Šutnula sam vrhom cipela na pertle žuto lišće a on je, usred lepe tišine, rekao: „Hedli, ti si divna osoba. Stvarno, među najboljima koje poznajem.“

Teško da je to bila izjava ljubavi, ali ja sam pomislila da mu je stalo do mene i verovala u to – barem toliko da bih progutala ono vino. Pričekala sam da mi se prostorija sasvim malo pomeri iz žiže pa sam pošla ka Harisonu, svesna svakog koraka dok sam mu se približavala. Na sebi sam imala crnu čipkanu haljinu. To mi je bila svakako omiljena haljina u kojoj sam se neizostavno osećala kao Karmen. Moguće da je sem vina i ta haljina doprinela da podignem ruku prema rukavu Harisonovog sakoa. Dotad ga nikad nisam takla, pa se on verovatno ukočio od pukog iznenađenja. Stajali smo tako nepomični i ljupki kao baštenski kipovi – pa sam mu čitavih nekoliko desetina otkucaja srca bila žena. Već sam mu i decu izrodila i obezbedila njegovu odanost odlutavši daleko van trnovitog ruba rođenog uma – mesta za koje se moja nada uvek iznova kači i raspršava. Mogla sam to da dosegnem. Bilo je već moje.

„Hedli", rekao je on tiho.

Pogledala sam ga. Harison je imao oči boje svetlih prigušenih zvezda i one su mi govorile ne – jednostavno i tiho. Samo *ne*.

Šta sam ja rekla? Moguće ništa. Ne sećam se. Muzika se uskovitlala, svetlost sveća se zamutila, šaka mi je pala na čipku suknje. Do pre minut bila je to ciganska haljina, a postala je pogrebna.

„Strašno me boli glava", rekla sam majci trudeći se da objasnim zbog čega odmah moramo kući.

„Naravno da te boli", rekla je ona pa smekšala izraz lica. „Hajde da odvedemo našu devojčicu u krevet."

Kod kuće sam je pustila da me povede uz stepenice i pomogne da navučem muslinsku spavaćicu. Ušuškala me je silnim pokrivačima i spustila mi svež dlan na čelo, pa mi zagladila kosu. „Sad se malo odmori."

„Hoću", rekla sam u nemogućnosti da objašnjavam kako se odmaram već dvadeset jednu godinu i kako sam te večeri pokušala nešto da promenim.

Tako sam se očešala o ljubav. Ako je to bila ljubav. Bilo je dovoljno grozno. Naredne dve godine vukla sam se u njenoj košuljici, previše pušila i slabila, često pomišljajući da skočim s balkona kao neka izmučena junakinja ruskog romana. Posle nekog vremena, mada sporije nego što sam želela, uvidela sam da Harison nije bio princ koji me je izneverio a i da ja nisam bila žrtva. Uopšte mi nije davao nade; sama sam se zanela. Pomisao na ljubav mi je i nadalje izazivala nedoumicu i bledilo, čak i pola decenije kasnije. Očigledno sam još bila naivna i bilo mi je potrebno da me neko uputi – na primer, Kejt.

Tog dana smo prolunjale čitavim Čikagom najpre u potrazi za prvoklasnom govedinom iz salamure, pa za novim rukavicama. Pustila sam da Kejt ćereta i odvraća mi misli, zahvalna što me je upozorila na Ernesta. Čak i ako su mu namere van svake sumnje, tad sam još bila preosetljiva. U Čikago sam došla sa željom da pobegnem i to mi je uspelo, no previše sanjarenja je opasno. Kod kuće nisam bila srećna, ali utapanje u maštarijama o Ernestu Hemingveju ništa ne bi popravilo. Moj život je samo moj; moraću nekako da se suočim s njim i privolim ga da bude na mojoj strani.

Provela sam još jednu celu nedelju u Čikagu i svaki dan mi je donosio novo uzbuđenje. Išli smo na fudbalsku utakmicu, na matine da slušamo *Madam Baterflaj*, cunjali po gradu i danju i noću. Kad god bih videla Ernesta, što je bilo često, trudila sam se da ostanem bistre glave i samo da uživam u njegovom društvu bez smišljanja nekakve drame bilo koje vrste. Možda sam postala malo uzdržanija prema njemu nego u početku, ali on ništa nije rekao i nije nametao nikakvo zbližavanje sve do moje poslednje večeri u gradu.

Te večeri je bilo ledeno – zapravo prehladno da se izlazi – no jedna grupa nas je uzela gomilu vunene ćebadi, nalila rum u termose pa se nagurala u Kenlijev ford i uputila na jezero Mičigen. Strme dine su svetlele na mesečini, a mi smo smislili igru da se pentramo do vrha dine – naravno pijano – pa skotrljavamo kao balvani. Kejt je počela jer je volela da bude prva u svemu, za njom je krenuo Kenli i pevao kotrljajući se. Kad je došao red na mene, uspuzala sam uz dinu a pesak mi je prštao pod nogama i šakama. Na vrhu sam se obazrela, a oko mene su bile samo ledene blistave zvezde i daljina.

„Hajde, kukavice!“, doviknuo mi je Ernest.

Sklopila sam oči i pustila se pa se otkotrljala kao bure po tvrdim izbočinama. Toliko sam popila da ništa nisam osetila – ništa do uzbuđenja zbog neobuzdanosti i slobode. Bilo je to nešto nalik euforiji, a ključnu ulogu je igrao i strah. Prvi put od detinjstva osećala sam onaj vrtoglavi nalet straha, a taj osećaj mi se dopao. Jedva da sam se zaustavila u dnu kad me je iz mraka podigao Ernest i snažno me poljubio. U jednom vrelom trenu osetila sam mu jezik na usnama.

„O.“ Samo to sam uspela da izgovorim. Nisam bila u stanju da razmišljam je li nas neko video. Nisam bila u stanju uopšte da razmišljam. Lice mu je bilo na pedalj od mog, naelektrisanije i ubedljivije, nekako budnije od svega što sam dotad videla.

„O“, ponovila sam a on me je pustio.

Sutradan sam se spakovala za put nazad u Sent Luis i osećala se pomalo izgubljeno. Toliko me je ophrvao život poslednje dve nedelje da nisam mogla ni da zamislim da se vratim kući. Nisam to želela.

Kejt je tog dana radila pa smo se ranije pozdravile. Kenli je i sâm morao na posao, ali je bio ljubazan da mi ponudi prevoz do stanice u pauzi za ručak i uštedi mi trošak za taksi. Kad je sve bilo spakovano i spremno, obukla sam kaput i stavila šešir pa ga čekala u dnevnoj sobi. Ali po mene se u predsoblju nije pojavio on, već Ernest.

„Kenli ipak nije uspeo da izađe?“, upitala sam.

„Ne, ja sam hteo da te odvezem.“

Tupo sam mu klimnula glavom i prikupila stvari.

Stanica *Junion* nije daleko a mi smo išli uglavnom u tišini. On je na sebi imao štofane pantalone i sivi štofani sako, a tamnu kapu je navukao skoro do obrva. Obrazi su mu porumeneli od hladnoće i izgledao je vrlo lepo. *Lep* je prava reč za njega. Crte lica mu nisu bile ženstvene ali behu savršene, bez belega i nekako herojske, kao da je izašao iz grčkog epa o ljubavi i borbi.

„Možeš me ostaviti ovde", rekla sam kad smo prišli stanici.

„Je l' bi te ubilo da čoveku pružiš priliku?", rekao je i našao mesto da se parkira.

„Ne. Verovatno ne bi."

Nekoliko minuta kasnije stajali smo na peronu. Ja sam stezala kartu i džepnu knjigu. On mi je držao kofer prebacujući ga iz ruke u ruku – ali čim mi se pojavio voz, srebrno-mrkog tela obavijen dimom i čađu, on ga je spustio uz noge. Odjednom me je čvrsto stisnuo sebi uz grudi.

Srce mi je brzo tuklo. Upitala sam se može li on da ga oseti. „Ne verujem da sam u životu upoznala nekog nalik tebi", rekla sam.

On ništa nije odgovorio, samo me je poljubio, a u tom poljupcu sam osetila kako čitavo njegovo biće zrači toplotom i životom. Bilo je toliko toga što nisam znala o Ernestu, a još više što ne bih pitala pa čak ni zamišljala, ali shvatila sam kako se iz trena u tren predajem. Na peronu smo bili okruženi ljudima, ali i sasvim sami. Kad sam se nekoliko minuta kasnije ukrcala u voz, noge su mi drhtale.

Našla sam sedište i pogledala kroz prozor u gomilu tražeći ga među tamnim odelima, šeširima i kaputima. Ugledala sam ga kako se probija k vozu, smeška kao manijak i maše mi. Mahnula sam i ja njemu, a on je podigao dlan kao list papira iz beležnice, a drugom rukom podražavao pisanje olovkom.

Pisaću ti, nemo je izgovorio. A možda je to bilo *Opisaću te*.

Zažmurila sam pred iznenadnim vrelim suzama, pa se zavalila u plišano sedište da me voz odvede kući.

ČETVRTO POGLAVLJE

Kad sam 1904. napunila trinaest godina, Sent Luis je bio domaćin Luizijanske trgovačke izložbe, poznatije kao Svetska izložba. Sajmište je bilo na 480 hektara u parku Forest i oko njega i na Vašingtonovom univerzitetu, a sastojalo se od stotinak kilometara staza i puteva što su povezivali zgrade, ambare i pozorišta. Mnoge od tih građevina bile su gipsane ploče nakačene na drvene okvire, sagrađene da traju samo nekoliko meseci, ali su podsećale na bogate neoklasične palate. Naš dragulj Palata umetnosti razmetala se baštom s kipovima po uzoru na Karakaline terme u Rimu. Bilo je laguna po kojima ste mogli da veslate, ogromnih veštačkih vodopada i simetričnih vrtova, zverinjaka s egzotičnim životinjama, ali i ljudski zoološki vrt s pigmejima i urođenicima, bradatim ženama i patuljcima. Duž čitavog Pajka prolaznike su mamile stotine razonoda i igara, tezgi s hranom. Tamo sam pojela prvi sladoled u kornetu i nisam mogla da se načudim kako mi taj slatki valjak nije hladio dlan. Sladoled od jagode u njemu kao da je i sâm bio nešto novo. Bolje. Moguće da je to nešto najlepše što sam okusila.

Tog dana je sa mnom na Pajku bila i Foni, ali nije htela sladoled. Nije htela ni šećernu vatu ni naduvane žitarice, ledeni čaj, nijednu novinu koja se tu nudila, samo je tražila da ide kući, gde nam je majka pripremala svoj nedeljni sastanak sifražetkinja.

Nikad nisam shvatala šta to privlači Foni majčinoj grupi. Meni su te žene uvek izgledale nezadovoljno. Kad njih slušaš, brak je nešto najgore što ženi može da se dogodi. Naša majka je uvek bila najglasnija i najratobornija u sobi, oštro je klimala glavom s krutim šeširom punim perja dok je Foni išla okolo s tanjirićima biskvita i sendvičima s krstovnikom, upinjući se da se svima dopadne.

„Još samo pola sata", rekla sam pokušavajući da se nagodim s Foni. „Zar ne želiš da vidiš Palatu elektrike?"

„Ti ostani ako hoćeš. Čudi me što možeš da uživaš." Zatim je kraljevski odjurila kroz gomilu.

A ja sam *zaista* uživala, bar dok me nije podsetila kako treba da sam žalosna. Verovatno je bilo vrlo sebično od mene što sam želela da ostanem, da omirišem so na kokicama i čujem njakanje iz ambara. No bio je april i oko laguna su cvetale trešnje. Zažmurila bih i čula fontane. Otvorila bih oči pa zamislila da sam u Rimu ili Versaju. Foni mi je bila sve sitnija u onoj gužvi i crnu suknju su joj zaklonile žive boje. Pokušala sam da je pustim da ode i ne marim šta misli o meni i šta će reći majci, ali nisam uspela. Neraspoloženo sam pogledala svoj kornet sa sladoledom pa ga bacila u bure za otpatke i pošla za sestrom kući, gde su draperije bile navučene i svetla prigušena, kako je bilo već neko vreme. Bile smo u žalosti. Pre dva meseca mi je umro otac.

Naša porodica je bila otelotvorenje dobrog porekla, s obe strane od prvih doseljenika i s mnogim viktorijanskim običajima kako bi sve bilo bezbedno i pouzdano. Moj deda po ocu osnovao je Javnu biblioteku u Sent Luisu i Kompaniju lekova *Ričardson*, koja je postala najveća farmaceutska kuća zapadno od Misisipija.

Deda po majci je bio učitelj koji je pokrenuo akademiju *Hilsboro* u Ilinoisu a kasnije i privatnu visoku školu u Sent Luisu nazvanu Gradski univerzitet. Foni i ja smo išle u najbolje škole u mornarsko-plavim suknjama s kao nož oštrim faltama. Imale smo privatne časove za ona dva *Stenvejeva* koncertna klavira i leta provodile u Ipsviču u Masačusetsu, u našem letnjikovcu na obali. I sve je bilo lepo i krasno dok nije prestalo to da bude.

Moj otac Džejms Ričardson bio je direktor porodične kompanije lekova. Jutrom bi odlazio s polucilindrom i crnom pertla-mašnom i mirisao na pomadu za brijanje i kafu, a jedva primetno i na viski. U halatu je čuvao pljosku. Svi smo znali da još jedna leži zavučena u fioku pisaćeg stola u njegovoj radnoj sobi, koju je zaključavao majušnim srebrnim ključem. Još jedna je stajala iza tegli s kompotima u ostavi, gde se kuvarica Marta pretvarala da je ne vidi. Trudio se da ne provodi mnogo vremena kod kuće, a kad bi i boravio tu, bio je tih i rasejan. No bio je i nežan. Moja majka Florans bila mu je sušta suprotnost – sva oštra i bodljikava, puna saveta i osuda. Moguće da je otac bio premekan i prevelika kukavica pred njom i da se povlačio u radnu sobu ili napolje radije nego da joj se suprotstavi, ali ne zameram mu to.

Majka je uvek više volela Foni, koja je dvadeset dva meseca starija od mene. Imala sam i starijeg brata Džejmija, koji je pošao na koledž pre nego što sam ja krenula u zabavište, kao i Doroteu, sestru stariju jedanaest godina ali meni ipak veoma dragu, koja se udala mlada i živela nedaleko od nas s mužem Dadlijem. Kako smo Foni i ja bile bliske po godinama, ona mi je prva drugarica, ali smo bile neverovatno različite. Ona je bila poslušna i savitljiva, dobra onako kako je majka lako mogla da prihvati i hvali je. Ja sam bila impulsivna, pričljiva i znatiželjna o svemu – preterano znatiželjna za majčin ukus. Volela sam da iznesem hoklicu na kraj našeg strmog prilaza kući pa da satima sedim laktova oslonjenih na kolena i posmatram kako sredinom bulevara tandrču tramvaji i razmišljam o muškarcima i ženama u njemu, kuda su se uputili, šta misle i primećuju li oni kako ja njih gledam. Majka bi me zvala natrag u kuću i slala me u dečju sobu, ali ja bih onda prosto zurila kroz prozor, sanjarila i prepuštala se mislima.

„Za šta li si ti sazdana?", često bi govorila. „Ne možeš da spustiš glavu iz oblaka."

Pretpostavljam da je to bilo sasvim ispravno pitanje. Brinula je zbog mene jer me ni najmanje nije razumela. A onda se dogodilo nešto strašno. Kad sam imala šest godina uspela sam da se prepustim pravo kroz prozor.

Dan je bio prolećni a ja nisam otišla u školu jer sam bila bolesna. Kad mi je dosadilo u dečjoj sobi, što se obično brzo događalo, otišla sam da posmatram Majka, našeg domara, kako gura kolica po dvorištu. Bila sam luda za Majkom i bio mi je daleko zanimljiviji od svih članova porodice. Nokti su mu bili četvrtasti i izlomljeni. Zviždukao je i nosio jarkoplavu maramicu zadenutu za džep.

„Šta radiš, Majk?", doviknula sam mu s prozora dečje sobe, nagnuta nad sims da ga bolje vidim.

On je podigao pogled taman kad sam izgubila ravnotežu, pala i tresnula na kamene ploče.

Mesecima sam nepomično ležala u krevetu a lekari nisu bili sigurni hoću li ikad opet prohodati. Oporavljala sam se polako, a za to vreme je majka dala da se naročito za mene preurede dečja kolica. Volela je da me voza po susedstvu, da staje uz svaku kuću kako bi mogli da se dive čudu mog preživljavanja.

„Sirota Hedli", govorila je majka. „Sirota kokica." Ponavljala je to bez kraja i konca dok mi se te reči nisu urezale u mozak i zamenile svaki drugi opis mene, kao i svaki mogući ishod.

Nije bilo važno što sam se potpuno oporavila i naučila da hodam bez hramanja. U kući je moje fizičko stanje predstavljalo veliku brigu i tako je ostalo. Smatralo se da će me čak i najobičnije šmrcanje još oslabiti. Nisam naučila da plivam, nisam trčala i igrala se u parku kao moji vršnjaci. Umesto toga čitala sam knjige šćućurena na sedištu u prozoru u salonu, okružena prelivima vitraža i draperija boje klareta. Posle izvesnog vremena prestala sam da se borim, čak i u sebi, protiv ovog propisanog mirovanja. Knjige umeju da budu neverovatna pustolovina. Ležala sam pod ćebetom i jedva se micala, a niko nije mogao ni naslutiti da mi je um jurio a srce uzletalo s pripovetkama. Mogla sam da odem u neki svet i vratim se da niko ne primeti dok je majka režala naredbe posluzi ili dočekivala svoje neprijatne prijateljice u prednjoj sobi.

Dok mi je otac bio živ, često sam ga posmatrala kad dođe kući dok su te žene još okupljene. Čim bi ih čuo ukočio bi se pa se vratio unazad i šmugnuo na vrata. *Kuda li ide*?, pitala sam se. Koliko daleko je morao da ode i koliko viskija da popije da bi ugušio majčin glas u glavi? Da li se sećao kako je nekada voleo svoj bicikl? Ja sam se sećala. Nekad se radosno vozio po čitavom Sent Luisu birajući bicikl za prevozno sredstvo verovatno zbog slobode koju je on pružao. Jednom je pozadi prikačio kolica pa poveo Foni i mene po stazama parka Forest i pevao „Matilda pleše valcer". Imao je predivan bariton, i dok su tog dana do nas u kolicima dopirali delovi pesme, njegova sreća mi je bila tako stvarna i neobična, pa sam se plašila da se pomerim da je ne bih uplašila.

Jednog hladnog februarskog jutra kućom se prolomio jedan jedini hitac. Majka ga je prva čula i odmah se probudila, svesna istog trena šta se dogodilo. Nije sebi dozvoljavala da pomisli na reč *samoubistvo*, to bi bilo prestrašno i preprosto, ipak gotovo da je to očekivala. Dole, iza zaključanih vrata njegove radne sobe, zatekla je oca na tepihu u lokvi krvi, raznete glave.

Nedeljama je još zvuk očeve smrti ispunjavao kuću. Saznale smo da je izgubio desetine hiljada dolara na berzi, da je pozajmio još novca pa i to izgubio. Već smo znale da pije, ali ne i da je malo šta drugo radio poslednjih nedelja, progonjen neumoljivim glavoboljama od kojih nije mogao ni da spava.

Kad ga više nije bilo, majka je ostala u svojoj sobi, uplakana i zbunjena, zagledana u navučene zastore dok je posluga preuzela vođenje domaćinstva. U kući nikad nisam videla takvu pometnju, a nisam znala šta da radim pa sam svirala Šopenova nokturna i plakala za ocem žaleći što ga nisam bolje upoznala.

Tad su vrata očeve radne sobe bila zatvorena, mada ne i zaključana. Tepisi su očišćeni ali ne i zamenjeni, revolver je ispražnjen i očišćen pa vraćen u pisaći sto – a te pojedinosti su mi bile tako strašne da su me prosto privlačile kao magnet. Stalno sam ponovo zamišljala poslednje trenutke njegovog života. Kako se morao osećati usamljeno. Kako umrtvljeno i beznadežno jer inače to ne bi mogao da uradi, da digne cev i povuče oroz.

Raspoloženje mi je bilo tako jadno da se porodica uplašila kako ću nauditi sebi. Svi su znali da su deca samoubica izloženija opasnosti da krenu istim putem. Jesam li na njega? Nisam znala, ali sam od njega nasledila migrene. Svaka mi je bila kao kazna od koje zazirem zbog pritiska, mučnine i tupog ali upornog kljuckanja iz dubine lobanje dok ležim potpuno nepomično u sobi bez vazduha. Kad bih tamo ostala dovoljno dugo, majka bi došla pa bi mi potapšala ruku i ušuškala mi stopala govoreći: „Dobra si ti devojčica, Hedli."

Nisam mogla da se otrgnem utisku kako je majka prema meni bila toplija kad sam bolesna, pa nije čudo što sam često i bila ili bar mislila da sam bolesna. U trećem i četvrtom razredu toliko sam izdangubila od škole da sam bila primorana da ostanem još godinu dana dok su sve moje drugarice bez mene otišle na koledž. Činilo mi se kao da gledam voz koji kreće iz stanice na neko daleko i uzbudljivo putovanje, a ja nemam kartu niti mogućnosti da je nabavim. Kad su počela da mi stižu pisma s *Bernarda*, *Smita* i *Maunt Holioka*, iznenada sam osetila mučninu od ljubomore na uzbuđenje i iščekivanja svojih drugarica.

„Hoću da se upišem na *Brin Mar*", rekla sam majci. Njena sestra Meri je živela u Filadelfiji, pa sam mislila da će to što mi je tetka u blizini majku raskraviti.

„O, Hedli. Zbog čega uporno želiš nešto preko svojih mogućnosti? Budi realna."

Foni je ušla u sobu i sela uz majku. „A šta je s tvojim glavoboljama?", pitala je.

„Biće mi sasvim dobro."

Foni je u neverici nabrala čelo.

„Meri će brinuti o meni ako mi se nešto dogodi. Znate kako je ona sposobna."

Naročito sam naglasila reč *sposobna* jer je majka obožavala tu reč i često se povodila za njom. Tad je pak samo uzdahnula i rekla kako će o tome ozbiljno razmisliti, što je značilo da će se o tome posavetovati s našom susetkom gospođom Karen i uidža tablom.

Majka se odavno zanimala za sve okultno. Povremeno je i u našoj kući bilo seansi, ali mnogo više nešto dalje u ulici, kod gospođe Karen. Prema rečima moje majke, ona je poznavalac natprirodnog i veoma je bliska i ubedljiva s Tablom. Mene nisu pozvali na prizivanje, ali kad se majka vratila od gospođe Karen, izjavila je kako ipak dogodine mogu da idem na *Brin mar* i da će sve biti u redu.

Kasnije sam posumnjala u proročanstvo gospođe Karen jer se meni činilo potpuno pogrešno. Svejedno sam otišla 1911, ali čitav taj poduhvat je bio osuđen na propast i pre nego što sam se u njega upustila. Onog leta pre nego što sam pošla u Brin mar, moja starija sestra Dorotea je zadobila opekotine. Iako je ona već otišla od kuće dok sam odrastala, Dorotea mi je oduvek bila najdraži član porodice i pružala mi najviše podrške. Znala sam da me razume kao što niko nije umeo niti hteo. Kad bih u kući počela da se gušim od stega, odšetala bih do nje pa gledala njena dva dečačića kako se oko nje rvu i osećala da sam se umirila i povratila.

Dorotea je tog leta bila u poodmakloj trudnoći. Veći deo dana je bila sama kod kuće s decom i jednog popodneva, dok su njih troje bili na prednjem tremu, Dorotea je videla da se zapalila gomila guma na susednom praznom placu. Dečake je zanimala vatra, ali se Dorotea uplašila da bi se mogla proširiti i na njeno dvorište. Otrčala je tamo i pokušala da izgazi plamen, ali joj je ubrzo vatra zahvatila dugi letnji kimono, kao i čarape, te joj je gadno ispekla noge sve do pojasa pre no što se bacila na zemlju pa počela da se valja ne bi li ugasila vatru.

Kad nas je njen muž Dadli pozvao da nas obavesti o tome, bile smo u letnjikovcu u zalivu Ipsvič. Razbolele smo se od brige zbog Dorotee, ali nas je Dadli uveravao kako ona u bolnici ima najbolju moguću negu. Nije dobila groznicu i lekari su verovali da će se u potpunosti oporaviti. Narednog dana je rodila mrtvu devojčicu. Dorotea i Dadli su bili očajni, ali su lekari i dalje govorili da će ona sve prebroditi. To su govorili sve dok nije umrla osam dana posle vatre. Majka je sela u voz i otišla na sahranu, ali mi smo ostale u Ipsviču, slomljenih srcâ i obamrle.

Sećam se tog osećanja da neću preživeti Doroteinu smrt, a možda i da to nisam želela. Majka se vratila iz Sent Luisa s Dadlijem i dečacima. Sišli su s voza kao olupine, a kakvu sam ja mogla utehu da im pružim? *Nemaju majku*, stalno sam sebi ponavljala.

Jednog popodneva ubrzo posle sahrane u zaliv Ipsvič je naišlo strašno nevreme, a ja sam nagovorila jednog momka iz susedstva da me izveze u čamcu na vesla. Talasi su šibali pramac, prelivali bokove i štipali nam lica. Ja čak nisam umela ni da plivam, ali on se nije vratio, pa čak ni kad nam je svetioničar davao znake da pristanemo. Strašni oblaci su nisko visili i vazduh je bio mokar i slan. Sve vreme sam se osećala kao da se iznova davim. Pa čak i kad smo se vratili tog dana na obalu, taj osećaj da sam još u zalivu, da tonem sve dublje i dublje, držao me je do kraja leta i još dugo zatim.

U septembru sam se ukrcala u voz i otišla u *Brin mar* kao što je planirano, ali devojke s godine kao da su radile na sasvim različitoj frekvenciji. Popodneva su provodile u salonu uz čaj i penastu vruću čokoladu, u naklapanju o igrankama i mogućim osvajanjima. Osećala sam se sasvim izdvojeno. Kad sam bila mala znala sam da sam lepa, s onom jarkocrvenom kosom, lepim očima i svetlom kožom – ali sad kao da mi nije bilo stalo hoće li me momci primećivati ili ne. Prestala sam da se zanimam za odeću, a i za studije. Počela sam da padam na ispitima, što sam teško podnosila sva iznenađena budući da sam, i pored zastrašujuće gomile izostanaka, čitavog života bila dobar đak. Sad sam otkrila kako ne mogu da se usredsredim, da prizovem pažnju, pa čak ni zanimanje.

Sledeće jeseni pustila sam Foni i majku da me ubede da ostanem kod kuće. Ne mogu reći da mi je tu bilo išta bolje nego na fakultetu. U kući nisam imala kud da se denem bežeći od mračnih misli. Nisam mogla da spavam, a kad bih i uspela, uporno sam sanjala strašne snove o Dorotei i ocu, stalno proživljavajući poslednje trenutke njihovog života. Budila bih se s osećanjem panike i izgledom još neveselih dana i noći. A ako vam kažem da sam u takvoj vrsti kome proživela još osam godina, onda ćete shvatiti otkud to da sam bila spremna da živim upravo kad je majka počela da mi umire.

Majka je godinama imala Brajtovu bolest, ali joj se ona naglo pogoršala u leto 1920. Onih najtoplijih nedelja jula i avgusta jedva da sam izlazila iz stana na spratu, a kad bih i izašla, ona je beskrajno brinula.

„Elizabet? Jesi li to ti?“, slabašno je doviknula čim me je čula na stepeništu. Nisam sigurna zbog čega je posle svih tih godina koristila moje kršteno ime, ali mnogo toga me je tada kod nje zbunjivalo. Više nije ni podsećala na onu čeličnu i tešku ženu koja bi me rastrojila jednom jedinom rečju. Postala je krhka i uplašena, a sad je ponovo pozvala dok sam žurila uz stepenice: „*Elizabet*?“

„Tu sam, majko.“ Ušla sam u glavnu sobu, gde se ona odmarala na kauču s izlizanim ružičastim somotom. Spustila sam torbe iz kupovine i izvukla iglu iz šešira. „Je l’ ti pretoplo? Da otvorim prozor?“

„Zar je toplo?“ Šakama je gnječila heklani prekrivač u krilu. „Smrzla mi se srž u kostima.“

Privukla sam stolicu do kauča pa joj prihvatila šake i protrljala ih da nateram krv do površine, ali gde god da sam je takla, ostavila bih trag prstiju, kao da joj je koža postala testo. Pustila sam je a ona je zajecala.

„Šta da uradim?“

„Dovedi sestru. Sad mi je Foni potrebna.“

Klimnula sam glavom i ustala, ali je ona iskolačila oči. „Ne idi, molim te, ne ostavljaj me.“ Zato sam opet sela, a čitave te duge noći bilo je sve isto. Pojela je malo supe i plitko spavala nekoliko sati. Onda se, pred ponoć, odjednom smirila.

„Elizabet, mnogo se brinem zbog tebe“, rekla je. „Šta će biti s tobom kad mene ne bude?“

„Majko, odrasla sam žena. Biće sve u redu. Uveravam te.“

„Ne.“ Odmahnula je glavom. „Pre nekoliko godina gospođa Karen i ja smo razgovarale s Doroteom o tebi.“ Disala je s naporom a ja nisam želela da je gledam kako se muči.

„Pssst. To nije važno.“

„Važno je. Pitale smo je nekoliko puta o tebi, a ona nas je odbila. Nije imala šta da kaže.“

Oduvek sam nepoverljiva prema okultnom – ona tabla, tihe seanse pri svetlosti sveća i ispisivanje s crvenim maramama preko lampi – no sad sam osetila kako me obliva hladan znoj. Je li moguće da je majka *zaista* stupila u vezu s Doroteom? A ako jeste, zašto je moja sestra, već devet godina mrtva, okrenula leđa od mene? Zna li nešto teško i tužno o mojoj sudbini? Nisam mogla da tražim od majke da mi prepričava tu seansu, bila je iscrpljena i uplašenija nego ranije. Uz to nisam bila baš sigurna da želim to da čujem. Šta ako mi je budućnost gora od sadašnjosti? Šta ako je uopšte i nema?

Čitavu tu avgustovsku noć presedela sam u stolici uz kauč. Stavljala sam majci vlažne obloge na čelo i vrat i gledala kroz prozor u letnju noć, u mračno nebo i još mračnije drveće, sve tako strano kao eksponati u muzeju. Shvatila sam kako i sama mogu da umrem u toj sobi. To je jedan od pravaca u kojem bi moj životni točak mogao da se otkotrlja.

Satima kasnije, pred zoru, majka je umrla, bez uzdaha, trzaja i hropca. Sasvim drugačije od onoga kako je otac otišao – uz prasak pištolja od kog su se vrata izvalila iz šarki – ali ništa manje konačno. Dok su svi dole spavali, ja sam se zagledala u lice koje sam ponekad mrzela a drugi put sažaljevala. Šake je savila uz mršave bokove, pa sam vrhovima prstiju prešla preko jedne, osećajući strašnu i potpunu ljubav prema njoj. Zatim sam otišla da probudim Foni i Rolanda i da pozovem lekara. Spremila sam doručak i okupala se, pa sela s Foni u salonu da se dogovorimo o sahrani. Majčino telo je i dalje bilo gore, čekao se patolog, a ja sam je još osećala kako me vuče. Oduvek kao da joj je prijala tišina u mom životu, kao da sam postala ono što je smatrala da ću postati, što nije ništa naročito. To vučenje je bilo vrlo staro i moćno i znala sam kako bih mogla lako da mu podlegnem, da potonem u ništavilo. Ili bih mogla da se upnem svom snagom i da se otrgnem.

PETO POGLAVLJE

„Je li sve u redu, gospođice?“, upitao me je taksista.

„Moraće da bude“, rekla sam i otvorila vrata.

Vratila sam se u Sent Luis posle dugog dana u vozu, dana koji je još više rastegnut osećanjem da sam u Čikagu u nečem podbacila. Eto me opet u Foninoj i Rolandovoj kući na Aveniji Kejts. Jedino sam mogla da platim čoveku i izađem iz kola.

Napolju je bilo oštro i hladno. Vozač je pošao za mnom i ostavio mi prtljag na tremu. Koraci su nam šuplje odzvanjali po kamenim pločama. Unutra sam odbacila torbe u podnožju stepeništa pa otišla do svog stana, koji je bio hladan kao da u njemu niko ne živi. Iako je bilo kasno a ja iscrpljena, popalila sam lampe i založila da se ugrejem. Sela sam na ružičasti kauč i obavila se rukama, pa se upitala je li neki deo moje majke ostao u ovoj sobi, uvijen u prekrivač, možda, pa me sažaljivo gleda: *Sirota Hedli. Sirota kokica.*

Sledećeg jutra sam spavala duže nego obično a kad sam sišla, Foni me je čekala u trpezariji. „Pa? Hoću sve da čujem. Šta si radila? Kakve ljude si upoznala?“

Ispričala sam joj sve o zabavama i igrama i zanimljivim ljudima koji su prolazili u naletima kroz Kenlijev stan – samo joj nisam pomenula Ernesta. Šta sam i imala da pričam? Nisam uopšte bila sigurna na čemu smo nas dvoje, čak ni kao prijatelji.

Dok smo Foni i ja pričale, Roland je ušao u sobu zakopčavajući manšete i krećući se u oblaku sapuna i tonika za kosu s mirisom borovine. Seo je, a Foni je sasvim neprimetno odmakla stolicu od njegove da ne mora da gleda kako jede. U takvim su oni bili odnosima u tom trenutku. Brak im je bio užasan, kao što je oduvek i bio, a to me je žalostilo i zbog jednog i zbog drugog.

„Pa", počeo je Roland. „Je li Či-grad onakav kakvog si ga zamišljala?"

Klimnula sam glavom mažući marmeladu na tost.

„I jesi li zadobila desetine novih udvarača?"

Foni ništa nije rekla, ali je jedva čujno frknula.

„Ne bih rekla desetine", odvratila sam.

„Mora da si osvojila bar jednog. Stiglo ti je ovo pismo." Izvukao je iz džepa sakoa izgužvan koverat. „Posebna isporuka", rekao je. „Mora da je ozbiljno." Nasmešio se i predao mi pismo.

„Šta je to?", upitala je Foni.

„Posebna isporuka", ponovila sam kao u transu. Na kovertu je bilo Ernestovo ime, nažvrljano ali ipak jasno. Mora da ga je poslao čim me je otpratio na voz, pa je doplatio deset centi da bi stiglo ekspresno. *Pisaću ti. Opisaću te.* Opipala sam koverat skoro se plašeći da ga otvorim.

„Kako ti se momak zove?", pitao je Roland.

„Ne bih ga nazvala svojim momkom, ali zove se Ernest Hemingvej."

„Hemingvej?", začudila se Foni. „Kakvo je to ime?"

„Nemam pojma", rekla sam pa odnela pismo iz trpezarije da ga otvorim. Bilo je presavijeno i izgužvano kao da ga je danima nosio u džepu – i već samo to me je oduševilo, bez obzira na njegov sadržaj. Smestila sam se u miran ugao dnevne sobe uz svoj klavir i otkrila da su i stranice u koverti izgužvane i umrljane tamnim mastilom. *Draga Hasovič* – tako je počinjalo – *Ti u vozu a ja ovde i sve je prazno otkad si otišla. Reci mi: jesi li stvarna?*

Sputila sam pismo jer skoro nisam mogla podneti osećanje koje mi je ušlo u glavu. *Jesi li stvarna?* Upravo to sam se ja pitala o njemu – a i s više prava, pomislila sam, naročito posle Kejtinog upozorenja. Ja sam postojana kao tlo po kojem on hoda, možda i prepostojana. Ali šta je s njim? Sve vreme dok sam bila tamo nikad nije prestao da mi ukazuje pažnju, ali to ne znači da je pouzdan, samo da trenutno misli kako me vredi progoniti. Istina je da nisam znala šta da mislim o njemu pa sam nastavila da čitam, da velikom brzinom gutam ostatak pisma, sve ono što je imao da kaže o tome šta radi i šta želi da radi, o svom poslu, svojim mislima. Kazao je kako ga izgleda čeka posao u mesečnom časopisu po imenu *Kooperativni Komonvelt* ako pristane da obavlja sve sâm – da bude pisac, novinar, urednik, sve redom. *Nisam oduševljen uslovima, ali verovatno ću prihvatiti*, piše. Iako mi je u mislima o njemu bilo mnogo nemirnog brbljanja, nisam mogla da ne volim njegov glas i živost, zvuk njegovih reči na papiru nalik Ernestu koji izmišlja razloge da svrati u moju sobu u Čikagu. Pismo je sad činilo isto, dovodilo Ernesta u dnevnu sobu koja je do malopre bila mračna i bez vazduha.

„Dakle?“, upitala je Foni, ušavši u sobu praćena šumom sumorne suknje. „Šta ima da kaže?“

„Ništa neuobičajeno“, odgovorila sam ali, naravno, to nije bilo istina. Kod Ernesta Hemingveja je sve bilo sasvim neuobičajeno.

„Pa, u svakom slučaju lepo je imati nove prijatelje. Drago mi je što si našla prijatnu razbibrigu.“ Sela je i uzela svoj ručni rad.

„Zaista?“

„Naravno. Želim da budeš srećna.“

To je verovatno bilo tačno, ali samo ako *srećna* znači da sam zaključana gore do kraja života, usamljena baba-devojka.

„Hvala ti, Foni", rekla sam pa se izvinila i otišla u svoju sobu da odmah počnem da pišem odgovor. Nisam želela da zvučim preterano oduševljeno. Nisam htela da ovo pismo znači nešto više nego što jeste – ali shvatila sam kako uživam da mu pišem. Odgovarala sam mu čitav dan. Zapisivala sam sve kako se događalo, htela da budem sigurna kako će moći da me zamisli dok se krećem iz sobe u sobu, kako vežbam klavir, sedim uz šolju savršenog čaja od đumbira s prijateljicom Elzom Blekman, gledam kako naš baštovan orezuje ruže i uvija ih u jutu pred zimu. *Nedostaje mi večeras jezero*, napisala sam. *I mnogo toga. Hoćeš li da se nađemo u kuhinji na cigareti?*

Majka je čuvala moju sliku u kupaćem kostimu, do kolena u reci Meramek, s Elzom, a obe smo vesele i okupane suncem. Istini za volju, ova verzija Hedli u poslednje vreme nije se viđala, ali sam pomislila kako bi se Ernestu dopalo njeno otvoreno lice i bezbrižan osmeh. Stavila sam sliku u koverat s pismom pa, pre nego što se zbog nečeg predomislim, otišla niz ulicu do poštanskog sandučeta na uglu. Napolju je bilo mračno pa sam, dok sam hodala, gledala u kuće kao da su blistave kugle. Sve je tinjalo – i na tren sam zamislila svetlost koja se prostire nad čvornovatim poljima kukuruza i usnulim ambarima između Sent Luisa i Čikaga. Kad sam sigla do sandučeta, stegla sam pismo, naglo ga poljubila pa ga gurnula u prorez i pustila.

ŠESTO POGLAVLJE

Imam toliko planova za pisanje – toliko želim da vidim, osetim i uradim. Recimo, sećaš li se kad si svirala na klaviru s kosom u punom sjaju i kako si ustala i prišla mi na kauču pa rekla: „Razabiraš li me, Begonija?“

Razabiraš li me, Haš?

Hoćeš li već jednom doći i pružiti mi deo onog sasvim sigurnog materijala od kog si sazdana?

Njegova pisma su stizala izgužvana i ugnjavljena, puna slasti, katkad i po dva i tri na dan. U početku sam se trudila da budem uzdržanija, zaklinjala sam se da ću pisati jednom nedeljno, ali to je odmah palo u vodu. Ubrzo sam se našla u pravoj vezi. Pisma su letela tamo-amo, ali šta su značila? Kejtin glas mi je često dolazio u misli – *On voli žene – očigledno* sve *žene* – pa sam se dvoumila da li da joj kažem za naše vrlo uznapredovalo prijateljstvo. Nisam mogla da ne zamišljam kako se ona oseća povređeno i ljuto; ipak sam se bezočno i voljno oglušila o njen savet. Ali ako joj sve priznam, mogla bi ponovo da me savetuje, a ja bih morala da je saslušam, možda čak i poslušam.

Rastrzala sam se između potrebe da saznam mogu li da verujem Ernestu i želje da što duže budem u neznanju da bi sve ostalo kako jeste. Njegove reči su mi već toliko značile – previše. Svako njegovo pismo je bilo tonik, a i pisanje njemu je bilo tonik, pa sam vrlo brzo naučila da čujem poštara na biciklu još nekoliko blokova pre naše kuće čak i ako ne zazvoni svojim zvoncetom. Govorila sam sebi kako Kejt ne zna *sve* o Ernestu. Ko još zna sve o nekome? U njegovim pismima je bilo vrlina – nežnosti, na primer, i očigledne topline – koje možda nikad nije videla svih onih leta u Mičigenu. Sasvim je moguće. Mora biti, zato što je sreća koja je nikla iz Ernestovog zanimanja za mene sad prodirala i u ostale oblasti mog života. Odjednom sam postala vrednija i zadovoljnija kod kuće nego što sam ikad bila. Dve prijateljice – Berta Doun i Rut Bredfild – uselile su se kod mene gore kao stanarke pa prvi put u skoro deset godina nisam bila usamljena u rođenoj kući. Uz to su se za mene zainteresovali mladići, pa iako nisu bili ništa naročito, prijala mi je razonoda. Dozvoljavala sam im da me vode na ples ili u pozorište, pa nekolicinu pustila i da me poljube za laku noć. Nijedan od njih nije imao Ernestovu veliku četvrtastu glavu ni onako šetačka stopala i šake; nijedan nije postavljao ona njegova čarobna pitanja niti me navodio da poželim da pitam: *Razabiraš li me, Begonija?*

Nastavila sam da izlazim gotovo sa svakim ko me je pozvao jer je Ernest, iako mila dušica, bio u teoriji – divna hipoteza – i stotine kilometara daleko. U Sent Luisu, gde mi je sudbina odredila da vodim pravi život, bio je Dik Pirs, brat dobre prijateljice. Prijalo mi je njegovo društvo i znala sam da će se on, pružim li mu imalo nade, zaljubiti u mene, pa me možda čak i zaprositi, ali prema njemu sam osećala vrlo malo, gotovo ništa. Bio je tu i Pir Rouland, prijatno čupav momak koji je mnogo znao o knjigama i muzici – no romantični izlasci mi se nisu dopadali koliko kad se nas nekoliko nagura u nečiji auto pa ode u bioskop u gradu ili u plesnu dvoranu gde su svi veseli i slobodni. Posle toga bismo Rut, Berta i ja sedele u spavaćicama uz čaj i pričale o dogodovštinama od te večeri.

Samo što sam napunila dvadeset devet godina, ipak sam se nekako osećala mlađe i bezbrižnije nego na prvoj godini u *Brin maru*, gde nisam mogla da uživam ni u najsitnijim radostima ili bliskostima. Kao da sam iskusila dugo odlagani izlazak u svet, pa sam bila zahvalna na svakom trenu.

Uz to su pisma iz Čikaga stizala svakodnevno, uvek divno izgužvana i puna žurnih novosti. Ernest mi je pričao sve o svojim člancima za *Komonvelt*, svojim idejama za crtice i romane. No sve više mi je poveravao i priče o svom odrastanju – o dugim letima u Mičigenu kad ga je otac Ed, ginekolog i zaljubljenik u prirodu, učio kako da založi vatru i kuva na otvorenom, kako da koristi sekiru, da izvuče i očisti ribu, da ulovi vevericu, jarebicu i fazana.

Kad god mislim na oca, pisao je, *on je u šumi i prepada ritske šljuke, hoda po kratkoj uveloj travi ili kroz kukuruzne čokove, seče drva s injem u bradi.* Pročitala sam te rečenice sa suzama u očima jer sam imala tako malo toplih uspomena na svog oca. Kad god pomislim na njega, prvo mi se javi njegov revolver, a zatim prasak što odzvanja kućom. Sećanje na njegovu smrt i na to kako sam se bolno usredsredila na nju toliko me je uznemirilo da sam morala da obiđem dva kruga oko bloka pre nego što sam se smirila dovoljno da mogu Ernestu odgovoriti na pismo.

No ako sam i bila ljubomorna na njegov odnos s ocem, njegova majka me je potresala na drugi način. Skoro svaki put kad bi je pomenuo u pismu, nazivao bi je *ona gadura*. Opisivao ju je kao potpuno dominantnu u kući, hitru da kritikuje i punu nesavitljivih ideja o tome kako treba voditi život, sve do najsitnijih pojedinosti. Pre nego što je umeo da čita, naučila je Ernesta napamet latinskim i nemačkim izrekama i stihovima „suštinske" poezije. Iako se trudio da ceni njen kreativni duh – pevala je u operi i pomalo slikala i pisala poeziju – Ernest je sasvim bio uveren da je ona sebična majka i žena, usmerena na sopstvene potrebe po cenu da sve oko sebe uništi, posebno svog muža. Naterala je doktora Hemingveja da podlegne svakom njenom zahtevu, a kad je Ernest to video, počeo je da je prezire.

Iako sam se ježila od Ernestovog strasnog odbacivanja majke, nisam mogla da ga ne prepoznam. Saznanje da su odnosi naših roditelja tako slični bilo je jezivo, a još više me je zaprepastilo to što, iako sam često mrzela majčinu nepopustljivu volju, pa čak je i krivila za očevo samoubistvo, nikad nikom živom ovu mržnju nisam priznala. Ona se u meni krčkala i uzmućivala. Kad bi povremeno izašla na površinu, uzela bih perjani jastuk i urlala osećanja u njega, gušila ih u korenu. Ernest je svoj gnev slobodno izbacivao. Čija reakcija je užasnija?

Na kraju sam sve više poštovala to što može da izrazi čak i svoje najgore delove i privuklo me je njegovo poverenje. Radovala sam se Ernestovim pismima kao retko čemu. No njegova otvorenost, ubrzo sam to shvatila, odnosila se na sve podjednako. Početkom decembra, nedugo posle mog rođendana, napisao je kako ga je prethodne večeri na nekoj zabavi privukla devojka u razmetljivoj zelenoj haljini. Smučilo mi se kad sam to pročitala. Nisam imala razmetljivu zelenu haljinu, a i da jesam, on je ne bi video. Bio je stotinama kilometara daleko, utonuo u pojedinosti svojih dana i noći tamo. Tačno je da smo postali prijatelji i poveravali se jedno drugom, ali on mi ništa nije dugovao, nije mi dao ni jedno jedino obećanje, pa čak ni lažno. Mogao bi da prati tu zelenu haljinu kao sirenu u jezero ako poželi. Nisam mogla da ga zadržim.

U stvari, izgleda da niko nikog nije držao. To je obeležje tog vremena. Svi smo bili na ivici, uspaljeni mladošću i obećanjem, treperavim džezom. Pre godinu dana je Oliva Tomas igrala u *Šmizli*, pa se svet naprečac upoznao sa džezom i počeo da se kreće u njegovom ritmu. Na sve strane su devojke odbacile korsete, skratile suknje i potamnele usne i oči. Govorili smo „mačja pidžama“,* „još kako“ i „to je baš fino“. Mladost je 1921. bila sve, a to je moglo da me zabrine. Imala sam dvadeset devet godina i osećala da me je vreme gotovo pregazilo, a Ernest je imao dvadeset jednu i dosegao belo usijanje života. Šta li sam samo mislila?

„Možda nisam dorasla ovoj igri“, rekla sam cimerki Rut pošto sam primila Ernestovo pismo o sireni.

Berta je izašla a Ruti i ja smo spremale večeru i lako se vrzmale jedna oko druge u maloj kuhinji, otvarale konzerve pasulja i kuvale špagete – kao dve baba-devojke koje to rade već decenijama.

„Mislim da niko od nas nije“, rekla je Rut, odmerila so pa zabacila nešto preko ramena za sreću. Imala je čudesno snažne šake i uhvatila sam sebe da ih posmatram sa žaljenjem što joj nisam sličnija. Okrenula se prema meni i iskrivila lice u osmeh. „A šta nam drugo preostaje? Ako se sad predamo, gotove smo.“

„Mogla bih jednostavno da se zavučem pod krevet i ne izlazim odande dok ne ostarim i ne počnem da se tresem pa ne mogu da se setim da sam ikad išta osećala prema nekome.“

Klimnula je glavom. „To bi htela, ali nećeš.“

„Neću.“ Obišla sam stočić spuštajući tanjire i srebrni escajg, mada ne onaj najbolji, pa zagladila naše dve salvete. „Trudiću se iz sve snage da to ne uradim.“

Silno sam želela da ponovo odem u Čikago i vidim onu veliku sobu kod Kenlija – klavir, Viktrolu, čvorovani tepih ćušnut u stranu da bi dvoje plesalo. Želela sam da se zagledam u nemoguće

---

* Engl.: *cat's pyjamas* (sleng) – bog bogova, glavna fora. (Prim. prev.)

jasne smeđe oči i saznam šta taj lepi momak misli. Želela sam da ga poljubim i osetim kako mi uzvraća poljubac.

Sredinom januara moja prijateljica Letiša Parker i ja skovale smo plan kako da stignem tamo. Biću joj gošća nedelju dana. Odsešćemo u hotelu i ići u kupovinu, a ja mogu da viđam Ernesta koliko god hoću. No dva dana pred naš utvrđeni polazak, Letiša mi je telefonom otkazala. Majka joj se razbolela i nikako nije mogla toliko da odsustvuje. Rekla sam joj da je razumem; naravno da sam razumela. Moja majka je bolovala mesecima i dobro sam znala kakve su to obaveze, ali svejedno sam bila slomljena. Sve je bilo utvrđeno već nedeljama. Ernest bi nas dočekao na stanici i samo taj čas sam u mašti prošla stotinu puta.

„Šta sad?“, požalila sam se Rut kasnije tog dana.

„Idi“, rekla je.

„Sama?“

„Što da ne? Znaš, ovo nije mračno doba. Zar nisi išla sama i prošli put?“

„Tad nisam imala vezu. Foni se to nimalo ne bi dopalo.“

„Razlog više da ideš“, rekla je nasmejana Rut.

Iste večeri sam krenula za Čikago. Do stanice u severnom delu Sent Luisa odvezao me je Fonin muž Roland u novom zelenom pežou kupe, zbog kojeg se ponosio i osećao muževnije, čini mi se, a što je Foni bacilo u nešto slično šlogu od straha. Volela sam Rolanda, ali mi ga je bilo i žao. Njegov položaj je dosta ličio na očev. Izvirio bi samo kad ga je Foni puštala; to je bilo žalosno, a umeo je ipak da bude sasvim šarmantan, na neki knjiški, beskrajno izvinjavajući način. Osećala sam da smo u kući nas dvoje saveznici i nadala se da i on oseća isto. Iako je mogao da me ostavi uz ivičnjak, Roland je parkirao auto i otpratio me do perona, gde je nosaču predao moj prtljag. Zatim se pozdravio i nakrivio glavu, što mu je bio najgluplji i najslađi pokret, pa je rekao: „Hedli, izgledaš prelepo.“

„Stvarno?“ Odjednom sam se postidela pa sam zagladila suknju svetlosivog putnog kostima.

„Da, stvarno. Upravo mi je sinulo da možda nisi svesna toga.“

„Hvala ti.“ Nagnula sam se i poljubila ga u obraz, a onda sam ušla u voz uživajući u mojoj putnoj odeći – mekoj vunenoj kapi, mekim rukavicama i antilop cipelama prirodne boje s kaišićima. Sedišta i ležajevi su bili otmeni i delovali su primamljivo, a Fonino puritansko upozorenje kako ne bi trebalo u tome da uživam, učinilo mi se sasvim daleko. Bio je to „ponoćni vanredni“, pa kako se spustio mrak, ušuškala sam se na Pulmanovom ležaju iza tamnozelenih zavesa.

Kada sam sledećeg jutra stigla na stanicu *Junion*, bila sam sasvim odmorna i tek pomalo nervozna dok nisam ugledala Ernesta na peronu, gotovo na istom mestu gde smo se rastali u novembru – a tad su mi se usta osušila kao da su pamučna, a stomak se pretvorio u roj pčela. Izgledao je sjajno u kao ugalj crnom štofanom žaketu, uvijen šalom i očiju blistavih od hladnoće. Samo što sam sišla s voza, podigao me je i stegao.

„I meni je drago što tebe vidim“, rekla sam kad me je spustio pa smo se oboje široko smešili postiđeni što smo odjednom zajedno. Pogledi su nam se sreli i spustili se. Među nama je brujalo toliko hiljada reči. Gde su one sada?

„Jesi li gladna?“, upitao me je.

„Naravno“, rekla sam.

Protrljali smo noseve pa pošli u ledeno jutro da nađemo doručak. Voleo je jedno mesto kod Ulice Stejt gde se za šezdeset centi mogao dobiti odrezak s jajima. Naručili smo pa seli u separe, gde su nam se pod stolom ovlaš dodirivala kolena.

„*Saterdej ivning post* mi je upravo odbio još jednu pripovetku“, rekao mi je dok smo čekali hranu. „Ovo je već treći put. Ako se ovako nastavi, mogao bih čitav život provesti pišući reklame ili nečije tuđe priče za časopise. To neću."

„Videćeš svoje odštampano", rekla sam. „Mora doći i to. Doći će."

Ozbiljno me je pogledao, a onda je vrhom cipele čvrsto pritisnuo moj list. Držeći ga tako, toplo i uporno, pitao je: „Jesi li mislila da me više nećeš videti?"

„Možda." Osetila sam kako mi osmeh čili. „Možda sam prava budala zbog tebe, Nesto."

„Voleo bih kad bi me volela bar neko vreme."

„Zašto neko vreme? Brineš li što sâm nisi u stanju da se zadržiš?"

Nervozno je slegnuo ramenima. „Sećaš se da sam ti pričao o Džimu Gemblu, drugaru iz Crvenog krsta? On smatra da bi trebalo da krenem s njim u Rim. Tamo je jeftino pa, ako unapred uštedim dovoljno, mogao bih pet-šest meseci da pišem prozu. Takva prilika mi se možda više neće ukazati."

Rim. Osetila sam da mi se steže u grudima. Taman sam ga našla, a on će da utekne preko okeana? U glavi mi se vrtelo, ali sam bila potpuno ubeđena da bi greška bila i *pokušaj* da ga zadržim. Progutala sam knedlu pa pažljivo odmerila svaku reč: „Ako ti je posao najbitniji, treba da ideš." Pokušala sam da ga pogledam u oči. „Ali jednoj devojci ćeš nedostajati."

Ozbiljno je klimnuo glavom ali ništa nije rekao.

Ostatak nedelje za vreme te moje posete bio je ispunjen koncertima, igrama i zabavama, svake večeri na kraju u Kenlijevoj dugačkoj dnevnoj sobi uz vino i cigarete i uzavrele razgovore o velikim knjigama i slikama. Sve je bilo dosta slično kao te jeseni, sem što je Kejt uporno odsustvovala.

Neposredno pred odlazak poslala sam joj pismo. Nisam bila sigurna hoće li joj stići pre nego što naletimo jedna na drugu u Čikagu, jer neizbežno ćemo naleteti, ali nisam mogla da joj ne pišem i bar pokušam da blago utrem put. *Nesto i ja smo postali sasvim bliski*, napisala sam. *Zaista smo dobri prijatelji, a i ti si mi dobra prijateljica, pa mi je mrsko što mislim da bi ovo moglo da se isprečí između nas. Molim te nemoj dugo da se ljutiš. Mnogo te voli tvoja Haš.*

Kenli je uporno tvrdio da je prosto prezauzeta i govorio: „Znaš ti Kejt. Ona mnogo preuzme na sebe, a onda ne može da se oslobodi. Siguran sam da ćemo je uskoro videti."

Međutim, nismo je videli, a kako su dani prolazili, sve više sam želela da s Ernestom razgovaram o toj situaciji. Ne liči na mene da budem dvolična, ali samu sebe sam saterala uza zid time što nisam otkrila kako me je Kejt upozorila na njega. To nisam uradila iz mnogo razloga. Pre svega, nisam želela da mu povredim osećanja, a nisam smatrala da je na meni da se isprečim između njih dvoje i izazovem zlu krv. Kako mi se poseta bližila kraju a Kejtino ćutanje postalo sve očiglednije, zapitala sam se može li iko u tom neuravnoteženom trouglu na kraju dobro proći. Vrlo je moguće da je sasvim prestala da mi veruje. I moguće je – čak verovatno – da će Ernest otići u Rim da radi na svojoj prozi, a mene ostaviti u dvostrukom škripcu.

Bilo je opasno da ugrozim srce s Ernestom, ali jesam li uopšte i imala izbora? Zaljubljivala sam se u njega, pa iako nisam osećala hrabrost u vezi s budućnošću, život mi se neverovatno promenio nabolje otkad sam ga upoznala. Osećala sam se dobro u Sent Luisu i kod Kinlija. Svake večeri bih se u početku osećala nervozno i sramežljivo, brinula sam kako nemam čime da doprinesem toj grupi, ali onda bih se srodila sa svojom kožom i glasom. Oko ponoći bih već ravnopravno učestvovala u svemu, spremna da pijem kao mornar i pričam do jutra. Kao da sam se svake noći ponovo rađala, istim postupkom, nalazila sebe, gubila se, pa se ponovo nalazila.

„Nije bilo tako davno kad nisam imala snage da sedim više od pola sata za klavirom“, rekla sam Ernestu jednog jutra za doručkom. „Noćas smo sedeli do tri, a sad sam sva čila i orna u osam ujutro. Nekad sam se mnogo umarala – a i tugovala. Šta mi se to dogodilo?“

„Ne znam“, rekao je, „ali čilost mogu da potvrdim.“

„Ozbiljna sam“, odvratih. „Pričamo o ogromnom preobražaju.“

„Zar ne veruješ u promene?“

„Verujem. Samo što ponekad sebe čak i ne prepoznajem. Kao u onim bajkama kad vilenjaci dođu i odnesu jedno telo a ostave drugo – podmeče.“

„Kako god, meni se ovako dopadaš, Haš.“

„Hvala. I sebi se ovako dopadam.“

Sledeće veče mi je bilo poslednje pa sam odlučila da uživam u svakom minutu. Nisam znala kad ćemo se Ernest i ja opet videti, hoćemo li se uopšte videti. Posle onog prvog dana nije pominjao ni Džima Gembla ni Italiju, no nije ispredao ni neku *drugu* priču o budućnosti. Kad sam ga upitala bi li mogao da dođe jednom u Sent Luis, rekao je: „Naravno da ću doći, mala“, sasvim opušteno, bez ikakvog obećanja, bez nagoveštaja namere. Više to nisam potezala. Stezanje i držanje u kandžama nije bio način da se zadrži čovek kakav je Ernest – ako je uopšte i postojao neki način. Jednostavno ću pričekati i do kraja videti šta mi je dodeljeno.

Veče se odvijalo kao i obično, s tonom pića i mnogo pesme, i svi smo pušili kao lokomotive. Ernest me je zamolio da sviram Rahmanjinova, a ja sam mu rado udovoljila. Prišao mi je i seo na stolicu, kao i kad smo se upoznali, a mene je više nego takla nostalgija dok sam preletala prstima preko dirki. No usred komada je ustao pa obišao sobu ljuljajući se napred-nazad na petama, nervozan kao čistokrvni konj pred trku. Kad sam završila sviranje, on više nije bio u sobi. Konačno sam ga našla kako puši cigaretu na tremu.

„Zar sam tako loše svirala?“, upitala sam.

„Izvini. Nije zbog tebe.“ Nakašljao se i zagledao u hladno noćno nebo s vrtoglavim zvezdama. „Već dugo hoću da ti kažem za jednu devojku.“

„Uh.“ Sela sam na hladan stepenik misleći kako je Kejt bila u pravu. Evo nas.

„Ne takvu devojku. Ovo je prastara priča. Ispričao sam ti kako sam ranjen kod Fosalte?“

Klimnula sam glavom.

„Kad su me poslali u Milano na oporavak, zaljubio sam se tamo u noćnu bolničarku. Zar to nije vrisak? Ja i još deset hiljada drugih nesrećnih budala.“

To nije bila nova priča, no posmatrajući ga, shvatila sam da je za njega to važna priča.

„Zvala se Agnes. Bili smo spremni da se venčamo kad su me otpremili nazad u Ameriku. Da sam tad imao novca, ostao bih i naterao je da se uda za mene. Ona je htela da pričeka. Žene su uvek tako vraški razumne. Zašto je tako?“

Nisam imala pojma šta da mu kažem. „Tad si imao samo osamnaest godina?“

„Osamnaest ili sto“, reče on. „Noge su mi bile pune gvožđa. Iz mene su izvadili dvadeset osam šrapnela. Stotine njih je bilo preduboko da ih dohvate, a sve to nije bilo uopšte strašno u poređenju s pismom koje je konačno stiglo od Ag. Zaljubila se u nekog drugog, žestokog italijanskog poručnika.“ Prezrivo se osmehnuo, od čega mu se lice iskrivilo. „Rekla je kako se nada da ću joj jednog dana oprostiti.“

„Nisi joj oprostio."

„Ne. Zaista nisam."

Posle nekoliko minuta tišine rekla sam: „Ne bi trebalo da se ženiš još neko vreme. Takav udarac je kao dugotrajna bolest. Treba ti vremena da preboliš ili se nikad nećeš sto posto oporaviti."

„Znači, doktore, to je tvoj recept? Lečenje mirovanjem?" Polako mi se primicao dok je govorio, pa me je uhvatio za šaku u rukavici. Trljao mi je vunu prvo na jednu stranu pa na drugu i od toga kao da se smirio. „Sviđa mi se tvoja neposrednost", rekao je nakon izvesnog vremena. „Saslušaš me i kažeš upravo ono što misliš."

„Valjda je tako", rekla sam, ali sam uistinu bila sluđena. Očigledno se beznadežno zaljubio u tu ženu i još je bio zaljubljen. Kako bih mogla da se takmičim s duhom – ja, koja sam o ljubavi znala tako malo, a i to nije bilo lepo?

„Misliš li da ikad možemo prošlost ostaviti za sobom?", upitao me je.

„Ne znam. Nadam se da možemo."

„Katkad mislim da kad je Agnes mogla da nestane, nestaće i toga."

Klimnula sam glavom. Ista misao je i mene uznemiravala.

„Možda ona uopšte i nije nestala. Možda me nikad nije volela." Pripalio je novu cigaretu i duboko udahnuo, od čega se žar ljutito zacrveneo. „Zar nije ljubav lepi prokleti lažov?"

Glas mu se tako izmenio od gorčine, bilo mi je teško da ga pogledam u oči, ali on je izbliza i uporno virio u mene i rekao: „Sad sam te isprepadao."

„Samo malo." Pokušala sam da mu se osmehnem.

„Mislim da bi trebalo da se vratimo gore pa da igramo do zore."

„O, Nesto. Užasno sam umorna. Možda bi trebalo samo da se povučemo."

„Molim te“, navalio je. „Mislim da bi to pomoglo.“

„Onda dobro.“ Pružila sam mu ruku.

Gore se društvo uglavnom razišlo. Ernest je polako zarolao tepih u stranu i navio Viktrolu. Glas Nore Bejs prodrmao je sobu – *Pretvaraj se da ti je lepo kad si tužna.*

„Ovo mi je omiljena pesma“, rekla sam Ernestu. „Jesi li vidovit?“

„Nisam. Samo znam kako da navedem devojku da mi se približi.“

Ne znam koliko smo te noći igrali, koliko puta smo prešli napred-nazad onu dnevnu sobu u dugim laganim krugovima. Svaki put kad bi se ploča završila, Ernest je nakratko odlazio od mene i puštao je iz početka. Kad bi se vratio u moje naručje, zario bi mi lice u vrat šaka spojenih nisko na mojim leđima. Tri minuta čarolije pune iščekivanja i sputanosti. Možda je sreća peščani sat koji je već pri kraju, zrna mu sipe jedno pored drugog. Možda je stvar u stanju duha – što je Nora Bejs uporno ponavljala – sveta koji možeš da stvoriš ni iz čega pa da u njemu igraš.

„Nikad te neću lagati“, rekla sam.

Klimnuo je glavom u moju kosu. „Hajde da uvek jedno drugom govorimo istinu. Za to možemo da se opredelimo, zar ne?“

Okretao me je i okretao, polako i snažno. Pesma se završila, igla je škljocnula, zašumela i utišala se. A mi smo igrali, ljuljali se pored prozora pa opet nazad.

SEDMO POGLAVLJE

Kad sam se vratila u Sent Luis, Foni me je čekala s dugim spiskom pitanja i upozorenja. Ko je uopšte taj Ernest Hemingvej? Kakve izglede ima? Šta može da mi ponudi? Jedva je i završila s tim nizom pitanja kad je krenula da naklapa o mojim nedostacima. Zna li Hemingvej za moje napade nervoze i istoriju slabosti? Čovek bi pomislio da priča o hromom konju, ali ja se nisam mnogo uzbuđivala. Napamet sam znala Foninu taktiku, pa sam skoro sasvim uspela da joj isključim glas. Nažalost, bilo mi je teže da upravljam rođenim glasom. Dok sam bila u Čikagu s Ernestom, osećala sam se snažno i sposobno da prebrodim neizvesnost budućnosti. No izvan njegovog naručja, daleko od njegovog dometa i moćnog fizičkog uticaja na mene, mučila sam se.

Nije mi išlo naruku ni to što je reka njegovih pisama postala hirovitija i sporadičnija. Mrzeo je svoj posao i borio se s Kenlijem oko povećanja za smeštaj i hranu. *Kenli dobro zna kako se trudim da svaku paru sačuvam za Rim, ali mi ipak uvrće ruku*, pisao je. *I to mi je prijatelj*. Htela sam da saosećam s njim, ali sam sebično bila zahvalna na svakom odlaganju njegovih planova.

U tom trenutku sam imala već priličnu gomilu pisama, uveliko preko stotinu, koje sam čuvala skrivene na polici ormara na spratu. Spuštala sam kutiju i ponovo ih čitala onih dana kad nisam dobijala tu divno izgužvanu *posebnu isporuku*, a to se događalo sve češće. Poštarina je bila deset centi, a on je svaki cent čuvao za lire. Uznemirilo me je saznanje da su mu važniji Džim Gembl, pustolovina i njegov rad. Uz to nikako nisam mogla da zaboravim koliko je on mlađi od mene. Devet godina možda ne bi delovalo tako mnogo kad bismo uspeli da dođemo do srednjeg doba zajedno, ali Ernest je umeo da bude tako mlad, oduševljen i pun planova da mi je teško uopšte i da ga zamislim u srednjem dobu. Bio je kao neki hitri momak na grčkoj urni što hrli za istinom i lepotom. Gde se tačno ja tu uklapam?

„Katkad mi se čini da sam prestara da se zaljubim“, rekla sam Rut jednog popodneva. Sedele smo na krevetu u mojoj sobi s tanjirom keksa između nas dok je napolju sneg vejao kao da nikad neće stati.

„Jesi li ti prestara ili je on premlad?“

„I jedno i drugo“, rekla sam. „U izvesnom smislu on je proživeo više od mene i svakako doživeo više uzbuđenja. No ume da bude i strašno romantičan i naivan. Kao u priči o Agnes. Sasvim verujem da mu je slomila srce, ali on ga ističe kao ranjeno dete.“

„Hedli, to baš nije pravedno. Ti si patila za Harisonom Vilijamsom, zar ne?“

„Jesam. O, Rut.“ Zagnjurila sam glavu u šake. „Ne znam šta me je spopalo. Mislim da se prosto plašim.“

„Naravno da se plašiš“, rekla je blago. „Ako iskreno misliš da je premlad za tebe, onda u redu, reši se i drži se toga.“

„Misliš li da ću prestati da brinem ako saznam da me zasigurno voli?“

„Samo slušaj sebe.“

„Toliko toga mogu da izgubim.“

„Uvek je tako“, rekla je.

Uzdahnula sam i mašila se još jednog keksa. „Rut, jesi li ti uvek ovako mudra?“

„Samo kad su u pitanju životi drugih.“

Narednog dana od Ernesta nije stiglo pismo, pa ni sledećeg, ni onog posle njega. Bilo mi je sve jasnije da me ili zaboravlja ili namerno gura u stranu jer je odabrao Rim i nadu da će krenuti s pisanjem. Bila sam povređena, ali i užasno ljubomorna. On je imao nešto stvarno čemu se nada, nešto čemu može posvetiti život. Moji snovi su bili jednostavniji i, sasvim iskreno, sve više vezani za njega. Želela sam običnu kuću negde s Ernestom koji zviždućući nailazi sa šeširom u ruci. Ništa što je ikad uradio ili rekao nije ukazivalo da bi išta slično moglo da se dogodi. Pa ko je onda naivan i romantičan?

„Ako je gotovo, biću hrabra“, rekla sam Rut i Berti uveče trećeg dana osećajući kako mi se teški čvor steže i razvija u dnu grla. „Zavrnuću rukave i naći nekog drugog.“

„O, mala“, uzdahnula je Rut. „Oborio te je s nogu, zar ne?“

Kad smo otišle u krevet, ja sam se satima bacala i okretala pa zapala u lak san negde posle dva. Ujutro, još sva bunovna i prilično potištena, proverila sam poštansko sandučе. Bilo je prerano da stigne pošta, ali sam svejedno otišla – nisam mogla da se uzdržim. I tamo, u sandučetu, nije bilo pismo, već dva, oba podebela i puna obećanja. Znala sam da je poštar morao doći prethodne večeri, a ja nisam to čula, ali jednim delom sam želela da verujem kako sam sama prizvala pisma svojom željom. Ovako ili onako, Ernest je prekinuo ćutanje. Naslonila sam se na dovratak očiju zamućenih od suza olakšanja.

Vrativši se ponovo gore, halapljivo sam pocepala koverte. U prvom su bile uobičajene vesti o poslu i provodu kod Kenlija, čiji stan je u poslednje vreme pominjao kao „boravište“. Prethodne večeri se tamo u dnevnoj sobi odigrao boks-meč u kojem je Ernest igrao ulogu Džona L. Salivana koji se saginje i izmiče u untercigeru i s mrkim svilenim pojasom. Zasmejala sam se zamišljajući ga takvog i još sam se smejala kad sam počela da čitam drugo pismo. *I dalje mislim o Rimu*, počinjalo je ono, *ali kako bi bilo da i ti pođeš – kao žena?*

Žena. Ta reč me je skamenila. Nisam mu upoznala majku, nit ikog drugog od porodice. On nije bio u Sent Luisu da posedi u prednjem salonu i izdrži Fonin neodobravajući pogled. Ipak je možda bio ozbiljan. Liči na njega da me tako zaprosi, iz čista mira, u nastavku anegdote o boksu. Kasnije tog jutra sam mu odgovorila: *Ako si spreman na lud polazak, ja sam raspoložena.*

Rim. Nas dvoje. Bila je to izvanredna misao. Kad god sam sebi dozvoljavala da maštam o udaji za Ernesta, živeli bismo u Sent Luisu ili Čikagu, u stanu vrlo sličnom „boravištu", punom zabave i dobrog razgovora u svako doba. Život s Ernestom u Italiji bila je uzbudljiva i zastrašujuća, sasvim revolucionarna zamisao. Kad mi je bilo sedamnaest, išla sam s majkom i sestrama u Firencu i Rim. Put je prošao jadno i vrlo malo se sećam lepote – samo vrućine, padanja u nesvest i komaraca. Boravak u Rimu s Ernestom mora biti drugačiji. Ja bih tamo bila drugačija. Kako i ne bih? Videla sam nas kako podruku šetamo uz Tibar, prelazimo redom sve mostove. *Hajdemo*, napisala sam veselo, zajapurena od očekivanja. *Već sam se spakovala.*

Onda sam izašla napolje bez kaputa i marame. Nebo je bilo nisko i sivo a iz njega su sipale debele pahulje. Digla sam pogled i zinula da osetim sneg.

OSMO POGLAVLJE

Dve nedelje po Ernestovoj prosidbi krenula sam na nužni put do Čikaga kako bih upoznala čitav kontingent Hemingvejevih. Tako sam se unervozila da sam prvo popila dobar deo boce vina hodajući po dnevnoj sobi u „boravištu" dok se Ernest trudio da me umiri što je najbolje umeo. Nije mi bilo od pomoći što se Kejt tog popodneva konačno pojavila. Ernest je bio na poslu, a ona me je zatekla samu kod Kenlija.

„Nećeš se stvarno *udati* za Vema? To je smešno." Glas joj je bio prodoran. Uletela je ne skidajući šešir ni kaput.

„Kejt, molim te sedi i budi razumna."

„Zažalićeš zbog ovoga. Znaš da ćeš zažaliti. On je mlad i impulsivan."

„A šta sam ja? Nepomična usedelica?"

„Ne, samo si naivna. Previše se uzdaš u njega."

„Zaboga, Kejt. Ti si mu navodno prijateljica. Šta je to uradio da te okrene protiv sebe?"

Iznenada je ućutala pa teško sela na kauč. „Ništa."

„Pa čemu onda sve ovo?" Spustila sam glas i sela pored nje. „Molim te reci mi šta se događa?"

„Ne mogu." Polako je zavrtela glavom. Oči su joj bile bistre i tužne. „Ne želim da pogoršam sve, a ne želiš ni ti. Biću srećna zbog tebe, kunem se."

Tad mi je zatutnjalo u ušima i nije se utišalo čitavog popodneva. Kad se Ernest vratio kući s posla, i dalje sam bila uznemirena pa sam ga gotovo iz zasede sačekala na vratima. „Imaš li išta da mi kažeš o Kejt? Mislim da je ona zaljubljena u tebe." Iznenadila sam samu sebe kad sam to izgovorila naglas, ali je začudo Ernest to prihvatio mirno.

„Možda", odvratio je. „Ali ja za to nisam kriv. Nisam je ohrabrivao."

„Nisi? Čini mi se da je vrlo povređena."

„Slušaj. Kejt je Kejt. Sad je to za nama. Zaista želiš sve da znaš?"

„Želim. Hoću da znam sve. Za svakog koga si poljubio ili makar na dva minuta zamislio da si zaljubljen."

„To je ludost. Zašto?"

„Zato da bi mi kazao kako nijedna od njih nije bitna i da voliš mene više."

„To ti i govorim. Zar me uopšte ne slušaš?"

„Kako da se venčamo kad među nama ima tajni?"

„Nećeš da se venčamo?"

„A ti?"

„Naravno da hoću. Naduvala si ovo, Haš. Molim te, budi razumna."

„Isto mi je i Kejt rekla."

Pogledao me je tako izazovno da nisam uspela da se uzdržim i ne zaplačem.

„O, hajde, mačkice. Sve će biti u redu. Videćeš."

Klimnula sam glavom pa obrisala oči. I tad sam zatražila piće.

* * *

Pozajmili smo Kenlijev auto i odvezli se do velike porodične kuće u Ouk Parku. Što smo bili bliže Aveniji Kenilvort, Ernest se sve više uzrujavao.

„Misliš da im se neću dopasti?“, upitala sam ga.

„Obožavaće te. Nevolja je u tome što nisu ludi za mnom.“

„Oni te vole. Moraju te voleti.“

„Vole me kao čopor vukova“, rekao je gorko. „Šta misliš zbog čega iznajmljujem stan kod Kenlija kad mi je porodica na samo dvadeset tri kilometra?“

„O, bože. Nikad o tome nisam tako razmišljala. Je l' prekasno da okrenemo?“

„I te kako“, rekao je kad smo stali na dugački kružni prilaz kući.

Na vratima nas je dočekala Ernestova majka Grejs, doslovno odgurnuvši poslugu u stranu kako bi ona otvorila vrata. Bila je punačka i raskošna, a prosedu kosu je digla u punđu. Jedva sam prešla prag kad se bacila na mene, zgrabila mi šake i dok sam se ja smešila i trudila se da je šarmiram, videla sam zbog čega se Ernest borio protiv nje. Bila je veća i glasnija od svega oko sebe, kao moja majka. Ona je menjala težu prostorije, zbog nje se sve događalo.

U salonu su nas čekali fini sendviči na još finijim tanjirima i ružičasti šampanjac. Ernestova starija sestra Marsilina sela je na stolicu blizu mene, a iako mi je izgledala kao sasvim prijatna devojka, pomalo me je zbunjivalo što je toliko ličila na brata. I Ursula je imala njegove crte lica, precrtan njegov osmeh, pa čak i jamicu. Ljupka šesnaestogodišnja Sani pojavila se u svetložutom šifonu. Mali Lester, tek šestogodišnjak, išao je za Ernestom kao kučence dok ga nije nagovorio da odsparinguju jednu rundu u dnevnoj sobi. U međuvremenu Grejs me je zarobila u salonu pričom o boljem kvalitetu evropske čipke dok je doktor Hemingvej lebdeo okolo s tanjirom sireva i cvekle koju sam uzgaja i kiseli na Valonskom jezeru.

Posle večere me je Grejs zamolila da sviram na klaviru, a ona je stala uz njega i otpevala jednu ariju. Ernest je bio upadljivo posramljen. Još se više stideo kad je Grejs navalila da mi pokaže sliku u nekom očigledno vrlo čuvanom albumu, s Marselinom i Ernestom isto obučenim, u ružičastim pamučnim haljinicama i slamnim šeširićima širokog oboda oivičenim cvetovima.

„Hedli ne želi da gleda to, majko", dobacio je Ernest s drugog kraja sobe.

„Naravno da želi." Grejs me je potapšala po ruci. „Zar ne, dušo?" Zatim je pokazala na sliku u maniru vlasnika. „Zar nije bio prelepo detešce? Verovatno je šašavo što sam ga oblačila kao devojčicu, ali to je bio hir. Nikom ništa nažao nisam učinila."

Ernest je prevrnuo očima. „Tako je, majko. Nikad nikome ništa nažao nije učinjeno."

Nije obratila pažnju na njega. „Znaš, oduvek je voleo priče. O našem konju Princu i svom meci Lili. A bio je veliki mangup još kao malo dete. Ako mu se ne bi dopalo nešto što si uradila, udario bi te jako na licu mesta a onda bi došao da te ljubi."

„Vodi računa da to ne radiš s Hedli", rekla je Marselina izdigavši obrvu na Ernesta.

„Moglo bi joj se dopasti", dodala je Ursula široko se osmehnuvši.

„Ursula!", prasnuo je doktor Hemingvej.

„Majko, skloni album", rekao je Ernest.

„Pih", odvratila je Grejs pa okrenula stranicu. „Evo slike s kućom u Vindemiru. Prelepa Valona." I opet krenu da razlaže.

Veče nije imalo kraja. Stigla je kafa i kap konjaka uz sitne kolače, pa još kafe. Kad smo konačno dobili dozvolu da krenemo, Grejs je doviknula za nama da nas čeka u nedelju na ručku.

„Sutra malo", rekao je Ernest sebi u bradu, a na putu ka Kenlijevom stanu kazala sam mu: „Bili su strašno učtivi prema meni, ali shvatam zbog čega želiš da budeš daleko od njih."

„Za njih sam i dalje dete, čak i za oca, a kad se pobunim protiv toga, onda sam sebičan ili bezobziran, magarac u kog se ne mogu pouzdati."

„Ni meni nije bilo drugačije dok je majka bila živa. Majke su nam tako slične. Misliš li da smo zbog toga privukli jedno drugo?"

„Zaboga, nadam se da nismo", rekao je.

S početkom naših zaruka u Kenlijevom stanu zavladala su nova pravila. I dalje sam bila dobrodošla u svojoj staroj sobi, ali je Ernest zamoljen da se nametne drugim prijateljima dok ja tu boravim.

„Ne znam zbog čega se Kenli odjednom ponaša tako ispravno", rekao je Ernest kad mi je preneo tu novost. „Teško da je on čist kao suza."

„Ne štiti on svoj ugled, već moj", objasnila sam. „Kad bolje razmisliš, to je vrlo pažljivo od njega."

„To je čista gnjavaža. Želim da te vidim čim otvoriš oči. Zar tražim previše?"

„Samo zasad. Čim se venčamo moći ćeš da me gledaš koliko god hoćeš."

„Lepa misao." Nasmešio se.

„Lepša ne može biti."

Nije bila neka velika tajna da sam ja devica. Osim ponekog strasnog poljupca ovde-onde s raznim udvaračima, moje ljubavno iskustvo je bilo ništavno. Ernest je umeo da nabaci kako je upoznao mnogo devojaka. Pretpostavljam da je u Italiji bio s Agnes – uostalom, hteli su da se venčaju – ali iznad svega sam se trudila da o tome ne mislim. Previše me je uzrujavalo razmišljanje o tome hoću li ga zadovoljiti, pa sam te misli odgurnula i usredsredila se na to kako će mi vođenje ljubavi biti način da ga upoznam u svim mogućim situacijama, bez prepreka i zabrana.

Neće mariti što sam ja neiskusna. Osetiće kako ga volim u celosti i ne uzdržavam se. Kako i da ne oseti?

Činilo mi se da je Ernest spreman da čeka našu prvu bračnu noć – izvesno me ni na koji način nije pritiskao – ali one večeri kad smo bili u Ouk parku, posle produženog poljupca za laku noć pred Kenlijevim vratima, rekao mi je da te noći neći ići na spavanje kod Dona Rajta. „Kampovaću."

„Šta?"

„Dođi. Pokazaću ti."

Krenula sam za njim uz požarne stepenice do krova očekujući da je tamo ledeno – ipak je *mart* i još će proći mnogo nedelja do pravog proleća u Čikagu – no Ernest je između dimnjaka, u zaklonjenom kutku, naslagao pokrivače i ćebad i napravio ugodno gnezdašce.

„Stvorio si ovde pravo malo kraljevstvo."

„To mi je bila namera. Hoćeš li vina?" Zavukao je ruku pod gnezdo i izvukao začepljenu bocu i šolju za čaj.

„Šta još imaš skriveno tu?"

„Dođi da vidiš." Glas mu je bio nemaran i šaljiv, no kad sam legla pored njega na prekrivač i kad je pružio ruku da mi oko ramena uvije ćebe, osetila sam da mu šake drhte.

„Nervozan si", rekla sam.

„Ne znam zašto."

„Bio si s mnogo devojaka, zar ne?"

„Nijedna nije kao ti."

„To si *savršeno* rekao."

Razvukli smo ćebad oko nas i dugo se ljubili ušuškani i utopljeni, odvojeni od ostatka sveta. A onda sam, ne znajući unapred šta ću uraditi, skinula jaknu i bluzu, pa legla pored njega i nije mi smetalo što mi golu kožu grebe njegov štofani sako niti što se on odmakao da bi me gledao.

Nisam se osećala ni sramežljivo ni izloženo kao što sam očekivala. Oči su mu bile tako meke, a i šake. Milovao mi je grudi, a iznenadio me je naboj koji je njegov dodir izazivao u meni. Mehanički sam se privila uz njegovo telo i sve se zatim dogodilo vrlo brzo, šakama sam tražila njegove, njegova usta moje kapke, vrat, sve odjednom. Sve je bilo novo, ali prirodno i nekako ispravno, čak i kad je bolelo.

Dok sam bila tinejdžerka, moja majka je objavila članak u časopisu *Nju ripablik* u kojem je napisala kako žena koja uživa u seksualnom opštenju nije ništa bolja od prostitutke. Podavanje je potrebno samo zarad dece, naravno, ali krajnji cilj ženâ može biti samo strog i blažen celibat. Nisam znala šta da mislim o seksu niti šta da očekujem, sem nelagode. Kako sam sazrevala i postajala radoznalija, proučila sam izvode iz *Psihologije seksa* Havloka Elisa u Rolandovim *Književnim izvodima* tragajući za potrebnim obaveštenjima. No bilo je delova u kojima mi je teško bilo da podrobno razmišljam – kao što je ono gde će nam se tela sresti i kako zapravo to *izgleda*. Ne znam jesam li bila sputana ili prosto tupava, ali u svojim maštarijama o prvoj bračnoj noći Ernest bi me preneo preko cvećem zasutog praga a moja bela haljina bi sama od sebe spala. Zatim bih, posle nešto slatkog neodređenog rvanja, postala žena.

Na onom krovu su spali svi velovi i kad više nije ostao ni tračak mašte, mislim da me je najviše iznenadila sopstvena želja – kako sam bila spremna da ga imam i potpuno svesna kože i vreline. Želela sam ga i ništa – pa ni nezgodno buškanje kolenima i laktovima dok smo se mučili da se približimo jedno drugom, ni uzdrmana oštrina kad je ušao u mene – ne bi to promenilo. Kad je punom težinom bio na meni, a ja kroz ćebad na ramenima i kukovima osećala svaku kvrgu i neravninu krova, nastali su trenuci čiste razorne sreće koju sam znala da nikad neću zaboraviti.

Kao da smo pritiskali jedno drugo dok njegove kosti nisu prošle kroz moje i nismo postali jedno, makar sasvim nakratko.

Kasnije smo ležali zavaljeni na ćebad i gledali zvezde koje su bile veoma jasne svuda nad nama.

„Osećam se kao da sam tvoj ljubimac", rekao je toplim i mekim glasom. „I ti si moj, moja savršena mačkica."

„Jesi li zamišljao da bi moglo da bude ovako? Kako smo se nas dvoje jedno drugom desili?"

„Mogu da uradim sve kad si sa mnom", rekao je. „Mislim da mogu da napišem knjigu. Hoću da kažem, želim da je napišem, ali sve bi moglo da ispadne glupo i uzalud."

„Naravno da možeš da je napišeš. Čim ti bude u glavi, jednostavno ćeš to uraditi i ona će biti mlada, sveža i jaka, baš kao ti. Ona će biti ti."

„Hoću da moji junaci budu kao mi, ljudi koji se trude da jednostavno žive i govore ono što stvarno misle."

„Mi govorimo ono što mislimo, ali to je teško, je l' da? Možda je najteže kad si stvarno iskren."

„Kenli kaže da smo požurili. Ne razume zbog čega želim da se upustim u bračne vode kad mi sasvim odgovara život samca."

„To je njegovo pravo."

„Da, ali nije samo on. Rogati brine da ću upropastiti karijeru. Džim Gembl misli da ću zaboraviti čitavu priču o Italiji čim se vežemo. Kejt ne govori ni s tobom ni sa mnom."

„Hajde, molim te, da nju ne pominjemo. Bar ne sada."

„U redu", složio se. „Samo kažem da niko izgleda ne shvata kako mi je ovo *potrebno*. Kako si mi ti potrebna." Uspravio se pa mi se zagledao u lice tako da sam pomislila da ću se istopiti. „Nadam se da ćemo imati sreće da ostarimo zajedno. Srećeš te parove na ulici, ljude koji su već toliko u braku da se ne razlikuju. Kako bi to bilo?"

„Volela bih da izgledam kao ti", rekla sam. „Volela bih da sam ti."

Nikad ništa istinitije nisam rekla. Te noći bih rado izašla iz rođene kože i prešla u njegovu jer sam verovala da je to ljubav. Zar nisam maločas osetila kako se rušimo jedno u drugo da ne ostane nikakve razlike među nama?

Najteža lekcija braka biće mi kad otkrijem manu ovakvog razmišljanja. Nisam mogla da dosegnem do svakog Ernestovog dela a on to nije ni želeo. Jeste, bila sam mu potrebna da bi se osećao bezbedno i znao da ima podršku, isto kao što je on meni bio potreban. Međutim, on je umeo da se izgubi u svom radu, daleko od mene. I da se vrati kad on to poželi.

DEVETO POGLAVLJE

Ernest se odbacio zaustavivši telo nad jezerom pre nego što je probio površinu. Kad je izronio zaparao je vodu okrenut doku, gde su Dač i Luman sedeli i jedan drugom dodavali bocu brlje i glasovi im jasno leteli nad vodom.

„U dobroj si formi, Veme“, doviknuo mu je Dač. „Možeš li i mene naučiti da tako ronim?“

„Ne“, odvratio je on. „Nikog ničemu ne mogu naučiti.“

„Ne moraš zbog toga biti tako otrovan“, rekao je Dač prezrivo se nasmešivši, ali Ernest nije bio raspoložen da mu odgovori pa je izleteo uvis kao kamen i pustio da potone kroz jezero sve dok nije dotakao mahovinasto dno i tamo se zadržao osećajući hladnu i čudnu mahovinu pod stopalima.

Kao da je juče bilo kad su prošlog leta Kejt i Edgar sedeli na doku i jeli kradene trešnje pa pljuvali neoglodane koštice na njega dok je izranjao u blizini. Kejt. Draga stara Kejti s mačkastim zelenim očima i glatkim jakim nogama sve do grudnog koša. Jedne večeri mu je rekla: „Ti si lekar, pregledaj me“, pa je on to i učinio prebrojavši joj rebro po rebro šakama i prateći oblinu sve do kičme. Nije ni trepnula, čak se nije ni zasmejala. Kad joj je stigao do grudi, spustila je gornji deo kupaćeg kostima gledajući pravo u njega. On je zaustavio šake i pokušao da diše.

„Šta misliš, Vemidže?“

„Ništa“, rekao je trudeći se da mu glas ostane miran. Bradavice su joj bile savršene i želeo je da na njih spusti ruku pa onda usta. Želeo je da propadne kroz Kejt kao što je voleo da propada kroz jezero, ali tad su se stazom prema njima začuli glasovi. Kejt je namestila kostim. On je brzo ustao i bacio se u vodu, osećajući kako ga ona peče po čitavom telu.

Sad je Kejt bila od njega udaljena tek kilometar drumom, u kući svoje tetke Čarls, s Hedli – njih dve u istoj sobi u krevetićima što mirišu na memlu. Dobro je znao tu sobu kao i ostale sobe u kući, ali mu je bilo teško da zamisli Hedli tamo ili na bilo kom mestu koje je dobro znao. Kad je bio mali, naučio je da hoda po padini s retkom travom pred Vindemirom. A to je bio tek početak. Naučio je sve što je vredelo tu naučiti, kako da uhvati ribu, da joj očisti krljušt i utrobu, kako da drži žive i uginule životinje, da kremenom upali vatru i da bešumno ide šumom. Da sluša. Da pamti sve što je važno i da zadrži to za sebe i koristi kad je potrebno.

Ovo mesto ga nikad nije izneverilo, ali se večeras osećao malo izmešteno. Sutra u četiri posle podne on i Hedli će se venčati u beloj metodističkoj crkvi sa zvonikom koji bije u nebo. Zbog toga je osetio nalet panike, kao da je riba uhvaćena u mrežu pa se instinktivno bori. Nije Hedli kriva. Njegova je ideja da se venčaju, ali nije joj rekao i koliko se toga plaši. Činilo mu se da ipak mora da se na silu probije kroz to, kao što je radio sa svime što ga je mnogo plašilo. Plašio se braka, ali se plašio i samoće.

Dižući se s dna jezera večeri pre venčanja, shvatio je da mu je teško da se ne okrene od Hedli i da se ne zbunjuje. Voleo ju je. Ona ga nije plašila kao Kejt nit ga je izazivala da je dodiruje onim zelenim očima u mraku niti je govorila: „Hajde, čega se plašiš, Vemidže?“ S Hedli je skoro uvek sve izgledalo kako treba.

Ona je dobra, snažna i istinita, na nju može da se osloni. Imali su jednake šanse kao i svi ostali da uspeju, ali šta ako brak ništa ne reši i nikog nimalo ne sačuva? Šta onda?

Sad kad je isplivao na površinu, čuo je opet Dača i Lumena kako pričaju gluposti i ništa ne razumeju. Voda mu je prijala onako glatka i sveža na koži, držala ga je i puštala istovremeno. Pogledao je u crni kotur neba pa samo jednom duboko udahnuo i zaplivao punom snagom do doka.

DESETO POGLAVLJE

Treći septembar 1921. osvanuo je blag i bez vetra – savršen dan. Lišće po drveću je taman počelo da žuti, ali bliženje jeseni ne biste osetili da pipnete vodu jezera koja je i dalje bila topla kao u kadi. Ernest je tog jutra stigao u Horton bej natušten posle tri dana pecanja s momcima. Prevoj nosa mu je preplanuo a pod očima je imao senku iscrpljenosti ili nervoze, a moguće i jednog i drugog.

„Jesi li ti spreman za ovo?", pitala sam ga čim sam ga ugledala.

„Nego šta", rekao je. Blefirao je, ali zar nisam i ja? Zar nisu svi nasmrt preplašeni na dan venčanja?

Dok je Ernest poslednje sate kao slobodan muškarac provodio u kućici u Glavnoj ulici u Horton beju, deleći bocu viskija sa svojim prijateljima, ja sam se posle ručka iskupala s Rut i Kejt, svojim deverušama.

Nije bilo lako nagovoriti Kejt čak i da prisustvuje venčanju. Pre toga je tekao niz stegnutih i teških pisama, od kojih su gotovo sva u početku išla k njoj. No posle mnogo nedelja konačno je priznala: *Bojim se da sam jedno vreme bila mnogo zaljubljena u Ernesta. Ne znam zašto nisam uspela to da kažem, osim što me je bolelo kad sam videla da se on zaljubljuje u tebe i što mi je pomisao da se vas dvoje smejete na moj račun bila strašno neprijatna.*

Osetila sam oštar ubod saosećanja kad sam pročitala ove njene reči. Dobro sam znala kako nisko može pasti neko kome nije uzvraćena ljubav, a sad mi se eto Kejt pokazuje kao zaista dobra prijateljica. Volela je Ernesta i izgubila ga zbog mene, a ipak je pristala da se zauzme za oboje pred porodicom i prijateljima. Tog popodneva sam joj se izuzetno divila pa sam morala da otplivam do plićaka gde se ona brčkala i da joj kažem: „Ti si dobar čovek, Kejt."

„I ti si, Haš", reče ona. Oči su joj bile crvene od suza.

Da smo tad samo znale kako će devet godina kasnije u Parizu, o kojem nismo ni sanjali, Džon Dos Pasos postati žrtva Kejtine iskre i silovito je progoniti dok ne pristane da se uda za njega. Da smo znale da će Dos biti gotovo jednako žustra i značajna ličnost američke književnosti kao i Ernest, to bi uveliko ublažilo ovaj trenutak – no nikad ne znamo šta nas čeka, ni dobro ni loše. Budućnost je ostala pod velom kad mi se Kejt kiselo osmehnula pa otplivala od mene u trsku.

Voda je bila tako topla i sjajna tog popodneva da smo plivale sve do tri, kad sam uspaničeno shvatila da mi se kosa neće osušiti pre obreda. Požurile smo kući pa sam je vezala trakama pozadi i ukoračila u čipkanu haljinu boje slonovače, što mi je tako lepo stajala da sam pomislila kako nije važno što mi je vlažna kosa. Za noge sam imala bledožute svilene cipelice, venac od cveća i veo niz leđa. Imala sam i buket šlajera.

U četiri i petnaest ušle smo u crkvicu koju su Kejt i Rut ukrasile ljiljanima, cvetovima balzamovog drveta i dragušca koje su ubrale na obližnjem polju. Kroz prozore su se probijale trake sunca i šarale zid. Ernest i njegovi pratioci stajali su kod oltara, svi rumeni i lepi u belim pantalonama i tamnoplavim sakoima. Neko kinu. Pijanista zasvira Vagnerov svadbeni marš a ja krenuh ka oltaru sa Džordžom Brejkerom, jednim porodičnim prijateljem. Nadala sam se da će brat Džejmi moći da dođe iz Kalifornije da me preda, ali tad je imao tešku tuberkulozu. Majčin brat Artur Vajman bio mi je drugi izbor, ali ni njemu nije bilo dobro pa nije mogao da prisustvuje. Bilo mi je žao što više članova moje porodice nije bilo sa mnom, ali zar nisam tog dana dobijala novu porodicu?

Na putu k amvonu prošla sam pored Foni u strogoj odeći i s tesnim plavim šeširićem.

Roland je stajao uz nju i nežno mi se osmehivao, a sestričina Dodi mi se cerila i pokazivala na Ernestova kolena, koja su se pomalo tresla u belim flanelskim pantalonama. Je li ovo još jedan dokaz straha ili nešto drugo? Iskreno nisam znala, ali ionako je bilo prekasno za takva pitanja – prekasno da se zaustavim ili da uzmem nešto nazad, čak i da sam htela. A nisam.

Obred je bio tih i lep i prošao je bez ikakvih trzavica. Izašli smo iz crkvice na poslednje sunčeve zrake tog dana. Kasnije, posle piletine, lepljive čokoladne torte i previše slikanja u porti dok svi žmirkaju na suncu, Rogati je ponudio da nas odveze do obližnjeg Valonskog jezera, gde ćemo provesti medeni mesec u Vindemeru, letnjikovcu porodice Hemingvej. Grejs i doktor Hemingvej su nam ga ustupili na dve nedelje kao poklon za venčanje. U suton smo se ukrcali u čamac i zaveslali preko jezera. Prtljag nam je udarao u kolena, a među nama je zavladala slatka nervoza pošto smo tog dana obavili veliki posao.

„Jesi li srećna?“, upitao me je meko.

„Znaš da jesam. Zar moraš da pitaš?“

„Volim da pitam“, kazao je. „Volim to da čujem iako znam šta ću čuti.“

„Onda sam naročito srećna“, rekla sam. „Jesi li ti srećan?“

„Zar moraš da pitaš?“

Nasmejali smo se veselo jedno drugom. Vazduh je bio vlažan, miran i ispunjen kricima noćnih ptica i slepih miševa u lovu. Kad smo pristali u plitkom zatonu kod Vindemera, potpuno se smrklo. Ernest mi je pomogao da se uspužem peskovitom obalom pa smo pošli uz brdo držeći se jedno uz drugo. Otvorili smo vrata i upalili lampe pa pogledali kućicu. Ernestova majka je na sebe preuzela da sve izglanca tako da mu izvadi dušu, pa je kuća bila čista, mada hladna. Ernest je otvorio bocu vina koju nam je Grejs ostavila u hladnjaku pa smo upalili vatru u salonu i dovukli madrace s nekoliko kreveta i svukli ih dole da napravimo gnezdo pred kaminom.

„Foni je danas bila čudnog oblika“, rekao mi je posle nekog vremena. „Pravi tenk.“

„Sirota Foni“, primetila sam. „Njen brak je veliki promašaj. Nije čudo što je tako stisnuta s nama.“

„Zar nisi ti dobrica?“, upitao me je i pomilovao po kosi. To me je podsetilo na popodnevno kupanje. „Kejt se ponašala strašno hrabro, zar ne misliš?“

„Jeste, ali drago mi je što je sad sve to iza nas.“ Ustao je i otišao na drugi kraj sobe da upali lampu. „Trebalo je ranije da ti kažem, ali uvek spavam s malo svetla. Hoće li to biti u redu?“

„Mislim da hoće. Šta se događa ako ne upališ?“

„Ne želiš da znaš.“ Ponovo je legao u naše gnezdo i čvrsto me stegnuo. „Kad sam bio ranjen, dok mi je glava još bila u gadnom stanju, jedan veoma mudar italijanski oficir rekao mi je kako je ženidba jedini pravi lek za takav strah.“

„Da bi žena vodila računa o tebi? To je zanimljiv stav o braku.“

„Ja sam to zapravo shvatio da ako brinem o njoj – to jest o tebi – manje ću brinuti o sebi. No možda to radi u oba smera.“

„Nadam se“, rekla sam.

JEDANAESTO POGLAVLJE

Tri putna sata
Kucaju
Na gredi nad kaminom
Zapeta
Ali mladi čovek umire od gladi.
E. H. 1921.

Daleko od toga da umiremo od gladi", rekla sam Ernestu kad mi je pokazao svoju najnoviju pesmu.

„Možda i ne umiremo, ali ne može se reći da smo imućni", odgovorio je.

Naš prvi stan je bio tesan i mračan, u dvospratnoj zgradi bez lifta u Ulici Severni Dirborn, u bednom kraju čikaškog Nort sajda. Mrzela sam ga, ali samo to smo mogli da priuštimo. Živeli smo s otprilike dve hiljade dolara godišnje – novac iz fonda koji mi je pripremio deda. Biće nešto više novca od majčine imovine, mada je sve to još uvek bilo upetljano kod različitih advokata. Ernest je zarađivao gotovo pedeset dolara nedeljno pišući za *Kooperativni Komonvelt*, ali je dao otkaz samo nekoliko nedelja pošto smo se vratili s medenog meseca, kad se pročulo kako s te novine umešane u nekakav nepošten finansijski posao i da će ubrzo bankrotirati. Ernest nije želeo da ga uvuku u nešto tako ružno, a ja sam ga razumela, naročito ako želi da postane poznati pisac, ali naši planovi za put u Italiju delovali su sve nestvarnije.

Naš bedni smeštaj nije smetao Ernestu koliko meni jer ga nije bilo po čitav dan: pisao je po restoranima i kafeima. Ja sam bila osuđena na stan – dve sobe, kupatilo na kraju hodnika – a nisam imala čime da se zanimam. U nekom drugom trenutku možda bi mi palo na pamet da nađem posao, ali dotad sam samo volontirala a dopadala mi se pomisao da se posvetim domaćinstvu. Nedostajala mi je energija „boravišta", ali je Kejt otišla na fakultet novinarstva u Bafalu, a Ernest i Kenli su zategli odnose. Još je dugovao Kenliju stanarinu od pre venčanja, ali kako je vreme prolazilo, Ernest se uskopistio govoreći kako Kenli pokušava da ga opelješi. On nije plaćao, a Kenli je besneo, pa je na kraju poslao pismo u kojem kaže kako Ernest može da dođe po svoje stvari iz ostave.

Ernest mu je poslao surov odgovor žrtvujući prijateljstvo kao da mu ništa nije značilo. Znala sam da su ga boleli gubitak i njegove greške, ali on to nije priznavao. U tom razdoblju mu je raspoloženje bilo prilično loše. Još nekoliko časopisa mu je odbilo pripovetke, a to mu je povredilo ponos. Jedno je bilo kad je pisao mimo posla i nije mu išlo. No sad se posvetio svom zanatu, radio je svakodnevno, a i dalje je bio neuspešan. Kako će se to odraziti na budućnost?

Naravno, bilo je trenutaka dok smo se zabavljali kad je Ernest bio neraspoložen i obeshrabren. Neko mračno pismo od njega činilo bi mi se prilično zloslutno, ali onda bi prošlo nekoliko dana i ton mu je postajao sve vedriji i pozitivniji. Svakako mi je bilo teže kad izbliza vidim da mu se raspoloženje menja. U stvari, prvi put, a to je bilo ubrzo posle venčanja, to me je uznemirilo više nego što mi je prijatno da priznam.

Jednog dana je došao kući posle pisanja u kafeu prosto groznog izgleda. Lice mu je bilo oklembešeno i iscrpljeno, oči krvave od umora. Pomislila sam da je bolestan, ali je on odbacio moju brigu. „Samo sam previše bio u svojoj glavi. Što ne bismo prošetali?"

Bio je novembar i beše prilično hladno, ali smo se umotali i otišli dosta daleko prema jezeru. Ernest je bio ćutljiv, a ja nisam htela da mu stajem na muku. Kad smo stigli do obale već se smrkavalo i voda je bila uzburkana. Ipak smo uspeli da nazremo neku hrabru ili glupu dušu, možda oko osamsto metara od obale, u čamčiću na vesla koji se gadno naginjao i punio vodom.

„Šta bi Darvin pomislio o ovom seljaku?", rekao je Ernest i iskrivio usta u osmeh.

„A-ha", kazala sam. „Uplašila sam se da uopšte neću videti te divne zube."

„Izvini. Ne znam šta mi je." Zagnjurio je glavu u šake i uzdahnuo. „Dođavola", besno je prošaputao pa oštro udario čelo pesnicama.

„Erneste!", povikala sam a on je to ponovo uradio.

Rasplakao se ili se bar meni učinilo da plače; lice je sakrio šakama.

„Molim te, reci mi šta nije u redu", tražila sam. „Možeš sve da mi kažeš."

„Čak i ne znam. Rastočen sam. Noćas uopšte nisam spavao."

„Žališ li što smo se venčali?", pokušala sam da mu uhvatim pogled. „Ako žališ, to mogu da podnesem."

„Ne znam. Prosto sam izgubljen." Snažno je protrljao oči rukavima štofane jakne. „Imam košmare koji su sasvim stvarni. Čujem topovsku paljbu, osećam krv u cipelama. Budim se u znoju. Bojim se da zaspim."

Zapljusnuo me je talas majčinske ljubavi prema njemu, pa sam poželela da ga čvrsto stegnem u naručje dok mu iz srca ne nestane to hladno osećanje. „Hajdemo kući", predložila sam.

Vratili smo se do stana u tišini. Kad smo stigli, odvela sam Ernesta pravo u spavaću sobu pa ga svukla kao što je mene majka svlačila kad sam bila bolesna. Navukla sam mu ćebad do grla pa mu istrljala ramena i ruke. Nekoliko minuta kasnije on se uspavao. Uzela sam jedno ćebe i otišla do stolice u uglu da ga pazim. Tek tad sam dozvolila sebi da osetim punu težinu sopstvenog straha. *Prosto izgubljen*, rekao je, a ja sam mu to videla u očima koje su me podsetile na oči mog oca. Šta to sve znači? Ima li ova kriza veze s iskustvima iz rata? Nailaze li ta sećanja s vremena na vreme pa ga muče ili je to nešto ličnije? Pripada li ova tuga Ernestu onako kako je mom ocu pripadala njegova?

Na drugoj strani sobe Ernest je ispuštao tihe životinjske zvuke pa se okrenuo prema zidu. Uvila sam se bolje u ćebe i pogledala kroz prozor naše spavaće sobe u olujno novembarsko nebo. Počela je jaka kiša pa sam se ponadala da je ona nesrećna duša u čamcu našla put do obale. No ne žele svi u nevremenu da se spasu. To sam i sama spoznala onog leta kad je Dorotea umrla. Moj letnji drugar i ja smo bezbedno izbegli iz Ipsvič beja, ali to je bila samo srećna okolnost. Da je pobesnela voda pokušala da me proguta, ja bih je pustila. Tog dana sam želela da umrem – zaista – a bilo je i drugih trenutaka. Ne mnogo, ali ih je bilo, pa dok sam posmatrala Ernesta kako se trza u teškom snu, morala sam da se zapitam imamo li ih svi. I ako je tako, *ako* ih preživimo, je li to samo pukom srećom?

Satima kasnije Ernest se probudio i pozvao me u mračnoj sobi.

„Tu sam“, rekla sam i prišla mu.

„Izvini“, kazao je. „Ponekad mi bude ovako, ali ne želim da pomisliš kako si dobila bezvredno kljuse.“

„Šta to pokreće?“

Slegnuo je ramenima. „Ne znam, jednostavno se pojavi.“

Ležala sam mirno uz njega i lako mu milovala čelo dok je pričao.

„Kad sam pogođen neko vreme mi je bilo dosta gadno. Danju, kad sam se nečim bavio, pecao ili radio bilo šta, bilo mi je dobro. Ili noću, kad je svetlo bilo upaljeno i kad mi je polazilo za rukom da mislim na nešto drugo dok ne zaspim. Kad sam uspevao da navedem sve reke koje sam video u životu. Ili kad bih u glavi iscrtavao mapu grada u kom sam živeo i trudio se da se setim svih ulica, dobrih barova i ljudi koje sam tamo sretao, onoga što su oni pričali. No nekad je bilo premračno i pretiho, pa bih se sećao onoga što uopšte nisam želeo u glavi. Znaš li kako je to?"

„Pomalo znam." Čvrsto sam ga stegla. „Ipak me to plaši. Nisam znala da mi je otac toliko nesrećan, a on je otišao. Mora da mu je bilo previše." Zastala sam trudeći se da to izrazim kako treba. „Misliš li da ćeš znati kad je za tebe previše? Hoću da kažem dok ne bude prekasno."

„Hoćeš da ti obećam?"

„Možeš li?"

„Mislim da mogu. Mogu da pokušam."

Kako smo te noći oboje bili neverovatno naivni. Uporno smo se stiskali jedno uz drugo i kleli se u ono što nismo mogli da ispunimo i što nikad nije trebalo glasno da izgovorimo. Ume katkad ljubav da bude takva. Već sam ga volela više nego išta i ikog u životu. Znala sam da sam mu beskrajno potrebna i želela sam da mu zauvek budem potrebna.

Trudila sam se da budem jaka zbog Ernesta, ali nije mi bilo lako u Čikagu. Njegova posvećenost radu jasno mi je predočila kako nemam svojih strasti. I dalje sam vežbala klavir jer sam to oduvek radila, ali bio je to iznajmljeni pijanino, ne onaj veličanstveni stenvej iz mog detinjstva, a promaja u stanu bila je pogubna za štimovanje.

Budući da u Čikagu više nisam imala prijateljâ, prolazile bi čitave nedelje da ne razgovaram ni s kim sem s Ernestom i gospodinom Minelom, piljarom iz naše ulice. Svakog popodneva prešla bih tri bloka do pijace da sedim i ćaskam s njim. Ponekad bi nam on skuvao po šolju čaja – jakih listića s ukusom pečuraka i pepela – pa bismo brbljali kao prodavačice ribe. Bio je udovac, slatki čovek koji je umeo da prepozna usamljenu ženu.

Upravo mi je gospodin Minelo pomogao da isplaniram svoju prvu večeru udate žene, za Šervuda Andersona i njegovu ženu Tenesi. Kenli je proletos, pre nego što su se razišli, upoznao Ernesta s Andersonom. *Varošica Vajnzberg u državi Ohajo* i dalje je bio poveća novost, pa je Ernest jedva poverovao da će se Anderson videti s njim, a kamoli da će pogledati neke od njegovih pripovedaka. Anderson je video da Ernestov rad obećava i ponudio da mu pomogne, ali on i Tenesi su ubrzo posle toga napustili Ameriku i otišli na dugu evropsku turneju. Samo što su se vratili u grad pa ga je Ernest potražio i pozvao da sa ženom dođe na večeru. Bila sam uzbuđena što ću ih upoznati, ali me je uhvatila i panika. Stan nam je bio tako grozan, kako da uopšte to izvedem?

„Prigušeno svetlo", predložio je gospodin Minelo pokušavajući da mi smiri živce. „Štedi na svećama, ali ne i na vinu. A posluži nešto u kremastom sosu."

Nisam bila neka kuvarica, ali je to veče svejedno prošlo glatko. Anderson i njegova žena su imali savršene manire pa su se pretvarali da ne primećuju kako smo užasno živeli. Meni su se odmah oboje dopali, naročito Anderson, koji je imao zanimljivo lice. Katkad se činilo prazno i sasvim bez crta – meko, obično, tipično za Srednji istok. U drugom trenu je ono poprimalo dramatičnu snagu, što mu je davala divnu čvrstinu i promenu. Dok je za večerom pričao o Parizu, bio je gotovo čaroban.

„A šta je s Rimom?", upitao je Ernest pa ga uputio u naše večite planove da se preselimo u Italiju.

„Rim svakako ima svoje draži", rekao je Anderson oduvavši dim sa svog praznog tanjira, „*la dolce vita* i sve to. U Italiji nema šta da se ne dopadne. Ali ako hoćeš da se ozbiljno baviš poslom, Pariz je pravo mesto za to. Sad su tamo pravi pisci. Kurs je dobar. U svako doba dana ima šta da se radi. Sve je zanimljivo i svi nečim doprinose. Pariz, Heme. Razmisli o njemu."

Kad smo te noći legli u naš hladni krevetac, šćućurivši se jedno uz drugo da zgrejemo stopala i šake, Ernest me je pitao šta mislim o Parizu.

„Možemo li tek tako da se prebacimo? Koliko smo samo planirali."

„Rim će nas čekati kad god ga poželimo – ali Pariz? Želim da uhvatim tok. Anderson zna znanje, a on kaže da treba biti u Parizu; trebalo bi bar da ozbiljno razmislimo o tome."

Bili smo i dalje tako švorc da čitava ta zamisao ne bi imala nikakvog smisla – no tad sam dobila vest da je brat moje majke Artur Vajman umro i ostavio mi osam hiljada dolara. Bio je već neko vreme bolestan, ali ovaj dar je bio potpuno neočekivan. Ta svota novca – za nas čitavo bogatstvo – u trenu nam je omogućila putovanje preko okeana. Čim smo primili ovu vest, Ernest je otišao da se vidi sa Šervudom u njegovoj kancelariji u centru i rekao mu da smo se naoštrili za Pariz. Može li ikako da nam utre put? Kuda da odemo? U koji kraj? Kako da na pravi način pristupimo svemu?

Anderson mu je odgovorio redom na sva pitanja. Monparnas je najbolja četvrt za umetnike i pisce. Dok ne nađemo smeštaj treba da odsednemo u hotelu *Žakob* kod Bonapartine ulice. Čist je i pristupačnih cena, a u njemu i njegovoj okolini mogu se naći mnogi američki intelektualci. Na kraju je Anderson seo za pisaći sto i napisao Ernestu pisma preporuke za nekoliko čuvenih emigranata koje je nedavno upoznao i sprijateljio se s njima, među kojima su Gertruda Stajn, Džejms Džojs, Ezra Paund i Silvija Bič. Svi su oni već bili ili će uskoro postati divovi na polju umetnosti i književnosti, ali mi to tad nismo znali, samo nam je bilo jasno da su nam Andersonova pisma kao vizitkarte od suštinskog značaja. Ernest mu je zahvalio na svemu što je učinio pa požurio kući da mi u našoj sumornoj kuhinji naglas pročita njegove reči. U svakom pismu je u suštini stajalo isto, da je ovaj Ernest Hemingvej neotkriven ali veoma dobar mladi novinar koga će „izvanredni talenat" odvesti van granica novinarstva.

Te noći u krevetu razgovarali smo i maštali o Parizu, pa sam šapnula Ernestu u uho: „Jesi li ti taj fini mladi pisac o kome slušam?"

„Bože, nadam se da jesam." Stisnuo me je snažno.

Osmog decembra 1921, kad je *Leopoldina* zaplovila k Evropi, mi smo bili na njoj. Naš zajednički život je konačno počeo. Pribili smo se jedno uz drugo i gledali u more. Bilo je neverovatno široko i podjednako ispunjeno lepotom i opasnošću – a mi smo želeli i jedno i drugo.

DVANAESTO POGLAVLJE

Naš prvi stan u Parizu bio je u Ulici kardinala De Lemoana 74, dve sobe čudnog oblika u četvorospratnici pored javne dvorane za igranke, *bal musette*, gde ste mogli u svako doba dana kupiti ulaznicu i vući noge po podu dok harmonika svira živahne melodije. Anderson je savetovao Monparnas, ali mi za njega nismo imali novca, kao ni za kakav drugi pomodniji kraj. Ovo je bio stari Pariz, Peti arondisman, daleko od dobrih kafea i restorana, ispunjen ne turistima, već pariskom radničkom klasom s kolicima i kozama, korpama s voćem i pruženim dlanom u prošnji. Kako su toliki muževi i sinovi nestali u ratu, ovde su uglavnom bile žene, deca i starci, a to je bilo jednako otrežnjavajuće kao i sve ostalo tu. Kaldrmisana ulica dizala se i skretala od Sene kod mosta Sili i završavala se na Plas de la Kontreskarp, što je smrdeo na pijance koji su izranjali iz bistroa ili spavali po haustorima. Videli biste ogromnu gomilu krpa, a onda bi se ona pomerila i shvatili biste da se to neka sirota duša trezni u snu. Prodavci uglja su pevali i pronosili prljave džakove s briketima uskim ulicama oko trga. Ernest je to mesto zavoleo na prvi pogled; ja sam patila za kućom i bila razočarana.

Stan smo iznajmili opremljen, s ružnom trpezarijskom garniturom i ogromnim krevetom od lažnog mahagonija s pozlaćenim ukrasima. Madrac je bio dobar, kao što bi i trebalo da bude u Francuskoj, gde su izgleda svi sve obavljali u krevetu – jeli, radili, mnogo vodili ljubav. To nam je odgovaralo, za razliku od skoro svega ostalog u stanu, osim možda lepe crne grede nad kaminom u spavaćoj sobi.

Odmah smo preuredili razmeštaj, pomerili trpezarijski sto u spavaću sobu, a iznajmljeni pijanino stavili u dnevnu. Kad smo završili s tim, Ernest je seo za sto i počeo da piše pismo porodici koja je željno očekivala novosti od nas, a ja sam raspakovala naš svadbeni porcelan i nekoliko lepih sitnica koje smo doneli, kao što je slatki servis za čaj, poklon od Foni i Rolanda, s ružicama boje lososa i listićima. Stežući u šakama okrugli čajnik i razmišljajući gde bih ga smestila u svojoj majušnoj srednjovekovnoj kuhinji, iznenada me je tako žacnula nostalgija da sam se rasplakala. Nisam baš čeznula za Sent Luisom, već za nekom širom i neodređenijom predstavom kuće – s poznatim voljenim ljudima i predmetima. Setila sam se širokog trema naše porodične kuće na Kabane plejsu, gde smo živeli do očevog samoubistva: ljuljaška koja bi zaškripala kao cvrčak kad bih legla na nju, glavu oslonila na jastuk, oči podigla u savršeno ujednačenu obojenu lamperiju nad sobom. Za samo nekoliko minuta sva sam se rastopila od žudnje da sam morala da spustim čajnik.

„Je l' to jecanje dopire od mog paperjastog mačeta?", pitao je Ernest iz spavaće sobe.

„Bojim se da je tako", priznala sam. Otišla sam do njega pa ga zagrlila oko vrata i pritisnula mu vlažno lice na okovratnik.

„Sirota mokra mačkice", rekao je. „I ja to osećam."

Sto je bio naslonjen pod uskim prozorom a kroz njega su se videle grube bočne strane okolnih zgrada i radnji i gotovo ništa više. Za pet dana će Božić.

„Kad sam bila mala, majka je kačila grane božikovine duž prozora s crvenim staklom iznad sedišta u salonu. Pri sunčevoj svetlosti ili svetlosti sveća taj prozor je blistao. To je Božić."

„Hajde da ne pričamo o tome", kazao je i ustao da me zagrli. Namestio mi je glavu sebi na grudi, na ono mesto gde je znao da se osećam najbezbednije. Kroz daske patosa i zidove čula se harmonika iz dvorane za igranje pa smo počeli da se mičemo uz nju, da se lagano njišemo.

„Već ćemo se smestiti", rekao je. „Videćeš."

Klimnula sam mu glavom uz grudi.

„Možda bi trebalo da izađemo i pokupujemo šta nam treba za božićne čarape. To će oraspoložiti mačkicu." Opet sam klimnula glavom pa smo pošli u kupovinu. Na odmorištu svakog sprata u zgradi bili su umivaonik i zajednički klozet, koji se koristio tako što se stajalo na dve pedale. Smrad je bio užasan.

„Ovo je divljački", rekla sam. „Mora da postoji bolji sistem."

„Verovatno je bolje od pišanja kroz prozor", primetio je on.

Na ulici smo skrenuli levo i pošli nizbrdo, pa zastali da virnemo u dvoranu za igranje, gde su se dva mornara razvratno njihala uz dve devojke, obe bolno mršave i jako narumenjene. Nad njima su konopci s lampionima bacali treperave senke od čega je izgledalo kao da prostorija pliva i neprijatno se ljulja.

„Ovde je kao na karnevalu", primetila sam.

„Pretpostavljam da je bolje kad se napiješ", rekao je on pa smo se hitro složili kako će nam sve biti vedrije čim se i sami napijemo.

Još nismo umeli da se orijentišemo, ali smo krenuli krivudavom ulicom u pravcu Sene, prošli Sorbonu i *Odeon*, pa našli kafe *Pre o klerk* u Ulici Svetih otaca koji nam se učinio prijatnim. Ušli smo, seli za sto blizu nekih britanskih studenata medicine koji su suvo pričali o dejstvu alkohola na jetru.

Izgleda da su nedavno imali bliski susret s leševima.

„Možete uzeti moju jetru kad mi više ne bude trebala", našalio se s njima Ernest. „Samo ne večeras."

Kad smo pošli iz Amerike, prohibicija je bila u punom jeku, pa iako nismo uopšte prestajali da pijemo – ko jeste? – prijalo nam je da kupimo alkohol i uživamo u njemu na javnom mestu, u kafeu. Naručili smo perno koji pozeleni i postane morbidan kad mu dodate vodu i šećer, pa smo pokušali da se usredsredimo na njega umesto na večeru koja nas je razočarala – *coq au vin* sa sivkastim kolutovima šargarepe što plivaju po supi.

„Nije u redu kad si daleko od kuće za Božić. Trebalo bi da imamo pravu jelku, božikovinu i debelu ćurku u pećnici", rekla sam.

„Moguće", odvratio je, „ali sad imamo Pariz. To smo hteli."

„Da", kazala sam. „Samo, hoćemo li se ikad vratiti kući?"

„Naravno da ćemo se vratiti", rekao je mada su mu oči zbog nečeg potamnele – zbog sećanja ili neizvesnosti. „Prvo treba da se nekako ovde snađemo. Misliš li da možemo?"

„Naravno", blefirala sam.

Kroz izlog kafea ulice su bile tmurne, a jedino je prošao konj koji vuče kola u koja se pretaču septičke jame; od točkova kola ostajale su isprekidane senke.

Dao je znak konobaru i naručio još dva pernoa, pa smo se dali na ozbiljno opijanje. Kad se kafe zatvorio bili smo tako pijani da smo morali da pridržavamo jedno drugo u hodu. Uzbrdo je bilo neizmerno teže nego nizbrdo, naročito u našem stanju, no uspeli smo polagano, zastajkujući da se odmaramo u haustorima, tu i tamo se balavo ljubeći. U Parizu ste to mogli da radite a da ne privučete mnogo pažnje.

Kod kuće smo oboje povraćali, jedno pa drugo, u nokšir. U dvorani za igranje je i dalje treštalo pijano društvo kad smo pošli u krevet; harmonika je dostigla grozničav vrhunac. Mi smo trljali čelo o čelo, oznojeni i slomljeni mučninom, i držali otvorene oči da nam se svet ne vrti onako pomamno. I taman da zaspimo, rekla sam: „Zapamtićemo ovo. Jednog dana ćemo reći da je ova harmonika bila zvuk naše prve godine u Parizu."

„Harmonika, kurve i bljuvanje", dodao je. „To je naša muzika."

Veći deo januara je padala kiša, a kad je ona stala, zima u Parizu je bila ledena i bistra. Ernest je ranije bio ubeđen da svugde može da piše, ali posle nekoliko nedelja rada u tesnom stanu, uvek svestan mog prisustva, našao je i iznajmio sobu, vrlo blizu, u Dekartovoj ulici. Za šezdeset franaka mesečno dobio je potkrovlje ne veće od klozeta, ali savršeno za njegove potrebe. Nije želeo da ga išta ometa, a tamo i nije. Sto mu je bio okrenut neprivlačnim krovovima i dimnjacima Pariza. Bilo je hladno, ali hladnoća ti održava koncentraciju, a imao je i mangal, gde je mogao da založi svežnjeve grančica i ugreje ruke.

Uhvatili smo ritam tako što smo svakog jutra ustajali zajedno i umivali se bez priče, jer mu je rad već počinjao u glavi. Posle doručka odlazio bi u svom iznošenom žaketu i patikama s rupom na peti. Peo bi se u svoju sobicu i čitav dan mučio s rečenicama. Kad je bilo prehladno da radi ili su mu misli bile premračne, dugo bi hodao ulicama ili prilično sređenim stazama Luksemburškog parka. Na Bulevaru Monparnas bio je kafe do kafea – *Dom*, *Rotond*, *Selekt* – gde su se umetnici emigranti razmetali, pričali besmislice i napijali se do mučnine. Ernestu su se gadili.

„Zašto svako drugi kog sretneš tvrdi da je umetnik? Pravi umetnik nema potrebe da to ispreda, nema vremena za to. On radi svoj posao, znoji se u tišini i niko mu ne može pomoći."

Svakako je i meni bilo jasno kako sedenje po kafeima po čitav dan nije rad, ali sam se pitala i jesu li svi tako ozbiljni i nesavitljivi u pogledu svog zanata kao Ernest. Zamišljala sam da tamo ima mnogo drugih pisaca koji rade kod kuće i mogu da podnesu razgovor za doručkom, na primer. Koji uspevaju da spavaju svake noći bez preznojavanja ili hodanja i žvrljanja po svesci dok jedna sveća dimi i podrhtava. Čitav dan mi je nedostajalo Ernestovo društvo, ali njemu kao da moje nije, bar nije dok je imao posla. Kad je želeo društvo, svraćao bi u posetu Sezanu i Moneu u Muzeju Luksemburg, verujući kako su impresionisti već obavili ono što se on trudio – destilovali mesta, ljude i predmete do njihovih osnovnih osobina. Sezanova reka je bila gusta i mrka pa stoga stvarnija. Za tim je Ernest tragao – a nekad je ta potraga bila bolno spora. Mnogo dana je dolazio kući iscrpljenog izgleda, pobeđen, kao da se svakodnevno mučio s vrećama uglja umesto s jednom po jednom rečenicom.

Dok je Ernest radio, ja sam nam održavala kuću, mesila hleb, čistila i tresla, prala sudove od doručka. Kasno pre podne uzela bih korpu za pijacu i obavila kupovinu, tražila najpovoljnije. Iako su bile na desnoj obali Sene i nimalo blizu našeg stana, volela sam da odem do *Halâ*, pijace na otvorenom, poznate kao „trbuh Pariza". Uživala sam u lavirintu tezgi i stalaka s ponudama egzotičnijim nego što sam kod kuće ikad videla. Bilo je svih vrsta divljači: srna, vepar, čitave piramide mekih, mlitavih zečeva. Sve je bilo izloženo u prirodnom izdanju, s netaknutim kopitima, kljovama, dlakom, tako da ste znali u šta gledate. Iako je potresno saznanje da su ta stvorenja donedavno trčala po obližnjim poljima i imanjima, bilo je nečeg gotovo lepog u čistoj količini i raznovrsnosti stvorova na izboru, a svih jestivih u nekom obliku. Ni približno nisam znala šta bih s većinom njih – neočerupanim fazanom i guskom ili sitnim sivkastomrkim pticama u korpi koje nisam raspoznavala – ali volela sam da ih gledam pre nego što me privuku tezge s povrćem i voćem. Uvek bih ostajala duže nego što je potrebno, šetala i divila se korpama s prazilukom i paškanatom, pomorandžama, smokvama i jabukama kožarama.

Međutim, u uličicama iza pijace voće i meso su trulili u sanducima. Okolo su puzili pacovi i okupljali se golubovi pa divlje kljucali jedan drugog razbacujući perje i vaši. To je bila stvarnost, pa iako mi je život s Ernestom doneo više prave trpeljivosti za stvarnost nego što sam ranije imala, ipak mi je od ovoga bilo muka. Kao kad gledam u slivnike na Trgu Kontreskarp, gde se iz kolica prodavačica cveća slivaju veštačke boje: kratkotrajni lažni sjaj, a ispod njega ružnoća. Šta je ono Ernest rekao još tamo u Čikagu? *Ljubav je lepi lažov?* I lepota je lažov. Prvi put kad sam videla pacove, htela sam da bacim korpu tu gde sam se zatekla i pobegnem, ali nismo bili toliko bogati da bih se prepuštala simboličnim potezima. Zato sam nastavila da hodam.

Iz zapuštenih uličica što krivudaju od *Hala* išla bih prema Seni. Pred Pon Nefom* kej je bio strog i veličanstven. Hladni vetar mi je probijao tanki kaput, no nešto dalje beše ostrvce Sen Luj s prelepo očuvanim kućama i elegantnim ulicama što su činile pravu oazu. Prešla sam celo ostrvce dok nisam naišla na park u njegovom vrhu, gusto zasađen još golim kestenovima, pa se spustila uskim stepenicama do reke. Ribari su zatezali najlone za krkuše i pekli ih na licu mesta. Kupila sam punu šaku riba, umotanih u novinu, pa sela na zidić i posmatrala barže pod mostom Sili. Ribice u gomili bile su hrskave pod oštrim snegom soli i mirisale tako jednostavno i dobro da sam pomislila kako su mi spasle život. Bar donekle. Bar na tren.

---

* *Le pont Neuf* – Novi most; zapravo najstariji most na Seni u Parizu, izgrađen početkom XVII veka. (Prim. prev.)

TRINAESTO POGLAVLJE

„Ovde je tako lepo da me prosto sve boli“, rekao je Ernest jedne večeri dok smo išli na večeru u kafe u Ulici Svetih otaca koji nam je postao redovno odredište. „Zar se nisi i ti zaljubila u njega?“

Još se nisam zaljubila – ali sam bila zadivljena njim. Hodanje po najboljim ulicama Pariza tad je ličilo nailasku na raskriljene zavese nekog nadrealnog cirkusa, pa gledanje u svako doba dana i noći svih tih čudesa i sjaja. Nakon nametnute strogosti rata, kad je tekstilna industrija propala a veliki modni saloni zakucali daske preko vrata, sad su Parizom kao voda tekle svile jarkih boja – persijski plave i zelene, upadljive narandžaste i zlatne. Nadahnut orijentalizmom Ruskog baleta, Pol Poare je oblačio žene u haremske šalvare, nabrane turbane i bezbrojne niske bisera. Sasvim suprotno njemu, Šanel je počela da utiskuje svoj trag, pa su se usred tih boja javile mrlje oštre, geometrijske crne. Sve više je *šik* označavalo kratku kosu, tamno nalakirane nokte i nemoguće dugačku muštiklu. To je značilo i tanak i izgladneli izgled – no to nisam bila ja. Kad sam i bila gladna, lice nije prestajalo da mi bude okruglasto a ruke punačke. Uz to nisam dovoljno marila za odeću da bih razmišljala šta bi mi pristajalo. Nosila sam ono što je najjednostavnije i što zahteva najlakše održavanje, duge vunene suknje, bezoblične džempere i vunene zvonaste šešire. Ernestu to kao da nije smetalo. Uostalom, vrlo doterane žene je smatrao smešnim. To se uklapalo u njegovu sklonost prema svemu jednostavnom – dobra prosta hrana, domaća vina koja se gotovo mogu žvakati, seljaci s nimalo složenim vrednostima i jezikom.

„Želim da napišem jednu istinitu rečenicu", rekao je. „Ako uspem da pišem dnevno jednu prostu i istinitu rečenicu, biću zadovoljan."

Dobro je radio otkad smo stigli u Pariz, popunjavao je praznine u pripoveci koju je počeo na našem medenom mesecu u Vindemeru i nazvao je *Gore u Mičigenu*. Ona je govorila o kovaču i devojci u Horton beju koji su se upoznali i seksualno otkrili jedno drugo. Pročitao mi je neke delove s početka, gde opisuje varoš i kuću, jezero i peskovit put, trudeći se da sve iznese jednostavno i čisto, onako kako ga se sećao, a ja sam se prosto zaprepastila koliko je to sirovo i stvarno.

Ambicije prema pisanju bile su mu mahnite i sveobuhvatne. Pisao je onako kako su se drugi ljudi odnosili prema religiji – a i dalje je odugovlačio sa slanjem slavnim američkim emigrantima pisama preporuke koja mu je dao Šervud Anderson. Pretpostavljam kako se bojao da će ga istog časa odbaciti. Lagodnije mu je bilo da se sprijateljuje s radničkom klasom Pariza. Ja sam govorila krut, školski francuski, ali on je štrpnuo ovde-onde za vreme rata grub žustar jezik, prikladan za razgovore koje započnete na uličnom uglu s kuvaricom ili nosačem i automehaničarem. Među njima je bio svoj i nije se osećao ugroženo.

Međutim, te večeri smo imali dogovor da se nađemo s Luisom Galantjerom, piscem i prijateljem Šervuda Andersona. Luis je poreklom iz Čikaga, a sad je radio za Međunarodnu trgovinsku komoru. Bio ga je glas da ima istančan ukus, a kad je Ernest konačno otišao kod njega u Ulicu Žana Gužona, otkrio je da mu je stan pun očigledno skupocenih antikviteta i gravira koje mi je, vrativši se kući, opisao do najsitnijih pojedinosti. „Svi stolovi i stolice imaju tanke, visoke noge. Za moj ukus pomalo krhke, ali mora se priznati da čovek zna šta je stil."

Pomalo sam zazirala od upoznavanja s Galantjerom jer nisam bila nimalo elegantna i činilo mi se da uopšte ne pripadam Parizu. Ako su žene u Parizu paunovi, ja sam obična domaća kokoš. Nedavno sam podlegla pritisku i ošišala se kratko – možda sam poslednja Amerikanka koja je to učinila – i nimalo mi se nije dopalo. Izgledala sam kao dečkić s jabučastom glavom, pa iako je Ernest rekao da mu se mnogo sviđa kako izgledam, svaki put kad bih uhvatila svoj odraz u ogledalu poželela sam da zaplačem. Možda mi je kosa dotad bila staromodna i viktorijanska, ali je bila moja – to sam bila ja. Šta sam sad?

Luis je ponudio da nas počasti večerom u *Mišou*, pomodnom restoranu pred kojim sam jednom samo zastala da virnem kroz izlog. Kad smo stigli, zastala sam na vratima i beznadežno petljala s odećom, ali Ernest kao da uopšte nije primećivao moju nelagodu. Požurivao me je gurajući me za lakat prema Luisu, raspoloženo rekavši: „Evo te divne, pametne devojke o kojoj sam ti pričao."

„Hedli. Čast mi je i drago mi je", rekao je Luis, a ja sam mahnito pocrvenela. Iako mi je bilo neprijatno, uživala sam što se Ernest ponosi mnome.

Luis je imao dvadeset šest godina, bio je tamnokos, mršav i beskrajno šarmantan. Vrlo duhovito je oponašao druge, ali kad nam je prikazao svoju najbolju imitaciju Džejmsa Džojsa, morao je da nam objasni ko je. Nekoliko puta smo primetili Džojsa na ulicama Monparnasa, s uredno začešljanom kosom i naočarima bez okvira u bezobličnom kaputu, ali nikad nismo čuli kako govori.

„*Zaista* govori", ubeđivao nas je Luis, „ali samo u određenoj nuždi. Čuo sam da ima više stotina dece."

„Videla sam dve devojčice", rekla sam.

„Dve ili dvesta, svejedno je u Parizu, zar ne? Jedva uspeva da ih prehrani, kažu, ali ako dođete u *Mišo* tačno u pet bilo kog popodneva u nedelji, videćete čitavo leglo kako tamani vedra ostriga."

„Svi kažu da je *Uliks* sjajan", primetio je Ernest. „Pročitao sam nekoliko poglavlja štampanih u nastavcima. Nisam na to navikao, ali znaš, svejedno se nešto važno događa u njima."

„Sasvim je briljantno", složio se Luis. „Ako je verovati Paundu, Džojs će sve promeniti. Jesi li bio u Paundovom atelјeu?"

„Uskoro ću", rekao je Ernest mada još nije ni poslao pismo s preporukom.

„Dobri čoveče, moraš otići. Ne mogu svi da istrpe Paunda, ali ga je obavezno upoznati."

„Zbog čega je Paund težak?", upitala sam.

„Zbog sebe samog zapravo." Luis se nasmejao. „Videćete. Ako je Džojs vrlo tih profesor s ofucanim kaputom i štapom, Paund je đavo, razmetljiv i polulud od priče o knjigama i umetnosti."

„Đavola sam upoznao", rekao je Ernest iskapivši čašu s vinom, „ali on ne daje ni pet para za umetnost."

Pred kraj večeri svi smo se napili pa otišli u naš stan, gde se Ernest upeo da natera Luisa da se boksuju. „Pola runde, tek šale radi", mamio ga je skinuvši se do pojasa.

„Nisam borben čovek", branio se Luis uzmičući – no posle još nekoliko koktela konačno se predao. Trebalo je nekako da ga upozorim da, šta god Ernest govorio, sport za njega nikako nije šala. Videla sam mu pogled u Čikagu kad je gotovo nokautirao Dona Rajta na Kenlijev pod. Ovaj meč je, doslovno, krenuo u istom maniru. Prvih nekoliko minuta sve je bilo sasvim prijatna razbibriga, oba muškarca su se povila u položaj, savila kolena, ispružila pesnice i sklupčala se. Bilo je sasvim očigledno kako Luis nije sportista pa sam očekivala od Ernesta da odustane, ali je tad, bez ikakvog izazova, zamahnuo iz ramena posred srede.

Snažno ga je udario pesnicom. Luisu je glava poletela unazad pa se cimnula napred, naočari su mu odletele u ugao. Razbile su se, a lice mu je bilo na nekoliko mesta modro.

Pritrčala sam i pokušala da mu pomognem da se povrati, ali se on zasmejao. Ernest se takođe smejao – i na kraju je ipak sve bilo u redu. No nisam mogla da se otrgnem pomisli kako umalo nismo izgubili jedinog prijatelja u Parizu.

Upravo je Luis osokolio Ernesta da pošalje pisma i ubrzo nam je stigla pozivnica od Ezre Paunda. Paund još nije bio mnogo poznat u Americi, osim za one koji su znali ponešto o poeziji i čitali književne časopise kao što su *Dajal* i *Litl rivju*, ali u Parizu je imao veliku reputaciju kao pesnik i kritičar koji učestvuje u revolucionisanju savremene umetnosti. Ja sam jedva nešto slutila šta je moderno – i dalje sam čitala onog strašno konzervativnog Henrija Džejmsa, kao što je Ernest voleo da me podseti – ali Luis je ispričao mnogo lepih reči o Paundovoj ženi Engleskinji Doroti. Radovala sam se što ću steći nova poznanstva i radosno sam pošla kad je Paund pozvao Ernesta na čaj.

Doroti nas je dočekala na vratima i uvela nas u njegov atelje, ogromnu promajnu sobu punu japanskih slika i svitaka i razbacanih gomila knjiga. Ona je bila izuzetno lepa, divnog visokog čela i kože poput porcelanske lutke. Šake su joj bile blede i lepo uske, a govorila je šapatom kad smo ušli u prostoriju gde je Paund sedeo u fotelji presvučenoj damastom crvenim kao krv, okružen policama nakrcanim prašnjavim knjigama i umrljanim šoljama od čaja, povezima hartije i egzotičnim figuricama.

„Ti si riđokosa“, rekao mi je Paund kad nas je Doroti upoznala s njim.

„I ti si. Je li to neko znamenje?“

„Niko se ne ljuti kao riđokosi“, progunđao je, i to sasvim ozbiljno. „Imaj to na umu, mladi gospodine Hemingveje.“

„Hoću, gospodine“, rekao je Ernest kao dobro đače.

Ernest je *zaista* postao Paundov đak istog trena kad su ukrstili poglede. Paund je očigledno umeo da pozna čoveka gladnog znanja i zadužio Ernesta neprekidno pričajući dok je Doroti mene povela u drugi kraj ateljea, podaleko od muškaraca. Pod visokim prozorom s kog se rasipala sunčeva svetlost sipala mi je čaj i otkrila svoje čuveno poreklo.

„Devojačko prezime mi je Šekspir, mada se piše bez *e* na kraju. Otac mi je potomak samog velikana.“

„Zašto nema *e*?“

„Zapravo i ne znam. Valjda je tako boemskije. Mada mi u tome nije potrebna podrška. Majka mi je svojevremeno bila poznata kao ljubavnica Vilijama Batlera Jejtsa. Tako sam upoznala Ezru, kad je bio Jejtsov asistent. Uz takvo poreklo verovatno je trebalo i sama da postanem pesnik, ali ja sam se udala.“

„Čitali smo nešto malo Jejtsa u školi, pomešanog s Robertom Brauningom i Oliverom Vendelom Holmsom. Ernest mi je u jednom časopisu pokazao *Drugi dolazak*. Ostavio je snažan utisak na oboje.“

„*Najboljima nedostaje ubeđenje, dok su najgori puni strasne siline*“, navela je. Zatim je dodala: „Pitam se šta bi deda Vili mislio o strasnoj silini ovde?“

U senovitom uglu ateljea Ernest je bukvalno čučao pred Paundovim nogama, a ovaj je držao predavanje mašući čajnikom dok je govorio. Riđa kosa mu je sve vreme ludovala pa sam shvatila što ga je Luis Galantjer uporedio sa Sotonom – ne samo zbog kose i satirske bradice, već i zbog prirodne grozničavosti.

Nisam čula pojedinačne reči, ali je neumorno pričao u vulkanskom izlivu, sve vreme mlateći rukama, retko sedajući. Pomislila sam kako su njih dvoje čudan par – Doroti tako elegantna i uzdržana i Paund tako bučan, no ona je tvrdila kako je on vrlo bitan za njen rad. Ona je slikarka i dok smo tog popodneva pričale, pokazala mi je neka svoja platna. Smatrala sam da su lepa, boja i oblikâ jednako mekih i prozračnih kao što su i Dorotin glas i šake, ali kad sam se raspitivala o njima, brzo je rekla: „Ona nisu za pokazivanje."

„O. Pa upravo ste ih ovde pokazali, zar ne?"

„Samo slučajno", rekla je i nasmešila se lepim osmehom, i sama nalik slici.

Kad smo završili posetu i oprostili se, Ernest i ja smo krenuli niz uske stepenice na ulicu.

„Hoću sve da čujem", zahtevala sam.

„Vrlo je bučan", rekao je Ernest. „Ipak ima neke lepe zamisli. Zapravo krupne zamisli. Hoće da stvori pokrete, oblikuje književnost, promeni živote."

„Onda je dobro njega poznavati", rekla sam. „Pazi da ga ne uvrediš. Upozoren si na riđokose."

Smejali smo se i otišli do najbližeg kafea, gde mi je Ernset još pričao nad širokim čašama s konjakom i vodom. „Ima čudne nazore o ženskom mozgu."

„Šta? Da ga one uopšte nemaju?"

„Nešto u tom smislu."

„A šta je s Doroti? Šta misli o njenom mozgu?"

„Teško je reći – mada mi je otkrio kako imaju otvoren brak."

„Kakvo napredno gledište", primetila sam. „Misliš li da je to slučaj sa svim umetničkim brakovima u Parizu?"

„Ne bih znao."

„To teško možeš nekome da nametneš. Morao bi da se složiš, zar ne?"

„Žališ li je? Šta ako se njoj to dopada? Šta ako je to njena zamisao?“

„Možda, mada bih rekla da će pre biti obrnuto.“ Otpila sam gutljaj konjaka gledajući ga preko čaše.

„Bilo kako bilo, posla će neke moje pesme Skofildu Tejeru u *Dajal*.“

„Neće priče?“

„Još nemam ništa dovoljno dobro, ali je Paund rekao kako bi trebalo za njih da napišem poneki članak o američkim časopisima.“

„E to je laskavo.“

„To bi trebalo da je nekakav početak“, složio se Ernest. „Paund kaže da će me naučiti kako da pišem ako ja njega naučim da se boksuje.“

„O, sačuvaj nas bože“, rekla sam smejući se.

Naše sledeće veliko predstavljanje se odigralo nekoliko nedelja kasnije, kad nas je Gertruda Stajn pozvala na čaj.

Začudo, sve se odvijalo prilično kao i pri susretu s Paundom i Doroti. I tu su postojala dva ugla, jedan za muškarce – u ovom slučaju za Ernesta i Stajnovu – i drugi za žene, bez ikakvih ukrštanja.

Kad smo stigli, na vratima nas je dočekala prava francuska sobarica i prihvatila nam kapute, pa nas uvela u sobu – *onu* sobu, za koju smo tad već čuli da je najznačajniji salon u Parizu. Zidovi su bili pokriveni slikama junaka kubizma i postimpresionizma, a i svim drugim vrlo modernim – Anri Matis, Andre Deren, Pol Gogen, Huan Gris i Pol Sezan. Jedan od najupečatljivijih primera bio je portret Stajnove koji je izradio Pikaso, odavno u njenom društvenom serklu i često prisutan u njenom salonu. Naslikao ju je u tamnomrkim i sivim tonovima, a lice izgleda donekle odvojeno od tela – teže i krupnije, s debelim očnim kapcima.

Ona je izgledala kao da ima između četrdeset pet i pedeset godina, starovremenski odevena u tamnu haljinu i ogrnuta šalom, a i očešljana – kose dignute u punđu na lepoj glavi. Glas joj je bio nalik bogatom baršunu, a smeđe oči su primećivale sve odjednom. Kasnije, kad sam imala vremena da je proučavam, zapanjilo me je kako su joj oči ličile na Ernestove – najdublje i najgušće nijanse mrke, kritičke i otvorene, radoznale i vesele.

Družbenica Stajnove Alisa Toklas izgledala je u poređenju s njom kao stisnuto povesmo žica. Bila je tamna, s oštro povijenim nosom i očima koje su vas terale da skrenete pogled. Posle nekoliko minuta opšteg razgovora ona me je povela za ruku u „ugao za supruge". Osetila sam kratko žaljenje što nisam pisac ili slikar, neko dovoljno poseban da budem primljen u razgovor s Gertrudom, da sedim uz nju pred vatrom, kao što je sad sedeo Ernest, da pričam o važnim temama. Volela sam da budem uz zanimljive i kreativne ljude, da budem deo tog naboja, no zasad sam skrajnuta u ćošak i podvrgnuta ispitivanju gospođice Toklas o trenutnoj situaciji, o kojoj ništa nisam znala. Osećala sam se kao budala i sve dok smo pile čaj, pa još čaja, i jele sićušne vešto složene kolačiće. Ona se sve vreme bavila ručnim radom, a prsti su joj se neprestano i delotvorno kretali. Nijednom nije spustila pogled i nikako nije prestajala da priča.

U međuvremenu, Ernest je s Gertrudom pijuckao nekakav fino obojen alkohol. Čini mi se da sam se tog dana skoro zaljubila u nju, iz daljine, a i Ernest je. Dok smo išli kući, imao je mnogo da mi priča o njenom ukusu, koji je bio napredan i besprekoran. Uz to se divio i njenim grudima.

„Šta misliš koliko su teške?", pitao me je. Izgleda da je to ozbiljno želeo da zna.

Nasmejala sam se. „Ne bih mogla čak ni izdaleka da pogodim."

„Šta misliš o tome što njih dve žive zajedno? Mislim, žene su."

„Ne znam. Tako žive."

„Samo one slike. Tamo je kao u muzeju."

„Još lepše", rekla sam. „Ima kolača."

„I *eau-de-vie*.* Ipak je čudno. Žene zajedno. Nisam ubeđen da to prihvatam."

„Kako to misliš? Ne veruješ da jedna drugoj mogu pružiti išta suštinski? Da se vole? Ili ne prihvataš seks?"

„Ne znam." Nakostrešio se odbranaški. „Rekla je da su žene zajedno nešto najprirodnije na svetu, da u njima ili među njima nema ničeg ružnog, ali da joj se muškarci zajedno gade zbog čina."

„To je rekla?"

„U pô bela dana."

„Mislim da je laskavo što je bila tako otvorena s tobom."

„Treba li sledeći put da joj napunim uši našim seksualnim životom?"

„Ne bi valjda."

„Ne bih", osmehnuo se. „Mogla bi poželeti da dođe i gleda."

„Grozan si!"

„Da, ali baš zato me voliš."

„O, volim li te?", upitala sam a on me je lupnuo u kuk.

Dve nedelje posle toga Gertruda i Alisa su prihvatile naš poziv da dođu na čaj u onaj naš gnusni stan. Šta li su mislile dok su se pele mračnim i raspalim stepeništem, pored pisoara i kroz onaj stravičan smrad, ne smem ni da pomislim – a ipak su bile milostive i jednostavne, ponašale su se kao da stalno dolaze u ovu parisku četvrt. Pile su čaj iz našeg porcelanskog svadbenog čajnika – bar je on lep – i sedele na krevetu od mahagonija.

---

* Franc.: doslovno, voda života; inače konjak. (Prim. prev.)

Kad smo bili kod nje, Gertruda se ponudila da pogleda neke Ernestove radove te ih je sad zatražila i hitro iščitala pesme, nekoliko pripovedaka, deo romana čija je radnja smeštena u Mičigen. Ernest je, baš kao u Čikagu kad sam ja prvi put čitala njegov rukopis, šetao i grčio se kao u bolovima.

„Pesme su vrlo dobre", konačno je presudila Stajnova. „Jednostavne i sasvim jasne. Ne pretvaraš se i ništa slično."

„A roman?"

Pomislila sam kako je veoma hrabar što je pita, pa čak i što joj je pokazao te stranice jer je bio zaljubljen u njih. Tako je bio zaštitnički nastrojen, ni meni gotovo ništa nije pokazao.

„Mene takav način pisanja ne zanima", rekla je najzad ona. „Tri rečenice o boji neba. Nebo je nebo, i gotovo. Snažne izražajne rečenice, to radiš najbolje. Drži se njih."

Dok je Stajnova govorila, Ernest se nakratko snuždio, ali se povratio. Dotakla je nešto što je i sam nedavno počeo da shvata o neposrednosti, o ogoljavanju jezika do kraja.

„Kad počneš iz početka, ostavi samo ono što je zaista nužno."

Klimnuo je glavom, pomalo rumen, a meni se gotovo učinilo da čujem kako mu se um zatvara nad njenim savetom i smešta ga uz Paundov. „Izbaci sve nepotrebno", rekao je Paund. „Zaziri od apstrakcija. Ne govori čitaocima šta da misle. Neka radnja govori za sebe."

„Šta misliš o Paundovoj teoriji simbolizma?", upitao ju je. „Ono znaš, da jastreb treba prvo i pre svega da bude jastreb?"

„Zar to nije očigledno?", rekla je. „Jastreb je uvek jastreb, osim", i tu je podigla debelu obrvu i tajanstveno se osmehnula, „osim kad je jastreb kupus."

„Šta?", upitao je Ernest cereći se vedro i očigledno zbunjeno.

„Tačno tako", rekla je Gertruda.

ČETRNAESTO POGLAVLJE

Sledećih nedelja Ernest se držao Gertrudinih saveta i izbacio veći deo romana kako bi počeo od početka. Sve to vreme dolazio je kući zviždućući i izgladneo, željan da mi pokaže šta je uradio. Nove stranice su prštale od energije. Čista pustolovina, lov, ribolov i vreme teranja. Ime njegovog lika je Nik Adams i on predstavlja Ernesta, samo odvažnijeg i čistijeg – kakav bi Ernest bio kad bi pratio svoje instinkte. Materijal me je oduševio i znala sam da je i on oduševljen.

U međuvremenu, otkrio je poznatu knjižaru Silvije Bič *Šekspir i družina* na Levoj obali, pa se iznenadio kad je shvatio da će mu ona pozajmljivati knjige. Kući je dolazio ruku punih Turgenjeva i Ovidija, Homera, Katula, Dantea, Flobera i Stendala. Paund mu je predočio dug spisak literature koji ga je vraćao na stare majstore, ali mu pokazivao i napred, ka T. S. Eliotu i Džejmsu Džojsu. Ernest je bio dobar učenik. Sve je gutao, pratio je osam ili deset knjiga odjednom, spuštao jednu i uzimao drugu, ostavljajući po čitavom stanu izdignute hrbate. Pozajmio je i *Tri života* i *Nežnu dugmad*, dve knjige koje je Gertruda objavila za veoma usku publiku. Izgleda da književni svet nije znao šta da misli o njenoj čudnosti, pa nije znao ni Ernest. Pročitao mi je jednu pesmu iz *Nežne dugmadi*: „Karaf, to je slepo staklo. Vrsta stakla i rođačke veze, spektakl i ništa čudno jedinstvene bolne boje i aranžmana u sistemu pokazivanja."

Spustio je knjigu i zavrteo glavom. „*Jedinstvena bolna boja* je lepo, ali ostalo jednostavno prolazi mimo mene."

„Zanimljivo je", rekla sam.

„Jeste. Ali šta to znači?"

„Ne znam. Možda ništa i ne znači."

„Možda", složio se pa ponovo uzeo Turgenjeva.

Tad je već bio april, naše prvo proleće u Parizu, kad su padale blage i tople kiše. Otkad smo došli, Ernest je doprinosio našim skromnim prihodima pišući uvodnike za *Toronto star*. Jednog dana ga je njegov urednik Džon Boun obavestio kako žele da ode u Đenovu na neku međunarodnu ekonomsku konferenciju. Platiće mu sedamdeset pet dolara nedeljno, plus za troškove, ali nije bilo dodatka za žene. Ja ću ostati u Parizu i to će nam biti prvo razdvajanje za sedam meseci braka.

„Ne brini, mačkice", rekao mi je pakujući svoju obožavanu koronu. „Vratiću se dok trepneš."

Prvih nekoliko dana uživala sam u samoći. Metaforički govoreći, Ernest je tako veliki. Zaposedao je sav vazduh u prostoriji i magnetski privlačio svakoga sebi, muškarce, žene, decu i pse. Prvi put posle mnogo meseci mogla sam da se probudim u tišini i čujem rođene misli, pratim vlastite nagone. No vrlo brzo to se promenilo. Ne umem to da objasnim, ali čim je potamneo sjaj užitka u samoći, postala sam tako svesna Ernestovog odsustva da mi se činilo kako se njegovo nepostojanje uselilo sa mnom u stan. Senka mu je bila tu za doručak i u vreme za spavanje. Visila je sa zavesa u spavaćoj sobi, gde je muzika harmonike probijala i jenjavala kao mehovi.

Ernest mi je predložio da odem u Silvijinu knjižaru na čaj pa sam jednom otišla, no nisam mogla da se otrgnem utisku da se upustila u razgovor sa mnom iz puke učtivosti. Volela je pisce i umetnike, a ja nisam bila ni jedno ni drugo. Otišla sam na večeru kod Gertrude i Alise, pa iako sam osećala kako se zaista zbližavam s njima, nedostajao mi je Ernest. Njegovo društvo sam najviše volela. Bilo mi je takoreći neprijatno da priznam kako sam postala zavisna od njega. Trudila sam se da odagnam potištenost odlazeći svugde kud su me zvali i ostajući van stana što sam duže mogla. Obigravala sam Luvr i kafee. Satima sam vežbala nov Hajdnov komad da ga izvedem Ernestu kad se vrati. Očekivala sam da će mi sviranje pomoći, ali uistinu ono me je samo podsećalo na ono najgore vreme u Sent Luisu, kad sam bila usamljena i odsečena od sveta.

Ernesta nije bilo tri nedelje i pred kraj tog razdoblja nije mi prijalo da spavam u našem krevetu pa sam često usred noći odlazila do beržere i pokušavala tu da se odmorim ušuškana u ćebad. Ništa mi se nije sviđalo osim šetnji do ostrvca Sen Luj i parka koji sam zavolela i na koji sam se oslanjala. Sad je drveće bilo u cvatu pa se osećao teški miris cvetova divljeg kestena. Volela sam i da razgledam kuće oko parka i zamišljam ko su ljudi što u njima žive, kakvi su im brakovi i kako su iz dana u dan voleli ili povređivali jedno drugo, jesu li srećni i smatraju li da je sreća nešto trajno. U tom parku bih ostajala što sam duže mogla, te se onda vraćala kući po suncu koje nisam bila u stanju da osetim.

Kad se u maju Ernest konačno vratio, čvrsto sam ga stegla očiju punih suza radosnica.

„Šta je sad to? Jesam li ti nedostajao, paperjasta mačkice?“

„Isuviše.“

„Dobro je. Volim kad nekom nedostajem.“

Klimnula sam glavom zagnjurenom u njegovo rame, ali jednim delom sam se pitala je li dobro što se sasvim oslanjam na njega. On se divio mojoj snazi i izdržljivosti, računao je na njih; štaviše, ja sam volela kad se osećam snažno i nije mi bilo prijatno što znam da je to nestalo čim je on otišao. Zar je moja sreća tako potpuno vezana za njega pa da sad mogu da se osećam cela samo kad je on u blizini? Nisam imala pojma. Samo sam mogla da ga polako skinem dok je u plesnoj dvorani ispod nas harmonika razvlačila melanholičnu melodiju.

Imali smo dvesta dolara od *Toronto stara* i mnogo mogućnosti kad se Ernest vratio, pa smo rešili da se prepustimo putovanju u Švajcarsku. Tad je on bio zadovoljan skoro svime. Skofild Tajer iz *Dajala* nedavno je vratio pesme koje je Paund preporučio, uz upadljivo bezlično pismo odbijanja, ali Ernest je u Đenovi stekao mnoga nova poznanstva, upoznao druge dopisnike koji su sarađivali s njim, kao što su Maks Istman, američki urednik, koji je želeo da mu Ernest pošalje neke prozne crtice, Linkoln Stivens, čuveni novinar raskrinkavač koji je na Ernesta ostavio beskrajan utisak svojim hrabrim političkim stavovima. Stivens je nedavno putovao u Rusiju i vratio se oduševljen komunizmom, pričajući novinarima i svakom ko je hteo da ga sasluša: „Bio sam u budućnosti, i ona funkcioniše." Ernesta je ushitilo što je Stivens obratio pažnju na njega, a i podstaknut novim osećanjem zajedništva i ambicijom, odmah je poslao petnaest pesama Harijeti Monro u *Poeziju*.

„Što da ne?", rekao je. „Možda se vrata neće otvoriti dok na njih ne udaram glasno i dugo."

„Sve će ti se slučiti", ubeđivala sam ga. „Osećam da stiže."

„Možda", kazao je, „ali hajde da ga ne ureknemo pričom."

Kupili smo karte treće klase do Montrea, pa električnim vozom otišli pravo do planine, do Šambija, što se uzdiže iznad Ženevskog jezera. Naš šale je bio prostran i grub, a planinski vazduh divno bistar. Satima smo hodali planinskim stazama kroz guste šume i vraćali se da ručamo karfiol u pavlaci i biftek, i borovnice u pikantnom kremu. Uveče bismo čitali uz vatru i pili kuvano vino s limunom i začinima. Spavali smo koliko smo hteli, vodili ljubav dvaput dnevno, čitali i pisali pisma i kartali se.

„Tako si preplanula, jaka i zdrava kao koza", rekao je Ernest jednog dana dok smo planinarili. „Izgleda da ti ovde sve prija."

Volela sam da čujem svaku njegovu pohvalu, no one nedelje samoće u Parizu nisu mi izbijale iz glave. Zaplašile su me i navele da razmišljam šta znači biti zaista snažan, po mojim merilima – ne samo u dobroj formi i preplanula od sunca, ne samo savitljiva i prilagodljiva.

Pošto je prošlo nedelju dana, pridružio nam se Ernestov stari ratni drug Čink Dorman-Smit. Njih dvojica su se upoznali u Skjou, na italijanskom frontu, pre nego što je Ernest ranjen. Čink je bio Irac, Ernestove visine ali mnogo svetliji, s rumenim obrazima i riđeplavim brkovima. Odmah mi se dopao. Imao je najfinije manire, mnogo priličnije nekom ko je proveo život na dvoru nego profesionalnom vojniku, što je bio. Svakog jutra je dolazio na doručak veselo pevušeći i zvao me je gospođa Popletvejt. Ernest je obožavao Činka kao brata i neizmerno ga poštovao. S njim se nije takmičio kao što je činio s mnogim svojim piscima ili novinarima, pa nam je tako iz dana u dan bilo lagodno.

Dolina Rone je tad bila u najlepšem izdanju, s narcisima rascvetalim na svakom golom pedlju livade i oštroj pukotini stene. Prvi put sam videla da narcis niče kroz led i cveta. Pomislila sam kako je to savršeno i poželela za sebe takvu odlučnost.

Svakog dana smo gacali po planini i nailazili na lepe krčme i dobre pecaroške kutke. Štokalper, izvor blizu mesta gde se

Rona uliva u Ženevsko jezero, bilo je Ernestovo omiljeno mesto s ove strane Severnog Mičigena. Tu je provodio sate zadovoljno pecajući pastrmku dok smo Čink i ja leškarili na travi i čitali ili pričali.

„Divno je videti vas ovako zaljubljene", reče Čink jednog popodneva dok smo ležali u hladu rascvetale kruške. „Ranije sam se pitao hoće li Hem ikad prevazići Milano."

„Milano ili njegovu lepu bolničarku?"

„Valjda i jedno i drugo", rekao je. „Čitava ta epizoda nije iz njega izvukla ono najbolje. No ti izvlačiš." Čink je prekrstio ruke iza glave i sklopio oči. „Dobri matori Hem", rekao je i istog časa zaspao.

Dopalo mi se što je Čink primetio i shvatio šta je dobro u nama. Uz to je o Ernestu znao mnogo toga što ja nisam. Imali su zajedničku prošlost, čitav okean piva, ispovesti u sitne sate. Ponekad su u duge sveže večeri na širokoj verandi šalea pričali o ratu, a ja sam zbog toga još više cenila ono što su videli i izdržali.

Čink je bio vojnik i uvek će to ostati. Kad je Ernest otišao kući i vratio se svom životu u Americi, Čink je ostao u Britanskoj vojsci. Poslednjih nekoliko godina bio je stacioniran u Irskoj s britanskim okupacionim snagama koje su se trudile da sputaju nasilje u irskoj borbi za nezavisnost. Bio je to težak položaj na kojem je gledao mnoge smrti, što se, videlo se, trudio da svakog dana s nama pomalo odbacuje.

„Mora da je neobično", rekla sam mu jedne večeri, „što se tamo odvijaju strašne borbe a ti se ukrcaš na brod i odeš na odmor. Tek tako, kupiš kartu i izmakneš se."

Čink se mračno nasmejao. „U našem ratu", zastao je pa mrdnuo glavom k Ernestu, „s frontom koji se protezao čak do Lamanša, bilo je ljudi koji su dobijali kratko odsustvo da odu kući na čaj. Kad se vrate, oni bi dohvatili bajonet i gas-masku pa navalili, a na jeziku im je još bio ukus mrvica čajnog biskvita."

„Doduše, razum im to nije prevazilazio", dodao je Ernest. „Ne možeš da se nosiš s tim skokom. Zaglaviš se na jednom ili drugom mestu, ili negde između njih. I tad počinje pucanje."

„Tako je", potvrdio je Čink.

„Ipak ponekad, kad si već okusio rat i imaš ga u sebi, ne možeš tamo da se vratiš. I onda je onako kao što si rekla, malena." Klimnuo mi je glavom preko stola i pogledao me u oči. „Kao da kupiš kartu i odeš tamo, a onda izađeš iz toga kad utoneš u san ili se preneš iz njega."

„Nije uvek baš prijatno, zar ne?", upitao je Čink jer je znao za Ernestove košmare s fronta i da se on još budi usred noći sav preznojen i vrišti mahnitog i prestravljenog pogleda. Dva prijatelja su klimnula jedan drugom pa podigla čaše.

Upravo jedne takve večeri, pune pića i pričâ, Čink je predložio da pređemo prelaz Veliki Sveti Bernard do Italije.

„Mogli su da ga prođu Napoelon i Karlo Veliki", rekao je i obrisao pivsku penu s brkova.

„Šta misliš koliko je to daleko?", upitala sam.

„Pedesetak kilometara?"

„Hajde da uradimo to", zagrejao se Ernest. „Iz Aoste možemo vozom do Milana."

„Ili do Skjoa", dodao je Čink. „Da se vratimo na mesto zločina."

„Mnogo bih voleo da ti pokažem Skjo", rekao mi je Ernest. „To mesto je među najlepšima na svetu."

„Bila je tamo stara vodenica koju smo pretvorili u kasarnu i zvali je Kantri klub Skjo", ubacio je Čink smešeći se. „Ni sam ne znam koliko puta smo vrelih dana plivali u onom potoku. A visterija!"

„I *trattoria* s bašticom gde smo pili pivo pod punim mesecom", setio se Ernest. „U Skjou je jedan sladak hotel *Due spadi*. Ostaćemo tamo noć ili dve pa krenuti za Fosaltu. Mogao bih taj izlet da opišem za *Star*. Ranjeni vojnik se vraća na front."

„Sjajno“, složio se Čink i tako je to odlučeno.

Sledećeg jutra smo otišli iz šalea natovareni teškim rancima. Ernest je ušao u sobu dok sam se pakovala i video kako pokušavam da nađem mesto za bočice s kremom za lice i toaletnom vodicom. „Ima li kod tebe mesta?“, upitala sam ga podigavši bočice.

„Teško“, odgovorio je. „Nameravaš lepo da mirišeš pastrmkama?“

„Udovolji devojci“, rekla sam ali on nije ni trepnuo. Na kraju sam zamolila Činka da mi ih ponese, što je on učinio gunđajući. No taština želje da imam uz sebe toaletnu vodicu dok prelazimo opasnu planinu nije ništa u poređenju s mojim izborom obuće – cipele na pertle umesto pravih čizama. Ne znam šta mi bi, osim što mi noge izgledaju bolje u tim cipelama. A naročito su mi lepo izgledale kad su kasnije otekle. Nismo prešli ni osam kilometara a noge su mi se natopile. Branila sam se time da nismo znali šta je pred nama. Prelaz je bio prohodan u proleće – ali te godine još nije bio otvoren. Niko još nije prolazio njime, pa je snega na pojedinim mestima bilo do bedara. Svejedno smo se probijali kroz visoravni i staze među gustim borovima, prostrane livade poprskane divljim cvećem. Pejzaž je bio izvanredan, ali Ernest i ja smo bili u lošem stanju. Stopala su me tištala i noge me bolele. Njemu je pozlilo od visine – bilo mu je muka i bolela ga je glava – a kako smo se peli, simptomi su mu se pogoršavali. U glavi mu se ljuljalo, a na svakih kilometar-dva nagnuo bi se i povraćao u sneg. U izvesnoj meri Čink je prošao najgore jer je morao da nosi naše rančeve, često je prelazio po nekoliko stotina metara s dva, pa ih zbacio i vratio se po treći. Dok smo hodali, maštala sam da nas spase jedan od onih čuvenih bernardinaca, da nas sve troje odvuče uz planinu na udobnim sankama.

Na pola uspona zastali smo u Bur Sen Pjeru i ručali u oazi sunca. Stopala su mi tako otekla da sam se bojala kako, izujem li cipele, neću moći ponovo da ih navučem. Nisam bila nizašta sem za dremku pa sam se sklupčala na drvenoj klupi dok su Ernest i Čink cunjali po varoši i isprobavali pivo.

„Propustila si sjajno grobljence“, rekao je Čink kad su kasnije došli i probudili me.

„Red za redom nadgrobnih spomenika jadnim skotovima koje je odnela planina“, dodao je Ernest.

„*Ova* planina?“, upitala sam uplašeno. „Jesmo li zaista u opasnosti?“

„Hoćeš da odustaneš i ostaneš ovde?“, upitao je Ernest.

„I da propustiš monahe?“, priskočio je Čink. „To sebi ne bismo oprostili.“

Konaci manastira Svetog Bernarda smešteni su na najvišoj tački prelaza, gde je posvećeni red pomagao putnicima već hiljadu i više godina. Ko god im pokuca na vrata daće mu supe i hleba, čašu vina i slamaricu na kojoj će prenoćiti. I tako smo i mi stigli do njih, kasno te večeri, posle trideset kilometara pentranja i pripiti od konjaka koji smo od Bur Sen Pjera guckali na svakih dvadeset minuta da istrajemo dotle. Veče je bilo vedro. Mesec je visio nad konacima i sablasno ih osvetljavao.

„Liče na kasarnu, zar ne?“, primetio je Čink i prišao da lupi na veličanstvena drvena vrata.

„Ti bi od svake starine napravio kasarnu“, rekao mu je Ernest pre nego što su se vrata širom otvorila i na njima se pojavila uredno ostrižena glava.

Bez ijednog pitanja monah nas je uveo i poveo mračnim tihim hodnicima do naših soba. Bile su jednostavne, kao što se i očekivalo, sa slamaricama za spavanje, ali je bilo dobrog svetla za čitanje i prijatne vatrice. Dok su se Čink i Ernest odmarali pred večeru, ja sam malo istraživala, nadajući se da ću naići na kuhinju i lavor da uronim jadna stopala. Međutim, svi hodnici su bili isti. Pomislila sam da pođem za glasovima, ali njih nije bilo. Na kraju sam okušala sreću u jednom dugačkom, tamnom hodniku i naletala na monaške ćelije. Nekoliko vrata se otvorilo istovremeno, pa se na njih, nalik krticama, pomolila jedna za drugom obrijana glava. Prepala sam se i vratila u sobu, gde sam se skljokala i ispričala šta je bilo. Momci su se, naravno, samo smejali, a Ernest mi je rekao kako mora da sam prva žena koja je prošla tim hodnicima u čitavih hiljadu godina! Odmah je to zapisao u pismo Gertrudi i Alisi: *Gospođa Hemingvej eto ovde pokušava da zavede kaluđere. Tražim savet.*

Sledećeg jutra smo se uputili k Aosti spremniji da prebrodimo ostatak prelaza – ili sam bar tako mislila dok mi desna cipela nije pukla na šavu.

„Tako ti i treba, gospođice Taštić“, graknuo je Ernest. Istini za volju, ni on nije bio u boljem stanju. Uporno mu je bilo muka zbog visine pa je morao da prikupi svu snagu i volju kako bi prešao ostatak puta. Samo je Čink i dalje bio u dobroj formi. Uzeo je nož pa mi prosekao drugu cipelu, te smo tako došepali u Aostu zakoračivši iz snegom zatrpanog prelaza u proleće u jeku po okolnim svetlozelenim brdima s velelepnim vinogradima. U pismu Rut našalila sam se kako momci samo što me nisu uneli u grad, no zapravo sam sebe iznenadila izdržljivošću. Nije bilo lepo ni po kom merilu, ali pokazala sam veću istrajnost nego što sam mislila da je moguće. Da nije bilo onih groznih cipela, mogla sam da pretrčim poslednjih sto metara do Aoste.

PETNAESTO POGLAVLJE

U vozu za Milano spavala sam kao zaklana a kad sam se probudila čula sam kako Ernest i Čink pričaju o Benitu Musoliniju. Vođa fašista je bio tu u gradu i Ernest je smislio kako bi mogao da iskoristi novinarsku karticu i ugovori razgovor s njim. Smatrao je da je Musolini najveći prevarant u tadašnjoj Evropi i goreo od želje da ga upozna. Čink je morao da se vrati na službu, pa nas je ostavio uz poljupce i obećanje da ćemo se uskoro opet videti.

Ernest se radovao što je ponovo u Milanu. Pošto smo meni našli nove cipele, prvo smo otišli do sjajnog i upečatljivog zdanja u Ulici Manconi koje je preobraženo u bolnicu Crvenog krsta, gde su se Ernest i Čink oporavljali. Zastali smo na kapiji i zagledali balkone i terase, prugaste tende, trščani nameštaj i debele palme u saksijama.

„Izgleda kao dobar hotel“, rekoh Ernestu.

„Da, ovde se lepo živelo. Šteta što je bilo potrebno da nas rane kako bismo ušli.“

„Žao mi je što ne mogu zaista da shvatim kako ti je bilo.“

„Svejedno, drago mi je što si ovde da me držiš za ruku.“

„To mogu", rekla sam i uhvatila ga. Zatim smo odšetali do Duoma, pa do *Bifija* u Galeriji gde smo pili penušavo vino po kome su plovile sveže jagode, a iako obično nije govorio o vremenu provedenom na frontu, Ernest je, podstaknut razgovorima i boravkom sa Činkom, sad bio pun priča. Dolazak u Milano je samo upotpunio taj podstrek. Čitav ovaj put je postao vremeplov i on se vratio u prošlost.

„Smešno je", počeo je, „ali katkad se najviše sećam komaraca one večeri kad sam pogođen. Ulazili su nam u uši i u uglove očiju pa od njih nismo mogli da spavamo. Doduše ionako nismo mnogo spavali. Tad se nebo zapalilo. Odbačen sam od zemlje. Svi smo. Prvo ništa nisam osećao, a onda samo pritisak u grudima, kao da ne mogu da dišem, i zvečanje u glavi."

„Želiš li stvarno da govoriš o tome?", tiho sam ga pitala. „Ne moraš."

„Mislim da moram", rekao je pa poćutao nekoliko minuta. „Sasvim sam ostao bez sluha, ali neko je zapomagao. Nekako sam uspeo da odem do njega, podignem ga i odnesem do komande garnizona. Uopšte ne znam kako sam uspeo. Jedva se sećam toga, samo sam osećao da mi se noge raspadaju. Posle toga sam čuo mitraljez, kao da to sa mnom nema nikakve veze. Nastavio sam da trčim i spustio onog nesrećnika pa se i sâm srušio. Zatim ništa. Više se ničeg ne sećam."

„Onda si se obreo u poljskoj bolnici", rekoh. „Pa u vozu za Milano."

„Da", potvrdio je. „Svaki put kad bi taj voz stao muve su uletale kroz otvorene prozore i prekrivale mi krvave zavoje. Dva dana sam bio u tom vozu."

Klimnula sam glavom. To uopšte nije bilo godinama iza njega, već odmah pred njegovim licem i očima, kako je stigao u Milano sav slomljen. Ne kao junak, već kao dečak koji se možda nikad neće oporaviti od onoga što je osetio i video. Oštro me je pogodila tuga kad sam pomislila da će možda, bez obzira na to koliko ga ja volela i trudila se da ga opet sastavim, on ostati slomljen zauvek.

„Mora da si razmišljao danas o Agnes", rekoh nešto kasnije.

„Samo malo." Spustio je šaku na moju. „Drago mi je što smo ovde zajedno."

„I meni je drago." Znala sam da mi govori istinu, ali znala sam i kako bi, da je to moguće, voleo da tu ima i mene i Agnes – svoju prošlost i svoju sadašnjost koje ga bespogovorno vole – a i jagode. Kao i vino i sunce, topli kamen pod našim nogama. Želeo je sve što može da se ima, pa i više od toga.

Sledećeg popodneva sam spavala i čitala u našem hotelu dok je Ernest ugovarao razgovor s Musolinijem. Ovaj je nedavno izabran za italijanskog odbornika, a to je Ernesta opčinilo. Taj čovek kao da je skup sve samih protivrečnosti. Bio je veliki nacionalista i želeo je da Italiji vrati staru slavu, pa je posegao za rimskom istorijom. Činilo se da se iskreno zauzimao za loše stanje radničke klase i žena, što je izneo u *Manifestu fašističke borbe*. A opet, uspeo je da se umili aristokratiji i buržoaziji jamčeći im trajno postojanje. Izgleda da je želeo da svima bude sve, tradicionalan i revolucionaran, miljenik vojske, poslovne klase i liberala. Fašistička partija se zahuktavala i sve je izgledalo strašno neizbežno.

„Jesi li nervozan?", upitala sam Ernesta dok je pripremao sveske i spremao se da krene.

„Zbog čega? On je samo veliki nasilnik, zar ne?"

„Ne znam. Neki kažu da je čudovište."

„Možda, ali čudovišta obično tako ne izgledaju. Imaju čiste nokte, koriste nož i viljušku i ispravno govore engleski."

Zakopčala sam mu sako i šakama očistila tkaninu na ramenima.

„Ženo, mnogo gnjaviš. Odspavaj i ne brini."

Nije ga bilo dva sata, a kad se vratio u hotel da otkuca beleške, jedva je dočekao da mi saopšti kako je bio u pravu. „Tip je dovde u prevari", rekao mi je pokazujući na grlo, „preko toga nema ničeg."

„Je li bio u crnoj košulji?", upitala sam s velikim olakšanjem.

„Bio je, svi su bili." Seo je za sto i stavio čist list u koronu. „Uz to je i veći nego što sam pretpostavljao, sa širokim mrkim licem i vrlo lepim šakama. U stvari, ženskim šakama."

„Da sam na tvom mestu, to ne bih napisala."

Nasmejao se i počeo brzometno da kuca, uobičajeno hitro udarajući prstima s vrlo malo predaha i disanja. „Reći ću ti još nešto", nastavio je ne dižući pogled, „u sobi s njim je bilo prelepo štene irskog vučjeg hrta."

„Znači fašističko čudovište je ljubitelj pasa."

„Možda je nameravao da ga kasnije pojede", iscerio se.

„Grozan si."

„Jesam", prihvatio je pripravivši kažiprste za novi snažni nalet na mašinu. „Vrlo lep pas."

Sledećeg dana uhvatili smo autobus do Skjoa, gde je Ernest hteo da mi pokaže vodenicu, visteriju i svaki deo varoši koja je uspela da mu ostane u tako lepom sećanju bez obzira na sve što se oko nje događalo. No dok smo putovali, nebo se natuštilo i potamnelo. Kiša je počela i nije prestajala. Kad smo konačno stigli u varoš, Ernest kao da se razočarao. „Mnogo je manja", rekao je.

„Možda se skupila na kiši", pokušala sam da ga oraspoložim, ali brzo sam shvatila kako to nije moguće. Za čitavo vreme naše posete Ernest se borio s uspomenama. Za četiri godine otkad nije bio ovde, sve se promenilo i posivelo. Fabrika vune – zatvorena za vreme rata – rigala je crnu sluz u rupu u kojoj su se Ernest i Čink toliko puta kupali u vrelim popodnevima. Prošli smo po kiši uzduž i popreko krivudavim uličicama, ali sve je izgledalo gluvo i pusto, a izlozi radnji puni jeftinih sudova, stolnjaka i dopisnica. Taverne prazne. Otišli smo u vinariju, gde je neka devojka sedela i češljala vunu.

„Jedva prepoznajem varoš“, rekao joj je Ernest na engleskom. „Ima mnogo toga novog.“

Ona je klimnula glavom i nastavila da radi, vukući lopatice napred-nazad i ispredajući sve duža i glatkija bela vlakna.

„Misliš da te je razumela?“, upitala sam tiho Ernesta.

„Razume me ona.“

„Moj muž je ovde bio za vreme rata“, rekoh.

„Rat je prošao“, odvratila mi je ne dižući pogled.

Splasli smo i odustali od razgledanja, pa se prijavili u *Dva mača*, ali i hotelčić se promenio. Krevet je škripao, posteljina je bila izlizana i žalosna, a sijalice pokrivene prašinom.

Usred bezukusne večere Ernest je kazao: „Možda se ništa od toga i nije dogodilo.“

„Naravno da se dogodilo“, rekla sam. „Kamo sreće da je Čink ovde. On bi uspeo nekako da nas oraspoloži.“

„Ne bi. Ni on ovo ne bi podneo.“

Te noći smo loše spavali, a kad je svanulo kiša je uporno i dalje padala. Ernest je ipak ostao rešen da mi pokaže Fosaltu, gde je ranjen, pa smo našli vozača koji će nas odvesti do Verone i tamo se ukrcali u voz za Mestre, pa tamo morali da nađemo novog vozača i auto. Stalno i uporno, čitavog dana, celog puta Ernest je proučavao mape pokušavajući da poveže ono što vidi oko sebe s onim čega se sećao da je video pre više godina. No ništa nije bilo isto. Kad smo konačno stigli u Fosaltu, ona nam se učinila još gorom od Skjoa jer tamo nije bilo ni jednog jedinog traga razaranju. Nestali su rovovi i ukopi. Na mestu bombardovanih kuća i zgrada nikle su nove. Ernest je pronašao padinu na kojoj je ranjen, ali ona se zelenela bez ijednog ožiljka i izgledala sasvim ljupko. To je izgledalo sasvim neiskreno. Samo nekoliko godina ranije tu je izginulo hiljade ljudi, Ernest je ovde krvario sav izrešetan šrapnelom, a ipak je sve bilo čisto i blistavo, kao da je i samo zemljište sve zaboravilo.

Pre nego što smo otišli, Ernest je pročešljao živice i konačno našao jedan zarđali komad granate, ne veći od dugmeta.

„Jurnjava za prošlošću je gadna, pogana igra, zar ne?" Pogledao me je. „Zašto sam došao?"

„Znaš zašto", rekla sam.

On je nekoliko časaka okretao zarđali komadić na dlanu i čini mi se da je razmišljao o našem razgovoru sa Činkom i kako više ne može da računa na rat u svojoj glavi. Ne može da računa na sećanje. Vreme je nepouzdano i sve je razgrađeno i mrtvo – čak i ono ili baš naročito ono što *izgleda* kao život. Kao proleće. Svud oko nas je rasla trava. Ptice su živahno žagorile u drveću. Sunce je izgrejalo puno obećanja. Od tog trenutka Ernest će zauvek zamrzeti proleće.

ŠESNAESTO POGLAVLJE

U Pariz smo se vratili tek krajem juna, a nedugo zatim počele su proslave pada Bastilje, pa se s ulica u svako doba dana i noći čula pesma i igra. Bilo je vruće i bučno i uopšte nije trebalo da pokušavamo da zaspimo. U mraku sam razaznavala Ernestov uznemiren obris s rukom preko očiju.

„Uskoro će nam godišnjica“, rekla sam.

„Treba li nekud da odemo?“

„Kuda bismo?“

„U Nemačku ili možda u Španiju.“

„Ne moramo“, odvratila sam. „Mogli bismo ostati kod kuće i dobro se napiti pa voditi ljubav.“

„To bismo mogli i sad da uradimo“, nasmejao se on.

„Mogli bismo“, složila sam se.

Pod prozorom je klarinetista odsvirao nekoliko dubokih tonova očekujući društvo, a onda se opet ućutao. Ernest se okrenuo na bok pa pružio ruku i milovao mi golo rame. Od njegovog dodira sam se divno naježila, a onda me je on privukao k sebi i okrenuo na stomak, ništa ne govoreći, pa mi pokrio telo svojim. Bio je težak i topao i osećala sam mu usne i čelo na vratu.

„Ne mrdaj“, rekao je.

„Jedva i dišem."

„Dobro."

„Volim ovako usporeno."

„Da." Savio je ruke s obe moje strane da me ne bi potpuno zgnječio, ali ja sam i želela da me malo gnječi.

Kasnije, dok smo ležali u mraku, opet se s ulice začuo smeh, a muzika, ako je to moguće, postala je još jača i zbrkanija. Ernest se ponovo ućutao, a mene je zanimalo misli li o Skjou i svemu što se nije moglo naći tamo, i o žalosti koju je poneo kući sa sobom.

„Da ustanem i zatvorim prozor?"

„Prevruće je, a ionako ništa ne bi vredelo. Samo spavaj."

„Nešto te muči. Hoćeš da mi kažeš?"

„Ni pričanje neće pomoći."

Shvatila sam da je upao vrlo duboko, ali sam naivno verovala kako ću mu pomoći navedem li ga da priča o tome. Nastavila sam blago da navaljujem pa je konačno rekao: „Ako zaista hoćeš da znaš, reč je o vođenju ljubavi. Zbog nečeg se posle osećam prazno i usamljeno."

„Kako je to strašno", rekla sam, uvređena njegovim rečima. Samo smo mnogo vremena provodili zajedno ili sam bar ja tako mislila.

„Žao mi je. Ništa ti nisi uradila."

„Đavola nisam. Hajde da više nikad to ne radimo. Ne moramo. Meni nije važno."

„Ipak moramo. Vidiš i sama. Znam da vidiš."

„Ne."

Tad me je privukao k sebi. „Molim te ne brini, samo mi reci da me voliš."

„Volim te", rekla sam i poljubila mu šake i kapke, pa se potrudila da zaboravim šta je rekao. No nisam uspela. Nisam mogla da zaboravim ništa što mi je ikad rekao. Tako je to bilo.

„Spavaj sad."

„U redu", rekla sam.

On je ustao i obukao se. Mora da je bilo tri ili četiri ujutro.

„Nećeš valjda sad da ideš da radiš?"

„Možda i neću", odvratio je. „Ali probaću."

Čula sam kad je izašao, slušala mu korake niz stepenište sve do dole i onda zaspala na nekoliko sati. Kad sam se probudila on još nije došao, a u stanu je već bilo vruće i teskobno. Odgurnula sam čaršav i obukla ogrtač pa otišla u kuhinju da skuvam kafu. Muzičari od prošle noći još su bili na ulici, a mene je umorilo samo što sam ih čula. Nije mi bilo jasno kako uspevaju da uporno sviraju. Spavaju li stojeći u haustorima? Spavaju li uopšte?

Pošto sam doručkovala, oprala sam se i obukla pa sela za klavir da vežbam nekoliko sati, ali nisam bila zadovoljna. Dan je bio prevruć a ja prerasejana zbog prethodne noći. Opet sam legla i onda čula Mari Kokot u kuhinji kako raščišćava sudove. Za nju smo čuli od nastojnice naše zgrade i sad je dolazila kao *femme de ménage** i sve nam prala i kuvala za dva franka na sat. Mari nije imala dece a već se bližila srednjem dobu, bila je sitna i snažna, hitrih veštih ruku. Nadimak *Kokot*, što je na francuskom žargonski izraz za slobodnu ženu, dobila je zbog toga što nam je često i sjajno pekla *poulet en cocotte***. Nekoliko puta nedeljno ona bi se vratila kasnije posle podne da pripremi večeru pa sam je, budući da je sve lepo kuvala, molila da me uči francuskoj kuhinji. No kako je već uveliko bilo leto, nisam želela uopšte da boravim u kuhinji i bila sam zadovoljna voćem ili ničim dok Ernest ne završi s poslom. Onda bismo, kad se

* Franc.: kućna pomoćnica. (Prim. prev.)

** Franc.: pile u zemljanom loncu. (Prim. prev.)

smrači i osveži, otišli u kafe na aperitiv dok ne ogladnimo i osetimo potrebu da jedemo.

„Dobro jutro, madam“, rekla je Mari Kokot ušavši u sobu gde su zavese još bile razgrnute od prethodne noći. Nikad ih nismo navlačili.

„Hoće li ova muzika ikad prestati?“, upitala sam onim i dalje trapavim francuskim pokazujući na prozor.

„Danas neće“, odgovorila je smejući se.

„Mislim da će Dan Bastilje trajati večno“, rekla sam, a ona se opet nasmejala.

„Mi to tako volimo“, rekla je.

Leto se tako razvlačilo, pretvorilo u nekoliko letâ zaredom, kao da vreme uopšte nije teklo. Dane je bilo sve teže ispuniti. Vratile su mi se glavobolje, a iako sam znala kako ne bi trebalo da mrzim Ernestov rad ni da ga odvajam od njega, uvek sam bila zadovoljna kad bi se probudio i rekao kako čitavog tog dana neće ni pokušavati da piše, pa bismo onda otišli na boks-meč ili van grada na biciklističke trke.

Jednog popodneva su nas Gertruda i Alisa pozvale na ručak u letnjikovac u Mou. Svi smo krenuli Gertrudinim modelom T na izlet s pravom gozbom od dve vrste jaja i krompira i pečenim piletom. Popili smo nekoliko boca ohlađenog vina pa henesi s tri zvezdice. Sve je bilo lepo – doline i mostovi, njihova slatka kuća i drveće u cvetu. Posle ručka smo ležali na travi, pričali i osećali se slobodno.

Ernest je rešio da Gertrudi pokaže sve svoje radove, a čitao je i njene. Iako ga je u početku prijateljstva odbijala težina njenog rukopisa, zavoleo je njegovu neobičnost i sve ga je više zanimalo šta ona radi. Čak je prihvatio njen uticaj i na svoj stil, naročito onu naviku da imenuje i ponavlja određene premete, mesta i ljude, ne trudeći se da nađe varijantu, već otkrivajući kako svaka reč ima zaprepašćujuću moć kad je stalno iznova koristiš. Na nekim novijim stranicama o Niku Adamsu primetila sam da on to isto radi pomoću jednostavnog jezika i pojmova – *jezero, pastrmka, deblo, čamac* – što je radu davalo sasvim pročišćen i gotovo mitski prizvuk.

Ernestova veza s Gertrudom očigledno je oboma mnogo značila – a ja sam bila presrećna što smo postajali sve bolji, opušteniji prijatelji, mada je i dalje uvek kad se nađemo dolazilo do onog odvajanja po parovima. Ernest i Gertruda su umetnici, a kad su pričali, glava primaknutih blizu, izgledali su kao brat i sestra. Alisa i ja smo supruge čak i bez ona četiri zida salona da nas tako odrede, a činilo mi se da je ona time zadovoljna. A ja? Ernest me je u potpunosti podržavao u sviranju i često o klaviru pričao kao o mom „poslu" kao da sam i ja umetnik. Volela sam da sviram i osećala da je to značajan deo mog života, ali uopšte nisam bila ubeđena da sam posebna, kao što je Ernest bio. On je živeo u kreativnoj sferi a ja van nje i nisam znala hoće li išta to promeniti. Alisa kao da je s lakoćom igrala ulogu umetnikove žene, u potpunosti se zalažući za Gertrudinu ambiciju, ali možda je ona samo duže to radila i umela bolje da sakrije ljubomoru. Zagledala sam se u čašu s konjakom – u kaleidoskop koji je pravio na svetlom čaršavu od nekakve irske vune. Sad smo ovde zajedno, govorila sam sebi. Sve je lepo i dobro. Treba samo to da znam, da se toga držim i da budem srećna. Biću. Potrudiću se.

Sledećeg dana smo se kasno probudili i ja sam osećala posledice henesija. Mora da ih je i Ernest osećao jer nismo ustali kad je rekao: „Danas ništa od posla. Neću ni da pokušavam."

„Mogao bi da odeš i probaš, bar na nekoliko sati", rekla sam i postidela se jer nisam tako mislila.

„Neću", rekao je. „Znam da ništa ne bi vredelo. Već to znam."

Ustali smo i doručkovali, a onda rešili da odemo u Otej, na konjske trke. Biće svežije van grada. Mari Kokot će nam spakovati korpu sa sendvičima i vinom, pa ćemo uzeti program trka i čitati ga u vozu. Čim smo se dogovorili, osetila sam kako mi pritisak u glavi popušta, kako nestaje poput duha koji je isteran iz kuće. Grizla me je savest zbog sreće što ga ni s kim ne delim – osećala sam istovremeno grižu i sreću.

I Ernest i ja smo voleli Otej. Uvek smo zajedno čitali program pa zalazili u padoke da vidimo konje. Volela sam njihov jak miris i samu stazu, buku vesele gomile koja grabi sreću ako može. Ernest je bio opčinjen svim redom – divnim talasanjem tela konjâ, niskim džokejima u svilenim dresovima, trenerima što stoje uz ogradu i deluju kao da znaju nešto tajanstveno, žargonom štalskih momaka i smradom konjske mokraće. Nikad nismo mogli mnogo da trošimo na trkama, ali smo uvek trošili nešto i bilo je lepo što smo zajedno napolju na suncu. Ernest bi prostro sako na travu pa bismo na njemu ručali, a ja bih zatim dremnula ili samo gledala oblake i čekala sledeću trku. Kad bismo dobili, uzeli bismo šampanjac, a katkad smo ga pili i kad bismo izgubili jer smo bili srećni što smo tamo i što smo zajedno, a novac nam ionako ništa nije značio. Nikad ga nismo imali toliko da bi se primetilo kad ga izgubimo.

Tog dana je favorit bio blistavi tamni lepotan, dobar i okretan skakač. U trku je imao oštre zategnute linije da ste ga jedva i videli. Mi se nismo kladili na favorita već na drugog, svetlijeg konja, Zlatnu Kozu, za koga su opklade bile sto dvadeset prema jedan. Ponekad smo birali istog konja pošto bismo obišli padoke ili stajali uz ogradu i gledali kako se konji kreću, pa smo čekali da osetimo nešto. Katkad bi Ernest naišao na nekog poznanika koji bi mu rekao ime ili dva s dobrim izgledima. Tog dana sam ja pratila vlastiti instinkt i sama odabrala konja. Tako sam mogla da nam oboma donesem sreću. Već se dešavalo, a tog dana sam bila ubeđena da će se opet desiti. Zlatna Koza nije bio brz ni taman, ali je klizio kao konjak po čaši. Posmatrala sam mu glatke noge i rekla Ernestu da sam odabrala njega.

„Hajde zaista da se kladimo na njega", kazala sam. „Imamo li dovoljno?"

„Možda i imamo", odgovorio je.

„Hajde svakako to da potrošimo, čak i ako nemamo."

On se nasmejao i otišao da uplati opkladu sve vreme mi se smešeći. Voleo je kad sam odvažna.

„Jesi li i dalje za ovog konja?", upitao me kad se vratio.

„Jesam."

„Dobro. Stavio sam na njega naše životne troškove za šest meseci."

„Ne misliš valjda ozbiljno."

„Mislim", rekao je pa smo s ostalima otišli do ograde, oboje treperеći od rizika.

Moj konj je od starta poveo. Kod druge prepone više niko nije mogao da ga stigne. Kod četvrte je bio već za četiri dužine ispred ostalih i ličio je na izmaglicu boje konjaka.

„Uspeće", uzviknula sam sva zajapurena. Stomak mi se vezao u čvor.

„Izgleda da hoće", složio se Ernest posmatrajući ostale konje kako ubrzavaju. No za njih je bilo kasno jer je Zlatna Koza bio prebrz i predaleko – neuhvatljiv za deset dužina, pa još više. Favorit je prestigao ostale dok ga je džokej podsticao bičem, ali moj konj je trčao svoju trku.

Bio je dvadeset dužina ispred njega i na dvadeset koraka do cilja kad se to dogodilo. Kao što je sve dotad bilo prelepo, tako je bilo ružno kad je pao pri poslednjem doskoku. Ako je dotad bio konjak, sad je ličio na slomljena ručna kolica. Kao letvice i žice, dečja igračka koja se s praskom polomila. Bilo je tako grozno da nisam mogla da gledam. Zarila sam lice u Ernestovo rame i nisam videla kraj trke, konje koji se razdvajaju oko životinje na zemlji, favorita kako uzima sve što nije zaslužio.

Preplakala sam pola puta u vozu, što je išao kroz sumorno predgrađe sa žicama za veš i đubretom i decom odevenom u rite, i trudila se da zaboravim taj dan i ono što sam videla.

SEDAMNAESTO POGLAVLJE

Rešili smo da prvu godišnjicu braka provedemo sa Činkom u Kelnu, pa smo krenuli brodom uz Rajnu da se nađemo s njim. Tad je još bilo vrlo toplo i dani su bili lepi i dugi, pa kad smo se našli sa Činkom, svi smo bili vrlo srećni što smo zajedno. On je nama prijao, mi smo njemu prijali, a Keln je prelep.

Jednog popodneva ležala sam na travi i gledala Ernesta i Činka kako pecaju. Ernest je iz vreće što je stajala na obali pored njega jednom rukom izvadio bocu hladnog belog vina pa zubima izvukao čep. U drugoj ruci je držao štap čiji je najlon bio daleko pružen, pa je voda tekući pored njega pravila sitne kolutove. Duvkao je blag vetrić i u oblačićima raznosio žuti polen s drveća i sipao ga po nama.

„Momci, izgledate kao na nekom platnu", dobacila sam žmirkajući u njih.

„Stekli smo obožavateljku", rekao je Ernest Činku.

Ustala sam s trave i prišla Ernestu pa ga nekoliko minuta gledala iz blizine. „Pokaži mi kako se to radi", zatražila sam.

„Već si se zamorila od obožavanja?"

„Nisam", nasmešila sam se. „Samo bih volela i ja da probam."

„U redu." Stao je iza mene na meku travnatu obalu i pokazao mi kako da uperim štap. Zamahnula sam unazad pa napred u glatkom luku, baš kako mi je rekao, pa sam savršeno uspela da otpustim mašinicu. Najlon je uleteo u maticu kao po loju.

„Ovo je lep osećaj", rekla sam.

„Tako znaš da si uradila kako treba", kazao je Čink.

„Šta sad?"

„Sad čekaš", rekao je Ernest pa otišao do kutije sa štapovima. Pre nego što se i mašio štapa, ja sam osetila da se najlon zateže, pa još jednom nešto jače. Instinktivno sam povukla i udica se zakačila. Osetila sam kako se riba na njoj koprca.

„Hej!", povikao je Čink videvši to. „Pretvarala se da ništa ne zna."

Ernest je požurio nazad da mi pomogne da izvučem pastrmku i riba se našla na travi, sva mrka i pegava.

„Malo mi je žao ribe", rekla sam.

„Možeš da je baciš nazad u vodu", kazao je Čink.

„Ni slučajno", usprotivio se Ernest smejući se.

„Ne, hoću da je pojedem. Hoću da vidim ima li drugačiji ukus kad je sam uhvatiš."

„Pametno", pohvalio me je Ernest. „I znaš, ima drugačiji ukus."

„Tako sam i mislila."

„Ova ima ubilački instinkt", našalio se Čink pa smo se svi zasmejali.

„Mogla bi sve da naučiš", rekao je Ernest kasnije kad sam jednu za drugom upecala tri pastrmke. Pokazao mi je kako da ih očistim i izvadim im utrobu, pa da ih isperem u reci i spremim za pečenje.

„Nije mi gadno", rekla sam dok smo radili.

„Znam. Vidim."

Ispekli smo na štapićima i moje tri pastrmke i šest koje su upecali Čink i Ernest.

„Moje su mi najlepše", zaključila sam ližući so s vrhova prstiju.

„I meni su tvoje najlepše", rekao je Ernest pa otvorio novu bocu vina, a nebo je već postalo mekše i veče se približilo.

U samom Kelnu duhovi su bili uzrujani. U Britanskom okupacionom garnizonu, gde je Čink odnedavno bio stacioniran, razjarena rulja je oštetila kip Vilhelma II na konju otkinuvši mu ogromni gvozdeni mač i raznevši mamuze. Drugi pobunjenici su ubili jednog nemačkog policajca pojurivši ga do reke pa mu odsekli prste kad je pokušao da se spase držeći se za most. Spolja je grad izgledao kao iz bajke, s kućama pokrivenim crvenim krovovima i stanovnicima odevenim u kratke kožne pantalone, ali kao i ostatak Nemačke pod savezničkom okupacijom, bio je u stanju izuzetnog previranja.

Nekoliko dana kasnije, 14. septembra, sedeli smo u kafeu i iščitavali novine kad smo saznali da je turska luka Izmir u plamenu. Grčko-turski rat besneo je već tri godine, od raspada Osmanlijskog carstva koje je usledilo posle Velikog rata, ali sukob je konačno pokrenula ova vatra. Niko nije znao ko je za nju odgovoran. Grci su krivili Turke i obrnuto, a jedino su jasne bile tragične posledice. Požar je pomoću petroleja podmetnut u luci, a i u mnogim grčkim i jermenskim četvrtima u gradu. Ljudi su isterani iz kuća na ulicu. Mnogi su se udavili u luci, a drugi su pobijeni gde su se zatekli. Izbeglice su se sklanjale u brda. U kafeu uz lep ručak osećali smo se loše što se nismo više zanimali za taj sukob.

„Mislim da ću vrlo brzo otići tamo", kazao je Čink odlučnog lica.

„Možda ću i ja", rekao je Ernest, a ja sam osetila kako me podilazi jeza.

„Ne misliš valjda ozbiljno?", upitala sam.

„Ne znam. Moguće je."

„Oduvek sam želeo da vidim Istanbul“, rekao je Čink.

„Meni je lepše ime *Konstantinopolj*“, rekao je Ernest. „Ili *Vizant.*“

„Tako je“, složio se Čink. „No zvao ga ovako ili onako, sad je u govnima, zar ne?“

Samo što smo se vratili u Pariz – nismo stigli ni da se raspakujemo – Ernestu je stigao telegram od *Stara*. Džon Boun ga je slao u Tursku da izveštava o sukobu, upravo kao što je on i očekivao. Krenuće za tri dana. Tek što je pročitao vest i još držao pocepan koverat, a ja sam osetila da se raspadam.

„Šta je bilo?“, pitao je Ernest posmatrajući kako mi se lice menja. „Neću dugo. Kao kad sam bio u Đenovi, isto tako. A onda ću se vratiti kući pa ćemo opet biti zajedno.“

No ja mu nisam priznala kako sam bila neraspoložena dok je bio u Đenovi, kako sam svakog dana bez njega vodila borbu sa sobom.

„Ne želim da ideš“, rekla sam.

„Šta?“

„Reci im da ne možeš, da sam ja bolesna.“

„Pričaš besmislice.“

„Ali jesam, zar ne vidiš? Sad ti govorim istinu.“

„Ne, samo si detinjasta. Ovo su tvoje lutke, a ja hoću da s tim odmah prekineš.“

Tad sam se rasplakala, što je bilo još gore; on je mrzeo suze.

„Molim te prekini“, rekao je. „Zar se nismo upravo lepo proveli u Kelnu? Zašto ne bismo prosto bili srećni?“

„To i ja hoću“, kazala sam, ali su mi suze i dalje lile. Otvorila sam kofer, pa ga opet zatvorila i otišla u kuhinju da stavim vodu za čaj. Pomislila sam da je otišao u spavaću sobu, ali on je došao za mnom pa je hodao iza mene.

„To je predaleko", konačno sam rekla.

„U tome i jeste stvar, zar ne? Ne treba da ti rat dahće za vratom."

„Zar ne možemo da se pretvaramo da taj telegram nije ni stigao?"

„Ne, ne možemo." Lice mu je odjednom otvrdlo, zato što sam tražila od njega da mene pretpostavi poslu. „Dođavola i čaj", ljutnuo se, ali ja sam nastavila da odmeravam listiće za čajnik pa sipala vodu kroz porcelansku cediljku. On je hodao napred-nazad iza mene u majušnoj kuhinji i čekao da mu se izvinim. Pošto nisam, i kako se čak nisam ni okrenula, na kraju je izleteo iz stana.

Znala sam da je otišao u neki kafe. Lako sam mogla da ga nađem i da sam to uradila bilo bi sve u redu. Mogli smo popiti po konjak i vodu, složiti se da ovo ostavimo iza sebe. Ili zamoliti konobara da donese apsint i pustiti da on sve divno izbriše. Međutim, ostala sam gde sam i pila onaj prokleti čaj, mada ga uopšte nisam želela.

Kad se Ernest vratio kući bila sam pijana i pretvarala se da spavam. U međuvremenu sam ostavila čaj i prešla na viski. Ništa nisam jela, samo sam pila viski, nekoliko čaša toplog viskija bez vode. Kad sam se dovoljno napila da mogu to da uradim, uzela sam divni čajnik koji smo čak ovamo doneli pa ga bacila na pod. Nameravala sam da ostavim krhotine da ih on vidi, ali kad sam ga razbila, uvidela sam koliko je to sitno i detinjasto – moje lutke, kao što je rekao. Mrsko mi je bilo što se osećam tako beznadežno i što ne mogu da se uzdržavam, ali nikako nisam mogla da se obuzdam. Pokupila sam krš, jednu po jednu mokru krhotinu, pa sve stavila u papirnu kesicu. Zatim sam otišla u krevet. Na jastuku mi se opako vrtelo u glavi, ali sam zažmurila i pokušala da usporim disanje. Mnogo kasnije sam ga čula kako ide stepenicama pa ulazi u sobu.

„Hedli", pozvao je i seo na krevet do mene. Ovlaš mi je taknuo lice i vrat, ali ja se nisam ni makla. „Hajde da prekinemo s ovim, paperjasta mačkice."

Čvrsto sam stisla oči da sprečim suze i pretvarala se da spavam. No on je znao da ne spavam.

„Idi dođavola", prosiktao je kad nisam otvorila oči niti mu odgovorila. Grubo me je gurnuo u rame. „Ovo je posao. Znaš da moram da idem."

„Ne moraš da ideš. Ti hoćeš da ideš."

„Svejedno, idi dođavola", viknuo je i otišao da spava na nekom drugom mestu.

Možda je te noći otišao u svoju sobu u Dekartovoj ulici ili je spavao na dugačkoj klupi dole u plesnoj dvorani. Ne znam. Nije ga bilo sve do sledećeg dana po podne, a kad je došao, spakovao se i spremio. Išao je po stanu, ubacivao stvari u torbu, prikupljao sveske.

„Znači ovako će biti?"

Zurila sam u prazno pred prozorom.

„Znaš, rekla si kako nikad nećeš raditi ovo."

Bio je u pravu. Toliko puta sam se klela da nikad neću stajati na putu njegovom poslu, naročito u početku, kad sam njegovu karijeru gledala kao svoju i verovala da mi je uloga ili čak sudbina da mu pomažem dok se probija. No sve mi je jasnije bilo kako nisam shvatala šta su ta obećanja zaista podrazumevala. Delimično sam želela da i on bude nesrećan kao ja. Možda će se onda predomisliti i ostati.

Međutim, nije ostao. Nismo progovorili niti se takli tri dana, a kad je 25. septembra otišao, bio je tako povređen i ljut da sam jedva mogla da ga gledam. Stajala sam kod vrata i posmatrala kako se muči s torbama niz stepenice. Kad je bio pri dnu, ispustio je koferčić s koronom. On je tresnuo, uz mučan tresak odskočio i opet pao. Ernest ga je besno šutnuo pre nego što ga je podigao. Kad je stigao do vrata u dnu stepeništa, šutnuo je i njih, a onda više ništa nisam čula.

OSAMNAESTO POGLAVLJE

Možda se malarija probija kroz kinin pa je sve čudno žuto. Dugački put je prigušeno i sumorno žućkastosmeđ, a planine u daljini su još tamnije. Tu je i reka Marica što teče visoko i brzo jer je kiša padala pet dana, a i kiša je žuta.

Nije spavao otkad je krenuo iz Pariza pa mu je još teže da hoda po kiši. Nema kraja ni kiši ni hodanju. Kolone izbeglica nailaze i razlivaju se po putu za Karagač. Oni koji su imali kola natovarili su na njih sve od čega nisu mogli da se rastave, a ostali su se umotali kao zavežljaji i nose druge zavežljaje ili nose decu. Deca nose ono što mogu i plaču kad se premore ili uplaše. Svi su uplašeni i mokri a kiša uporno pada.

On je ovde da posvedoči, to mu je jasno, zato sebe tera da sve vidi i da ne okreće glavu ni pred čim, mada ga hvata mučnina od mnogo toga što vidi. Ovo mu je prvi susret s ratom otkad je sâm bio u ratu, i to je kod njega prva dva dana izazivalo strašne potrese. Sad više potresa nema. Potisnuo ih je i sad može da radi ono zbog čega je došao.

Duž druma za Karagač razgovara s mnogima koji su došli iz Izmira i tamo videli vatre i još gore. Jedan Jermenin crvenog lica gledao je sestru kako trči niz kej i vrišti jer joj gore krajevi kose.

Drugi čovek je uvijen od šake do ramena prljavim i natopljenim zavojima, a čak i po kiši oseća se gangrena, slatkasti vonj nalik mirisu pečenih badema. Taj čovek mu govori preko tumača i kaže da se krio pod dokom u Izmiru dobar deo dana i čitavu noć, a voda mu je katkad dopirala do grudi. Kad je naišla plima i gurnula ga na mušlje prikačene za dok, njihove ljušture su mu isekle šaku i ruku.

„U luci su goreli reflektori“, kaže čovek. „A bolje da ne vidiš šta tamo oko tebe pliva.“

Na kraju je izašao iz vode, našao svoju porodicu i krenuo putem, kao i mnogi drugi. Na nekoliko mesta je bio gadno zasečen, ali nije krvario. Mislio je kako će mu so izvidati rane i da će mu biti dobro i bez lekara.

„Vidite da mi nije dobro“, kaže čovek preko tumača i nastavlja da hoda.

„Da, to se odmah vidi“, kaže Ernest.

Ide uz kola koja vuče veliki vo natopljen kišom, a u kolima mu se porađa žena. Ležaj u kolima joj je skroz namočen a jedno ćebe, umrljano i mokro, drže dvoje dece preko nje dok se porađa. Jedna starica joj čuči između kolena dok se deca trude da gledaju u stranu, a Ernestu je muka dok to gleda i dok je čuje kako vrišti, što neće prestati dok se dete ne rodi, a možda ni tada.

Onaj čovek i dalje hoda i gleda preda se kroz kišu pa kaže: „Moja žena zna da sam kukavica. Sakrio sam se pod dok. Hteo sam da ih ostavim.“

Ernest klima glavom i diže pogled pa primeti da nailaze na most preko reke, drvenu konstrukciju koja deluje klizavo, ali čvrsto uprkos svoj toj težini na sebi, kolima, volovima, kamilama, stešnjenim telima dok se niko ne kreće ni napred ni nazad.

U daljini, preko glava živih bića, on vidi tanka bela vretena džamije, minareta što se dižu iz žute sluzi, odvojena od vrlo stvarnih događaja na drumu, blata, vriske i kukavičluka pod kišom. U džepu jakne su mu plava sveska presavijena napola i dve olovke. Papir je sasvim natopljen, zna to i da ne proverava, ali ionako ne može da zapiše ništa od ovoga. Poslaće depešu večeras iz hotela u Karagaču, ako i on nije otplutao u kiši. Zasad jedino može da tera sebe da vidi sve, da se ne trese i ne skreće pogled.

Prošla je nedelja, ali on ima utisak kao da nikad nigde drugde i nije bio. Rat, između ostalog, i tako utiče na čoveka. Sve što vidiš zameni ti trenutke i ljude iz pređašnjeg života, dok se više i ne sećaš zbog čega je išta od toga važno. Nema nikakve razlike što nisi vojnik. Utisak je isti.

Spava na krevetu u jednom adrijanopoljskom hotelu uvijen u prljavo ćebe i pokriven ranama od vašiju. Dane provodi u razgovoru s izbeglicama, pisanju i slanju depeša Staru *i* INS-*u* pod imenom Džon Hedli. Ponekad je toliko umoran pa istu priču šalje dvaput. Nije ga briga; neka ga otpuste. Prvo treba da ga nađu, a on je u nedođiji.*

Kad padne veče odlazi u bar gde jedna vrlo tamna Jermenka s dubokim podočnjacima nosi šarenu haljinu što se vezuje oko pojasa. Vidi joj grudi pod tkaninom i želi da je pipne i sve postaje vrlo jednostavno. Nailazi drugi muškarac, britanski vojnik, pa spusti šake oko devojčinog pasa i ona se smeši. Tad se Ernest baci napred i udari vojnika. Nije baš nameravao to da uradi. Samo zna kako mora da se pokrene ako želi devojku. One ti nikad same ne priđu, a i zašto bi hteo da ti priđu? Oseća kako mu pesnica dotiče vojnikovu vilicu, pa se vilica oklembesi. On još ništa ne oseća. Vojnik pada na koleno pa se brzo digne blistavih, iskolačenih očiju. Napada, ali nije dovoljno brz ili spušten. Ernest ga ovog puta udara u stomak i oseća kako se čoveku dah prekida na njegovoj ruci.

---

* *International News Service* – Međunarodni novinski servis. (Prim. prev.)

Devojka kaže nešto što ne razume, ali mu se učini da zvuči kao: „Dosta." Uzima je za ruku i oni izađu. Napolju je taksi pa bez ijedne reči odlaze u njenu sobu. Iza vrata ona razveže haljinu, a onda se maši njegovog kaiša. On joj odgurne ruku. Uradiće to sam, mada mu desna šaka krvari. Seda na drvenu stoličicu, povuče je na sebe i, kad ga ona opkorači, oseti kako je gruba i svilenkasta. On je pomera, kao da je lutka, ali zna da tako mora biti jer zbog toga oseća da neće umreti, bar ne večeras. On zastenje kad bude gotovo, a prvi put je brzo gotovo. Ostaje s njom u njenom prljavom krevetu, a ujutro joj ostavlja adresu svog hotela na parčetu papira iz sveske i uz to i dva američka dolara. Misli da je verovatno više neće videti, ali kako će biti u redu ako je bude video. Ima još novca za trošenje, a možda ako je bude opet video neće mu biti ovako muka, kao sada, i možda će biti bolje i možda će se nešto srediti.

Izlazi na ulicu gde je još vrlo rano i sveže a kiša još nije počela. Hoda do hotela i razmišlja. Uradio si to, zar ne? Prekasno je da bilo šta promeniš, a ionako ne bi menjao. Moraš se setiti toga kasnije, kad budeš video svoju ženu i poželeo da umreš što si je povredio. Upamti kako te niko nije naterao da išta radiš. Nikad niko drugi ništa ne uradi do ti sam i već stoga ne treba da žališ.

Sad je opet počela kiša, sasvim sitna, i prodire kroz tkaninu njegove košulje i pantalona. Oseća da ga pritiskaju kućerci duž blatnjave ulice i opet ga skoli ona sasvim stvarna misao da ne postoji nijedan drugi svet. Kakve veze ima što znaš da će ti to što si bio s drugom ubiti ženu kad već nemaš ženu? Nemaš ni Pariz nit išta drugo. Mogao bi opet da se vidiš s onom crnom devojkom. Mogao bi i da se sagneš i izbljuješ nad svim onim što radiš jer ovo je jedini svet koji postoji.

DEVETNAESTO POGLAVLJE

Kad je otišao, odmah sam osetila tugu i grižu savesti, mrzela sam sebe. Pogledala sam bocu s viskijem na polici, čak je na tren uzela, no ipak sam je vratila nazad. Ne pre ručka. Tako nikako neću prebroditi. Zato sam skuvala kafu i oljuštila pomorandžu, pa pokušala da ne mislim na njega u vozu. Putovaće najmanje dva dana i onda će se naći u drugom svetu, i to opasnom. Preostalo mi je jedino da se nadam da će biti bezbedan i da će nit koja nas vezuje biti dovoljno jaka da opstane mimo nanete štete.

Osim dve nažvrljane dopisnice koje je poslao pre nego što je prešao granicu Turske, od Ernesta nije bilo drugih vesti otkad je otišao pa sam za to krivila telegrafsku službu jer nisam htela da pomislim šta bi drugo moglo da znači njegovo ćutanje. Posle dve nedelje, kad je stigao *Star*, pročitala sam njegovu prvu priču, ali mi je usredsređivanje na ono što se tamo događa – ne samo nasilje, već i bolest jer su, očigledno, kolera i malarija poprimile razmere epidemije – samo još pogoršalo sve, zato sam spalila novine i otišla da se prošetam.

Mari Kokot je dolazila svakog popodneva. „Morate da ustanete iz kreveta“, rekla je pa mi donela kecelju da vežem preko ogrtača. Zajedno smo spremile *boeuf bourguignon*, *blanquette de veau* i *cassoulet*,* i sve je to bilo divno, mada nisam mogla sebe naterati da jedem.

Luis Galantjer je svratio i seo za onaj grozni trpezarijski sto te se trudio da me odvuče u *Mišo*.

„Džejms Džojs je izgleda upravo ove nedelje postao otac još šestoro dece. Svi su tamo, jedu ogroman komad jagnjetine, a mleko im curi na nos. Reci mi da osećaš potrebu svojim očima to da vidiš."

Naterala sam se da se nasmešim pa se obukla, natukla kaput i najmanje demodirane cipele. „Hajdemo tu iza ugla", rekla sam. „Samo nemoj večeras u *Mišo*, važi?"

„Vaš sam pokorni sluga, madam."

Ni Luisu nit ikom drugom nisam pričala kako je među nama loše. Isuviše sam se stidela. Svakog jutra sam pisala pisma i u njima lagala Grejs i doktora Hemingveja kako je sve u najboljem redu. Opisivala sam im kako Ernestu glatko ide posao za *Star*, kako mu karijera izgleda svetlo. Nisam im rekla da je nedavno rešio da raskine ekskluzivni ugovor s njima i da šalje priče pod pseudonimom za *Međunarodni novinski servis*. Sve je to pregovarano u tajnosti i iziskivalo je laganje i ljigavljenje kad nešto za *INS* prođe pre njegovih „ekskluzivnih vesti" za *Star*, ali on je tvrdio da se vredi time baviti za novac. Odmerio je sve sa svojom savešću. Meni je teže pala ta nepoštena situacija jer mi se učinilo da ona ukazuje na nešto krupnije. Na njegovu samoživost po svaku cenu.

No razmišljanje o tome nikud nije vodilo. To jest, nikud dalje od viskija, zato sam razmišljanje ostavila s gomilom pisama pa

* Franc.: Goveđe meso kuvano u crnom vinu s pečurkama, crnim lukom i dimljenom slaninom; teleći ragu s lukom, celerom i šargarepom; beli pasulj sa svinjetinom, jagnjetinom, kobasicom i dimljenom pačetinom zapečen u đuveču. (Prim. prev.)

otišla do Luksemburškog muzeja, da vidim Monea. Stajala sam i gledala u najsvetlije delove njegovih ljiljana i onog ljupkog ljubičastog prelivanja vode i trudila se da ne vidim ništa sem toga.

Jednog ranog jutra krajem oktobra Ernest je iz voza na Gar de Lion izašao s izgledom nekog ko je bio u strašnoj bici i izgubio. Bio je slab i iscrpljen, a imao je groznicu od malarije. Izgubio je deset kilograma a možda i više, pa sam ga jedva prepoznala. Srušio mi se u zagrljaj, pa smo otišli kući, gde se nagnuo nad lavor i pustio mi da mu nasapunam kosu punu vašiju.

„Tako mi je žao zbog svega, Tejti", rekla sam kad je on zažmurio.

„Hajde da ne pričamo o tome. Više nije važno."

Uzela sam makaze i vrlo kratko mu isekla kosu pa mu, primakavši lampu kako bih bolje videla, jednu po jednu istrebila preostale vaške. Zatim sam mu pomadom istrljala telo i pomogla mu da se uvuče među sveže čiste čaršave gde je spavao dvadeset četiri sata. Kad se probudio, donela sam mu jaja, tost, šunku i senf, pa je sve to zahvalno pojeo i opet zaspao.

Nije ustajao nedelju dana, a ja sam ga ponekad samo posmatrala dok spava i znala po njegovom izgledu da je propatio tako da o tome neće moći da priča, bar dugo neće moći. Jaz među nama je bio strašan, kao i tišina, ali vreme provedeno u Turskoj je sve zasenilo. Možda je i bio u pravu da to više nije važno. Sad je kod kuće i opet smo zajedno, možda će sve biti u redu dok ne razmišljamo o tome i ne puštamo da se razvije.

Kad je prošlo nedelju dana uspeo je da ustane iz kreveta, da se okupa i obuče i gotovo je bio spreman da se vidi s prijateljima. Otišao je do vreće pa pomerio sveske da bi izvadio poklone uvijene u novinsku hartiju i slojeve tkanine. Doneo mi je bočicu ružinog ulja i jednu tešku ćilibarsku ogrlicu s krupnim grubim perlama nanizanim s crnim koralom i srebrom.

„Lepša je nego išta što sam videla u životu", rekla sam držeći ogrlicu.

„Pripadala je nekom izuzetno važnom ruskom diplomati koji je sad konobar."

„Nadam se da si mu dobro platio za nju."

„Jesam i uz to sam ga pošteno napio", pohvalio se Ernest gotovo nalik sebi.

Pričekala sam da ispriča još nešto o tome, ali on je samo sedeo za stolom i pio kafu, pa zatražio novine.

Znala sam da me opet voli; to sam videla. Bez obzira na ono što smo osećali ili mislili jedno o drugom za vreme višenedeljne razdvojenosti, to je sad prošlo. Otvorila sam bočicu s tamožutim ružinim uljem koje je mirisalo savršeno, kao sama ruža. Tako je, bez imenovanja i određivanja rečima, počela sledeća etapa naše priče.

DVADESETO POGLAVLJE

„Samo oprezno“, upozorio me je Ernest. „Znaš da prizivaš đavola.“

„Prizivam li ga?“

„Znaš i sama.“

„Onda nek dođe, ali samo ovako, sav u zelenom isparenju.“

Bili smo u *Selektu* s Paundom i Doroti, koju smo počeli da zovemo Šekspir. Paund je upravo preuzeo uređivanje nove književne štamparije *Tri planine* pa je hteo da objavi nešto Ernestovo. Svi smo bili raspoloženi te večeri, a ja sam samo želela da popijem čašu apsinta, da proslavim.

„Moraš usporiti“, primetio je Paund.

„Moram li?“, upitala sam, ali nije se uopšte obraćao meni, već konobaru koji je preko kocke šećera nalivao vodu u piće te je ono, od opakog prozirnog žućkastozelenog, s vodom postalo mutnobelo. U Francuskoj je apsint bio zabranjen, i to već godinama. Zabranjen je i opijum, ali svugde po Parizu si mogao da nađeš i jedno i drugo ako znaš gde da tražiš. Volela sam fini ukus sladića a i sam ritual sa šećerom i naročitom rupičastom kašikom kroz koju kaplje voda, šećerna kišica. Naš konobar to radi prelepo, pomislila sam, ali Paund je naglo dohvatio bokal i preuzeo.

„Dušo, pijan si", rekla mu je Šekspir onim kulturnim šapatom.

„Trudim se da zamislim tebe pijanu", rekao joj je Ernest. „Kladim se da nikad ne proliješ ni kap."

Ona se zasmejala. „Ako ne prosipam, to je zato što ne pipam apsint."

„To je slatkiš od sladića i dim", rekla sam.

„Sutra ćeš poželeti da je samo to", kazao je Ernest.

„Možda, ali je od njega sad sve lakše, zar ne?"

„Jeste, lakše je", složio se Ernest pa kucnuo moju čašu svojom. „Zato neka ti bude, a sutra nek se nosi dovraga."

„Tako je", prihvatio je Paund nagnuvši se napred u izgužvanom sakou od tvida i stavio laktove na sto. Sve mi se više dopadao – mada su se meni svi dopadali. Pomislila sam da sam se zaljubila u našeg konobara. Imao je izuzetno lepe brkove; nije ih mazao voskom pa su bili čisti i sveži kao cvet. Poželela sam da ih dotaknem ili pojedem.

„Trebalo bi i ti da nosiš ovakve brkove", rekla sam Ernestu nimalo pristojno pokazujući.

„I nosim ih, draga. Sasvim iste."

Pogledala sam pravo u njega. „Zaista", priznala sam. „Gde si bio?" Zatim smo se svi nasmejali.

Kasnije, kad smo prešli u *Dom*, Paund se raspričao o Americi. „Nikad se nisam vraćao na Srednji zapad", rekao je, „zapravo, odričem ga se. Indijana je puna čistunaca i kretena."

„O, uvek ista pesma", rekla je Šekspir dubokim savršenim šapatom.

Ja sam se zagledala u dugačko zamućeno ogledalo, onda taknula lice pa čašu. „Ništa ne osećam", rekla sam Ernestu. „Zar to nije divno?"

„Popij još jednu, Tejti", rekao je Ernest. „Vrlo si lepa."

Šekspir nam se osmehnula izvijenim usnama, a smešila se i očima. „Vidi ti naše lepe ljubavnike", kazala je Paundu.

„Indijana je oduvek intelektualna pustolina, kažem ti", nastavio je on pa napravio kolut od dima koji se zavrteo pa stopio s ostalim, nalik plavom oreolu što se, izmešan i zamućen, prostirao na sve strane. I svi smo ga udisali i izdisali.

„Oni imaju samo moralno stanovište", terao je on. „Nema ničeg oko njih. Bio sam beskoristan kao predavač na *Vobašu*. O čemu su oni mladi ljudi sa šašom između ušiju želeli da im naklapam? Ne o Jejtsu, to je izvesno. Ne o poeziji."

„Ona glumica je bila čista poezija u malom", ubacila je Šekspir.

„Najprimamljivija kolena koja sam video na ženi", rekao je Paund.

„Nastavi", podstakao ga je Ernest. „Ogladneo sam."

„Te večeri je padala kiša – u Indijani uvek pada kiša, intelektualno govoreći, razumete – a glumica – kako se ono zvaše?"

„Berta", podsetila ga je Šekspir.

„Nije Kamij?", upitao je Ernest.

„Ne, ne. Nije bila sušičava. Samo nije htela da joj se ovlaži kosa. Imala je lepu kosu. Predložio sam da odemo na večeru, ali tad se isprečila vlaga."

„To mi je među omiljenim nevoljama", rekao je Ernest.

Svi smo se nasmejali, a Paund je nastavio: „Kad se pročulo da sam je primio u svojoj sobi, pomislili biste da sam ubio devojku a ne ispekao pile."

„Siroti Ezra", kazala je Šekspir. „Sutradan su ga otpustili."

„Nimalo siroti Ezra. Još bih bio u Indijani i predavao poeziju klipovima kukuruza."

„I povremeno ispekao poneko pile", dobacila sam.

„Čak te ni piletina ne spasava od Indijane", zaključio je Ezra.

Kasno te večeri, kad smo iz *Doma* prešli u *Ric*, Ernest i Paund su zapodeli žučnu raspravu o zaslugama Tristana Caraa. Paund je smatrao da su nadrealisti možda na nekom tragu ako uspeju dovoljno dugo da spavaju. Ernest je mislio da su kreteni i da bi baš mogli da se probude pa da svi krenemo dalje.

„Ja otpadam samo dok vas slušam“, rekla je Šekspir, pa smo nas dve prešle za stočić u drugom kraju sale.

„Ti i Hem ste zaista prelepi zajedno“, rekla mi je.

„Jesmo li?“ Već ceo sat sam pila samo toplu vodu pa mi se konačno vratio osećaj u jeziku.

„Pitam se kako do toga dođe. Mislim, do ljubavi.“ Taknula je pramen kose, i dalje gladak i savršen.

„Zar ti i Paund nemate to?“

„O, ne“, zasmejala se ona i tiho huknula. „Doduše, mi imamo ono što imamo.“

„Nisam sigurna da te razumem.“

„Ni sama nisam sigurna da razumem.“ Nasmejala se mračnim smehom pa se ućutala i mućkala piće.

Te jeseni je bilo divno vreme, pa iako smo znali da nam uskoro predstoji hladno, vlažno godišnje doba, živeli smo punom snagom u onome što smo imali i bili smo srećni. Ernest je dobro radio na svom romanu o Niku Adamsu i na kratkim pričama i vrlo jasno video knjige koje će oni postati, kao da već u potpunosti postoje. U našem krugu svi su verovali da će mu se posrećiti i da je to samo pitanje vremena.

„Stvaraš nešto novo“, rekao mu je Paund jednog dana u svom ateljeu. „Ne zaboravi to kad te zaboli.“

„Boli samo dok čekam.“

„Čekanje ti pomaže da sve sažmeš. To je suština, a bol na svoj način pomaže svemu.“

Ernest je upio ovu mudrost kao što je činio sa svim što Paund kaže.

Ubrzo je u kasno popodne svetlost po ulicama počela da se menja, da se tanji i nestaje, a mi smo se zapitali imamo li snage da se suočimo s dugom zimom.

„Razmišljao sam da pišem Agnes", reče mi jedne večeri Ernset. „To mi je na umu još od Milana. Smeta li ti?"

„Ne znam. Šta hoćeš s tim?"

„Ništa. Samo da joj kažem kako sam srećan i da mislim na nju."

„I da ti karijera kreće baš kao što si rekao da će biti."

Nasmešio se. „To je samo trešnja za ukras."

„Pošalji joj pismo."

„Da", rekao je. „Već sam ga poslao."

Osetila sam nalet ljubomore. „Toliko si bio uveren da mi neće smetati?"

„Moguće. Ali da ti je smetalo, znao bih kako mogu da te ubedim da je to u redu. Na kraju krajeva, to je samo pismo, a mi imamo jedno drugo."

„To je i Šekspir rekla neko veče."

„Šekspir? Šta ona zna o ljubavi?"

„Možda više nego mi, zato što je nema. Ona nije u središtu zbivanja."

„Zato sad ne mogu da pišem o Parizu, zato što je on svud oko mene."

„Zato pišeš o Mičigenu."

„Imam utisak da mi je tako blizu. Kao da nikad ne mogu da ga izgubim." Dotle je iz sveske pred sobom na stolu čitao ono što je napisao preko dana. Spustio je šake na stranice, prstima prešao preko oštro iskošenih rečenica. „Ali to nije samo stvarno mesto. Ja ga i izmišljam, a to je još najbolji deo."

Iznad pisaćeg stola je prikačio svetloplavu mapu Severnog Mičigena i najznačajnijih mesta u njemu – Horton beja, Petoskija, Valonskog jezera, Šarlvoa – tačnih mesta gde se njemu, Ernestu, sve značajno dogodilo, ali isto tako i Niku Adamsu. Ernest i Nik nisu bili jedan te isti čovek, već su znali mnogo toga istog, na primer gde i kada treba tražiti skakavce otežale od rose za mamac i kako se voda kreće i govori ti gde ima pastrmke. Znali su za minobacačko granatiranje usred mirne noći i kakav je osećaj kad vidiš da je mesto koje voliš spaljeno, izdubljeno i promenjeno. Nikov um nije bio sve u svemu ispravan i mogli ste osetiti kako u njemu narasta pritisak, na primer u priči *Velika reka s dva srca*, mada ga Ernest nikad nije naveo da to neposredno sagleda ili ga imenuje.

„Obožavam tvoje mičigenske priče", rekla sam.

Zažmirio je u mene preko stola pri svetlosti fenjera. „Istina?"

„Da, naravno."

„Ponekad se pitam želiš li uopšte da ja pišem. Mislim da se zbog toga osećaš usamljeno."

„Ne osećam se ja usamljeno zbog pisanja, već što tebe nema. Odavno nisi ni pokušao da pišeš kod kuće. Možda bi ti sad uspelo, a ja bih te videla. Ne bih morala da pričam ni da te ometam."

„Znaš da moram da odem kako bi se išta dogodilo." Sklopio je svesku i spustio na nju olovku pa je gurkao napred-nazad vrhovima prstiju. „Moram da budem sam kako bi to krenulo, ali da sam zaista sam, ni tad ne bih uspeo. Moram da odem odavde i vratim se ovamo da pričam s tobom. Tako to postaje stvarno i zadržava se. Shvataš li šta pričam?"

„Mislim da shvatam." Prišla sam iza njega pa mu spustila glavu na rame i protrljala lice o njegov vrat. No uistinu nisam shvatala, zapravo nisam. I on je to znao.

„Možda niko ne može da zna kako je nekom drugom."

Ispravila sam se i otišla do prozora niz koji je kiša lila i skupljala se na simsu. „Ja se trudim."

„I ja", rekao je.

Uzdahnula sam. „Mislim da će padati čitav dan."

„Ne zavaravaj se. Padaće čitav mesec."

„Možda ipak neće."

Nasmešio mi se. „U redu, malena. Možda i neće."

DVADESET PRVO POGLAVLJE

Pred Dan zahvalnosti 1922. *Star* je poslao Ernesta da izveštava s mirovne konferencije u Lozani, gde će se odlučiti teritorijalna svađa između Grčke i Turske, što je pokrenulo one užasne događaje u Izmiru i navelo ih da se međusobno ubijaju skoro pune tri godine. Kad je stigao kablogram, primetila sam da se Ernest unervozio. Gotovo da nije mogao da ga otvori, a ja sam znala zašto. Ne bismo podneli još jednu svađu kao prošli put. Moguće da je ne bismo preživeli.

„Lozana", konačno je rekao. „Imamo novca. Ideš i ti."

„Ne moram", rekla sam. „Umem ja da budem dobra."

„Ne", usprotivio se. „Želim te tamo."

Laknulo mi je što navaljuje pa sam pristala da krenem – ali kad je trebalo da krenemo na put, ja sam bila vezana za postelju, teške i bolne glave. Sve što bih pojela odmah bih ispovraćala. Odlučili smo da on ode sam, a ja ću mu se pridružiti čim budem sposobna da putujem. Ispostavilo se da se upravo tada u Parizu zatekla moja stara drugarica Letiša Parker iz Sent Luisa, pa je rekla kako hoće da me posećuje svakog dana i brine o meni kad Ernest ode. Uopšte neće biti kao kad je otišao u Tursku, pa čak ni u Đenovu.

Kad sam se osećala dovoljno dobro da mu se pridružim, već je bio početak decembra. Radosno sam se spakovala znajući da ćemo, kad prođe konferencija i on završi s izveštavanjem, otići na dug skijaški odmor u Šambi i tamo provesti Božić sa Činkom, pa zatim krenuti u Italiju i Španiju. Sve u svemu, nećemo se vraćati u Pariz čitava četiri meseca, a ja sam bila spremna na dugačak lep odmor od studeni i vlage. Nedelju dana nisam ustajala iz kreveta i nisam bila sigurna da imam snage za skijanje, ali ću svakako pokušati.

Uz planove za put koje smo jedno drugom slali, Ernest mi je pisao u kablogramima i kako je Linkoln Stivens, novinar kog je upoznao u Đenovi, bio u Lozani i da su ga veoma zadivile njegove depeše. Hteo je da vidi sve što je Ernest dotad napisao, no on je kod sebe imao samo priču *Moj stari* o dečaku i njegovom propalom ocu džokeju. Stivens je smatrao da je priča divna i uporedio je sa Šervudom Andersonom. Ernest nije voleo da ga porede ni s kim, a nekako je još gore bilo što je to Anderson, prijatelj i zaštitnik, ali ga je umirilo što je Stivens predložio da pošalje priču svom prijatelju uredniku *Kosmopolitena*. Ernest je do tog trenutka imao objavljeno samo jedno delo u *Dabl dileru*, malom umetničkom časopisu iz Nju Orleansa. Imao je samo to i Paundovo obećanje da će štampati nešto u *Tri planine*. Ovo je bilo još povoljnije, čak uzbudljivije.

Dok sam pakovala svoj veliki kofer, razmišljala sam kako se dugo nećemo vraćati a kako će Ernest jedva čekati da se vrati svojim pripovetkama i romanu. Podrazumevalo se da bi voleo da Stivensu pokaže još neke svoje radove, pa sam otišla u trpezariju do kredenca gde je Ernest držao svoje rukopise. Uzela sam sve i spakovala u koferče. To će biti iznenađenje za njega i zbog toga sam se osećala bodro kad sam iz stana pošla na Gar de Lion.

Na stanici je bila gužva, ali nikad je drugačiju i nisam videla. Nosači su žurili u svojim crvenim žaketima – pored uglačanih drvenih klupa, ukrasnih palmi i lepo obučenih putnika koji se vraćaju kući ili kreću nekud puni iščekivanja. Ujutro ću opet biti s Ernestom i sve će biti dobro, pa sam samo o tome razmišljala dok sam se probijala po stanici i kad sam predala nosaču svoj prtljag. On mi je pomogao da se popnem u voz, stavio veliki kofer s mojom odećom na visoku policu i spustio koferče pod sedište, da mi je pri ruci. Voz je bio skoro prazan. Do polaska je ostalo još pola sata, pa sam otišla da protegnem noge i kupim novine. Išla sam po stanici pored prodavaca jabuka, sira i vode evijan, ćebadi i jastuka za iznajmljivanje, toplih sendviča i pljoski s konjakom. Kad je kondukter pozvao da se ukrcamo, požurila sam u voz s rekom putnika i zatekla svoj kupe sasvim isti kao ranije. Osim koferčeta.

Nije ga bilo pod sedištem. Nigde ga nisam videla.

Uspaničena, pozvala sam konduktera.

„Mogu li nešto da učinim za vas?“, upitala me je saputnica iz kupea dok sam čekala da se kondukter pojavi. Bila je to sredovečna Amerikanka koja je izgleda putovala sama. „Mogu vam pozajmiti nešto da obučete.“

„Nije to odeća!“, kriknula sam a sirota žena se okrenula, razumljivo zgrožena. Kad se kondukter konačno pojavio, kao da me ni on nije razumeo. Nisam mogla da prestanem da plačem kako bih našla prave reči na svom strašnom francuskom. Na kraju je pozvao dva francuska policajca koji su me izveli iz voza i ispitivali dok su svi buljili u nas. Tražili su mi legitimaciju, koju je jedan od njih proučavao dok mi je drugi tražio da mu podrobno opišem koferče i sve što sam radila.

„Vaš je, taj kofer?“

„Mog muža.“

„Je li on u vozu?“

„Nije, on je u Švajcarskoj. Nosim mu kofer. Tu je njegov rad. *Trogodišnji* rad“, tad sam izgubila i ono malo preostale prisebnosti. Osetila sam mučninu i sve veći strah. „Zašto stojite ovde i mene ispitujete?“ Glas mi je postao kreštav. „On odlazi! Već je verovatno odavno otišao!“

„Vaš muž, madam?“

„Lopov, kretenu jedan!“

„Ne možemo vam pomoći ako budete histerični, madam.“

„Molim vas.“ Činilo mi se da ću izgubiti razum. „Molim vas samo pretresite voz. Pretresite stanicu.“

„Možete li da procenite vrednost kofera i njegove sadržine?“

„Ne znam“, rekla sam, već u magli. „To je njegov *rad*.“

„Da, rekli ste nam. Učinićemo sve što možemo.“ I njih dvojica odoše zvanično.

Kondukter je pristao da zadrži voz još deset minuta dok policija obavi pretres. Oni su prošli s kraja na kraj voza raspitujući se kod ostalih putnika jesu li videli kofer. Ni na tren nisam poverovala da je onaj ko ga je uzeo i dalje u vozu. Očigledno je to bio običan džeparoš kome se ukazala prilika i on ju je iskoristio nadajući se nečem dragocenom. A tamo je bila svaka misao i rečenica nad kojom se Ernest znojio otkad smo stigli u Pariz, a i ranije, bilo je pripovedaka i crtica iz Čikaga, svih pesama i odlomaka. Nikad ništa nije bacao i sve je bilo tu.

Policajci su iz voza izašli praznih ruku. „Još ništa, madam“, rekao mi je jedan. „Nastavićemo da tražimo, ali ako i dalje nameravate da putujete u Švajcarsku, predlažem da zauzmete sedište.“

Dadoh im adresu i broj telefona plesne dvorane jer u našem stanu nije bilo telefona, ali nisam se mnogo nadala da će uspeti u svojim naporima. Pariz je veliki i prošlo je previše vremena. Zamišljala sam lopova kako žuri u neku uličicu, otvara koferče pa ga odmah zatvara. Ostavio ga je tamo ili ga ćušnuo u gomilu đubreta. Mogao bi biti u bilo kojoj pariskoj uličici, slivniku ili kanti u kojoj se spaljuje đubre. Možda se baš u tom času razlistao ka dnu Sene.

„Vrlo mi je žao zbog vaše nevolje“, kazala mi saputnica kad sam konačno ušla u kupe.

„Ne, meni je žao“, odvratila sam joj i ponovo zajecala. „Obično nisam ovako rastrojena.“

„Je li to što ste izgubili veoma vredno?“

Pod nama je voz zatutnjao pa se odlučno otrgao od perona. Više nije bilo ničega što sam mogla da zaustavim ili promenim. Nisam mogla ni da izvrdam istinu o onome što se dogodilo. Osetila sam da mi se strah usađuje i potpuno me ispunjava, a i novu teško stečenu izvesnost. Na njeno pitanje imala sam samo jedan odgovor. „Neprocenjivo“, rekla sam i okrenula glavu.

DVADESET DRUGO POGLAVLJE

Zatim je usledila najduža noć u mom životu. Na putu za Švajcarsku nada mnom su se sklopile planine i pao je mrak. Smišljala sam kako ću Ernestu saopštiti da mu više nema dela, ali nisam mogla ništa da dokonam. Prosto nije bilo reči.

Kad smo najzad sledećeg jutra stali u Lozani i kako sam na peronu ugledala Ernesta sa Stivensom pored njega, jedino sam mogla da ustanem i krenem prema njima. Plakala sam. Ernest je pogledao Stivensa i slegnuo ramenima kao da kaže *Ko bi još razumeo žene*, ali pošto nisam mogla da se zaustavim, Ernest je shvatio da je nešto veoma loše.

Ipak još dugo nisam mogla da izgovorim te reči. Stivens se izvinio kazavši Ernestu da će ga pozvati telefonom i ugovoriti sastanak. Kad je on otišao, Ernest me je posadio za sto u kafeu blizu ulaza u stanicu. Oko nas su se parovi i porodice ljubili na rastanku ili želeli jedni drugima srećan put, a meni su se svi činili tako bolno bezbrižni. Zapljusnuo me je novi talas suza.

„Šta je?", neprekidno me je pitao Ernest, prvo zabrinuto i nežno, zatim ljutito, pa opet brižno. „Šta god da je, prebrodićemo. Ništa ne može biti tako strašno."

No bilo je. Upravo je bilo tako strašno. Zavrtela sam glavom i jače se rasplakala i tako je bilo sve dok konačno nisam bila u stanju da mu kažem kako sam spakovala koferče i ukrcala ga za put.

Ništa više nisam morala da kažem. On preblede i lice mu postade vrlo ozbiljno. „Izgubila si ga u vozu."

„Ukraden je ispod mene."

Klimnuo je glavom, dok mu se sve slegalo, a ja sam mu pažljivo posmatrala oči, kako se menjaju i smiruju, menjaju i smiruju. Trudio se da bude hrabar i za mene, znala sam to. Zato što nije znao šta da radi.

„Nisi mogla sve da popakuješ. Zašto bi mi trebalo sve?"

„Ako poželiš da izvršiš izmene originala, pomislila sam da bi hteo da imaš i prepise, tako da sve bude kako treba."

„Mora da si nešto ostavila", ponadao se.

Zavrtela sam glavom i pričekala. Hoće li se trgnuti iz te obamrlosti i pobesneti? Svakako sam to zaslužila. Uzela sam ono što je njegovo – što je najviše na svetu njegovo – iako to nije tražio od mene, kao da sam na to imala pravo. I sad ništa nije ostalo.

„Moram da se vratim. Moram sâm da se uverim."

„Žao mi je, Tejti." Tresla sam se od kajanja i bola srca.

„Biće sve u redu. Ja sam to stvorio. Mogu da ga stvorim još jednom."

Znala sam da se pretvara ako baš ne laže, ali sam se čvrsto uhvatila za njega i pustila da me drži, pa smo jedno drugom rekli sve one reči koje ljudi govore kad znaju da je došlo do najgoreg.

Kasno te večeri on se ukrcao u voz za Pariz dok sam ja čekala u Lozani uplakana i napeta. Stivens me je izveo na večeru i pokušao da me umiri, ali čak i posle nekoliko viskija još sam cvokotala.

Ernesta nije bilo već dva dana, a nije poslao kablogram. No kako sam lepo mogla da vidim sebe kako pružam ruke u kredenac i pakujem sve u kofer, tako sam videla i njega da se vraća u tihi stan i uverava se rođenim očima da je sve nestalo.

Pali sva svetla pa prvo gleda sve što mu je u vidokrugu, sto i krevet, kuhinju. Gleda u pod i polako hoda između one dve sobe, ostavlja kredenac za kraj dok ne vidi sve ostalo jer to je poslednje mesto posle koga neće imati šta da gleda i neće biti više nikakve nade. Prvo popije piće, pa još jedno, ali na kraju mora da vidi. Spušta šaku na ručku zatim povlači vratanca i tad sve zna. U kredencu nije ostala ni jedna jedina stranica. Ni ceduljica ni parčence papira. Gleda i gleda, stoji tamo, isceđen i šupalj. Prazan kao onaj kredenac, takav je sad jer one stranice pripadaju njemu i one su on. Kao da je neko metlom počistio sve iz njega dok nije ostao čist, svetao, ukočen i prazan.

DVADESET TREĆE POGLAVLJE

Kad se Ernest vratio iz Pariza, prema meni je bio nežan i stalno je ponavljao kako je sve oprošteno, ali mu se u očima videlo da je povređen i izmenjen. Na konferenciji je imao još posla, pa ga je obavljao kao i uvek, zaranjajući u dan i vraćajući se kući umoran i raspoložen za piće. Ja sam vreme provodila u šetnjama kroz grad i traženju poklona koje ću poslati kući za Božić. Čak više nego prve godine u Francuskoj, bila sam željna da nađem nešto što bi oličavalo taj praznik kako ga se sećam iz detinjstva. Satima sam lutala, gledala izloge, no koliko god da sam tragala, u Lozani mi ništa nije ličilo na Božić.

Krajem nedelje spremili smo se za put u Šambi. „Čini mi se da nije u redu jednostavno da nastavimo kako smo planirali posle onoga što se dogodilo", rekla sam Ernestu dok smo se pakovali.

„Možda", kazao je on. Glas mu je zvučao umorno. „A šta bismo drugo radili?"

„Vratili se u Pariz?"

„To bi bilo još gore, zar ne?"

„Ne verujem da ću podneti Božić kad se osećam ovako. Sve je potpun promašaj. Možda bi trebalo da razmislimo o povratku kući."

„Američkoj kući? I da priznamo poraz? Trudiš li se ti to da me ubiješ?"

„Izvini. Samo mi je teško da shvatim šta dalje."

„Da", rekao je. Zatim je podigao koronu i pažljivo je smestio u njen crni kofer pa ga zatvorio. „Zaista je teško."

Kad smo stigli u Šambi, varoš je bila ista. Naš šale je bio savršen i potpuno isti kao ranije, kao i snegom pokrivene planine i naše gazde, Gangvišovi, koji su nas dočekali kao da smo davno nestali članovi porodice. Sve to nam je tako dobro došlo posle naših teških nedelja u Lozani da smo se sasvim prepustili. Pre nego što smo se i raspakovali, obukli smo odeću za skijanje i uhvatili voz za Lez Avan. Sunce je bledelo kad smo privezali skije i poleteli niz praškastu strminu k selu. S vetrom koji nam urla u ušima i štipa nas za obraze, jurili smo, Ernest nešto ispred mene, s osetljivim kolenom uvijenim jakom crnom krpom. Malo ga je tetošio, ali ga dugo nisam videla tako lakog u svom telu. Zbog toga sam bila srećna i laknulo mi je, pa sam se kratko pomolila snežnim jelama, kremastom nebu koje se presijavalo u sve nijanse ružičaste i Ženevskom jezeru što se u daljini videlo glatko i kao uglačano staklo.

Sledećeg dana smo dugo spavali u svom velikom mekom krevetu s baldahinom i nismo se probudili ni kad je služavka na prstima ušla da založi. Rasanili smo se tek kad se soba ugrejala a kaljeva peć plameno prela.

„Dobro je što smo došli, Tejti", rekla sam ugnezdivši se iza Ernesta i ljubeći mu vrat i pršljenove kičme.

„Jeste", složio se. „Hajde da uživamo u svakom minutu i ne mislimo ni na šta drugo."

„Nema ničeg drugog", rekla sam. Prevrnula sam se na njega pa mu opkoračila onaj ravni, snažni stomak. Povukla sam spavaćicu preko kukova pa pružila ruku i uvukla ga u sebe.

Zastenjao je i sklopio oči potpuno se prepuštajući.

* * *

Čink je stigao na Božić i sve u svemu naš odmor uopšte nije bio žalostan. Okačili smo čarape jedno za drugo i za Činka, pa smo ih otvorili i kraljevski večerali. Tek kad smo, kasnije te večeri, seli uz vatru ugrejani konjakom u stomacima i s još toga u čašama, Ernest je pokrenuo onu groznu priču o izgubljenim rukopisima.

„O, sinko", rekao je Čink kad je Ernest stigao do kraja priče. „Možeš li zaista da počneš bez ičega?"

„Ne znam. Zar nisam već jednom napisao te proklete tekstove?", odgovorio je Ernest. „Bilo kako bilo, moram."

Čink je ozbiljno klimnuo glavom.

„Radio sam kao mahnit za *Star*", nastavio je Ernest, „i sad imamo dovoljno da živimo osam meseci. Osam meseci, a ja ću ih sve potrošiti na prozu. Samo na to."

„To je moj Tejti", rekla sam. Čink je podigao čašu pa smo nazdravili Božiću i jedni drugima.

No kako su dani prolazili, Ernestove sveske i olovke su ostale neraspakovane u koferu u našoj sobi. Njegova korona nije izašla iz crnog kofera. On o tome ništa nije govorio, a nisam ni ja, toliko sam bila mudra. U međuvremenu smo se skijali po čitav dan, nekad i kasno posle podne kad bi sunce prokrvarilo kroz oblake kao da nam pokazuje nešto što niko dotad nije video. Uživali smo u svakom trenutku Činkovog dobrog društva i jedno u drugom. Svakog dana smo vodili ljubav, katkad i po dva puta – to jest, sve dok nisam rekla Ernestu da sam u Parizu ostavila našu uobičajenu zaštitu.

Oduvek smo pažljivo pratili moje mesečne cikluse. Ernest je to preuzeo na sebe, kao što je vodio računa o svemu u našem braku. Imao je sveščicu za beleženje troškova i priliva novca, drugu za prepisku, treću za ideje za pripovetke i broj reči koje je dnevno pisao. A imao je jednu obeleženu s „Hedli" i posvećenu rastu i opadanju moje plodnosti svakog meseca, tako da smo mogli da uživamo u nezaštićenom snošaju što je više moguće. U početku, u nebezbednom razdoblju, koristili smo metod prekida, kao što većina parova radi. „Ovo se ne razlikuje mnogo od ruskog ruleta", našalio bi se Ernest, a to je bilo tačno. U apoteci i berbernici su mogli da se nabave kondomi, ali oni su bili debeli i grubi, napravljeni od vulkanizovane gume – u najboljem slučaju neugodni, ali ponekad i puni rupa.

Još kad smo se doselili u Pariz, Gertruda, koja je umela da bude neverovatno otvorena, pitala je znamo li za dijafragmu. Bez mnogo muke smo našli lekara i naručili odgovarajuću dijafragmu za mene, pa smo nju otad koristili. Ernest je pazio na dane i bolje ih znao od mene, one bezbedne i one koji to nisu. Posle nedelju dana našeg boravka u Šambiju podsetio me je da je kraj našem opuštanju.

„Možeš li da obaviš neophodne pripreme?", pitao je kad smo jedne večeri legli. To je bila njegova uobičajena šifra. Ja sam odgovarala: „Da, gospodine", kao da sam mu sekretarica i kao da mi je upravo zatražio da rezervišem ručak ili pošaljem telegram. No te večeri se nisam nasmejala i nisam ustala da potražim kutijicu u fioci sa čarapama. Umesto toga rekla sam: „O, bože."

„Nemoj mi reći da si je ostavila u Parizu."

Jedino mi je preostalo da klimnem glavom.

„Loše vreme si odabrala." Pocrveneo je. Videla sam da je vrlo ljut.

„Htela sam to da ti kažem u Lozani čim sam shvatila, ali tad baš i nije bio pravi čas."

„Šta još kriješ od mene?"

„Ništa. Izvini. Trebalo je da ti kažem."

„Još kako." Zbacio je pokrivač, ustao pa se u rublju rashodao po sobi sav se pušeći. „Katkad se zapitam kime sam se zapravo oženio."

„Molim te, Tejti, budi pošten. Nisam je namerno zaboravila."

„Nisi?"

„Naravno da nisam." Prešla sam sobu i stala dovoljno blizu da mu u polumraku vidim lice. „Nisam. A ipak bih lagala kad bih rekla kako mi pomisao na bebu nije divna."

„Sad je izašlo na videlo. Znao sam. Oduvek smo pričali da treba zaista dobro da mi krene pre nego što uopšte razgovaramo o bebi. Složili smo se."

„Znam da smo se složili", potvrdila sam.

„Meni samo što nije krenulo. Zar zaista želiš to da mi upropastiš?"

„Naravno da ne želim", rekla sam. „Ali i ja imam svojih briga. Već imam trideset jednu."

„Tek. A nikad nisi ludovala za decom. Uopšte ne mariš za tuđu decu."

„Drugačije je kad želiš da imaš svoje. Nemam baš sve vreme ovog sveta."

„Nemam ni ja. Život ti retko pruža više od jedne prilike. Ja želim sada da iskoristim svoju." Oči su mu bile bistre i izazovne, onakve kakve su uvek kad traži odanost. „Jesi li uz mene?"

„Naravno da jesam." Zagrlila sam ga oko vrata i poljubila, ali njegove usne nisu omekšale pod poljupcem. Oči, na pedalj od mojih, bile su otvorene i ispitivačke.

„Verovatno misliš da ću sad leći s tobom."

„Erneste! Ne trudim se da te uhvatim u zamku!"

Ništa nije rekao.

„Tejti?"

„Treba mi piće." Uputio se k vratima i usput dograbio ogrtač.

„Molim te ostani da razgovaramo o ovome."

„Idi da spavaš", rekao je i izašao iz sobe.

Nisam dobro spavala te noći jer sam ceptela. On se uopšte nije vratio, a ujutro, kad sam se obukla, sišla sam da ga potražim. Sedeo je u trpezariji i pio jutarnju kafu već u opremi za skijanje.

„Tejti, molim te, hajde da se pomirimo“, rekla sam prišavši mu. „Prosto mi je muka od svega.“

„Znam da jeste“, kazao je s uzdahom. „Slušaj. U ovome moramo biti složni. Ako nismo, onda ništa ne valja. To vidiš, je l' da?“

Klimnula sam glavom i naslonila mu se na rame.

„Ako zaista hoćeš bebu, jednog dana će biti pravi trenutak.“

„Samo ne sada.“

„Ne, mačkice. Ne sada.“

Čink je ušao u prostoriju i poželeo nam dobro jutro. Zatim je zastao zagledavši nas pažljivo. „Je li sve u redu?“

„Hedli se ne oseća dobro.“

„Sirota gospođo Popletvejt“, rekao je Čink nežno. „Trebalo bi da si u krevetu.“

„Tačno. Idi i pokušaj da se odmoriš“, prihvatio je Ernest. „Popećemo se da te obiđemo za ručak.“

Otišli su da se skijaju bez mene, a ja sam dala sve od sebe da se malo smirim. Obula sam fine debele sokne i papuče postavljene krznom pa se skupila na fotelji uz vatru da čitam *Lepi i prokleti*. „Ficdžerald je pravi pesnik“, rekla je Šekspir kad mi ju je preporučila, neposredno pre nego što su ona i Paund otišli na nekoliko meseci u Italiju. Stil mu je bio izuzetan, moram priznati, ali me je rastužilo da čitam o Gloriji i Entoniju. Oni su lepo pričali i imali lepe stvari, ali im je život bio prazan. Nisam imala nerava za tako crnu sliku braka, barem ne u tom trenutku.

Samo što sam spustila knjigu i legla u krevet da dremnem, kad je ušao Ernest. Kosa mu je bila vlažna i čupava od vunene kape, a lice rumeno od hladnoće. Seo je na krevet uz mene, a ja sam primetila da su mu oči znatno omekšale. Prijalo mu je vreme nasamo sa Činkom.

„Izgledaš mi tako toplo“, rekao je. „Neće ti smetati da sa mnom podeliš svoju čauru?“

„Nimalo. Ako smatraš da je to pametno.“

„Svratio sam u apoteku u selu", rekao je i iz džepa pantalona izvadio kutijicu s kondomima.

„Iznenađena sam. Uvek si govorio da ih mrziš."

„Ne toliko koliko mrzim da te se klonim."

Dok se skidao, zagledala sam mu pljosnati stomak i bokove.

„Vrlo si lep", rekla sam.

„I ti si, Tejti."

Legao je u krevet i naslonio hladnu kožu uz moju, a napolju je počeo sneg. Pritisnuli smo snažno jedno drugo u perjanom krevetu, on s divno grubim šakama i oštrim kukovima uz moje butine. Kasnije ću tamo primetiti modrice, a po licu i grudima ogrebotine i crvenilo jer se nije obrijao, ali trenutno je postojala samo neizreciva želja i osećaj povratka. Ostavio me je nakratko. Posumnjao je u mene, ali sad je opet bio moj i htela sam da ga zadržim u tom klupku udova i krevetskih čaršava dok ne utihne i poslednji glas i opet budemo u redu.

Posle tri nedelje u Šambiju, kad smo se dobro najeli, preplanuli od sunca i rastali se sa Činkom, uputili smo se u Rapalo, na Italijanskoj rivijeri, gde su Paundovi iznajmili vilu.

„Ezra misli da je otkrio to mesto", objasnio mi je Ernest u vozu. „U stvari su Vordsvort i Kits već bili tamo pre njega."

„Ezra misli da je otkrio drveće i nebo."

„Svejedno ipak moraš da se diviš tom čoveku, zar ne?"

„Ne moram, ali valjda hoću. Zbog tebe."

Posle putovanja na jug čitavog dana i duže, konačno smo stigli pred Đenovu, gde je okolina postala bogata i zelena.

„Ovo je pravi raj", rekla sam. „Nisam imala predstave da je ovde tako lepo." Kroz prozor sam ovde-onde videla more, u hitrim naletima penastog plavetnila, pa opet tamne stene, zatim ponovo more. „Zar nije pravi dar što smo ovako srećni, maleni?“, rekoh taman kad smo ulazili u tunel.

„Još kako smo srećni“, rekao je i poljubio me. Tutnjava voza se odbijala o crno stenje i grmela nam u ušima.

Kad smo stigli u Rapalo, meni se varoš učinila ljupkom s onim bledoružičastim i žutim hotelčićima po obali i tihim praznim pristaništem. Ernestu se uopšte nije dopalo.

„Ovde nema nikog“, rekao je kad smo stigli u hotel.

„Koga bi trebalo da bude?“

„Ne znam. Jednostavno izgleda da u ovom mestu nema života.“ Stajao je uz prozor naše sobe s pogledom na obalu. „Zar ti more ne deluje pomalo beskičmeno?“

„Deluje kao more“, rekla sam kad sam stala iza njega i čvrsto ga zagrlila. Znala sam da ga ne muči to mesto. Naše poslednje nedelje u Šambiju budila sam se više puta i zaticala ga za stočićem u sobi, s naoštrenom olovkom što mu beživotno stoji uz ruku i otvorenom plavom *cahier*,* ali sasvim praznom. Još nije radio, a što je duže to trajalo, teže mu je bilo da počne. Bio je potpuno rešen da krene. *Krenuće*. Ali kako?

U Rapalu smo svakog dana igrali tenis i dugo ručavali s Paundovima u njihovom terasastom vrtu. Pridružio nam se još jedan par, Majk Strater, slikar i prijatelj Paundovih, i njegova žena Megi. Imali su preslatku devojčicu s pramičcima plave kose i sivim očima. Uživala sam gledajući je kako istražuje svet neposredno oko svog ćebenceta, kako kida pune šake trave pa napeto zuri u ručicu, kao da se u njoj krije neka tajna. U međuvremenu, na popločanoj terasi pored nas, Ernest i Majk su se saginjali i zamahivali u boks-meču. Pored toga što je bio veoma dobar slikar, Majk je bio sportista i spreman na dobru borbu i videla sam da se odmah dopao Ernestu. Majk je bio mnogo

* Franc.: sveska. (Prim. prev.)

fizički dorasliji Ernestu od Paunda, koji se zaista trudio u svom bučnom maniru, ali je imao nežne pesničke ruke.

U Italiji je februar protekao promenljivo. Nekih dana je magla visila zaklanjajući brda iza varoši tako da smo se osećali sasvim izolovano. S palmi bi kapalo, a laste bi se nekud sakrile. Ponekad je vazduh bio vlažan i natopljen suncem. Šetali smo se po trgu ili po promenadi i gledali ribare na betonskom doku kako zabacuju udice u talase. To mesto je bilo čuveno po čipki, pa sam katkad proučavala izloge tražeći najlepše primerke da ih pošaljem kući na poklon dok je Ernest s Ezrom išao u duge šetnje po stenovitom pobrežju i pričao o italijanskim trubadurima i sumnjivim vrednostima automatskog pisanja. Ernest je voleo da kaže kako ne želi da mu je um isključen dok radi jer samo to mu i ide u prilog. Zaista je i bilo tako, no kad bi završio za taj dan, nije mogao da isključi misli bez čaše viskija, a ponekad čak ni tada. Kad uopšte nije pisao, kao tada, za njega je to obično bilo previše. Teško mi je bilo što ga gledam takvog i brinula sam se zbog njega.

Doduše, nedelju dana od dolaska u Rapalo još nešto me je uznemirilo. Probudila sam se s vrtoglavicom, sa čudnim tutnjanjem u glavi. Pokušala sam da doručkujem ali nisam mogla, pa sam se vratila u krevet.

„Mora da je od mušlji koje smo sinoć jeli", rekla sam Ernestu i ostala u našoj sobi do podneva, kad je ta mučnina prošla.

Sledećeg jutra, kad su se ponovili sasvim isti simptomi, oprostila sam mušljama i prebrojala dane unapred i unazad. U Šambi smo stigli pred Božić i nekoliko dana pošto mi je počelo mesečno krvarenje. Sada je 10. februar a ja još nisam dobila menstruaciju. Kad je Ernest pošao da se nađe s Ezrom, našla sam njegovo skladište svezaka i proučila onu u kojoj sam mogla da se obavestim o svojoj situaciji. Kako sam i očekivala, poslednjih godinu dana mi nikad nije kasnila više od jednog ili dva dana. Sad je već najmanje nedelju dana, možda i deset. Uzbudila sam se, ali ništa nisam rekla Ernestu. Još nisam bila sigurna, a i plašila sam se onoga što bi mi rekao.

Ipak tajnu nisam mogla da čuvam zauvek. Jedva sam podnosila i da pogledam na hranu, a i od samog mirisa viskija ili cigarete odmah bih pozelenela. Ernest se srećom zadovoljavao svaljivanjem krivice na egzotičnu hranu, ali Šekspir je postala sumnjičava. Jednog popodneva dok smo sedele za stolom u bašti i gledale Ernesta i Majka kako vežbaju teniski servis, ona me je pogledala nakrivljene glave i rekla: „U poslednje vreme je kod tebe nešto drugačije, zar ne?"

„To su moje tek otkrivene jagodice", rekla sam. „Oslabila sam dva i po kilograma."

„Moguće", kazala je zamišljeno, ali me je gledala sa čudnom jasnoćom, zbog koje sam pomislila da je pogodila istinu.

Potrudila sam se da to prenebregnem i kazala joj: „Draga moja, i ti kao da slabiš. Počela si da se topiš."

„Znam. To je zbog Olge Radž", rekla je i uzdahnula.

Odavno mi je još pričala o Olgi Radž, koncertnoj violinistkinji koja je već više od godinu dana Paundova ljubavnica. „Šta se dogodilo?", upitala sam. „Ima li nekih promena?"

„Ne baš. Očekujem da se zaljubljuje u po šest žena, jednostavno takav je, ali ova mi se čini drugačijom. Pre svega, ta veza ne jenjava. Čak se pojavljuje i u *Cantosu*, naravno dobro uvijena u legendu. Ali ja je vidim." Zavrtela je lepom glavom kao da hoće da otrese tu sliku. „Ukopala se. Pitam se hoćemo li je se ikad osloboditi."

„Žao mi je", rekla sam. „No čini mi se da si užasno popustljiva prema njemu. Uopšte ne razumem takav brak. Verovatno sam puritanka."

Ona je graciozno slegla ramenima. „Majk Strater je i sâm usred nečeg. Čujem da je glumica."

„O bože. Zna li Megi?“

„Svi znaju. Izgubio je glavu.“

„Ne izgleda mi tako.“

„Ne“, složila se Šekspir, „ali oni nikad i ne izgledaju tako. Muškarci su postojani kad je u pitanju srce.“

„Po mom mišljenju i ti si vrlo postojana.“

„Jesam“, kazala je. „Samo, draga, ja to postižem teškim trudom.“

Ezra je bio čuven po nestalnim ljubavima; od njega ništa drugo i nisam očekivala. Ali vest o Majku Strateru me je uzdrmala jer su mi on i Megi izgledali tako čvrsto. Posmatrala sam njih i njihovu kćerku i divila im se, pa maštala kako će naše dete – moje i Ernestovo – prirodno da se uvuče u prvi plan i da neće mnogo promeniti u našem životu, pa ni u Ernestovom radu. Sad mi je taj san raspršen. Ova beba sasvim sigurno stiže – ali u šta?

Brak ume da bude veoma smrtonosan teren. U Parizu nisi mogao da se obazreš da ne primetiš posledice loših odluka ljubavnikâ. Umetnik koji se odaje seksualnim ispadima bio je gotovo kliše, mada to kao da nikome nije smetalo. Sve dok stvaraš nešto dobro, zanimljivo ili senzacionalno, možeš imati koliko god hoćeš ljubavnica i uništiti ih sve. Jedino zaista nisu prihvatljive malograđanske vrednosti, želja za nečim sitnim, stalnim i predvidivim, kao što su jedna prava ljubav ili dete.

Kasnije tog popodneva, kad smo se vratili u sobu u hotelu *Splendid*, počela je jaka kiša i činilo se da nikad neće stati. Gledala sam je stojeći uz prozor, sve više brinući.

„Majk Strater je zaljubljen u neku glumicu iz Pariza“, rekla sam Ernestu ne mrdajući od prozora. „Jesi li imao pojma?“

Sedeo je preko pokrivača na krevetu i već stoti put čitao *Zelena imanja* V. H. Hadsona. Jedva je digao pogled. „Ne verujem da to išta znači. Ezra kaže da je on priličan ženskaroš.“

„Kad *zaista* nešto znači? Kad se svi rastoče na komade?“

„Je li te to spopalo danas? To nas se uopšte ne tiče.“

„Ne?“

„Naravno da nas se ne tiče. Nevernost se ne prenosi kao boginje.“

„A ipak ti se on dopada.“

„Dopada mi se. Dobar je slikar. Hoće sutra da svrati i uradi moj portret. Možda i tvoj, zato bolje dotle pripremi manje zabrinuto lice.“ Nehajno mi se osmehnuo i vratio čitanju.

Kiša je sve jače padala a vetar ju je iskosio, tako da su se čamci u pristaništu opasno nakrivili.

„Gladna sam“, rekla sam.

„Onda pojedi nešto.“ Nije digao glavu.

„Kad bi stala kiša, mogli bismo da jedemo u bašti na terasi.“

„Padaće čitav dan. Pojedi već nešto ili ćuti.“

Prišla sam ogledalu i s nelagodom proučavala svoj odraz.

„Hoću opet da pustim kosu. Dosadilo mi je da izgledam kao dečak.“

„Ne izgledaš“, rekao je knjizi. „Savršena si.“

„Savršen dečak. Muka mi je od toga.“

„Samo si gladna. Uzmi krušku.“

Pogledala sam ga kako sedi pognute glave nad knjigom. Pustio je da mu izraste kosa pa je sad bila gotovo iste dužine kao moja. Počeli smo, zapravo, da ličimo jedno na drugo kao što je on davno, na onom zvezdanom krovu u Čikagu, rekao da bi želeo. No nećemo još dugo tako izgledati. Za nekoliko meseci ja ću osećati i videti zaobljenost svog pojasa. To je neizbežno.

„Da imam dugačku lepu kosu, vezala bih je na vratu, a ona bi bila svilenkasta i savršena, pa ne bih više ni o čemu brinula.“

„Hmmm?“, izustio je. „Onda uradi to.“

„Hoću. Uradiću.“

Pod prozorom su stajale makazice za nokte. U trenu sam ih dohvatila i isekla malo kose ispod uha, pa i ispod drugog.

Pogledao me je i začuđeno se nasmejao. „Znaš, sišla si s uma."

„Možda. Sad ti." Prišla sam mu i opkoračila ga pa mu odsekla istu dužinu i stavila kosu u džep košulje. Kazala sam: „Sad smo sasvim isti."

„Danas si baš čudna."

„Ti nisi zaljubljen ni u jednu glumicu u Parizu, je l' tako?"

„Sačuvaj bože", zasmejao se.

„Violinistkinju?"

„Nijednu."

„I zauvek ćeš ostati sa mnom?"

„Šta je bilo, mačkice? Reci mi."

Tad sam ga pogledala u oči. „Rodiću bebu."

„Sada?" Odmah sam primetila uznemirenost.

„Na jesen."

„Molim te reci da to nije istina."

„Ali istina je. Budi srećan, maleni. Ja to želim."

Uzdahnuo je. „Otkad znaš?"

„Odnedavno. Možda od pre nedelju dana."

„Nisam spreman za to, zaista nisam."

„Možda ćeš dotad biti. Možda ćeš se čak i radovati tome."

„Ovih nekoliko meseci su mi bili pakleni."

„Opet ćeš raditi. Znam da će se to dogoditi."

„Nešto će se dogoditi", rekao je smrknuto.

Sledećih nekoliko dana nam je bilo napeto i teško. Dotad sam se donekle nadala kako su Ernestove tvrdnje kako ne želi decu samo to i da će čim sazna da ćemo zaista dobiti dete biti srećan ili bar srećan zbog *mene*. No on kao da nije mario ni trunku za moje želje. Dani su nam ličili na one ranije, ali ja sam osetila da se udaljavamo i pitala se kako ćemo to premostiti i opet naći jedno drugo.

A onda, usred mojih crnih misli, u vilu Paundovih stigao je još jedan gost. Zvao se Edvard O'Brajan i bio je pisac i izdavač koji je odseo u brdima iznad varoši, blizu manastira kod *Albergo montaljero*. Ezra je čuo da je tu pa ga je pozvao na ručak.

„O'Brajan izdaje zbirku najboljih ovogodišnjih pripovedaka", predstavio ga je Paund na terasi blizu teniskog terena. „On to radi od rata." Okrenuvši se Ernestu, kazao je: „Hemingvej piše jednu vraški dobru priču. Zaista je veoma dobar."

„Sad prikupljam materijal za 1923", rekao je O'Brajan Ernestu. „Imaš li išta pri ruci?"

Puka je sreća što je imao. Iz svoje torbice izvadio je izgužvani primerak priče o džokeju *Moj stari*, koju mu je Linkoln Stivens u međuvremenu vratio. Pružio ga je O'Brajanu pa ispričao skraćenu verziju nestanka svojih radova. „Tako je ovo", rekao je teatralno O'Brajanu, „sve što mi je ostalo. Samo to, kao delić pramca broda koji trune na dnu mora."

„O, pa to je vrlo poetski", reče O'Brajan i odnese pripovetku u brda da je razmotri.

Kad je otišao, rekla sam Ernestu najtiše što sam mogla: „Volela bih da nisi onako pričao O'Brajanu. Muka mi je zbog toga."

„Možda je ipak zbog bebe."

„Ljutiš li se na mene?"

„Zašto bih se ljutio?"

„Ne misliš da sam to uradila namerno?"

„Šta – izgubila moje rukopise?"

Osetila sam se kao da me je ošamario. „Ne. Što sam zatrudnela."

„Na kraju je svejedno, zar ne?"

Tad je već naše šaputanje postalo besno, a ona druga dva para su shvatila da se ozbiljno prepiremo. Neprimetno su pošli ka kući.

„Ne mogu da poverujem da zaista tako misliš", rekla sam očiju vrelih od suza.

„Reći ću ti šta kaže Strater. Kaže da nijedan pisac pa čak ni slikar – niko ko stvara nešto punom dušom, ne bi ostavio taj kofer u vozu. Zato što bi znao šta on predstavlja."

„To je okrutno. I ja sam propatila zbog tih rukopisa."

Glasno je uzdahnuo i sklopio oči. Kad ih je ponovo otvorio, rekao je: „Žao mi je. Obećao sam sebi da neću pričati o tome. Ionako to ništa dobro ne bi donelo."

Stuštila sam se na jednu stranu, on na drugu, pa iako su se za večerom svi u društvu pretvarali da ništa nisu čuli, savršeno dobro sam znala da jesu, pa sam smatrala da je najbolje da otvoreno istupim.

„Hteli smo da vi divni ljudi budete prvi koji saznajete da ćemo dobiti bebu", rekla sam i uhvatila Ernesta za ruku. On je nije povukao.

„Odlično", uzviknula je Šekspir pa ustala da me toplo zagrli. „Učinilo mi se da izgledaš ispunjenije", prošaputala mi je u uho.

„Vraški dobar potez", rekao je Majk.

„Da, da", oglasio se Paund. „To ti je srećna sudbina majmuna."

„Ezra!", oštro ga je opomenula Šekspir.

„Lažem li?"

„Čestitam", rekla je Megi Strater i zagrlila me. „Mi majmuni treba da se međusobno držimo."

Sledećeg popodneva smo gledale trojicu muškaraca kako igraju tenis. Ernest je bio loš igrač, ali to ga nije sprečavalo da silovito igra. Mahao je reketom široko i snažno, kao golfer. Majk je divno prebacio lopticu odmah iznad mreže i ona je pala skoro Ernestu pred noge. On ju je promašio, glasno i gadno opsovao i bacio reket na zemlju.

Megi se skupila. „Na kraju će se navići na pomisao o detetu", rekla je. „Majk se navikao."

„Naravno da hoće“, složila se Šekspir. „Ponos će mu prevladati u nekom trenutku pa će poverovati da je od početka to njegova zamisao.“

„Nisam ubeđena“, rekla sam.

U stvari, imala sam grozan osećaj da je Ernest u glavi pomešao gubitak rukopisa s bebom. Ako je pomislio – čak i u najmračnijem, najnedostupnijem svom kutku – da sam sposobna za sabotažu njegovog rada i njegovih ambicija, kako ćemo ikad uspeti da se povratimo? Poljuljano poverenje se retko učvršćuje, znala sam to, naročito u Ernestovom slučaju. Kad za njega jednom izgubite sjaj, nikad vas ponovo ne vidi drugačije.

Osećala sam se zaista vrlo jadno dok se Edvard O’Brajan nije dovezao iz brda pun neizmerne hvale za Ernestovu pripovetku. Smatrao ju je sjajnom i hteo da je objavi iako će time prekinuti tradiciju zbirke u kojoj su izabrana dela koja su već objavljivana u nekom časopisu. I ne samo to, želeo je da tom pripovetkom otvori izdanje i da je uvrsti u uvod; tako je jak utisak ona ostavila na njega.

O’Brajan nije mogao da odabere bolji trenutak; odgovorio je na moje molitve, kao i na Ernestove. Samopouzdanje, koje mu je žalosno nedostajalo, dobilo je nov podsticaj pa je imao čvrst cilj i očekivanja. Kad zbirka bude objavljena, svi koji nešto znače pročitaće njegovu pripovetku. Ime će mu postati značajno. Zaista nije uzalud naporno radio.

Kad sam se probudila sledećeg jutra, Ernest je sedeo za stolom uz prozor i pisao.

U Rapalu smo ostali još dve nedelje, koje su protekle plodno i za njega i za mene. Ernest kao da više nije osećao veliku pretnju od deteta, verovatno zato što su mu se vratile reči i što im je osećao bilo. Ja se više nisam onoliko plašila za budućnost jer je Ernest opet bio onaj stari, ohrabren za sve ono što je hteo da postigne. Ja sam konačno mogla da se radujem detetu. Jedino što je bacilo mrlju na to vreme bile su Ezrine reči, koje mi je uputio kad smo polazili, povukavši me u stranu: „Znaš da nikad nisam bio zainteresovan za decu. To je priča za sebe. No u ovom slučaju, s Hemom, mislim da bi bila strašna greška da pokušaš da ga potpuno pripitomiš."

„Meni se on dopada ovakav kakav je. Veruj mi."

„Svakako. Sad tako misliš. Ali pazi šta ti kažem: ovo dete će sve promeniti. Deca uvek sve promene. Samo imaj to na umu i budi veoma oprezna."

„U redu, Ezra, obećavam ti", rekoh pa odoh k Ernestu i našem vozu. Paund kao Paund, sklon je govorancijama pa ga tog dana nisam preterano ozbiljno shvatila. Bila sam puna optimizma prema svemu i nisam obraćala pažnju na nekakva upozorenja, ali godinama kasnije oštro će mi se vratiti njegove reči na rastanku. Paund kao Paund, ali u ovom slučaju je bio potpuno u pravu.

DVADESET ČETVRTO POGLAVLJE

Kad smo se početkom aprila vratili u Pariz, bila sam sasvim spremna da budem kod kuće. Drveće je procvetalo, ulice su bile oprane i čiste, iskićene tek opranim rubljem; deca su trčala po šljunkovitim stazama Luksemburškog parka. Ernest je radio punom parom, pa iako mi je nedostajao kad nije kod kuće, bila sam srećnija nego ranije dok sam sama.

Smešno zvuči kad kažem, ali prvi put sam i sama imala neki projekat. Svakodnevno sam išla u duge šetnje zbog zdravlja i trudila se da jedem dobro i da se mnogo odmaram. Nakupovala sam metre i metre belog platna i satima sedela na suncu i na ruke šila dečju odeću. Uveče sam čitala *Pisma Abelara i Eloize*, ljubavnu priču koja mi je mnogo više odgovarala od Ficdžeraldovog para što se raspadao tipično za eru džeza. Bila sam ispunjena nadom prema svemu dok je proleće prelazilo u leto. Proširila sam se u pojasu i grudi su mi postale punije. Bila sam preplanula, jaka i zadovoljna – *ispunjenija*, kako je Šekspir rekla – pa sam poverovala kako sam najzad otkrila svoj cilj.

Kad nije rintao u sobi u Dekartovoj ulici, Ernest je mnogo vremena provodio kod Gertrude. Saosećala je, naravno, s njim kad joj je ispričao o izgubljenim rukopisima, ali je imala manje sažaljenja za njegovu brigu zbog bebe koja treba da dođe.

„Svejedno ćeš uspeti. Pregrmećeš."

„Nisam ni izbliza spreman", branio se on.

Gertruda je začkiljila i rekla: „Nisam još srela muškarca koji je bio spreman. Sasvim ćeš ti lepo uspeti."

„Šta si očekivao da će reći?", upitah ga kad mi je prepričao njihov razgovor.

„Ne znam. Mislio sam da će mi dati neki savet."

„Pa je l' ti ga dala?"

„Zapravo nije. Ništa više od: 'Svejedno radi.'"

„To ti je savršen savet. *Zaista* ćeš svejedno raditi."

„Lako je tebi da pričaš. Ti imaš samo da krojiš i šiješ dečju odeću."

„To, i da *nosim* bebu, ako nisi primetio. Neće nam ona pasti s neba."

„Tačno", rekao je rasejano pa otišao da radi.

Nedugo pošto smo se vratili u Pariz Džejn Hip, urednica *Litl rivjua*, pisala je Ernestu moleći ga da za njeno sledeće izdanje pošalje svoj doprinos. Među izgubljenim crticama u koferčetu je bila zbirka vinjeta koje je zajedno zvao *Pariz 1922*. Sve ih je počeo rečima: „Video sam", pa islikao neki od nezaboravnih a često i nasilnih trenutaka kojima je prisustvovao ili o kojima je čitao prošle godine. U jednoj je predstavio tragični pad *Zlatne koze* u Oteju. U drugoj je opisao kako je Čileanac ljubavnik Pegi Džojs pucao sebi u glavu zato što nije htela da se uda za njega. Svi su pratili naslove s tužnom glumičinom pričom, ali je Ernestov pristup bio življi i životniji od svega što ste mogli pročitati u novinama. Bilo da je nešto saznao iz druge ruke ili ne, svako delo je bilo izražajno, surovo i potpuno ubedljivo. Ernest je bio uveren da nikad nije uradio ništa oštrije ni jače, a Gertruda se s tim slagala. Pisanje mu je bilo kao udarci pesnicom koji obaraju.

„Možda ne voliš što čuješ ovo", rekla je Gertruda, „ali mislim da je to što si sve izgubio pravi blagoslov. Trebalo je da se oslobodiš. Da počneš od nule i napraviš nešto zaista novo."

Ernest je smrknuto klimnuo glavom, ali ja sam znala da mu je izuzetno laknulo. A i meni je.

„Hoću da još jednom probam s pariskim vinjetama za Džejn Hip. No ne želim prosto da oživljavam leševe. Novo je novo. Razmišljam da ih gurnem u odeljke, tako da se zaista pokrenu." Dok je govorio, pažljivo joj je gledao lice hraneći se njenim ohrabrenjem. „Svaka će biti manje od članka, a više minijatura koja se zavija i opušta."

„Svakako", rekla je pa je on za vrlo kratko vreme pripremio da joj pokaže nacrt u kojem je s divljom snagom opisao ranjavanje matadora. Naročito ga je zanimalo njeno mišljenje jer je ta scena zasnovana upravo na njenoj priči o borbi s bikovima u Pamploni. Dok čitate taj deo, nikad ne biste rekli da on nije bio tamo.

„Ovo je izvanredno", rekla je Gertruda. „Tačno si ga preneo."

„To mi je i bila namera", rekao je on, očigledno zadovoljan što to čuje. „Ipak želim da svojim očima vidim borbe s bikovima. Kad bih sâm otišao, prikupio bih materijal za još crtica. Majk Strater želi da ide, a i Bob Makalmon. Bob ima mnogo novca. Mogao bi da pokriva čitav put."

„Idi", ohrabrila ga je Gertruda.

„Treba da ideš", složila sam se. „Sve ukazuje na to."

Kad smo se te večeri vratili kući, pitala sam Ernesta mogu li da pročitam minijature koje je dotad napisao, pa sam se sledila nad jednom iz njegovog boravka u Turskoj. Radnju joj je smestio na drum za Karagač, a između ostalog je opisao kako se neka žena porađa na drumu, kao životinja.

Vratila sam mu tekstove dižući ih u nebesa, jer to su i zaslužili, ali se nisam uzdržala i da ne kažem: „Ne moraš da kriješ koliko se plašiš ove bebe. Barem ne od mene."

„Naravno da se plašim. Kako ću raditi? Šta će biti s našim provodom?"

„Nije samo to. Znam da se brineš zbog mene."

„Pomalo."

„Molim te nemoj. Ništa se ružno neće dogoditi."

„Kako to možeš da znaš? Uvek nešto može da krene naopako. Već sam to viđao."

„Biće sve u redu. Osećam to."

„Svejedno, razmišljam da li bi trebalo da se porodiš u Torontu. Mogao bih da dobijem puno radno vreme u *Staru*. Tamo bi trebalo da su bolnice veoma dobre, a ja bih imao stalni posao. Novac će nam svakako trebati."

„Eto, već si sjajan tata", rekla sam i poljubila ga nežno u usta.

„Trudim se da želim ovo. A i da odagnam sve mučne misli."

„I da što više proživiš pre nego što stigne beba?"

„Da, i to."

U nedeljama koje su usledile nastala je pometnja oko planova za Španiju. Često se po kafićima nalazio sa Straterom i Bobom Makalmonom, pa su smišljali pojedinosti puta, no svaki put bi se Ernest s tih sastanaka vraćao mrzovoljan i zbog nečega iznerviran tom dvojicom. Makalmon je bio pesnik i kako Ezrin, tako i Silvijin prijatelj. Bio je oženjen britanskom spisateljkom Eni Elerman, koja je pisala pod pseudonimom Brajer. Naširoko je bilo poznato kako je Eni lezbijka i da je Bob skloniji muškarcima nego ženama. Brak im je bio čista računica. Eni je bila s prekidima u vezi s pesnikinjom H. D., još jednom od Paundovih „učenica", pa premda ništa od toga kao da nimalo nije remetilo

Boba, Ernesta je nerviralo. Nisam bila sigurna zbog čega. Bili smo okruženi svim kombinacijama seksualnog uparivanja i trouglova, zato mislim da mu nije smetala homoseksualnost po sebi. Pre bih rekla da je u pitanju bila raspodela moći. Eni je bogata naslednica. Otac joj je bio brodski magnat, najbogatiji čovek u čitavoj Engleskoj. Iako je Bob i sam imao novca, to nije bilo ni blizu onoga čime je Eni raspolagala, pa se sticao utisak da ga ona drži na uzici i da mu je potrebna ako želi da vodi tek otvorenu štampariju *Kontakt edišens*. Bob je zavisio od Eni a Ernest bi jednog dana mogao da zavisi od Boba ako hoće da ga ovaj objavljuje. *Kontakt edišens* jeste bila novo ime, ali čuveno po veličini i trenutno je tražilo najoštrije, najsvežije tekstove.

Saznanje kako *treba* da zadivi Boba značilo je da će to Ernesta neizbežno vući da ga uvredi. U trenutku kad su Bob, Ernest i Majk Strater pošli u Španiju, Ernest i Bob jedva da su govorili. To putovanje je bilo neprijatno iz više razloga. Bob je (uz Eninu pomoć) podmirivao sve račune, a to je iz Ernesta izvlačilo ono najgore. Oduvek je kritikovao bogataše i mrzeo da prema nekome ima obaveze. Kasnije sam saznala od Majka da je Ernest odmah na sebe uzeo ulogu „znalca" na putu, pa je neprekidno držao predavanja drugoj dvojici. Borbe s bikovima je zavoleo od prvog trena. U pismima mi je pričao samo o hrabrosti toreadora, a i bikova. Čitav taj događaj bio je ogromna potresna tragedija koju možeš da vidiš i osetiš, i to tako izbliza da ti se koža ježi na vratu.

Kad se nedelju dana kasnije vratio, kipteo je od oduševljenja. Dramatično sjajne pasove koje je naučio u Rondi i Madridu uvežbavao je sa stolnjakom u našem stanu.

Stao bi uporedo s našim stolom, jedinim bikom kog je trenutno imao. „Nastaje neverovatan mir kad matador posmatra kako mu životinja prilazi, a misli samo na ono što treba da uradi kako bi ga ispravno oborio, ne i na opasnost. U tome je gracioznost. Naravno i težina."

„Volela bih to da vidim", rekla sam.

„Možda bi ti bilo teško da gledaš", primetio je.

„Možda, ali mi to zvuči kao nešto što ne bih volela da propustim. Borbe bi čak mogle i dobro da utiču na bebu", rekla sam.

„Da, postaće pravi muškarac i pre nego što se rodi."

„Otkud si tako ubeđen da je dečak?"

„Šta bi drugo bio?"

Dogovorili smo se da u julu zajedno odemo na proslavu San Fermina u Pamplonu, gde su Gertruda i Alisa išle prošlog leta. Navodno je tamo najbolja arena za borbe, s najubilačkijim bikovima i najveštijim toreadorima. Iako sam pokazivala samo uzbuđenje za taj put, Ernest je rešio da me pripremi za nasilje.

„Nema svako želudac za to", rekao je. „Makalmon je pio konjak sve vreme prve borbe. Svaki put kad bi bik naleteo na konje, on bi pozeleneo. Rekao je kako ne može da shvati da iko može tu nešto da voli, a i ako voli, onda je poremećen."

„Čini mi se da vama dvojici nije suđeno da budete prijatelji."

„Možda nije, ali izgleda da on i Eni hoće da mi objave knjigu pripovedaka. A možda pripovedaka i pesama."

„Stvarno? Ako ga već toliko mrziš, zašto želiš da ti on objavi knjigu?"

„Neko mora. Sad samo još da napišem tu prokletinju."

Kad se usred noći naš autobus doklatario među zidine grada, čitava Pamplona je bila na nogama. Ulice su bile pune ljudi pa mi nije bilo jasno kako se autobus uopšte i kreće, ali su se igrači u talasima odmicali od tandrkavog motora, pa opet zatvarali prolaz čim prođemo. Truckali smo se uskim ulicama uzbrdo prema glavnom trgu i kad smo stigli, tamo je sve bilo u kovitlacu buke i pokreta – plesači su se vrteli, muzičari lupali u doboše i pištali u frule, petarde praskale glasnim eksplozijama i belim dimom – umalo nismo izgubili prtljag. Kad smo konačno uspeli da ga se dočepamo i našli hotel, naša soba, koju je Ernest pre više nedelja rezervisao, data je nekom drugom.

Opet na ulici, Ernest mi je rekao da ga sačekam dok potraži drugi smeštaj. Gledala sam kako se probija kroz gomilu ne nadajući se mnogo da će naći sobu, pa ni da će mi se vratiti. I same ulice kao da su se pomerale. Priljubila sam se uz debeli kameni zid i pokušala da stojim čvrsto dok su se plesači u plavom i belom vrteli. Žene su imale lepršave široke suknje. Kružile su jedna oko druge puckajući prstima i lupkajući potpeticama crnih cipela po kaldrmi. Kosa im je bila puštena i lepa. Neke su nosile daire ili zvonca, pa iako je meni muzika zvučala zbrkano s prodornim pištanjem i bubnjanjem koje mi je treslo kosti u kolenima, te žene kao da su jasno čule ritam i savršeno se kretale uz njega, na vreme dizale noge, kružile rukama. Muškarci su imali plave košulje i pantalone, crvene marame oko vrata, i igrali su u velikim grupama. Dozivali su jedni druge veselim povicima koji su se istog časa gubili u galami. Ništa slično tome nisam dotad videla.

Ernest se nekako provukao kroz tu ludnicu. Vratio se da me povede i, premda su svi hoteli bili zauzeti i to nedeljama unapred, uspeo je da obezbedi sobu u obližnjoj privatnoj kući, za šest noći po ceni dvostruko većoj nego što je bila mesečna stanarina u Parizu.

„Toliko?“, začudila sam se i malo mi se slošilo zbog cene. „Kako to možemo da priuštimo?“

„Glavu gore, malena. Vratiće nam se kroz crtice. Moram da budem ovde. Osećam to tako jako.“

Nisam mogla da se suprotstavljam njegovom instinktu, a osim toga pala sam s nogu. Uzeli smo sobu i zbog toga bili srećni, mada smo slobodno mogli čitave noći da ostanemo na ulici kao i svi ostali. Ceo grad je godinu dana čekao ovu nedelju, ovu veselu noć. Činilo mi se da su mogli doveka da igraju, a uz to mi je bilo smešno što smo došli ovamo da izbegnemo pometnju za Dan Bastilje u Parizu, a ovde je bilo jednako mahnito ako ne i gore.

Na kraju sam ustala oko šest ujutro znajući kako neću uspeti da se odmorim, pa sam otišla do balkona. Ispod mene na ulici bilo je isto onoliko ljudi kao i pre, samo što su mi se činili usredsređeniji i usmereniji. Uskoro je trebalo da krene jurnjava s bikovima, ali ja to nisam znala. Znala sam samo da se nešto događa. Ušla sam u sobu i tiho se obukla, ali se Ernest ionako probudio iz svog lakog sna, pa samo što smo zajedno izašli na balkon, oglasio se top. Videli smo kako se njegov beli dim razliva po glavnom trgu, a tamo okupljena gomila zapeva. Soba nam je bila na savršenom mestu. Sve smo videli i čuli stojeći uz ogradu. Grupa muškaraca i momaka pevala je strasne pesme na španskom. Ništa nisam razumela, ali nisam ni morala.

„Mislim da pevaju o opasnosti", rekla sam Ernestu nadjačavši galamu.

„Srećnoj opasnosti", kazao je. „Uzbuđeni su što će se oprobati. Što će videti mogu li trčanjem pobediti strah."

On je znao da će bikovi uskoro biti pušteni. Gertruda i Alisa, kao i Majk Strater, preneli su mu do tančina sve što su videli prošle godine. No Ernest nije mogao da se zadovolji samo slušanjem kako je to; hteo je da zna iz prve ruke. A da ja nisam bila s njim, znam da ne bi stajao na balkonu. Istinski je želeo da bude dole na trgu i da se priprema za trčanje.

„*Viva* San Fermin", vikala je svetina. „*Gora* San Fermin!"*

Kad su pušteni bikovi ponovo se začuo top, pa smo videli trkače kako veoma brzo nailaze kaldrmisanim ulicama ispod

---

* *Živeo* na španskom odnosno baskijskom. (Prim. prev.)

nas. Svi su bili u belim košuljama i pantalonama i imali jarkocrvene marame oko pasa i vrata. Neki su nosili novine da njima oteraju bika, a svi su bili izvan sebe. Za trkačima je protutnjalo šest bikova, s takvom silinom da se pod nama kuća zatresla. Nisko spuštenih tamnih krupnih glava, papcima su trupkali po kaldrmi i izgledali ubistveno. Ponekog trkača bi pristigli pa bi ovaj morao da zapuca uz barikadu kojom je ulica bila oivičena. Gledaoci bi pružali ruke da mu pomognu u bekstvu, no u gomili se osećalo i opipljivo iščekivanje da se vidi kako neki nesrećnik nije dovoljno brz ili gibak.

Tog dana nije bilo nabodenih na rogove, bar ja nisam videla, pa mi je laknulo kad su bikove zatvorili u areni. Čitava ceremonija je trajala samo nekoliko minuta, ali shvatila sam da za to vreme nisam disala.

Doručkovali smo čudesno slatki *café con leche** i zemičke, pa sam ja pokušala da dremnem u sobi dok je Ernest šetao ulicama Pamplone i pamtio sve što vidi. Za njega je sve tu bilo poetično, izborana lica starih Baskijaca, svih redom s istovetnim tamnoplavim beretkama. Za razliku od njih, mlađi muškarci, ruku i leđa lepo razvijenih od teškog rada, nosili su slamne šešire širokog oboda i ručno šivene kožne mešine za vino prebačene preko ramena. Ernest se vratio u sobu uzbuđen od svega i s pričom o ručku koji je upravo pojeo, savršeno urešenoj pastrmci punjenoj prženom šunkom i lukom.

„Najbolja riba koju sam ikad pojeo. Oblači se. Moraš da je probaš."

„Zaista hoćeš da se vratiš u isti restoran i gledaš me kako jedem?"

„Kakvo gledanje. Nameravam opet da jedem."

---

* Špan.: bela kafa. (Prim. prev.)

Kasnije tog popodneva, kad su počele prve borbe, sedeli smo u *barreri**, sjajnim mestima odmah uz arenu. Ernest je dao čitavo bogatstvo kako bismo imali odličan pogled na događaje, ali se ponašao i vrlo zaštitnički prema meni.

„Sad ne gledaj", rekao je kad jahač zari prvu dugačku oštru banderilju biku u greben i pokulja krv. Opet je isto kazao kad je bik gadno nabo konja i još jednom kad je sjajni mladi toreador Nikanor Viljalta spretno i precizno ubio bika. No ja nisam prestajala da gledam.

Čitavog popodneva smo sedeli na sedištima *barrere* i posmatrali kako šest bikova ugiba, a ja sam sve vreme gledala, slušala i osećala da me je sve to zanelo. Između borbi, vezla sam krstiće na belom pamučnom ćebencetu za bebu.

„Iznenadila si me", rekao je Ernest pred kraj koride.

„Jesam li?"

„Nisi vaspitana da gledaš ovako nešto. Pomislio sam da će ti se slošiti. Izvini, ali što jest, jest."

„Nisam bila sigurna kako ću se osećati, ali sad ti mogu reći: bezbedno i snažno." Došla sam do kraja reda krstića pa sam vezala uredan čvorić, onako kako me je majka naučila kad sam bila mala. Ravnajući konac vrhovima prstiju, zadovoljna svojim radom, pomislila sam kako bi se ona zaprepastila kad bi me videla na ovom mestu punom strasti i nasilja, a uopšte se ne trzam, već to podnosim kao prirodno.

„Kad sam bila sasvim mala, bila sam neustrašiva. Pričala sam ti."

Klimnuo je glavom.

„Kad sam to izgubila, mislim da mi je porodica bila zadovoljna."

„Ne verujem da si to ikad izgubila. Sad to vidim u tebi."

---

* Drvena ograda koja deli gledalište od arene i prvi red sedišta. (Prim. prev.)

„Jača sam zbog bebe. Osećam ga kako se mrda kad se začuju frule i kad masa arlaukne. Izgleda da mu se to dopada."

Ernest se osmehnuo očigledno ponosno, pa rekao: „Porodice umeju da budu opake, ali naša neće biti."

„Naša beba će znati sve što mi znamo. Bićemo vrlo iskreni i ništa mu nećemo prećutati."

„I nećemo ga potcenjivati."

„Niti ga navesti da se užasava života."

„Ne čini li ti se da su ovo sve veći zahtevi?", upitao je Ernest pa smo se radosno nasmejali, osokoljeni svojim željama.

Kasnije iste večeri, kad opet nismo mogli da spavamo od petardi i bubnjeva i igranja *riau-riaua*, Ernest reče: „Šta misliš da se beba zove Nikanor?"

„Biće odličan toreador s tim imenom. To će biti jače od njega."

„Lepo smo se provodili, zar ne?" Stegao me je čvrsto u naručje.

„Još nije sve gotovo."

„Nije, ali računam kako moram da budem uravnotežen kad beba stigne. Zarađivaću hleb nasušni i biću *tata*, te nećemo imati vremena da mislimo na svoje želje."

„Možda prve godine, ali ne zauvek."

„Znači jedna godina žrtvovanja. A onda će morati da se snalazi s nama ostalima."

„Nikanor", ponovila sam. „Baš je zvučno, je l' da?"

„Zvučno je, ali ne znači i da će mali mangup dobiti više od jedne godine."

DVADESET PETO POGLAVLJE

Jeli su mi se dinja i neko lepo parče sira, kafa i dobar džem s galetama. Tako sam ogladnela razmišljajući o tome da nisam mogla da spavam.

„Galete", rekla sam Ernestovim savijenim leđima pred zoru. „Zar to ne bi bilo divno?"

Kad se nije probudio, ponovila sam glasnije i spustila mu dlan na leđa pa ga blago gurnula.

„O, za boga miloga", zaječao je i skotrljao se s kreveta. „Sad mi odoše."

„Šta to?"

Seo je na ivicu debelog madraca i počešao koleno. „Prave reči za crticu."

„O, izvini", rekla sam.

Posmatrala sam ga kako se oblači i odlazi u kuhinju. Nekoliko minuta kasnije začula sam kako vri kafa pa joj osetila miris, od čega sam još više ogladnela. Odslušala sam kako uzima kafu i zatim kako škripi stolica kad se vratio za sto. Zatim je nastala tišina.

„Maleni?", pozvala sam ga iz kreveta. „Šta misliš o tim galetama?"

Zastenjao je pa povukao unazad stolicu. „Opet sve ode."

Stisli su nas meseci. Beba je trebalo da se rodi krajem oktobra a mi smo se spremili da otplovimo za Kanadu krajem avgusta. Tako će nam ostati šest-sedam nedelja da nađemo stan i da se pripremimo. Kako se termin primicao, Ernest je žestoko radio i još žešće brinuo. Hvatala ga je panika da nikad neće imati vremena da napiše ostale minijature za Džejn Hip i *Litl rivju*. Radio je na njih pet istovremeno, a u svakoj je opisivao neki aspekt borbe s bikovima. Kad bi dolazio kući iz svog ateljea, često mu je bilo potrebno nekoliko pića zaredom pre nego što uspe da mi priča o svom radu, koji je lepo napredovao, ali kao da mu je uzimao svu snagu.

„Trudim se da mi ostane živo", rekao je. „Da se držim zbivanja, a ne da pokušavam da nametnem ono što o njima osećam. Da uopšte ne mislim na sebe, već na ono što se zaista događalo. U tome su prava osećanja."

To mu je bila najnovija ideja o pisanju i pošto će minijature biti opit za nju, satirao se da ih uradi kako treba. Nisam sumnjala da će to postići i da će ih napisati savršeno, ali u međuvremenu mi je bilo teško da ga gledam tako premorenog.

Osim toga, naporno je radio na prelomu za Boba Makalmona. I pored njihovog trvenja u Španiji, Bob se držao ponude da objavi Ernestovu knjigu u *Kontakt edišens*. Knjiga će nositi naziv *Tri pripovetke i deset pesama*, pa iako je Ernest bio oduševljen i uzbuđen zbog tih izgleda, brinuo se da neće ispraviti prelom na vreme. Radio je do kasno u noć uz sveću i kad je najzad završio svoje primedbe i poslao sve Makalmonu, došlo je vreme da se opraštamo.

U nizu tužnih večera videli smo se sa Straterovima, Paundovima, Silvijom, Gertrudom i Alisom – i svaki put obećali da ćemo se vratiti za godinu dana, kad beba bude mogla da putuje.

„Gledajte da ne bude duže", rekao je Paund zloslutno. „Egzil utiče na um."

„To i nije pravi egzil, zar ne?“, primetio je Ernest.

„Onda limb“, odvratio je Paund malko se povukavši.

„Blaža reč samo ako u nju ne uneseš Stari zavet“, promrsio je Ernest.

Otplovili smo deset dana kasnije.

U Kvebek smo stigli početkom septembra, a kad smo došli u Toronto, čekala nas je oduševljena poruka Džona Bouna, kao i jedna od Grega Klerka, Ernestovog prijatelja izveštača iz prošlosti, s toplom dobrodošlicom u grad. Sve je izgledalo da se lepo odvija, ali kad se Ernest 10. septembra javio na posao, saznao je da mu Boun neće biti neposredno nadređen, kao što je on očekivao, već će to biti Hari Hindmarš, pomoćnik urednika *Stara*. Posle prvog susreta Ernest je znao da će taj odnos biti buran. Hindmarš je bio težak i fizički i na rečima i delu; voleo je da razbacuje okolo svoju težinu.

„Odmah me je odmerio“, ispričao mi je Ernest kad se vratio u našu sobu u hotelu *Selbi*. „Nisam rekao ni tri reči kad je presudio da se držim prenadmeno.“ Natušteno se ušetao po sobi. „A šta je s *njim*? Da nije oženjen izdavačevom kćerkom, čistio bi ulice.“

„Žao mi je, maleni. Ubeđena sam da će prepoznati tvoju čudesnost“, rekla sam.

„Mrka kapa. Izgleda da je nameran da se odnosi prema meni kao prema nekom neiskusnom potrčku. Neću potpisivati članke, a šalje me van grada.“

„Kada?“

„Večeras. U Kingston da izveštavam o nekom odbeglom robijašu. To je samo pet-šest sati vozom odavde, ali ne znam koliko dugo ću zbog priče biti tamo.“

„Zna li Hindmarš da bi beba mogla da se pojavi svakog časa?“

„Ne verujem da ga je briga.“

Ispratila sam Ernesta s poljupcem i ponovnim uveravanjem da će sve biti u redu. On me je naterao da mu obećam kako ću naći oslonac, pa sam ga i našla. Greg Klerk je imao divnu ženu Helen, koja je iskreno pristala kad sam je zamolila da mi pomogne u nalaženju stana. Kao i uvek, novac nam je zadavao brigu, čak i više jer smo svaku paru odvajali za bebu. Nismo mogli sebi da priuštimo finiji kraj koji mi je ona preporučila, već nešto što je moglo da prođe, u Ulici Batherst. Bio je to stan s jednim nizom soba na četvrtom spratu, s kadom postavljenom na nogice u obliku kandži i krevetom koji se spuštao iz zida u spavaćoj sobi tesno stisnutoj između kuhinje i dnevne sobe. Iako je samom stanu nedostajala toplina i ljupkost, imao je pogled na ugao jaruge imanja Konablovih.

Ernest je Ralfa i Harijet Konabl upoznao posle rata, kad je dolazio u Toronto da potraži posao u novinama. Ralf je bio vlasnik kanadskog lanca *Vulvorta*, prodavnica gde se sve nudi po pet i deset centi, i po našim merilima bio je bogat kao Krez. On i njegova žena su bili veoma ljubazni prema meni čim su saznali da smo postali susedi, a ja sam bila srećna što u blizini imam nekog, bilo koga, kako mi se bližio porođaj.

Ernest se vratio iz Kingstona umoran i razdražljiv, pa je samo nekoliko dana kasnije opet otišao, da izveštava o rudniku u basenu Sadberi, bar dvaput dalje od Kingstona. Jedva je stigao da obiđe i odobri stan.

„O, mačkice. Osećam se grozno što neću biti tu da ti pomognem oko smeštanja."

„Nema mnogo da se radi. Unajmiću nekoga za cimanje."

„Ne mogu da se oduprem osećanju da smo pogrešili što smo došli ovamo. Ti si sve vreme sama. Ja radim kao rob, i to šta? Sporadične vesti iz nekih zabiti? Kakav promašaj."

„Znam, maleni, da si iscrpljen. No sve će dobiti smisao kad se beba rodi."

„Daj bože da bude tako."

„Biće. Videćeš", rekla sam pa ga poljubila na rastanku.

Preterano sam se naprezala, tačno je, ali zaista sam verovala da će se dolazak u vrlo hladni i samotni Toronto isplatiti kad se beba rodi zdrava i bude dobro. U međuvremenu, trudila sam se da naš novi prostor što je moguće više liči na dom. Iz Pariza smo doneli sanduke s odećom, sudovima i slikama. Unajmila sam čistačicu i jednog domara što je izgledao prastaro da prenese naše stvari na četvrti sprat. Nismo imali mnogo nameštaja, pa sam prvih nedelja, dok je Ernest krstario Ontariom kao neki trgovački putnik, sedela na onom krevetu što se spušta uvijena u ćebad zbog sve niže temperature i dovršavala *Pisma Abelara i Eloize.*

Žudela sam za bilo kakvom razbibrigom, pa mi nije bilo teško da se izgubim u njihovim rečima i priči. Ponekad sam ustajala samo da skuvam čaj ili da ćušnem ćebad pod vrata i prozore kuda se uvlačila hladnoća. Pisala sam i u Pariz, ondašnjim prijateljima koji su nam nedostajali, a i kući u Ameriku. Foni je pokušala da bude srećna zbog mene i bebe, ali bila je na više frontova na ivici. Roland je nedavno doživeo nervni slom, pa se oporavljao u jednoj bolnici za duševne bolesnike u Masačusetsu. *To je vrlo ugledna institucija*, pisala mi je Foni, *kao što s takvim mestima biva. Međutim, deca su zbunjena i stalno me pitaju hoće li se on ikad vratiti. Ne znam šta da im kažem.* Bilo mi ih je veoma žao, ali se nisam iznenadila što se tako nešto dogodilo. Među njima je oduvek bilo toliko nesloge, kao i kod mojih roditelja. A kad je napetost tolika i traje tako dugo, nešto *mora* da pukne. Kako i da ne pukne?

Pisala sam i Ernestovim roditeljima. On je bio prezauzet i nije stizao da odgovori na svoja pisma, no njegova stegnutost s roditeljima bila je mnogo složenija. Nikad nije želeo da mu se oni, naročito Grejs, preterano mešaju u život. Kad je pošao u

Pariz, mislim da je osetio kako prvi put ima slobodu da postane potpuno novi čovek. Roditelji su ga podsećali na početke, koje bi on rado odbacio. Shvatala sam njegovu potrebu za samostalnošću, ali na samo nekoliko nedelja pred rođenje deteta, Ernest im još ništa nije javio. Smatrala sam kako imaju prava da znaju, pa sam mu uporno to govorila svaki put kad bi se između dva zadatka, na sasvim kratko, vraćao kući.

„Uradiću to ako baš navaljuješ", pristao je na kraju. „Samo to je greška. Oni će doći ovamo da njuškaju kao što vukovi uvek rade."

„Ne misliš valjda to ozbiljno."

„Još kako mislim. Možeš li da zamisliš da mi se majka *ne* naturi u svemu s ovom bebom, da nas ne zaspe mišljenjem i savetima? Ne treba nam ona. Niko nam ne treba."

„Ona i Ed će uživati u svakoj i najmanjoj prilici da pomognu."

„Pusti ih onda, samo ne tražim ni pare."

„Pošteno", složila sam se, mada sam bila zahvalna kad su oni hitro i bogato odgovorili na Ernestov kablogram poslavši nam sanduke pune svadbenih poklona koje smo ostavili kod njih i nameštaja iz našeg starog stana u Ulici Dirborn. Ništa od toga nije bilo naročito lepo, ali su nam naši predmeti učinili da nam ovaj stan u Ulici Batherst ne deluje sasvim privremeno. A sve je stiglo tačno na vreme.

Prve nedelje oktobra Hindmarš je opet poslao Ernesta izvan grada, ovog puta da izveštava o dolasku britanskog premijera Dejvida Lojda Džordža u Njujork.

„Ovo mi liči na ličnu osvetu", rekla sam gledajući ga kako se pakuje za put.

„Mislim da ću to podneti", odvratio je Ernest. „Ali šta ćeš ti?"

„Lekar je rekao da imamo vremena do kraja meseca, možda i do prvog novembra. Vratićeš se dotad."

„Ovo mi je poslednje putovanje", rekao je zatvarajući kofer. „Zamoliću Džona Bouna da malo urazumi Hindmarša."

„Ako to uradi neposredno Boun, on će morati da popusti, zar ne?"

„S tim računam. Dobro pazi na bebu mače."

„Obećavam."

„I na mamu mače."

„Hoću, maleni, ali bolje požuri. Voz te neće čekati."

Nekoliko dana kasnije, devetog oktobra, Harijet Konabl je svratila kod mene i pozvala me na večeru.

„Volela bih", rekla sam, „no tako sam ogromna da mi ništa ne pristaje. Moraću da se ogrnem stolnjacima."

„Ubeđena sam da ćeš u njima divno izgledati, draga", rekla je i saosećajno se nasmejala. „Poslaćemo kola po tebe u osam."

Na kraju mi je bilo sasvim drago što su me zvali. Čitavog popodneva sam osećala nešto što sam mislila da je probava. Naravno, bilo je više od toga. Telo mi se pripremalo, ali ja sam to poricala. Mislila sam da će beba, budem li mirna i ne naprežem se preterano, pričekati dok se Ernest ne vrati kući. Posrkala sam divnu supu tiho kao miš pa sam sela na baršunasti kauč Konablovih i slušala kako Harijet svira živahnu verziju „I'll Take You Home Again, Kathleen", čak ne lupkajući ni stopalom. No beba je naravno krenula, spremna ja ili ne, a to je postajalo sve očiglednije kako je veče odmicalo.

„Hedli, dušo, mislim da se ne osećaš dobro", rekao je Ralf Konabl kad više nije mogao učtivo da zanemaruje napregnut i ozbiljan izraz mog lica.

„Savršeno mi je dobro", odvratila sam do kraja tvrdoglavo, ali kako je on to rekao, rasplakala sam se pošto su mi emocije probile brižljivo dignutu branu. Sad me je već previše bolelo. Presamitila sam se i počela da drhtim.

„O, sirota devojčice!“, uzviknula je Harijet. „Ništa ne brini. Mi ćemo se postarati da te lepo zbrinu.“

Odvezli su me u bolnicu. Harijet me je tapšala po ruci i puštala umirujuće zvuke dok je Ralf odlučno hitao. Ulice su slabo sijale gasnim lampama.

„Možete li da probate da nađete nekog u *Staru*? Mora biti načina da se obavesti Ernest.“

„Pokrenućemo planine ako bude potrebno“, uverila me je Harijet. „Mislim da ima još malo vremena.“

No nije ga bilo. Pola sata kasnije ležala sam u spavaćici na stolu za porođaj a lekar i nekoliko bolničarki su me navodili da se napinjem. Zbog toga smo došli u Toronto – da ovi veoma sposobni i obučeni profesionalci nadgledaju sve. U Parizu bih imala babicu da greje vodu na mom štednjaku kako bi sterilisala instrumente. Čak i u Americi lekari su tek počinjali da porađaju u bolnicama. Ernestov otac se i dalje budio usred noći da ode na pozive u Mičigenu i, premda sam znala da su se žene odvajkada porađale kod kuće – moja majka, naravno, pa i Ernestova – osećala sam se bezbednije ovako. Naročito kad moja napinjanja nisu dovela do rezultata.

Mučila sam se dva sata dok me vrat nije zaboleo a kolena počela da se tresu od napora. Na kraju su mi dali etar. Udahnula sam taj miris sveže farbe kad su mi stavili masku preko usta i nosa i od njene oštrine su me zapekle oči. Posle toga više ništa nisam osećala dok se nisam probudila iz izmaglice i videla kako bolničarka drži majušni zamotuljak. Bio je to moj sin, uvijen u slojeve plave vune. Zurila sam u njega kroz suze radosnice. Bio je savršen, od ružičastih zavijutaka lepo oblikovanih ušiju i čvrsto stisnutih očiju, do tamnosmeđe kose s paperjastim zulufima. Bila sam očajna što je Ernest propustio rođenje, a eto njegovog živog, zdravog i potpuno čarobnog sina. Samo je to bilo važno.

Kad je rano sledećeg jutra konačno Ernest stigao, zaduvan i potpuno izvan sebe, ja sam sedela u krevetu i dojila bebu.

„O, bože", izustio je Ernest i slomio se. Stajao je na vratima i otvoreno jecao lica pokrivenog šakama. „Malena, smrtno sam se prepao zbog tebe. Dobio sam kablogram u novinskim kolima i u njemu je pisalo da je beba rođena i da je dobro, ali ni reči o tebi."

„Dragi, slatki maleni. Vidiš da sam dobro. Sve je proteklo glatko. Dođi da vidiš čovečuljka. Zar nije divan?"

Ernest mi je prišao pa obazrivo seo na ivicu madraca. „Izgleda užasno sitno. Zar se ne bojiš da nešto ne pogrešiš?" Spustio je prst na bebinu ručicu prošaranu venama.

„U početku sam se bojala, ali on je zapravo vrlo čvrst. Mislim da su ipak borbe s bikovima uticale na njega. Izleteo je kao dobar toreador."

„Džon Hedli Nikanor Hemingvej. Savršeno je lep. A ti si zaista nešto, da sve ovako dobro preguraš."

„Osećam se iznenađujuće snažno, ali ti, maleni, izgledaš grozno. Zar nisi spavao u vozu?"

„Pokušao sam, ali imao sam najgori mogući osećaj da si ti u opasnosti."

„Bila sam u odličnim rukama. Konablovi su bili veoma pažljivi i predusretljivi. Mnogo im dugujemo."

„Možda smo ipak bili u pravu što smo došli u Toronto", rekao je Ernest.

„Naravno da smo bili. Rekla sam ti da sve ima smisla."

„Tako sam umoran da bih mogao da se srušim."

„Onda spavaj." Pokazala sam mu fotelju u uglu sobe.

„Hindmarš će se pitati gde sam."

„Nek se pita. Ti si tek postao otac."

„Možeš li da poveruješ?"

Nasmešila sam se za sebe kad se on skupio pod ćebetom i čvrsto zaspao. *Sad su dva muškarca*, pomislila sam, zadovoljna u dubini duše. *I obojica su moji.*

DVADESET ŠESTO POGLAVLJE

Kasnije istog prepodneva Ernest je poslao reku telegrama s obaveštenjem da je sve prošlo u najboljem redu. Neskromno se ponosio brzinom kojom sam rodila bebu, a i sama sam bila zadovoljna. Doduše, pomogli su mi lekari i etar, ali sam hrabro i postojano izdržala čitav napor dok je Ernest bio stotinama kilometara od mene.

Otišao je na posao, spreman za Hindmaršovu grdnju, ali bilo je čak gore nego što je očekivao. Hindmarš nije sačekao Ernesta u kancelariji, već ga je ponizio pred svima rekavši mu kako je trebalo da preda izveštaj pre nego što je otišao u bolnicu. To je, naravno, bila čista glupost, ali kad mi je Ernest prepričavao te večeri, pošto je već sve obradio s Gregom Klarkom u pabu uz mnogo čaša burbona, i dalje je bio uvređen i ljut.

„Gotovo je s Torontom. Ne možemo ostati ovde.“ Piće ga nije mnogo umirilo pa sam se brinula da ne naiđe dežurna bolničarka i izbaci ga pre nego što čujem čitavu priču.

„Zar ništa ne može da se zagladi?“

„Ama baš ništa. Obojica smo pobesneli. On se nije uzdržavao, prostak jedan, a ja sam rekao takve stvari koje će se verovatno godinama prepričavati.“

„O, maleni. Je l' te otpustio?"

„Prebacio me je u *Vikli*. Što neću prihvatiti. Kad misliš da ćeš moći opet da putuješ?"

„Biću sasvim u redu za nekoliko dana, ali beba neće moći da plovi još mesecima. Moraćemo da izdržimo."

„Mogao bih da ubijem tog skota. To bi rešilo sve nevolje."

„Ne zadugo."

Iskrivio je lice pa naglo seo i zaškripao stolicom o pod. „Gde je uopšte mali đida? Hoću ponovo da ga vidim."

„Spava u sobi za bebe. I ti bi trebalo da spavaš. Idi kući, maleni. S ovim ćemo se ujutro pozabaviti."

„Šta tu ima da se zabavljamo? Gotovo je, rekoh ti."

„Ne misli na to. Samo idi i uzmi malo sode bikarbone. Probudićeš se sa stravičnom glavoboljom."

Nismo odmah odjurili za Pariz – samo zato što nismo mogli. Beba je zaista bila premala za tako dugo putovanje, a pri selidbi smo desetkovali ušteđevinu. Bili smo na rubu propasti, s gomilom bolničkih računa povrh svega. Nije bilo druge do da se ukopamo i trpimo – „kao keruša", kako je Ernest voleo da kaže. Prihvatio je prelaz i mada nije radio neposredno pod Hindmaršom, i dalje je osećao njegovu senku. Svaki put kad je dobio šugav zadatak, zapitao se je li to Hindmaršovo maslo – kao kad je poslan u torontoski zoološki vrt da dočeka belog pauna.

„Pauna, malena. Trude se da me satru. Smrt od neuvažavanja, najgadnija od svih smrti."

„Možda", rekla sam. „Ali neće uspeti. Prejak si ti za njih."

„Nisam ubeđen."

Zima je u Toronto stigla sa snegom koji je zasipao postrance i pretio da nas obori. Dok je pariska zima vlažna i siva, ova je okrutno bela i bespoštedna. Vetar nam je lako probijao kapute i ćebad, nalazio put u svaki kutak našeg stana gde smo beba i ja po čitav dan sedeli uz radijator. Kuvala sam vodu ne bih li održavala vlagu u vazduhu i nosila Ernestov veliki kaput dok dojim dete. Uopšte ga nisam izvodila već sam unajmila devojku da ga čuva kad moram da idem u nabavke. Ernest bi se dovukao kući uveče, kad već padne mrak, i sve je više izgledao iscrpljeno i pregaženo. Zdušno je klicao bebinim dostignućima kad ga izvestim o njima – nasmešio mi se u kadi; diže glavu kao mator – ali bilo mu je teško tada da uživa u tome.

„Ne znam kako ću izdržati čitavu godinu“, govorio je.

„Znam, izgleda nemoguće. No kad budemo stari i drhtavi, ova godina će nam izgledati kao tren.“

„Nije čak ni sramota što crnčim sa člancima koji su mi ispod časti. To nije ništa. Samo što uopšte ne pipam svoj rad, a to je sve što sam ikad želeo. Imam osećaj da sav materijal trune u meni. Ako ga ubrzo ne napišem, zauvek ću ga izgubiti.“

„Nemoj da legneš nego radi. Skuvaću ti jaku kafu.“

„Ne mogu. Preumoran sam i da mislim. Ponekad mi to dođe ujutro, ali kad pokušam nešto da zapišem, beba zaplače ili moram da krenem na posao. Uveče više nemam reči. A i ovde smo tako daleko od svega. Ne znam ko šta piše i šta je važno.“

„Da, ali stekao si neke dobre prijatelje. Dopada ti se Greg Klark. To je sreća.“

„Zaista mi se dopada Greg, ali on se ne boksuje i ne zna ništa o konjskim trkama. Uz to ga nikad nisam video pijanog.“

„Maleni, ne piju svi kao ti.“

„Svejedno, ne verujem čoveku kog nisam video pripitog.“

Kad je prošao novembar i počeo decembar, Ernestovo raspoloženje se zabrinjavajuće pogoršalo. Nije dobro spavao, a bilo mu je samo još gore od bebinog noćnog buđenja. Stigli su primerci *Tri pripovetke i deset pesama*, pa ih je Ernest poslao Ezri, Gertrudi i Silviji, a nekoliko i kući, svojoj porodici u Ouk parku

– zatim je čekao hvalu. Svakodnevno je pročešljavao novine i časopise željan kritike, ali objavljena je tek naznaka o postojanju knjige. Ako svet ne zna za knjigu, da li ona uopšte postoji? Imao je primerak *Litl rivjua* Džejn Hip s minijaturama o borbi s bikovima i ponekad ih je listao i mrštio se. „Nisam siguran da sam isti pisac koji je stvorio ovo. Dođavola, više uopšte ne pišem."

Nisam mogla da mu kažem kako je preterano teatralan jer ga je zaista duboko pogađao nedostatak pisanja. Ja sam mu bila potrebna da ga grejem i volim, da ga čvrsto držim za zemlju; pisanje mu je bilo potrebno da mu održi razum. U tome nisam mogla da mu pomognem. Samo sam mogla da posmatram i osećam tegobu zbog toga što nam je život opterećen brigom u vreme kad bi trebalo da je ispunjen srećom.

„Grozno smo pogrešili što smo došli", rekao je kad se jedne večeri vratio kući u izuzetno lošem stanju.

Više nisam mogla da podnesem njegovu patnju. „U pravu si", rekla sam. „Pogrešili smo što smo došli. Vratićemo se u Pariz pa ćeš moći da se prepustiš pisanju."

„Kako to da priuštimo?"

„Ne znam. Nekako ćemo uspeti."

„Tvoj fond je samo dve hiljade godišnje. Bez mog prihoda ne vidim kako bismo uspeli."

„Ako ne budeš mogao da pišeš, beba i ja ćemo ti postati teret. Zamrzećeš nas. Kako da živimo s tim?"

„U škripcu smo. To je jasno."

„Hajde da ne mislimo na to u takvom svetlu. Mogli bismo da ga shvatimo kao pustolovinu. Našu veliku kocku. Možda ćemo i isplivati."

„Ne znam šta bih bez tebe, malena."

„Kupi karte. Pisaću tvojim roditeljima i tražiti novac. Oni hoće da nam pomognu."

„Oni hoće da me zaduže. Neću to."

„Onda nemoj. Ja ću, za bebu."

„Šta ako uradim još jednu seriju za *Vikli*? Mogao bih da se ubijem od posla i uradim sedam ili deset članaka pa dam otkaz. S tim i onim iz Ouk parka imali bismo možda hiljadu da nas održi. Hiljadarku i molitve."

„To će biti sasvim dovoljno."

Odmah posle prvog januara 1924, čim smo poverovali kako beba može bezbedno na put, ukrcali smo se u voz za Njujork pa na *Antoniju*, na liniji za Francusku. Bebu smo počeli da zovemo Bambi, zbog okruglastih i čvrstih stopala, nalik punjenom medi. Čvrsto sam ga uvila u ćebad u brodskoj kabini i pričala mu, puštala ga da se igra mojom kosom dok je na palubi Ernest tražio bilo kakvo društvo da nostalgično priča o Parizu. Da je do mene, ostala bih u Torontu godinu dana ili pet godina ako treba da stvorim dom Bambiju, ali mene to ne bi koštalo onako kako bi koštalo Ernesta. Neki muškarci su verovatno u stanju da to progutaju i izdrže neko vreme, ali on bi možda potpuno izgubio sebe tamo. Nismo znali šta ćemo i kako ćemo nadalje u Parizu, ali o tome nisam mogla da brinem. Ernestu sam trebala snažna za oboje, pa ću takva i biti. Štedeću, izdržaću bez ičeg i neću se buniti jer je, na kraju, to moj izbor. Odabrala sam njega, pisca, u Parizu. Više nikad nećemo živeti konvencionalno.

DVADESET SEDMO POGLAVLJE

Znam da smo nameravali da odsustvujemo godinu dana", rekao je Ernest Gertrudi pri prvoj poseti njihovom stanu po našem povratku, „ali u Kanadi četiri meseca i *jesu* godina."

„Završio si s novinarstvom, to je glavno", rekla mu je Gertruda. „Vreme je da se otvoriš i pišeš ono za šta si stvoren."

„Tako mi boga, spreman sam", potvrdio je on pa se poslužio još jednom čašom likera od kruške.

Posmatrala sam Alisu dok su njih dvoje terali ovako, hraneći se ubeđenošću i oduševljenjem onog drugog. Ona kao da se stegla i okrenula ka unutra, pa sam se pitala je li srećna što ponovo vidi Ernesta; da se nije navikla da ima Gertrudu za sebe dok smo mi bili odsutni. Doduše, uvek je oko Gertrude nekog bilo, nekog ko traži njenu pažnju i dobro mišljenje, ali ona i Ernest su bili naročito snažni zajedno – kao da su blizanci sa svojim jezikom, usredsređeni, i kao da čuju jedino jedno drugo. I ja sam to osećala, pa iako sam povremeno i bila povređena zbog njihove veze, jedva sam se i sećala kako je to biti usamljen. Detetu sam bila bezuslovno potrebna i ono je na mene reagovalo. Okretalo se na moj glas, najviše mu je prijao ritam mog ljuljanja u naručju, kako sam ga tapšala i trljala mu leđa kad se probudi noću. Ja sam za njega bila suština, a i za Ernesta. Sad sam ja sve održavala.

Majčinstvo ume da bude iscrpljujuće, svakako. Nikad nisam bila dovoljno naspavana, a ponekad nisam imala snage ni da operem kosu ili da jedem išta složenije od hleba i maslaca. Ali kad sam dojila Bambija, on je prvo hvatao tkaninu mog ogrtača, mekih, beskrajno dubokih očiju uprtih u moje, kao da sam ja samo srce njegovog sveta, te ne bih imala kud do da se utopim u njima. A kad bi se Ernest vratio kući posle čitavog dana rada i pogledao me onako kao da mi govori kako je suviše bio sam i u svojoj glavi, osećala sam se isto tako neophodnom. Bila sam mu potrebna kao i Bambi; bez nas, on ne bi uspeo da izađe iz sebe i opet se oseti potpunim.

Porodični život nam je najjasnije uspevao kad smo sami, uveče, kad se ponovo spajamo i naslanjamo jedni na druge. No on je bio sasvim u suprotnosti s boemskim Parizom. Gertruda i Alisa su umele da budu divne prema Bambiju. Poklonile su mu sjajnu srebrnu zvečku i pletene patičice. Kad je trebalo da se krsti, one su donele divan šampanjac pa smo ga ispili uz biskvite, suvo voće i ušećereni badem, a Gertruda je čak pristala i da mu bude kuma. No nisu svi naši prijatelji znali šta će s nama kad smo dobili i bebu. Paund i Šekspir bi nam svraćali u stan na piće kasno uveče ili se nalazili s nama u kafeu ako mi uspemo da nađemo nekog da čuva Bambija, ali Paund je jasno stavio do znanja da u njegov atelje bebe nisu dobrodošle. Ne zato što su bučne i mogu da naprave nered, već iz načela. „Jednostavno ne verujem u decu“, rekao je. „Bez uvrede, Hedli.“

Ipak nam je pomogao da nađemo drugi stan u Parizu – što nije bio nimalo lak zadatak. Dolar je padao u odnosu na franak, što mi glupo nismo predvideli. Ranije smo živeli tako jeftino, mislili smo da će tako biti i nadalje, s troja usta umesto dvoja – ali stanarina je skočila u nebo. Kad smo konačno pronašli nešto

što je moglo da prođe, bilo je triput skuplje nego što smo plaćali u Kardinala Lemoana. No morali smo da plaćamo. S knedlom u grlu predali smo stanarinu za prvi mesec, parkirali Bambijeva kolica u dvorište uz gomilu uglja i proglasili to kućom.

Bio je to onaj stan iznad strugare u Ulici Notr Dam de šam, „drvodeljski tavan", kako su ga neki od naših prijatelja prozvali. Katkad su buka i prašina iz strugare bile preterane, ali bio je na mnogo boljem mestu od naših soba nad plesnom dvoranom. Nalazio se vrlo blizu Gertrudinom i Alisinom stanu i Luksemburškom parku, a na korak od Bulevara Monparnas i mnogih najboljih kafea.

Iako je Ernest ranije prezirao pisce što rade po kafeima, govoreći da su lažni i da samo žele da budu upadljivi, počeo je i sam to da radi. Delimično iz praktičnih razloga. Bio mu je potreban mir a Bambi, kome su počeli da niču zubi, često je bio nervozan. No kad je počeo redovno da radi u kafeu *Kloseri de lila*, iznenadio se što mu se to više dopalo od usamljeničkog rada u sobi, gde se znojio u tišini, kao što je govorio. Osim toga, bilo mu je toplije i prijatnije. Tu su mogli da ga nađu prijatelji ako požele i uvek je bilo nekog uzbudljivog da s njim priča ili pije kad završi s pisanjem za taj dan.

Ponekad je pričao o tome da će početi rad na novom romanu, ali još nije naišao na pravu zamisao. Sve je više shvatao kako skica izgubljena u onom koferčetu s ostalim rukopisima nije bila pravi roman, koliko god da je crnčio nad njim i želeo da ona to postane. Ipak nije bio siguran treba li opet da se posveti nečem tako opširnom i za šta je potrebno mnogo vremena. Strpeće se, a u međuvremenu će pisati pripovetke. „Po jednu priču", kazao je, „za sve što znam. Što zaista znam, u biti i u srži."

Kad je to rekao, zapitala sam se šta je to što *ja* zaista znam u onom smislu u kom je on to posmatrao, pa sam mogla da odgovorim jedno da znam za Ernesta i Bambija, za naš zajednički život. Bila je to sramno prevaziđena misao, znala sam to, koju kad bih priznala nekoj ženi u bilo kom kafeu na Monparnasu, ona bi me ismejala tako da bih pobegla na ulicu. Od mene se očekivalo da imam svoje zamisli i ambicije, da budem strašno gladna iskustava i novina svih vrsta. Ali ja nisam bila gladna; bila sam zadovoljna.

Nije me samo ispunila svrha. Dani su mi bili bogatiji i imali više smisla. Bambi je bio divan i kad smo svakodnevno šetali, dvaput na dan, njegovi poštovaoci su nas često zaustavljali i raspričavali se sa mnom. Moj francuski je kao i uvek bio mucav, ali zadovoljna beba je savršen podstrek za čak i prevashodno jednostran razgovor. Njegovo gukanje nam je na pijaci donelo mnogo jabuka i krušaka na dar, pa čak i kad sam ga dovodila u kafee da se povremeno nađemo s Ernestom na ručku, Bambi je sve osvajao. Možda su neki od naših prijatelja bili zbunjeni, ali nepoznati su svi do jednog bili oduševljeni.

Paundovi su kao i svakog proleća otišli u Rapalo, ali čak i s udaljenosti, Ezra je uspeo da nađe Ernestu posao kod Forda Madoksa Forda, kao zamenika urednika za *Transatlantik rivju*. Ford je imao mračnu i tesnu kancelariju na Ke de Anžu, pa se tamo Ernest uputio početkom februara u svojim izlizanim cipelama i pohabanom sakou, s poderotinom na ramenu. Tu neće zaraditi novac, ali želeo je da stekne uređivačko iskustvo i veze. Nije smeo dozvoliti da Ford to sazna jer on nije podnosio da nema prednost, naročito onda kad je prednost nemoguće dobiti. Fordov roman *Dobri vojnik* pobudio je određenu lepu pažnju. Pisao je i druge romane, a objavljivao je i Jejtsa, Tomasa Hardija, Džozefa Konrada i druge u časopisu koji je ranije osnovao i nazvao *Ingliš rivju*. Sve je to bilo već dovoljno loše, ali Ford je uz to bio i gospodin s novcem i pedigreom, mešavina za koju Ernest nikad nije imao strpljenja. Sa sastanka se vratio kući mrmljajući kako je Fordov ukus tako nazadan da taj čovek samo što nije pao na rođenu guzicu.

„Znači nije savremen. Zašto bi svi morali da budu? Ja nisam."

„Ne, nisi savremena, mačkice. Ali veoma si lepa i dobra, a osim toga si sjajna majka. Taj tip Ford tako je pun dobrog mišljenja o samom sebi, a i šišti dok govori. To je tako gadno da zamisliš kako svaka poslednja reč mora da mu pliva kroz pluća ne bi li stigla do usta."

„Zaboga, maleni. Molim te reci mi da si svejedno prihvatio posao."

„Naravno da sam ga prihvatio." Osmehnuo mi se široko i pakosno, pa štipnuo Bambija za stopalo. „Misliš li da sam lud?"

Kad sam upoznala Forda, bila sam sklona da ga zavolim, čak i nakon svega što je Ernest rekao. On i njegova ljubavnica slikarka Stela Boven pozvali su nas na ručak, pa sam se oduševila kad sam videla da i oni imaju bebu, divnu devojčicu po imenu Džuli, Bambijevog uzrasta. Nisam povela Bambija iz učtivosti prema našim domaćinima, ali rekla sam Steli da ću to sledeći put uraditi. Ona me je toplo obodrila za to, kao i za sve ostalo – nahranivši nas divnim ručkom iz četiri dela i ljupko me zabavljajući svojim šarmantnim australijskim izgovorom. Ford je bio zajapuren i punačak, s tankom plavom kosom i brkovima. U početku sam se pitala kako je Ford, već zagazio u srednje doba, bio u stanju da namami tako divnu ženu kao što je Stela, ali je on ubrzo otkrio svoje savršene manire i način govora s prijatnom ubedljivošću za sve što je mario, primerice Stelu, dobro vino, krem-čorbu i književnost. Čitavog ručka naglašavao je koliko mu je značajno da pomaže mlade pisce poput Ernesta da nađu svoj put. Znala sam da bi Ernest više voleo da mu ne treba ni Fordova nit ičija pomoć, ali ona mu je, uistinu, bila neophodna.

„Mogu mnogo toga da donesem ovom časopisu", rekao je Ernest kad smo se pozdravili i uputili kući. „Trebalo bi da je zahvalan što me dobija."

„Meni se dopao."

„Naravno da ti se dopao."

„Šta ti to znači?"

„Ništa." Naišao je na kamenčić pa ga šutnuo na ulicu. „Zar ti se ne čini da pomalo liči na morža?"

„Pomalo liči", priznala sam.

„A ono šištanje?"

„To je prilično ozbiljno, zar ne? Stela mi reče da je to dobio u gasnom napadu za vreme rata."

„Onda bih mogao to da mu oprostim, samo da nije tako nadmen."

„Ne moraš da ga voliš. Samo radi."

„Ima mnogo posla. To je valjda srećna okolnost."

„Tejti, toliko toga je *zaista* srećna okolnost. Videćeš."

Ford i Stela su priređivali književne čajanke četvrtkom u Ke de Anžuu. Često sam išla radi društva, a vodila sam i Bambija pa mu smeštala kolica gde god kroz prozore prodire sunce. Na jednoj čajanki sam upoznala Harolda Leba. Harold mi se činio da je Ernestovih godina i bio je veoma zgodan – visok, oštrog pravog nosa, jake brade i gomile talasaste tamne kose. Čim nas je Ford upoznao, lako smo se upustili u razgovor o Americi.

„Ne mogu da kažem da mi nedostaje kuća", rekao je. „No ne mogu da prestanem da je sanjam. Ne znam otkud to."

„Verovatno je to deo tebe", rekla sam. „Nerazdvojiv deo, zar ne?"

„Lepo rečeno", kazao je i pogledao me jasnim i pronicljivim plavim očima. „Jesi li i ti pisac?"

„Ni nalik", nasmejala sam se. „Mada verujem da ne bih bila loša. Oduvek sam volela knjige i osećala da mi se one obraćaju. Odmalena sviram klavir, ali ne ozbiljno."

„Ja nisam siguran da pišem *ozbiljno*", nastavio je Harold. „Mnogo sam se trudio da budem duhovit, zapravo."

„Verujem da bi bio vrlo duhovit da se usredsrediš na to."

„Sjajno je od tebe što to kažeš. Hajde, reci Kiti. Ona misli da su sve moje šale nikakve."

Zajedno smo prišli njegovoj devojci Kiti Kanel, koja je bila istinski lepa, vitka, graciozna i sva zlatna.

„Kiti je nekad bila profesionalna igračica", rekao je. „Ako se pokrene da uzme još vina, odmah ćeš to zapaziti."

„O, Harolde", uzdahnula je ona. „Molim te nemoj se truditi da budeš šarmantan."

„Vidiš, Hedli. Kad sam blizu nje, moram da bude namršten inače nema strpljenja sa mnom." Napravio je turoban izraz lica, a Kiti se zasmeja pokazujući lepe zube. „A ponekad", produžio je Harold, „ova draga devojka me potpuno iznenadi."

„Zato me i držiš uza se."

„Zato i zbog tvojih zglobova, dušo."

Pred kraj popodneva potpuno su me zaneli i Harold i Kiti, pa sam s radošću prihvatila kad su pozvali Ernesta i mene da sledeće večeri odemo u *Negr de Tuluz*.

„To je divno skrovito lokalno mesto", objasnila je Kiti. „Nećeš ga naći u vodiču."

„Obećavam da neću zucnuti o njemu", rekla sam pa se zapitala šta da obučem. Nisam to znala ni kada je sledeće večeri došlo vreme da pođemo u restoran. Prošlo je tri meseca otkad sam rodila Bambija. U trudničkoj odeći sam sad plivala, ali još nisam mogla da se uvučem u nešto odranije.

„Niko za to ne mari", rekao je Ernest. „Možeš krenuti u džaku i opet opčiniti sve."

„Ne mogu. Možda ti ne daješ pet para za odeću“, pokazala sam na njegov iskrpljen sako i pulover, uniformu koju je nosio i danju i noću, bez imalo obraćanja pažnje na modu, pa čak ni na pristojnost. „No ljudi uopšteno vode računa i žele da ostavljaju dobar utisak.“

„Očigledno si već ostavila utisak. Ali ako hoćeš, reći ću im da sam previše slušao Gertrudu, koja kaže da treba kupovati slike umesto odeće.“

„Ona to zaista govori, ali mi ne kupujemo slike, zar ne?“, namrštila sam se na svoj odraz u ogledalu.

„Ne gnjavi, Tejti“, rekao je Ernest pa mi prišao i poljubio me u vrat. „Niko nije tako ljubak, ispravan i jednostavan kao ti.“

Ukrstila sam pogled s njim u ogledalu. „Zar nisi presladak?“

Ponovo me je poljubio i odlučno pogurao k vratima.

Sve u svemu, restoran je bio vrlo oskudno osvetljen, a posle prve boce vina ni ja više nisam bila sramežljiva. Dok su muškarci pričali o *Prinstonu*, gde je Harold studirao, i o samim počecima prvih romana (upravo tad je Harold počinjao svoj), Kiti i ja smo vodile iznenađujuće prisan razgovor o njenom prvom braku sa Skipvitom Kanelom, pesnikom koji se očigledno poneo loše prema njoj, a onda odbio da se razvede od nje.

„Mora da ti je strašno. Kako ćeš se sad opet udati?“

„*Nikad* se neću ponovo udavati, draga. Hvala bogu da se Harold i ja bar u tome slažemo. Svejedno ne bih da zauvek budem vezana lancima za Skipa. Jedva sam ga podnosila dok mi je bio blizu. Sad on zvekeće i muči me čak iz Londona.“

„Znači, ti želiš slobodu.“

„Zaboga, da. Zar je ti ne želiš?“

„Ne znam. Pretpostavljam kako želim da budem srećna.“

„Sreća je tako strašno komplikovana, ali sloboda nije. Ili si vezana ili nisi.“

„Bacanje krivice na brak to ne rešava. Čim zavoliš nekog već si vezana za njega. To je neizbežno – osim ako se ne zavetuješ da se kloniš ljubavi."

„Čak ni *ja* nisam tako bandoglava." Zasmejala se i digla čašu. „Onda, za ljubav."

Harold se okrenuo k nama i upitno nas pogledao. „Šta se tu događa?"

„Hedli me preobraća u romantičara", rekla je Kiti.

Harold se zakikotao. „Mrka kapa, dušo, ali zamisao je vrlo lepa."

„Dozvoljen je samo jedan romantičar po stolu", ubacio se Ernest. „Na vratima je okačen znak."

Posle obilne večere oni su došli s nama do stana nad strugarom na piće pred spavanje, pa iako su se pretvarali da im ne smeta kako nam je stan mračan i nalik tunelu, videla sam da nisu navikli na prost život. U susednoj sobi je spavala beba, pa smo se nagurali oko kuhinjskog stola.

„Računam da ću završiti ovaj roman za mesec dana", kazao je Harold, „a onda ću prionuti na posao. Želim američkog izdavača, avans i gomilu dobrih kritika."

„Zaboravio si igračice", rekao je Ernest pakosno se cereći.

„One će ući u ugovor", odvratio je Harold. „Sad ozbiljno, pucam na *Bonija i Liverajta.* Ford kaže da su oni preduzeće na koje treba obratiti pažnju u Njujorku."

„Objavili su Šervuda Andersona", rekao je Ernest. „Lepo su postupali s njim i on kaže da su posvećeni savremenim američkim piscima."

„Taj sam", rekao je Harold. „A i ti."

„Treba da pošalješ svoje pripovetke, Tejti. Šervud će te podržati", rekla sam.

„Možda", kazao je Ernest. „Već sam razmišljao o tome."

„Pošto je to rešeno", presekla je Kiti, „hajdete, molim vas, da pričamo o nečem zanimljivom."

„O šeširima, Kiti dušo?", upitao je Harold.

„Možda." Ona se okrenula meni. „Volela bih da te povedem u kupovinu. Mogla bih da se posvetim tome."

„O, brate", izustio je Ernest.

„Šta? Svi vole lepe stvari", pobunila se Kiti. „Obećavam da je neću odenuti u perle i nabore."

„Volela bih da pođem", rekla sam, „hajde da se dogovorimo za jedan dan uskoro." No kad su oni otišli, videla sam da sam pogrešila što sam prihvatila Kitinu ponudu.

„Zar ne vidiš kako ona hoće samo da te ponizi?", napao me je Ernest.

„Trudi se da bude fina. Neću prihvatiti milostinju ako te to brine."

„Nije to. Ona hoće da te zavede i natera da misliš kako se prema tebi odnosim loše."

„To nikad neću pomisliti."

„Čekaj samo. Ako ti bude uporno šaputala u uho, počećeš da me mrziš zbog našeg bednog života."

„Tejti, otišao si predaleko. Zaboga, pričamo o kupovini."

„Ne, nije samo to", rekao je smrknuto i otišao da naspe sebi piće.

DVADESET OSMO POGLAVLJE

Dok je Bambi spavao kod kuće pod budnim okom Mari Kokot, koja je s oduševljenjem ponovo radila za nas čak i dodatne dužnosti dadilje, počela sam da se jednom nedeljno viđam s Kiti. Kad je ona imala vremena otišle bismo nekud na čaj ili svratile u antikvarnicu. Uživala sam da gledam nakit, naročito emajlirane minđuše koje su tad bile popularne, pa iako Ernest i ja nismo imali novca za udovoljavanje takvim prohtevima, uživala sam gledajući kako se Kiti kreće kroz radnje i slušala njene znalačke opaske. Imala je dobro oko i instinktivno je znala šta će uvek vredeti a šta je lepo, ali prolazno. Katkad se trudila da mi nametne neki poklon, a mene je bolelo što je odbijam. Zaista je samo bila fina, ali Ernest je držao do svog ponosa pa nisam htela da se izlažem opasnosti da nešto uzburkam.

Koliko god da sam pokušavala da Ernesta ubedim u Kitine vrline, on je uporno nije voleo. Predekorativna je, govorio je, suviše naginje ličnom komforu, no ja sam se pitala nije li on zapravo ugrožen njenom nezavisnošću. Radila je kao modni i plesni dopisnik za nekoliko časopisa u Americi, i mada je Harold plaćao njen divni stan u Ulici Montesi, radio je to samo zato što je zahtevao da odvojeno stanuju, a nije znao šta će s porodičnim novcem obe strane. Kiti je i sama nasledila novac i mogla je da se izdržava. Uz to je bila neverovatno sigurna u sebe, kretala se i govorila tako da svima stavi do znanja kako joj nije potrebno da joj iko kaže da je lepa ili vredna. Sama je to znala, a takva smirenost je Ernesta uznemiravala.

Izborila sam se za svoja popodneva s Kiti, iako je to dovelo do nategnutosti kod kuće jer sam prvi put od Sent Luisa stekla prijateljicu koja je samo moja. Gertruda i Silvija su od početka pripadale Ernestu. Bespogovorno je bio posesivan kad su njih dve u pitanju. S Alisom i Megi Strater, pa čak i sa Šekspir, nikako nisam mogla da se udaljim od oblasti umetnikove žene. Kiti je bila u vezi s Haroldom, koga je Ernest sad često viđao, ali je imala sasvim odvojen vlastiti život. I ona je mene potražila.

„Ti si vrlo *američka* žena, zar ne?", rekla mi je prilikom jednog od prvih naših izlazaka.

„Šta? Pa i ti si Amerikanka", odvratila sam.

„Nisam kao ti. To se vidi u svemu što kažeš, u tome što si neposredna i jednostavna."

„Bože", rekla sam. „Našla si učtiv način da primetiš kako se ja ne uklapam u Pariz."

„I ne uklapaš se", potvrdila je. „Ali to je dobro. Tvoj soj nam je potreban da nam govori istinu o nama."

Osim Ernestovog gunđanja, jedina stalna otežavajuća okolnost prijateljstva s Kiti bilo je to što je nastavila da mi nudi poklone, pa čak i pošto sam pokušala nadugačko da joj objasnim složenost Ernestovog ponosa.

„Ovo je tek sitnica", navaljivala je. „Što bi mu to smetalo?"

„Ipak bi mu smetalo. Izvini."

„Meni to zvuči kao nešto što bi radio pećinski čovek. Ako te drži u životinjskim kožama dok održavaš vatru za kuvanje, nijedan drugi muškarac te neće videti, a kamoli poželeti."

„Nije uopšte tako sirovo. Moramo da ekonomišemo. Nije to neka prevelika žrtva."

„U redu, razumem. Ali to ide u prilog mojoj tvrdnji o braku. Ti se mučiš zbog *njegove* karijere. Šta dobijaš na kraju?"

„Zadovoljstvo što znam kako ne bi uspeo bez mene."

Ona se okrenula od tašnice s perlama kojoj se divila pa upravila svetloplave oči u mene. „Obožavam te, znaš. Nemoj da se menjaš ni za dlaku."

Bilo je to zaprepašćujuće nemoderno – i verovatno naivno – ali zaista sam verovala kako je svaka žrtva i teškoća u našem životu vredna Ernestove karijere. Na kraju, zato smo i došli u Pariz. Ipak nije bilo lako da gledam kako mi se odeća raspada a da me ne bude sramota, naročito što su žene upravo tada počele da se oblače vrlo moderno. Samo zaista ne verujem da sam mogla da držim korak s njima, čak i da nisam bila tako skučena.

U stanu nam je bilo i hladno, pa sam često osećala tup bol u sinusima. Bambijevu kolevku smo držali u najtoplijem uglu, ali se i pored toga on često razboljevao. Prebrodili smo gušobolju i kašalj s usponima i padovima u tih nekoliko nedelja tog proleća, što mu je otežavalo san. Budio se plačući, tražeći da sisa. Danju, kad sam bila odmorna, dojenje mi je predstavljalo radost, ali noću mi je crplo svu snagu. U tom razdoblju su mi bili najpotrebniji izlasci s Kiti ili šetnje po zubatom suncu sa Stelom Bouen i Džuli, koje su mi takođe postale dobre drugarice.

Trudila sam se i da svakodnevno šmugnem iz stana na jedan sat i vežbam klavir. Nismo mogli da kupimo, pa čak ni da iznajmimo klavir kao ranije, pa sam vežbala na raštimovanom pijaninu u vlažnom podrumu obližnje muzičke prodavnice. Morala sam da palim sveću kako bih videla note, a prsti su mi često bili ukočeni od hladnoće. Katkad mi se činilo da se ne vredi truditi, ali ipak sam nastavila jer nisam bila spremna da odbacim taj deo sebe.

U međuvremenu, Ernest je radio bolje nego ikad. Pritisak koji je osećao kad smo pobegli iz Toronta u Pariz izgleda da ga je suštinski pokrenuo zato što je pisao snažno i tečno, gotovo bez ikakvog premišljanja. Pripovetke su tako dobro nailazile da je jedva održavao korak s njima.

Nastavio je da radi urednički posao za *Transatlantik*, pa iako je i dalje bio pun kritika o svom šefu, Ford je jednako podržavao Ernestov rad. Kad je Ernest rekao Fordu kako brine da će mu biti potrebne godine i godine da stvori ime, Ford mu je kazao da je to besmislica.

„Tebi će se to dogoditi sasvim uskoro. Kad mi je Paund pokazao tvoj rad, nisam pročitao ni šest a već sam shvatio da ću objavljivati sve što je tvoje. Sve."

Ernest je taj kompliment prihvatio prilično posramljeno pa se potrudio da bude ljubazniji prema Fordu, naročito zbog toga što je hteo da ga navede da objavi Gertrudin roman *Sposobnost Amerikanca*, zapostavljenog u njenoj fioci još od 1911. Ford je na kraju pristao da to objavi u nastavcima, pa je Gertruda bila izvan sebe od sreće. Revija je postepeno postajala sve značajnija i imala široku publiku u tom društvu, a to će biti njeno prvo veliko izdanje. Rad će joj biti objavljen u aprilskom broju uz odabrane odlomke iz Džojsove nove knjige koja će kasnije postati *Fineganovo bdenje*, nekoliko pesama Tristana Caraa i novu Ernestovu pripovetku pod nazivom *Indijanski logor*, u kojoj je do groznih pojedinosti opisao ženu kako se porađa a njen muž kukavica reže sebi grlo jer ne može da podnese njene krike. On je njom bio veoma zadovoljan jer je uspeo da poveže sećanje iz detinjstva – kad je posmatrao kako mu otac porađa Indijanku – s nečim drugim što je video – izbeglički par na drumu za Karagač – pa da stvori jednu moćnu priču.

„Džojs zna taj trik", rekao mi je jednog kasnog popodneva pošto se vratio s rada na tom izdanju. „Izmislio je Bluma, a Blum je najbolje što postoji. Treba svariti život. Treba ga sažvakati i voleti do kraja. Treba ga živeti očima, stvarno."

„Tako lepo pričaš o tome."

„Da, ali možeš pričati i pričati, a ne uspeti. Treba to uraditi."

Aprilsko izdanje je donelo i prve važne kritike o *Tri pripovetke i deset pesama*, koje su uglavnom sjajno govorile o Ernestovom talentu i stilu. Doneo je nešto novo, rečeno je, on je pisac koga treba pratiti. Bila sam tako srećna što mu ugled konačno raste. Kud god smo išli, ljudi kao da su želeli da budu blizu njega. Kad bismo šetali bulevarom uveče, kroz svu buku razgovora i raštimovane muzike, neko bi ga pozvao po imenu pa bismo zastali i popili piće pre nego što krenemo u drugi kafe, gde se ponavljalo isto. Svi su za njega imali neku šalu ili novost, a naš krug poznanika se iz dana u dan povećavao.

Džon Dos Pasos, koga je Ernest upoznao još kad je počeo da radi za Crveni krst u Italiji, vratio se u Pariz na talasu svog književnog uspeha i vazda spreman za dobar provod. Donald Stjuart se pojavio otprilike u isto vreme. To je humorista koji će jednog dana postati poznat po filmskim scenarijima kakav je *Filadelfijska priča*, ali u to vreme je bio samo duhovit tip koji je stajao uz šank u vrlo elegantnom bledožutom odelu. Ernest se dičio svojom nemarnom uniformom pisca, ali se mogao povremeno uhvatiti kako se divi oštro ispeglanim pantalonama. Donove su bile savršene. Uz to je i lepo izgledao, na neki dečački, glatko obrijan način, s jasnoplavim očima koje bi živnule kad bi se smejao.

Kad nas je Ernest upoznao, Don je odmah postao čudesno prisan sa mnom. „Imaš divnu kosu", rekao je. „Kako je neobične boje."

„Hvala. Ti imaš divnu odeću."

„Moja majka je volela odela. I etikete."

„A daske za peglanje?"

„Moram priznati da opasno baratam peglom."

Pričali smo još neko vreme i bilo mi je tako prijatno da mi je trebalo dobrih pola sata da shvatim kako se Ernest primirio za jednim obližnjim stolom. Nisam poznavala nikog s kim je sedeo, pa ni prelepu ženu uz njega. Bila je tanka i ljupka, s vrlo kratko ošišanom tamnoplavom kosom. Telo joj je bilo vitko i dečačko pod dugim džemperom, no kosa joj je nekako *prevazilazila* dečački izgled i doprinosila da izgleda još ženstvenije. Onog časa kad sam je videla, osetila sam kako me prolazi neprijatna jeza – čak i pre nego što se Ernest nagnuo i šapnuo joj nešto. Ona se grleno nasmejala izvivši dugi beli vrat.

„Je l' ti dobro?", upitao me je Don. „Odjednom si prebledela."

„O, sasvim mi je dobro, hvala."

Pogledao je kud i ja, u Ernesta i onu ženu. Ubeđena sam da je njemu bilo sve jasno, ali je glatko izgladio taj trenutak. „Ono je Daf Tvisden", rekao je. „Zapravo ledi Tvisden. Kažu da se udala za nekog britanskog grofa. Grofa ili vikonta ili lorda koji je dvaput uklanjan. Ne razumem se baš u plemstvo."

„Tja. Ko se razume?"

Pogledala sam Ernesta upravo kad je on upravio oči u mene. Između nas je proletela najkraća moguća sumnja, a onda je on ustao i prišao nam.

„Izvini, Done. Vidim da si upoznao moju ženu."

„Oduševljen sam", rekao je Don pre nego što me je Ernest uhvatio za lakat i poveo do stola gde je Daf sedela i čekala.

„Doroti Tvisden", rekao je Ernest upoznajući nas. „Ili ti se ovih dana više dopada Smartvejt?"

„Nema veze, važno je da sam Daf." Ona se pridigla i pružila ruku. „Drago mi je."

Taman sam se pribirala da kažem nešto prijatno kad se iz gomile ljudi pojavila Kiti. „Bože, kako mi je drago što te vidim", rekla je. „Hajde da popijemo nešto."

Harold je išao odmah za njom i uopšte nije dobro izgledao. Bio je bled, a gornja usna mu je bila vlažna.

„Je l' se nešto desilo?", upitala sam kad smo prišle šanku.

„Harold me ostavlja."

„Šališ se."

„Kamo sreće." Pripalila je cigaretu i na tren se zagledala u žar pre nego što je kratkim dahovima uvukla dim. „Uhvatila ga je nekakva neizdrž i ponela. Oduvek smo govorili da ćemo jedno drugom davati punu slobodu. Čudno je, međutim, što kad je dobiješ, ne želiš je."

„Je li posredi neka druga?"

„Zar nije uvek?" Uzdahnula je. „Verovatno je i nova knjiga. Želi da sve počne iz početka. Uskoro odlazim za London. Htela sam da znaš."

„O, Kiti, zaista? Zar je tako loše?"

„Izgleda da jeste", rekla je. „Imam za tebe nešto što ne mogu da pakujem. Doći ću kod tebe."

„Nisu mi važne haljine. Ne trebaju mi."

„Koješta."

„Znaš šta će Ernest reći."

Huknula je i izduvala dim. „Da, ali on nema predstave kako je teško biti žena." Mrdnula je glavom prema Daf. „Ovde je surovo, zar ne? Konkurencija nije samo mlađa. One više paze. Sve što mogu daju na to."

Nisam znala šta da kažem. Kiti je bila među najstamenijim i najsamouverenijim ženama koje sam znala, a sad je oborena s nogu i bačena u zasenak. Zbog toga sam poželela da Haroldu zavrnem šiju.

„Hoćeš da ideš kući?“, upitala sam je.

„Ne mogu prosto da se sparušim i pustim da me svi žale. Pre bih umrla. Hajde da pijemo šampanjac“, predložila je i napravila odvažan izraz lica. „Mnogo, mnogo šampanjca.“

Ostatak večeri sam provela uz Kiti, ali sam i držala Ernesta na oku. Ta Daf je bila preljupka i preprisna. Ona i Ernest su razgovarali tako slobodno da bi čovek pomislio kako se godinama poznaju, pa sam se nanovo osetila ranjivom kad sam čula Kitine novosti. Najgori događaji uvek liče na nesreću kad nalete ni od kuda. No to je puko nesagledavanje situacije. Kiti je bila zatečena, ali Harold mora da je kovao svoj beg već mesecima. Nisam mogla da se uzdržim da ne pomislim može li se to i meni dogoditi? I uopšte, otkad je ta Daf prisutna?

Negde posle ponoći, kad više nisam mogla ni minut da ostanem budna, izvinila sam se Kiti i privukla Ernestu pažnju. „Vreme je da sirotu ženu odvedeš u krevet“, rekla sam. „Samo što ne padnem.“

„Sirota mačkice“, reče on. „Idi onda kući. Hoćeš da nađem nekog da te otprati?“

„Ti hoćeš da ostaneš?“, oštro sam zapitala. Daf se učtivo okrenula.

„Naravno. Šta je bilo? Pa nisam ja kao prebijen.“

Tad me je glas potpuno izdao, ali se pojavila Kiti da me izbavi. „Ja ću ti paziti ženu, Heme. Ti ostani i lepo se provedi.“ Uputila mu je izazovni čelični pogled, ali on nije zagrizao.

„Pravi si drugar, Kiti. Hvala ti.“ Ustao je i bratski mi stisnuo mišicu. „Odmori se.“

Klimnula sam glavom u nekakvom transu, a Kiti me je čvrsto dograbila za ruku i izvela napolje. Kad smo izašle, ja sam se tiho rasplakala. „Tako sam posramljena“, rekla sam.

Kiti me je čvrsto, zaštitnički zagrlila. „Dušo, njega bi trebalo da bude sramota. I nju. Kažu kako ona mora da se okružuje muškarcima jer sama ne može da plaća svoje račune."

„Daf", izgovorila sam. „Ko još sebe tako zove."

„Tačno. Kladim se da čak i neko s tako malo obzira kao Hem ne bi ostavio ženu poput tebe zbog nekog takvog. Hajde. Glavu gore."

„Kiti, tako si dobra prema meni. Ne mogu ti opisati koliko ćeš mi nedostajati."

„Znam. I ti ćeš meni nedostajati, ali kakvog izbora imam? Jedino mi preostaje da odjurim u London pa da se nadam da će Harold krenuti za mnom."

„Hoće li?"

„Zaista ne znam."

Kad sam stigla kući, Bambi je bio budan i plačno trljao o desni gumenu alkicu.

Mari me je gledala izvinjavajući se. „Izgleda da je nešto sanjao. Siroče malo. Nije mi dao da ga umirim."

„Hvala ti, Mari, što si ostala tako kasno." Kad je otišla pokušala sam da umirim Bambija, ali bio je kenjkav i hirovit. Trebalo mi je preko sat vremena da ga ponovo uspavam, a kad sam i sama legla, bila sam tako umorna i rastrzana – ali nisam mogla da se opustim. Taman sam se osećala tako snažno i bila zadovoljna našim životom – ali Kiti je bila u pravu. Konkurencija je sve opasnija. Pariz je pun zavodljivih žena. One sede po kafeima svežih lica i dugih lepih nogu pa čekaju da se dogodi nešto nečuveno. U međuvremenu, meni je majčinstvo promenilo telo. Ernest je tvrdio da voli moje punije kukove i grudi, ali uz toliko izazova u koje može da gleda, lako je mogao da izgubi zanimanje za mene. Možda već jeste – i šta ja tu mogu da uradim? Šta iko može?

Kad se nešto kasnije Ernest vratio kući, još sam bila budna i tako premorena da sam se rasplakala. Nisam mogla da se uzdržim.

„Sirota mamica“, rekao je pa legao u krevet iza mene i čvrsto me stisnuo uza se. „Nisam znao da si tako iscrpljena. Hajde da ti obezbedimo lep dugačak predah.“

„Bože, hvala ti“, rekla sam preplavljena olakšanjem. „Neko mesto sasvim daleko odavde.“

DVADESET DEVETO POGLAVLJE

Naše „mesto sasvim daleko odavde" bilo je seoce Šruns u austrijskom Forarlbergu. Stigli smo tamo pred sam Božić 1924. i od prvog dana osećali smo se kao kod kuće, što uopšte nismo očekivali. Za upola nedeljnog pariskog troška imali smo dve udobne sobe u hotelu *Golub* i dadilju Tidi da šeta Bambija. Tu je bilo trideset osam vrsta piva, crnog vina, konjaka, kirša i šampanjca. Vazduh je bio nalik šampanjcu. Bambi je u Šrunsu bolje disao; svi smo. Tidi bi ga vozila kroz selo na njegovim drvenim sankama dok je Ernest radio ili bar to pokušavao u našoj sobi posle doručka, a ja sam dole vežbala klavir, koji mi je stajao na potpunom raspolaganju u toploj sobi. Posle podne, nakon obroka od tvrdog sira, kobasica i teškog hleba, a katkad i pomorandži, išli bismo da se skijamo.

Mnogo smo se skijali. Jedan profesionalni skijaš u penziji, Volter Lent, otvorio je školu pa smo mu postali učenici. Nedeljama, bez razlike, bilo je samo čiste beline predvidive prhkosti snega. Hodali bismo satima, uzbrdo sve više, jer čemu sve ako nismo na samom vrhu, a oko nas nikoga, i nema tragova ni uspomena na bilo kog drugog? Skijanje nam je tako iziskivalo snagu – neverovatnu snagu i izdržljivost. Nije bilo ni skijaških liftova ni žičara. Nosili smo na ramenima skije i u rancima sve ono što nam je bilo potrebno. Na moje ogromno iznenađenje, zapravo sam uspevala u tome. Za mene je najbolje bilo što smo otišli iz Pariza. Dobro sam spavala, imala sam pomoć oko bebe, a svež vazduh i fizički napor su me ojačali i stekla sam bolju kondiciju nego ikad ranije. Sporo se penjući uz dugu strminu, sreli bismo divlju morku, jelena, kunu, a katkad i alpsku lisicu. Pri silasku bili smo svesni samo devičanskog snega, poniranja i strmine glečerske staze, velikih oblaka praha koji ostaje za našim skijama. Ja sam bila bolji skijaš, ali je Ernest umeo bolje da uživa u svemu novom – novom vazduhu, novom pokrivaču hrskavog snega. Ponirali smo i ponirali. Leteli smo.

Kad biste se nagli kroz prozor naše sobe na drugom spratu u *Golubu*, izbacivši telo i pridržavajući se za malterisane zidove vrhovima prstiju, mogli biste videti ni manje ni više nego deset alpskih vrhova pod snegom.

„Kako ti se ovo sviđa?", upitao me je Ernest kad je prvi put isprobao ovo pa onda stao iza mene.

„Veoma mi se sviđa", rekla sam. Tad je već prišao i priljubio se uz mene, pa me obujmio tako da me je zapravo on držao da ne padnem. „Veoma mi se sviđa", ponovila sam jer sam na vidiku imala dve snažne šake i deset alpskih vrhova. On me je povukao u sobu, pa smo legli na perjani krevet i vodili ljubav. A ja sam se setila šta je najbolje kod nas. Kako laka i prirodna mogu da nam budu tela, bez oštrih uglova i pogrešnih poteza i bez potrebe da se govori. Kako mi je u krevetu, kao nigde drugde, bio omiljena životinja i ja njegova. Iza hotela je bio breg gde sam uvežbavala skijanje po svežem snegu dok se Ernest bez mnogo uspeha trudio da radi. Samo zbog rada mu je nedostajao Pariz, gradska vreva i njegov uobičajeni raspored. Obično kad mu pisanje nije išlo, ništa nije išlo, ali u Šrunsu je bilo drugačije. Skijala sam se niz breg i znala da on gleda na pašnjake, imanja i polja i, mada oseća teskobu u glavi, nije nesrećan. Ponekad je gledao kako ja jurim pravo niz brdo, nisko nad skijama, i brzo prilazim hotelu pa se u poslednji čas naglo okrenem.

Ernest je te zime pustio divlju crnu bradu i izgledao veličanstveno s njom. Rad mu nije napredovao, ali se uveče boćalo i igrao se poker, uz vatru i šnaps spravljen od planinske lincure koji je imao ljut i poletan ukus, a ostavljao je plav trag na jeziku i u grlu, baš kao što misliš da bi ostavljalo kad bi pio ljubičice. Uveče bi hotelska trpezarija bila zadimljena. Posle večere ja bih svirala Baha ili Hajdna koje sam uvežbavala tog dana. Ernest bi čitao Turgenjeva u naslonjaču uz kamin ili igrao poker i pušio ili pričao o ratu s her Nelsom, našim gazdom. Dim od drveta i vuna, sneg i vođenje ljubavi – sve toplo i ušuškano za jednu lepu zimu.

Jedino što nije bilo savršeno u tom razdoblju bila je Ernestova briga o karijeri. Nije ga umirilo ni to što su svi prijatelji ubeđeni u njegov talenat ni što su kritike *Tri pripovetke i deset pesama* gotovo ekstatične. Bila je to knjižica, ni blizu onom o čemu je sanjao. Svojoj porodici je poslao nekoliko primeraka još vrućih od štampanja, a oni su mu odgovorili hladnim pismom u kome Ernestov otac kaže kako njemu i Grejs nije bilo prijatno što imaju tako nešto u kući. Vulgarno je i profano u najmanju ruku. Želeli su mu veliki uspeh i nadali se da će jednog dana naći načina da iskoristi bogomdani talenat pa napisati nešto moralno i vrlo. Dok to ne uradi, ne treba osećati potrebu da šalje kući bilo šta što napiše. Pismo je pogodilo Ernesta do srži. Bez obzira na to šta je govorio, u dubini duše želeo je da dobije odobravanje svoje porodice.

„Nek idu dođavola“, rekao je, ali je zadržao pismo, pažljivo ga presavio i stavio u fioku gde je držao svu važnu prepisku. *Porodice umeju da budu opake*, voleo je da kaže, a ja sam sad jasno videla šta je pod tim mislio. Videla sam i kako se okoristio o štetu, kako se odgurnuo o nju, pa udvostručio napore da im pokaže kako mu nisu potrebni njihova ljubav i odobravanje. Boriće se dok ne osvoji *Veniti fer* i *Saterdej ivning post*. Sve dok neki američki izdavač ne bude stavio na kocku sve s njim pa mu ne odštampa knjigu, pravu, objavi je onako kako je oduvek sanjao.

Nije mu popravilo raspoloženje to što je Haroldu krenulo. On je završio svoj roman kad je rekao da će ga završiti, pa ga poslao pravo *Boniju i Liverajtu*. A oni su ga prihvatili. Vest smo primili neposredno pred odlazak za Šruns. Harold je došao u naš stan potpuno izvan sebe od uzbuđenja. „Šta kažeš, Heme? Jesi li ikad pomislio da će mi uspeti?"

„Svakako, što ne bi?", rekao je Ernest. Naravno, kipteo je od profesionalne ljubomore, ali je držao jezik za zubima i ponašao se pristojno, otvorio bocu konjaka i prineo sifon. „Anderson gleda da i mene ubaci kod *Liverajta*. Imam pregršt dobrih pripovedaka i razmišljam da ih pomešam s crticama na kojima radim, s minijaturama."

„Upravo tamo treba to da uradiš", složio se Harold. „Šta još čekaš?"

„Ne znam. Ima i druge ribe u moru, zar ne? Šta je sa *Skribnerom*? Ili *Henrijem Doranom*?"

„Kud god da sletiš, uradićeš ono što je najbolje. Sve će se isto i tebi dogoditi. Videćeš."

Bila sam ubeđena da bi Ernest oberučke prihvatio da bilo koji veći izdavač objavi njegovu knjigu, ali uz mnogo mog, Haroldovog i Šervudovog nagovaranja, Ernest je konačno poslao rukopis u *Boni i Liverajt* neposredno pred Božić. Smislio je naslov *U naše vreme* zato što se trudio da uđe u srž života baš u tom trenutku, sa svim nasiljem i metežom i čudnom lepotom. Bilo je to najbolje što je dotad uradio i osećao se dobro što ga je poslao u svet, ali ga je mučilo čekanje na odgovor. Kad god je u *Golub* stigla preporučena pošiljka, Ernest je nestrpljivo prebirao po njoj tražeći samo jedno, pismo prihvatanja. Samo to je oduvek želeo.

Krajem februara her Lent nas je poveo uz visoravan do kuće *Madlener*, alpske stanice koja je bila otvorena čak i duboko u zimu. Imali su dobru jednostavnu kuhinju i spavaonicu koja se ljuljala na jakom vetru, kao kabina velikog broda. Odande smo mogli da hodamo po petsto metara uz strminu pa da se spuštamo niz Silvretu, čisti glečer, i skijama prelećemo netaknut prah. Posle celodnevnog skijanja popadali bismo u krevet iscrpljeni.

„Hajde nikad da se ne vratimo", rekla sam Ernestu jedne noći dok smo ležali u krevetu i slušali sneg i vetar i ništa drugo.

„U redu", prihvatio je i stegao me jače. „Zar nismo srećni što smo ovako zaljubljeni? Niko nije verovao da ćemo dogurati dovde. Sećaš li se da niko nije bio na našoj strani?"

„Da", rekla sam osetivši blagu jezu. Ne možemo se večito kriti od sveta.

Tri dana kasnije vratili smo u podnožje planine i zatekli dva telegrama za Ernesta. Jedan je bio od Šervuda a drugi od Horasa Liverajta i oba su glasila isto: *U naše vreme* će postati knjiga. Nudili su dve stotine dolara avansno na osnovu prava i kazali da će uskoro poslati ugovor.

Bio je to epski trenutak, nikad ga nećemo zaboraviti – a nekako je skijanje delovalo kao deo toga, kao da smo morali da odemo gotovo do neba i sletimo nazad da bismo dobili ovu vest. To je značilo da je kraj Ernestovim šegrtskim mukama i kraj još nekim drugim stvarima. Više nikad neće biti nepoznat. Mi više nikad nećemo biti ovako srećni.

Sledećeg dana smo se ukrcali u voz za Pariz.

TRIDESETO POGLAVLJE

Tog proleća je neprestano padala kiša, ali čak i po kiši, Pariz je za Ernesta predstavljao raznovrsnu trpezu. Dobro ga je poznavao i voleo je da šeta po njemu, naročito uveče, pa da svraća u kafee i proveri koga tu ima a ko nije došao. Svugde su ga prepoznavali s onom dugačkom, neurednom kosom, tenis-patikama i zakrpljenim sakoom, pravi pisac s Leve obale. Ironija je bila u tome što je postao upravo ona vrsta umetnika od kakvih je dve godine ranije zazirao, a mene je to pomalo i bolelo. Nedostajao mi je i nisam bila sigurna da ga sve vreme *prepoznajem*, ali nisam želela ni da ga zadržavam. Naročito ne tad kad mu je konačno krenulo.

Uporedo s Ernestom, menjao se i Monparnas. Američki turisti su pokuljali u taj kraj nadajući se da će videti prave boeme, a uobičajeni sumnjivci su podivljali i ponašali se još čudnije pred novom publikom. Kiki je bila među najčuvenijim umetničkim modelima, ljubavnica i muza Mana Reja. Često ste je mogli videti u *Domu* ili *Rotondi* s njenim ljubimcem mišom. Bio je mali i beo, a ona ga je držala privezanog za zglob ruke tankim srebrnim lančićem. Mesnata riđokosa Flosi Marten je zasedala pred *Selektom* i dovikivala skarednosti kako Parižanima tako i turistima. Bob

Makalmon je redovno povraćao u žardinjere svih najboljih kafea, pa odmah naručivao novi apsint. Nikog nije obeshrabrivalo što je apsint zabranjen, a isto je važilo i za opijum i kokain. Ernest i ja smo oduvek bili sasvim zadovoljni alkoholom, ali mnogi su zaista osećali kako treba da podignu ulog – da osećaju više i da rizikuju više. Bilo je sve teže nekoga šokirati.

Daf Tvinsden je bila među divljijim devojkama na sceni kafea. Pila je kao muškarac i pričala dobre, masne viceve i umela da priča sa svakim živim. Stvorila je sopstvena pravila i nije se obazirala ko ih zna. Kad smo se vratili iz Austrije, Ernest je počeo da se viđa s njom više nego ranije. Ponekad bi im se pridružio njen verenik Pat Gatri. Pat je bio čuvena pijanica i često mu nije bilo dovoljno dobro da izađe iz njihovog stana a da ne napravi neku scenu. Osetila sam donekle olakšanje zbog saznanja da je Daf u vezi i naizgled zaljubljena – ali opet, to nije uvek značilo ono što treba.

Daf je volela društvo uveče, a voleo je i Ernest, pa su prirodno gravitirali jedno drugom. Mnogo sam bila zabrinuta zbog nje, ali kad ju je na kraju doveo u stan nad strugarom da malo bude sa svima nama, ona je čučnula ispred Bambija.

„Zdravo. Vrlo si lep, zar ne?"

Bambi se nasmejao i odgegao iza mene; te zime je prohodao pa kad je trčao, tako kruto je držao bucmaste nožice da biste pomislili kako će udariti pravo u nešto.

„Ovo je tipično", nasmejala se Daf posmatrajući ga. „Zašto svi muškarci beže od mene? Mora da sam zaista zastrašujuća."

„I ne slutiš koliko", rekao je Ernest.

Ostatak posete provela je sedeći za mojim stolom bez ikakvog prenemaganja. Bila je dobro vaspitana i nimalo sitničava, a smejala se široko i sirovo, čime je sve pokretala. Dopala mi se. Nisam to želela, ali mi se dopala.

Nekako u isto vreme Kiti se vratila iz Londona pa mi je pisala da me poziva na čaj.

„Šta će ona ponovo ovde?“, kazao je Ernest. „Mislio sam da smo se oslobodili te pozlaćene kučke.“

„Budi fer!“, obrecnula sam se.

„I jesam. Prepoznam kučku čim je vidim.“

Trudila sam se da ne obraćam pažnju na njega. Nikad neće promeniti mišljenje o Kiti, šta god da ja kažem ili uradim. Ta njegova osobina me je najviše razočaravala – kad ti jednom zabeleži ime crnim znakom, uglavnom si gotov. Radije sam izbegavala da se svađam s njim, ali sam svakako nameravala da se vidim s Kiti.

Nažalost, jedine lepe haljine koje sam imala bile su one koje mi je sama dala, pa pošto nisam htela da se pojavim u onome što je ona odbacila, krenula sam u otrcanoj suknji i džemperu. Čim sam ušla u njen stan, zažalila sam zbog izbora. Pozvala je i dve sestre sa Srednjeg zapada, Polin i Džini Fajfer, a one su bile odevene do savršenstva. Polin je u Pariz došla, ubrzo sam saznala, da radi za *Vog*. Bila je neizrecivo šik i nosila je kaput napravljen od stotina veveričjih koža strpljivo prišivenih zajedno i cipele boje šampanjca koje su mi se učinile najlepše na svetu. Džini je bila lepša od sestre, s onim neverovatnim bademastim očima, ali je Polin imala nešto drugo, gotovo dečačko oduševljenje. Bila je mršava u kukovima i ramenima, s oštro isečenim tamnim šiškama gotovo do obrva.

One su bile kćerke bogatog zemljoposednika iz Arkanzasa, ali su odrasle u Sent Luisu. Kiti je taman počela da mi priča o tome kako su Polin i Kejt Smit bile bliske kad su se pojavili Harold i Ernest s bokserskog treninga, znojavi i nasmejani.

Iznenadila sam se što vidim Harolda – zar su on i Kiti opet zajedno? – ali ona mi je hitro uputila pogled koji je značio *Ništa me ne pitaj*. Osim toga, zbog čega je Ernest došao ako ne da gnjavi Kiti? Čovek bi pomislio kako želi da je izbegne. Ja sam očekivala prisno viđenje posle mnogo vremena sa svojom prijateljicom, bez napetosti i neprijatnosti, i svakako nisam želela Ernesta i Harolda da njuškaju oko ovih upadljivih novih žena kao da su egzotične životinje na zoološkoj izložbi.

Dok se to popodne razvlačilo, Harold i Ernest su uporno pili. Ja sam pošla s Kiti u kuhinju da donesemo još čaja kad je Ernest počeo da flertuje sa Džini.

„Dakle“, rekao je Ernest glasno Haroldu. „Mislim da bih voleo ovu devojku da povedem u grad.“

„Ja se ne bih na to obazirala“, rekla mi je tiho Kiti. „Džini ne zanimaju momci.“

„Stvarno?“, začudila sam se. S moje tačke gledišta, Džini je izvodila sasvim dobru imitaciju vampa. Skrenula je one bademaste oči na Ernesta i znalački zatreptala.

„Samo voli da povremeno izoštri veštinu. Muškarci su joj zabavni, čini mi se.“

„Lepo je kad možeš tako da se obuzdavaš“, rekla sam. „A šta je s tobom? Šta se događa s Haroldom?“

„Pa, on je zaista pošao za mnom u London, mada nisam zadovoljna. Već sam bila izgubila nadu. Kaže kako nije siguran šta hoće.“

„Ali si mu nedostajala.“

„Naravno da sam mu nedostajala. Uvek im nedostaješ kad počneš da izmičeš. Ali sad kad sam ovde, koliko će to trajati?“

„Zašto sve mora da bude tako zbrkano?“, upitala sam.

„Nemam pojma“, odvratila je Kiti. „No očigledno je zbrkano.“

U dnevnoj sobi je Harold seo na kauč sam i podigao noge pa pripalio debelu cigaru, dok su Džini, Ernest i Polin stajali na tepihu pred njim.

„Mogao bih obe da vas izvedem“, rekao je Ernest devojkama. „Ionako imam dve ruke.“

„I nemaš", rekao je Harold primetivši me. „Žena ti poseduje jednu."

„U redu. Povešću Džini – ako bude obukla sestrinu bundu."

Svi su se nasmejali, a ispostavilo se da je to jedan od onih trenutaka s domino efektom. Taj smeh će na kraju izazvati čitav niz događaja, samo ne još. Domine su stajale tamo u sobi, klatile se i klatile, ali nisu popadale.

Još nisu popadale. Nisu sasvim.

Sledećih meseci, tog proleća 1925, naš krug prijatelja je nastavio da se menja. U početku je to bila neprimetna promena, a svaki stupanj kao da je imao malo veze s ostalima, ali naše staro društvo je zapostavljano i zamenjivano bogatijim i divljijim primercima. Paund i Šekspir su sve više vremena provodili u Rapalu, pa su sad tamo živeli gotovo preko čitave godine. Gertruda i Ernest su počeli da se glože oko sitnih i krupnih razloga. On kao da je bio zbunjen što je tako, ali mislim da se prebrzo menjao da bi njoj to prijalo.

„Alisi se nikad nisam dopadao", rekao je jedne večeri kad smo otišli iz njihovog salona. „A sad se trudi da okrene Stajnovu k sebi."

„Koješta. Alisa te voli."

„Onda to čudno pokazuje. Večeras samo što me nije nazvala karijeristom. Očigledno mi glava raste prebrzo."

„I Gertruda te voli. Samo je zabrinuta."

„Ne treba mi njena grdnja, a i otkud to da je ona velika učiteljica? Hoću da kažem, šta je ona zaista uradila?"

Bilo mi je žao što je između to dvoje dobrih prijatelja rastao profesionalni jaz, a nisam bila sigurna šta on meni znači. Novo društvo je bilo sastavljeno od veoma bogatih umetnika koji su bili potpuno usredsređeni na ugodan život, na posedovanje svega najboljeg što postoji. Mi smo se i dalje stiskali uz manje od tri hiljade godišnje, pa i kad mi se činilo da nemamo ništa zajedničko s tim ljudima, oni su se zanimali za nas, ili bar za Ernesta.

Polin Pfajfer je bila jedna od njih. Bila je radna devojka, očigledno, i dobijala je platu od *Voga* – no povrh svega je imala i fond, pa je to nesumnjivo omogućavalo da se pojavljuje u odeći koju je tako dobro nosila. Bilo je vreme uspona Šanel, a Polin je pisala za *Vog* o njenoj novoj kolekciji sa žarom koji se graničio s opsednutošću.

„Znate, Šanel je zauvek promenila figuru", rekla je grupi nas jedne večeri u kafeu *De mago*. „Više nikad nećemo biti kao pre."

Sve ostale žene za stolom klimnule su glavom dok je Polin predviđala drugi dolazak, ali mene je moda ostavljala hladnom. Moja odeća nikad nije bila kako treba i pretpostavljala sam da ništa ne može izmeniti moju figuru sem ako potpuno ne prestanem da jedem.

Kiti je znala Polin već dugo, pa je želela da se i mi sprijateljimo. Ja sam smatrala da nemamo ama baš ništa zajedničko, ali kad ju je Kiti prvi put dovela u naš stan, prijatno sam se iznenadila otkrivši da je užasno bistra i duhovita. Učinilo mi se i da je njoj stalo da mi se dopadne.

„Kejt Smit mi je godinama pričala divne stvari o tebi", rekla je. „Tako mi je drago što se konačno upoznajemo."

„Kad ste se ti i Kejt upoznale?"

„Na univerzitetu u Misuriju. Obe smo diplomirale novinarstvo."

„Bojim se da je Kejt mene uhvatila mnogo ranije", rekoh. „Kad smo imale po devet godina, dušu sam ispustila kad me je navela na ukradene cigarete."

„To liči na nju. Namučila bi se tražeći načina da mene iskvari. Ja sam bila već daleko dogurala."

Dok smo se smejale, čula sam kako se Ernest nakašljava iz spavaće sobe. Bilo me je sramota što nam se nije pridružio pa sam pokušala da ga opravdam.

Polin se malo namrštila k vratima. Ona su bila odškrinuta, ali je mogla da ga vidi na krevetu – nimalo bolesnog, već samo nezainteresovanog da se priključi društvu. „Znam sve o muževima", rekla je. „Godinama ih proučavam izdaleka."

„Nisi ih okrznula?", upitala sam.

„Zapravo, bila je vrlo blizu", uskočila je Kiti.

„Nema veze. Sad sam slobodna", kazala je ona. „Vrtoglavo slobodna, i to je divno."

„Nemoj pričati Hedli o slobodi", nasmejala se Kiti. „Ima najrazličitije teorije i predavanja u pripravnosti."

Porumenela sam i pokušala da objasnim, ali Polin je brzo i lako promenila temu. „Kiti kaže da si majstor na klaviru", rekla je. „Zar nemaš ovde instrument pa da nam nešto odsviraš?"

„Nažalost nemam", priznala sam. „Nisam profesionalac."

„Šta znači *profesionalac* osim da sviraš drugima umesto sebi? Jesi li priređivala koncerte?"

„Nisam od svoje dvadesete godine, a ni tad nisam imala živaca za to."

„Važno je povremeno isprobati živce", rekla je. „Tako ostaješ mlada."

„Trebalo bi da prirediš koncert", prihvatila je Kiti. „To bi bilo strašno dobro za tebe. Svi bi došli."

„Mogla bih da se razbolim samo razmišljajući o tome", rekla sam i smehom odagnala tu pomisao. No kasnije te večeri pred spavanje, dok smo ležali, rekla sam Ernestu kako bih volela da imam svoj klavir. „Nisam verovala da će mi toliko nedostajati", rekla sam. „Ipak mi nedostaje."

„Znam, mačkice. Voleo bih da imaš klavir. Možda kad stigne avans."

„Kako je to lepa reč, zar ne?"

„Da, a isto tako je lepa i 'autorska prava', samo nemoj još da kreneš da ih trošiš."

„Neću, Tejti, neću." No svejedno sam zaspala zadovoljna.

Jedne večeri početkom maja Ernest i ja smo sami sedeli u *Dingu* kad je od šanka prišao Skot Ficdžerald i predstavio nam se.

„Ti si Hemingvej", rekao je Ficdžerald. „Ford mi je pokazao tvoju pripovetku pre nekoliko nedelja i ja sam mu rekao: 'Pa eto ga, zar ne? On je pravi.'"

„Žao mi je što nisam pročitao nijednu tvoju knjigu", vajkao se Ernest.

„U redu je. Nisam siguran da ću još pisati. Otkad smo žena i ja stigli u Pariz, idemo na hiljade zabava a od posla ništa."

Ernest je zažmirio u njega kroz slabo svetlo. „Tako ništa nećeš završiti."

„Kao da ne znam i sam. Ali Zelda voli da igra. Treba da je upoznate. Ona je spektakularna." Skrenuo je pogled na podijum za ples, gde je nekoliko parova bilo usred vrtoglavog tanga. „Upravo sam objavio jedan roman. *Veliki Getsbi.*"

„Potražiću ga", rekao je Ernest. „Kako se držiš dok čekaš kritiku?"

„Meni to ne pada tako teško. Ni izbliza gadno kao što je bilo sastavljanje. A kad sam konačno sve imao, kao da nisam mogao da se maknem. Nalik tom Getsbiju. Tako ga dobro poznajem, kao da mi je dete. On je mrtav, a ja još brinem o njemu. Zar to nije smešno?"

„Sad ne radiš ni na čemu?", upitala sam ga, ne nakanivši se da mu kažem kako sam pročitala jednu njegovu knjigu. „Sem na plesanju?"

Blesnuo mi je lepim zubima. „Ne, ali ću raditi ako mi obećaš da ćeš se diviti svakoj reči. Reci mi, šta misliš dosad o meni?“

Otprilike sat kasnije Ernest i ja smo ugurali Skota u taksi.

„Ne dopada mi se muškarac koji ne podnosi piće“, rekao mi je kad je auto otišao. „Pomislio sam da će se obeznaniti za stolom.“

„Zar nije bio sav zelen u licu? A postavljao je i uznemirujuća lična pitanja. Jesi li ga čuo kad me je pitao jesam li bila zaljubljena u svog oca?“

„I mene je to pitao, kao i da li se plašim vode i jesmo li spavali pre venčanja. Vrlo je čudan, zar ne?“

Zaista je bio čudan i to je mogao da bude naš poslednji susret sa Ficdžeraldom da njemu nije palo na pamet da nam pronađe adresu i pošalje primerak *Velikog Getsbija* na dar. Kad je otvorio paket, Ernest je jednostavno ćušnuo knjigu na policu i ona je mogla tamo da ostane zaboravljena da ja nisam bila radoznala i pročitala je. Nije bila previše mutna, bar ne u početku. A kad je radnja ubrzo postala vrlo grozna, već me je potpuno ophrvala priča.

Pošto sam je progutala, strašno zadivljena, rekla sam Ernestu da je i on pročita. On ju je završio za jedno popodne pa izjavio kako je vraški dobar roman, a onda poslao poruku s istim tekstom Ficdžeraldu. Nekoliko večeri kasnije svi četvoro smo se našli u *Negr de Tuluz*. Kad smo stigli, Ficdžerald i Zelda su već bili tamo i uveliko ispijali drugu bocu šampanjca. Ona je već pomalo bila zamagljena kad je ustala da se rukuje s nama i izgledalo je kao da taj izgled neguje – tu finu zamagljenost. Haljina joj je bila svetla i sva od prozirnih slojeva što su se kao san pokretali oko nje kad je sela. Koža joj je bila svetla kao i valovita kosa, i sve kod nje kao da je bilo iste boje osim usana, koje je namazala u vrlo tamnocrveno i koje su bile srezane u pravu crtu.

Skot je ustao kad smo prišli njihovom stolu, a Zelda se čudno nasmešila začkiljivši. Nije bila baš lepa, ali joj je glas bio lep – dubok i negovan.

„Kako ste?", rekla je pa se hitro okrenula Ernestu. „Skot kaže da si ti nešto."

„Je l'? Kaže i da si ti spektakularna."

„Zar nisi prava duša, dušo moja?", rekla je ona pa prešla šakom preko brida Skotove izvajane šake. Ovim pokretom, koji je mogao da bude i izuzetno šašav, ona i Skot su se uvukli u mrežu privatnosti, u njihov mali svet. Oči su im se srele i više nisu bili s nama u kafeu, već samo jedno s drugim, uronili u dugi tajni pogled.

Kasnije smo ih posmatrali kako igraju čarlston i imali smo isti utisak. Nisu se mahnito bacakali kao ostali parovi; kretnje su im bile glatke kao staklo, rukama su kružili napred-nazad kao na žici. Zeldina haljina se talasala dok se kretala, a ona ju je sasvim često dizala sve više, preko podvezica. Bilo je to na izvestan način zapanjujuće, ali ona kao da nikog nije želela da zaprepasti. Igrala je za sebe i Skota. Kretali su se po orbiti onog drugog, neverovatno ophrvani jedno drugim, ukrštenih pogleda.

„Šta misliš o njoj?", upitala sam Ernesta.

„Nije lepa."

„Nije, ali ima nešto, zar ne?"

„Mislim da je luda."

„Ne misliš stvarno?"

„Stvarno", rekao je. „Jesi li joj se zagledala u oči?"

Pred kraj večeri oni su nas pozvali u svoj stan u pomodnom kraju na desnoj obali blizu Zvezde. Bila je to bogataška zgrada, to se odmah videlo, ali kad smo ušli, sam stan je bio u metežu, s odećom i knjigama, papirima i dečjim predmetima razbacanim na sve strane. Gurnuli smo u stranu veliku gomilu da napravimo mesta na kauču, ali Skot i Zelda kao da se zbog toga nisu postideli. Nastavili su da se zabavljaju isto kao u kafeu, samo glasnije. Zapravo, nastala je takva buka da smo čuli da odnekud iz stana plače dete, pa je onda engleska dadilja došla noseći Skoti, njihovu bucmastu kćerku. Bila je odevena u složen kostim za spavanje i imala debelu mašnu zgužvanu na strani njene lepe plave kose. Lice joj je bilo slatko izbrazdano od jastuka.

„O, evo mog zlata", rekla je Zelda i ustala da uzme dete. „Zar nisi pravo jagnje?" Devojčica se pospano osmehnula i izgledala je zadovoljno. Međutim, onog trena kad je Zelda sela s njom u zlatnu ali pohabanu beržeru, toliko se zanela pokušavajući da uhvati delove Skotovog i Ernestovog razgovora da joj je devojčica ispala iz krila i pala pravo na pod. Zelda nije čak ni primetila da se to dogodilo. Dadilja je priletela i odnela sad već uplakanu Skoti da je uteši, a Zelda se okrenula meni i rekla: „Šta si ono kazala?" Oči su joj bile razroke i čudne, kao da je u mislima bila u sasvim drugoj ravni. „Umirem od želje da moja Skoti postane šmizla, znaš. Dekorativna i nedokučiva, sva od srebra."

„Divna je", rekla sam.

„Je l' da? Nikad neće biti bespomoćna. To se vidi, zar ne?" Najednom je postala besomučna i to je bilo zastrašujuće.

„Da", složila sam se, ali sam pomislila kako je Ernest ipak bio u pravu. No ko bi umeo da razdvoji pravo ludilo od šampanjca, koji je tekao u potocima i bilo ga je svugde?

Koliko sam ja mogla da procenim, za to dvoje zabavi nikad nije bilo kraja. Manje od nedelju dana kasnije pojavili su se u stanu nad strugarom u šest sati ujutro, još pijani od prethodne noći. Mi smo čvrsto spavali kad su oni zalupali na vrata i iz sveg glasa zapevali naša imena. Izgleda da im nije smetalo što smo u pidžamama. Skuvali smo kafu, ali je oni nisu pili.

Smejali su se i zaklinjali na vernost nekom baletskom igraču kog su upoznali u kafeu prethodne večeri, ali za kog nikad nismo čuli.

„Zelda je veoma osetljiva na umetnost, znate", rekao je Skot. „Moja devojka uopšte nije od ovog sveta."

Zeldino lice je postalo dramatično zategnuto. „Nećeš valjda da im kažeš?"

„Možda bi trebalo, draga. Ionako će pogoditi."

„Dobro de." Iskolačila je oči. „Pre kratkog vremena mnogo sam se zaljubila u drugog muškarca. To umalo nije ubilo i mene i Skota."

Skot je stao iznad nje pa načinio pokret kao da joj gladi kosu mada je zapravo nije dodirivao. „To umalo nije ubilo nas, ali je *zaista* ubilo tog momka. Strašno. Bilo je u svim novinama. Mora da ste pročitali nešto od toga."

Zavrtela sam glavom i rekla: „Žao mi je što ste prošli kroz sve to. Zvuči grozno."

„Eto", rekla je Zelda i trgla se iz tog transa kao da je neki nevidljivi dirigent pozvao na pažnju. „Taj čovek je hteo da umre za mene. A to je Skota i mene samo još zbližilo."

Ernest se trgao i zagledao u svoju šolju s kafom ništa ne govoreći. Primetila sam kako se još nije odredio prema njima dvoma. Svakako nisu izgledali kao naš soj, ali više nisam bila sigurna šta je uopšte naš soj. Pravila kao da su se neprestano menjala.

„Znao sam da njoj fali neka daska", rekao je Ernest kad su otišli, „ali sad se pitam i za njega. Ona ga isisava. Kao da je nekakav vampir."

„Zaista izgleda kao da drži Skota na vrlo kratkom povocu", složila sam se.

„Ja to ne bih trpeo."

„Ti ne bi imao razloga", planula sam braneći se.

„De, Tejti. Ništa nisam mislio time. Ti nisi ni nalik Zeldi. Ona je ljubomorna na Skotov rad i mislim da bi bila srećna kad on ne bi napisao ni reči više."

„Ne bi mogli sebi da priušte da on više ne piše."

„Rekao mi je da su prošle godine potrošili trideset hiljada dolara, tek tako."

„Oni žive s trideset hiljada, a mi s tri. To je smešno."

„Ja mislim da mi živimo bolje, a ti?"

„Da", naglašeno sam rekla.

Iz druge sobe se začulo kako se Bambi meškolji. Spustila sam šolju s kafom pa pošla da ga donesem kad je Ernest rekao: „Ne bih želeo njihov život, ali je teško gledati kako se toliki novac prosto rasipa a mi nemamo ništa. Šta misliš da pozajmim od Skota za naš put u Pamplonu u julu?"

„Misliš li da se dovoljno znamo za to?"

„Možda i ne. Moramo nekako tamo da stignemo. Možda Don Stjuart?"

„On je dobrica."

„Jeste", kazao je. „Ipak ću ti jedno reći. Čini mi se da svi hoće na taj put. Postaje sve zapetljanije."

„Imamo još toliko nedelja. Koliko zapetljano može biti?"

„Bolje da ne znaš."

TRIDESET PRVO POGLAVLJE

U železničkom dvorištu bikovi su izlazili iz vagona ričući, uvijajući se i uspaničeni, očiju izvrnutih u glavu. Nisu znali kud da se denu i bilo ih je teško gledati jer smo znali da će do kraja tog dana biti mrtvi. Bilo je tek jutro i prilično sveže za jul. Papcima su goveda dizala uvis prašinu pa nam je ona pekla oči dok je Ernest pokazivao pogrbljeno mišićavo mesto između lopatica gde mora da udari mač.

„Nego šta", izjavio je Harold Leb. „To je trenutak istine."

Ernest je napravio kiseo izraz lica. „Šta ti znaš o tome?"

„Dovoljno, pretpostavljam", rekao je Harold.

Upravo tad je naišla Daf i ubacila šaku pod Ernestovu savijenu ruku. „Sve je to lepo i krasno." Pogledala je kao dete koje će dobiti nešto po svome, blistavih očiju i sa širokim osmehom. „Doduše, od toga se ogladni. Ko će da me nahrani?"

„O, u redu. Naravno", rekao je Ernest i dalje kiseo, pa su njih dvoje poveli do kafea. Ernest je na sebi imao beretku, tamnoplavi džemper i bele pantalone, vezanu tamnu maramu oko vrata. Daf je bila savršena kao i uvek u dugačkom pamučnom džemperu i bluzi sa širokim okovratnikom od svetlozelene svile. Kosu je začešljala sa čela i hodala je pravo i visoko uzdignute glave.

On joj je uhvatio korak, ponosito isturene brade. Verovatno se još pušio zbog Harolda, mada se trudio da to proguta. Otpozadi su njih dvoje zajedno izgledali kao iz modnog časopisa, a videla sam da i Dafin verenik Pat Gatri to primećuje. Svi su videli, a siroti Pat je izgledao izmučeno već danima.

Bilo mi je žao Pata, mada ja ne bih želela da živim s njim. Suviše je pio i umeo je da bude strašno dosadan tako pijan. Svakog popodneva krenuo bi vedro i zadovoljan svime. Voleo je da priča o narodnoj muzici i umeo da peva i igra vrlo energično i oduševljeno, ali posle tri ili četiri koktela nešto bi se u njemu okrenulo i postao bi neprijatan i nadmen. Ako bi nastavio s tim a Daf ga ne bi oterala, on bi se opet promenio i postao džangrizav i ćudljiv. Pitala sam se kako ona podnosi njegova raspoloženja – ili kako ih on sam podnosi. Kad se probudi, oseća li se zgađeno nad onim kako se okretao čas na jednu pa na drugu stranu? Da li se uopšte ičega seća?

„Šta kažete da pijemo sve do mraka?", predložio je Harold naišavši pored mene.

Nasmešila sam mu se i uzela ga podruku da bih ga oraspoložila bar na tren. Možda će, budemo li se držali zajedno, on pokušati da oraspoloži mene. Sam bog zna da mi je to potrebno.

Putovanje je počelo loše još u Burgeti prethodne nedelje, kad smo otišli na pecanje na Irati – jednu od Ernestovih omiljenih reka na svetu – i zatekli je upropašćenu. Gazdarica hotela je pokušala da nas upozori da više nema dobrog pecanja, ali Ernest joj se smejao. Drvoseče su sekle bukve i borove, pa kad smo mi došli, reka je bila puna otpadaka i đubreta. Probijene su brane. Mrtva riba je preplavila obale i zapušila barice. Bilo je to gotovo previše da bismo podneli, ali smo ostali tamo ipak nekoliko dana i trudili se da uzvodno nađemo manje brzake. Niko nije upecao nijednu ribu.

Bil Smit, naš stari drugar iz Čikaga, bio je s nama jer su ga namamili Ernestovi izveštaji o prvoklasnom pecanju i borbama s bikovima na koje ćemo ići posle. Nismo ga videli još od razdoblja „boravišta". Kad su se Kenli i Ernest razišli, napetost je treperila među svim našim vezama s klanom Smitovih, ali otad smo ustanovili prilično redovnu prepisku s Kejt, koja se vratila u Čikago i radila tamo kao novinar. A kad je Bil stigao i sreo se s nama u Parizu, bili smo radosni što je bio isti kao i uvek, pun divnih priča i raspoložen za sve. Na put u Španiju poneo je sve proverene mušice koje je imao – sve stare šampione letnjeg pecanja jesetre i tautoge u Mičigenu – a kad je Bil otvorio svoju kutiju s priborom da mu pokaže mušice, ja sam pomislila da će se Ernest rasplakati jer su bile beskorisne.

U Pamploni smo se i dalje osećali loše. Oko nas je bilo mnogo prijatelja – trebalo je da bude veselo – ali nije bilo. U Parizu su Ernest i Daf igrali jedno oko drugog, ali to je uglavnom bilo bezopasno. Međutim, nešto se dogodilo i to se promenilo, a to nešto je bio Harold. On se jako zatreskao u Daf i poveo je na nedelju dana u Sen Žan de Liz. Tad mi je Kiti ispričala za taj slučaj i kako se Harold ponašao čudno u poslednje vreme, pa je naslutila da će doći do nečeg sličnog. Sad su oni opet raskinuli. Nisam razumela Haroldov i Kitin sporazum koji su napravili od ljubavi, a sad sam se jednako zbunila i podosta uznemirila što je Ernest reagovao tako burno. Nije imao nikakva prava na Daf – ovo uopšte ne bi trebalo da bude njegova briga, ali bila je i odjednom su to svi znali.

Onog jutra kad su počele borbe svi smo se probudili u zoru da vidimo kako bikovi trče ulicama. Prvi put sam to gledala onog leta dok sam nosila Bambija, i učinilo mi se da je prošlo prebrzo da se ne bih sećala šta sam videla. Sad je Bambi bio bezbedan u

Parizu s Mari Kokot i, mada sam želela odmor od neprekidnog majčinstva i osećala potrebu za time, nisam baš znala kako da se ponašam kao slobodni strelac.

Tog jutra su ulice bile klizave. Pred zoru je pala plaha kiša pa su se bikovi mučili kližući se po kaldrmi. Jedan je pao i zabatrgao se izvijajući debeli vrat, kolutajući očima, a sve je izgledalo kao usporeno.

Stajali smo odmah iza niskog zida, dovoljno blizu da osetimo smrad životinjskog znoja bikova i uzbuđenja svih posmatrača. Doduše neki nisu gledali ili nisu mogli da gledaju.

„Bikovi su drevni", rekao je Ernest Bilu prethodne večeri u kafeu. „Odgajaju se već šest stotina godina da rade ovo što rade, da trče do arene, da usput raspore koga stignu na putu do svoje izvesne smrti. To je vraški lepo, eto šta je. Čekaj samo da vidiš rođenim očima."

„Spreman sam", odvratio je Bil, ali na ulici i s preglednim uvidom u sve, uverenje kao da ga je napustilo. Dok smo gledali, jedan od mladića je pritrčao preblizu krupnom biku i ovaj ga je ćušnuo o zid, na samo desetak koraka od mesta gde smo stajali. Čuli smo kako mu puca ruka i videli je iskrivljenu iza njegovih leđa. On je kriknuo i pokušao da se uzvere uza zid, a strah na njegovom licu bio je ružan prizor.

„Je l' ovo previše za tebe, stari druže?", upitao je Ernest kad je video kako Bil odvraća pogled.

„Možda", odgovorio je Bil.

Ernest je stajao blizu Daf a bio je sav zajapuren. „Vidiš ono tamo?" Pokazao je na bika koji se nisko spuštene četvrtaste glave primicao mladiću. „Bik ima vrlo loš vid, ali ga je nanjušio pa ne žuri. Vidi ga sad. Tako mi boga, krenuo je."

„Ne mogu da verujem da je za tebe ovo igra", rekao je Bil vrlo tiho Ernestu.

„Šta bi drugo bilo? To je život i smrt, brajko, isto kao što se događa svaki dan."

Bik je krenuo napred isturivši desni rog, debele glave iskrenute na stranu pa je zapravo izgledao kao sam đavo, jurnuvši na *caballera* koji se verao. Tad se s druge strane zida pojavila jedna ruka. Nismo videli ko je ponudio pomoć, ali to je bilo dovoljno. *Caballero* je uspeo da se uspne uza zid i preskoči ga, da se oslobodi. Kad je bio na bezbednom, gomilom je prostrujalo kratko klicanje.

„Pretpostavljam da si razočaran", rekao je Bil uporno gledajući Ernesta.

„Nimalo."

„Da li bi mnogo loše prošao?", upitala je Daf.

„Možda bi. Dešava se. Viđao sam to."

„To je strašno uzbudljivo, zar ne?", rekla je ona.

„Najbolja moguća predstava."

Pored nas je protrčao i poslednji bik, a za njim su krenuli *pastores* sa štapovima a onda je ispaljena raketa što je označilo da su bikovi stigli u arenu.

„Prelepo", kazala je Daf.

Pokušala sam da se setim jesam li mislila da je to lepo kad sam bila prvi put i kad me je Ernest podučavao onako kako sad radi s Daf. Život mi se toliko izmenio u te dve kratke godine, ali sećam se da sam bila uzbuđena i neuobičajeno mirna jer sam bila trudna i osećala se bezbedno, ograđena od svega na najbolji način. Telo mi je radilo ono što treba, a one životinje su i same proživljavale svoju sudbinu. Mogla sam da ih gledam i da ne osećam grubost ni traumu, već samo da sedim pored Ernesta i vezem odeću i ćebad za bebu koja će se roditi za tri meseca bez obzira na to šta se tog dana dogodi. A setila sam se i kako sam se noću osećala dobro i pored *riau-riau* plesa i vatrometa, mada je od buke bilo nemoguće spavati.

Te prve godine mi se činilo da smo jedini Amerikanci u Pamploni. Ernest ju je nazvao rajski vrt – no to se sad izmenilo. Visoko društvo je stizalo limuzinama iz Bijarica. Uniformisani vozači su otvarali vrata čitave večeri pa čekali uz automobile da se veselo društvo umori i vrati u kožne čaure smrdeći na šampanjac. Pa i mimo toga što su bogataši dolazili da sve pokvare, već je bilo pokvareno.

Harold je i dalje ludovao za Daf. To se videlo za ručkom kad je bio sav bled i uzdržan prema njoj, a onda napravio scenu s konobarom da bi ona dobila piće koje je htela.

„O, u redu je, dušo", rekla je ona. „Još sam živa ovde, bar zasad."

Svi smo sedeli za stolom u dvorištu, Daf, Ernest i Harold s jedne strane, a Pat, Bil i ja s druge. Pat je na sebi imao divno letnje odelo s tamnoplavim lanenim sakoom. Otišao je i kupio istu beretku kao Ernest pa ju je nosio veselo zabačenu s čela. Pa i pored sve civilizovane oprave, onog časa kad je Harold postao preupadljivo pažljiv prema Daf, Pat je prasnuo i postao ratoboran.

„Harolde, hajde malo olabavi", zarežao je. „Idi i prošetaj se po kraju."

„Zašto ne ućutiš", odvratio mu je Harold. „Ili, znaš šta, popij još jedno piće." Okrenuo se pa glasno viknuo u prazno: „Donesite ovom čoveku piće!"

Upravo tad se pojavio Don Stjuart, svež i čistog izgleda u sivim flanelskim pantalonama i novoj beloj košulji. Pogledao je po stolu i odmah osetio napetost. „Ko je umro, ljudi?"

„Niko značajan", rekao mu je Ernest.

„Odjednom me grozno boli glava", požalila sam se. „Nadam se da ćete me izviniti." Skočila sam od stola i stala pored Dona.

„Donalde, što ne bi otpratio sirotu malecku?", kazao je Ernest.

„Mogu sama", rekla sam. „Biće sve u redu."

„Koješta", kazao je Don. „Bleda si kao duh."

Pre nego što smo stigli do vrata, za stolom se razmak sklopio i mene kao da tamo uopšte i nije bilo. Ernest je sad seo bliže Daf, a Pat se ugurao s te strane kako bi i on bio bliže. Daf je sedela u sredini kao ploveće ostrvo puslica. Činilo se da to čak nije ni primećivala.

Bila sam zahvalna Donu što se ponudio da me otprati kući. U stvari osećala sam se strašno usamljeno, a s Donom mi je bilo prijatno. Otkad smo se prethodnog leta upoznali, kad god bismo se našli u grupama u nekom izlasku, on bi tražio moje društvo. Osećala sam ga kao srodnu dušu jer se ni on nije sasvim uklapao u Pariz. Bio je pametan i mudar pisac koji je studirao na Jejlu, ali u izvesnom smislu je bio još dečak odrastao na imanju uz Kolumbus u Ohaju. U Parizu su svi bili drastični i dramatični, i bacali se u rovove jedni prema drugima.

„Shvatam zbog čega niko ne mari za uobičajena pravila", rekao mi je jednom. „Znaš, i ja sam bio u ratu. Više ništa ne izgleda niti zvuči kao pre, pa u čemu je onda stvar?" Izraz lica mu je bio ozbiljan. „Ipak mi nedostaju oni dobri staromodni ljudi koji se samo trude da nešto urade od života. Obično, bez povređivanja drugih. Znam da sam zbog toga budala."

„Kladim se da želiš da nađeš devojku kao što je tvoja majka."

„Moguće. Želim da sve opet ima smisla. Dugo već nema."

Tad sam verovala da ga razumem, ali dok me je sad Don pratio do hotela, osećala sam da je naša veza još jača. I ja sam želela da sve ima smisla. Više od svega.

„Kako se držiš, drugarice?", upitao me je.

„Bolje od nekih, valjda. Siroti Harold."

„Siroti Harold? A šta je s Patom? On polaže prava na Daf."

„Meni se čini da je taj sporazum prilično labav", rekla sam. „Ona odvuče Harolda na dve nedelje na Rivijeru pa izgleda iznenađeno što on muče oko nje kao tele, a još više što je Pat izvan sebe zbog toga", rekoh. „To je okrutno."

„Ne verujem da je ona namerno okrutna. Meni se čini da je u suštini vrlo tužna."

Stigli smo do ugla gde se *mercado** raspušta za taj dan. Jedna žena je ređala korpe a druga skupljala osušene papričice boje krvi u platnenu vreću. U blizini je jedna devojčica sedela u prašini, držala pile i pevala mu. Usporila sam da bismo je što duže gledali. Divna crna kosa joj je uokvirila srcoliko lice. Gladila je pile dok mu je pevala i kao da ga je hipnotisala.

„Gledaš je kao da hoćeš da je progutaš", rekao je Don. „Mora da ti nedostaje Bambi."

„Ludački. Lakše mi je kad ne mislim na njega. Ponekad sebi govorim da sam dvostruka ličnost. Ja sam njegova mama kad sam s njim a neko drugi kad sam ovde, daleko."

„Hemova Hedli."

„Možda. Ili sam svoja Hedli." Već se video izgraviran luk hotela *Perla* i zid isprepleten od bugenvilije. Stala sam i okrenula se prema njemu. „Kako to da i ti nisi odan Daf? Svi ostali jesu."

„Ona je slatkiš, tačno, i bilo bi lako podleći. Zamolila me je da joj se postaram za hotelski račun, znaš, budući da sad ne može da pita Harolda. Možda je pitala i Hema."

„Ne bih se iznenadila."

„Jeste li ti i Hem u redu? On ne bi bio tako glup da te odbaci zbog titule u pripijenom džemperu, zar ne?"

Trgla sam se. „Možda bi trebalo da popijemo nešto."

„Izvini, nije trebalo to da kažem. Imam visoko mišljenje o vama dvoma. Ako vas dvoje ne uspete, šta preostaje nama ostalima?"

„Done, stvarno si divan", rekla sam pa prišla i poljubila ga u obraz. Koža mu je bila glatko izbrijana, kao u bebe, i mirisala je na čisto, kao tonik.

* Špan.: pijaca. (Prim. prev.)

„Ti si verovatno najbolja devojka na svetu", rekao je osećajno pa mi uzvratio poljupcem. Na obrazu sam mu osetila suve i čiste usne, ali onda se vrlo malo pomerio i poljubio me u usta. Kad se odmakao, oči su mu bile vlažne a pogled upitan. „Pretpostavljam da ti mene ne voliš, barem malo."

„Kamo sreće. To bi uravnotežilo sve." Zagrlila sam ga oko vrata i držala ga čvrsto na tren osećajući žalost i zabunu pomešane u njemu. „Od ovog mesta smo svi poludeli."

„Ne ljutiš se na mene?"

„Ne", rekla sam. „Sad smo, čini mi se, još bolji prijatelji."

„To si vrlo lepo kazala. Znao sam da ne grešim u pogledu tebe." Odmakao se i sklonio mi kosu iz očiju. „Nadam se da Hem zna šta ima."

„I ja se nadam", rekla sam i ušla u hotel. Unutra je *señora* stavljala krpu preko kaveza s pticom.

„Ne voli rakete", rekla mi je pa prikačila krpu kroz šipčice. „Od njih sam sebi čupa perje. Jeste li videli to?"

„Jesam, *señora.*" Prošla sam pored nje ka stepenicama. „Možete li, molim vas, da pošaljete gore konjak?"

Pogledala je iza mene da vidi ko još ide, pa sam dodala: „Samo jednu čašu."

„Oseća li se *señora* dobro?"

„Ne sasvim", rekla sam. „No konjak će pomoći."

TRIDESET DRUGO POGLAVLJE

Kad sam se sledećeg jutra probudila, Ernest je već ustao i otišao. Čula sam ga kad je kasno prošle noći stigao, ali nisam mrdnula i nisam pričala s njim. U sedam sam, već umivena i obučena, sišla u mali kafe gde je Ernest dovršavao kafu.

„Naručio sam ti *oeufs au jambon*",* rekao je. „Jesi li gladna?"

„Umirem od gladi", priznala sam. „Kako se sinoć završilo?"

„Dobro i pijano", odgovorio je.

„Dobro i pijano ili samo pijano?"

„Na šta ciljaš?"

„Ni na šta."

„Đavola", rekao je. „Zašto ne kažeš?"

„Nisam još ni kafu popila", branila sam se. „Zar zaista moramo da se svađamo?"

„Ne moramo ništa. Ionako nemamo vremena."

Bil je tad sišao i izvukao stolicu. „Umirem od gladi", rekao je.

„Izgleda da je neka rednja", primetio je Ernest. Dao je znak konobaru i zamolio ga za još jedan tanjih za Bila i *café*

* Franc.: jaja sa šunkom. (Prim. prev.)

au lait, pa zatim potpisao ček. „Idem da sredim za ulaznice. Videćemo se tamo."

Kad je otišao, Bil je izgledao sramežljivo.

„Šta se zaista sinoć dogodilo?"

„Ništa čega želim da se sećam", rekao je.

„Onda mi ne pričaj."

„Ionako ne znam sve. Harold je nešto rekao Patu a onda je Hem pobesneo i nazvao Harolda nekako grozno. Nije bilo lepo."

„Pretpostavljam da nije."

„Pojavio se Don i pokušao da izgladi situaciju, ali bilo je prekasno. Harold je pozvao Ernesta na ulicu da to srede."

„Harold je pozvao? Nije bilo obrnuto?"

„Ne. A to je zaista bilo nešto."

„Je li Haroldu dobro?"

„Ništa mu ne fali. Nisu se ni takli."

„Hvala bogu."

„Izgleda da je Hem ponudio da pridrži Haroldove naočare i to je razbilo čaroliju. Obojica su se nasmejala i osetila kao glupe budale što su uopšte i počinjali."

„Bile, šta je to sa svima nama? Možeš li da mi objasniš?"

„Đavo da me nosi ako znam", rekao je. „Za početak, previše pijemo. I hoćemo previše, zar ne?"

„Šta to tačno hoćemo?", upitala sam osećajući melanholiju i zabunu. Zapitala sam se kako Bil shvata to što se Ernest tako očigledno baca na Daf. Šta *bi mogao* da misli? Šta bi mogao da kaže?

„Sve, naravno. Sve i još nešto." Počešao je bradu pa pokušao da se našali: „To dokazuje i moja današnja glavobolja."

Zagledala sam se u njega na tren. „Ako je *fiesta*,* zašto nismo srećni?"

* Špan.: praznik, svetkovina. (Prim. prev.)

On se nakašljao i skrenuo pogled. „Ne bi trebalo da propustimo amatere, zar ne? Hem kaže da je to najbolja predstava koju novac može da pruži i da bi trebalo i ja da uđem."

Uzdahnula sam. „Ne moraš ništa da mu dokazuješ. Čini mi se da ti se nije dopalo trčanje."

„Nije", rekao je pomalo postiđeno. „Spreman sam da pokušam ponovo. Još nisam mrtav."

„Zašto to stalno svi govore?"

„Ne znam", rekao je. „To je samo još nešto što radimo."

„Amateri" su odavno Ernestov omiljeni deo *fieste*. Godinama je uvežbavao veronike sa čim god je stigao, od zavesa do mog starog kaputa, i postao je sasvim dobar u tome. Sad može da izazove bikove pa da se izmakne u poslednjem trenutku. Posle vežbe bi bio oduševljen i srećan, pa bi vežbao još malo u našoj hotelskoj sobi s plaštom koji je kupio podalje od trga, u radnji u koju nisu dolazili turisti. Plašt je bio od teškog crvenog serža s jednostavnim crnim obrubom skroz okolo. Još odranije je skupljao pampure za donji deo plašta jer su pampuri zapravo omogućavali matadoru da upravlja plaštom i da ga zabacuje dobro i široko.

Kad je tog prepodneva došlo vreme za amatere, on je uzeo svoj plašt pa sišao u arenu s još nekoliko desetina muškaraca i dečaka željnih i spremnih da se okušaju. I Bil je sišao, ali Harold je ostao bar tada, nekoliko sedišta ispod Daf.

„Pat je još prilično zelen od jutros", rekla je Daf kad sam sela pored nje. „Noć je bila naporna."

„Čula sam."

„Nedostajala si nam, znaš. Sve je mnogo zabavnije kad si ti tu."

Oštro sam je pogledala pomislivši kako me verovatno zavitlava, ali lice joj je bilo otvoreno i toplo. To je bilo posebno kod

Daf: bila je propast za muškarce, ali ipak dobar drug, a imala je i svoj kod. Nisam verovala da bi zapravo spavala s Ernestom čak i ako bi on to hteo – zato što sam joj je se ja dopadala i znala je kako je težak zadatak biti nečija žena. Već se dvaput udavala i spremala se da se uda i za Pata ako uspeju zajedno da prikupe novac za to. Jednom mi je rekla kako nijednom nije bila dobra u braku, ali i kako izgleda da nije spremna da prestane da se upušta u te vode.

Dole u areni pikadori su sasvim dobro upravljali situacijom, tako da je borba delovala lagano i prilično bezopasno. Uvodili su samo po jednog bika, a ovaj prvi je bio boje karamele i polako se kretao. Naišao je i očešao prednjom nogom Bila po zadnjicu a ovaj se sručio kao lik u crtanom filmu. To je sve zasmejalo. Ernest se taman zagrevao kad je Harold prošao pored nas i sišao i sam u arenu.

„O, Harolde", rekla je Daf za sebe jer je izgledao kao karikatura bogatog i bespomoćnog Amerikanca u svetložutom džemperu fer ajl i snežnobelim sportskim cipelama. Obe smo ga pratile pogledom. „Znaš, rekla sam mu da među nama ničeg nema."

„Ne verujem da te je čuo", kazala sam trudeći se da budem što pažljivija.

„Muškarci čuju ono što žele, a ostalo izmisle."

Kad je Harold stigao u arenu, pogledao je na mesto gde smo sedele i široko se osmehnuo. Bik boje karamela bio mu je blizu i prilazio je sve bliže, a Harold se izvio u stranu da izbegne rogove, kao što su svi radili. Bik je prokasao pored njega pa se okrenuo da opet navali i tad ga je Harold dograbio za rogove pa mu dozvolio da ga nosi nekoliko koraka. Činilo nam se da gledamo dobro uvežbanu cirkusku tačku. Harold mora da se iznenadio svojim uspehom kao i svi ostali, a kad ga je bik ponovo spustio, lako kao da je pero, on se okrenuo k nama pobedonosnog izraz lica.

„Hemu se ovo nimalo ne dopada", rekla je Daf. Upravila sam pogled za njenim, tamo gde je Ernest stajao u areni i posmatrao Harolda. Bio je natušten. Jedan pikador je prošao na stopu od njega, ali on ga čak i nije primetio.

„Ne može da podnese da neko drugi bude bolji od njega", rekla sam, ali i Daf i ja smo znale zbog čega je Ernest čitave nedelje ljut na Harolda, sve otkad je saznao za ljubavni put u Sen Žan de Liz. Već je bilo dovoljno loše što je Harold dobio Daf kad je Ernest sputan ženom i detetom, ali onda je Harold po čitav dan u Pamploni pratio Daf kao jadni bolesni vo praveći od sebe budalu. To je bilo previše.

Sledeći bik u areni bio je vitkiji i brži. Kretao se kao mačka, bacajući se na jedan zid, pa na drugi, gotovo iz mesta. Jedan meštanin u tamnoj košulji prišao mu je preblizu pa ga je ovaj oborio na kolena. Zatim je zamahnuo glavom a čovek se sasvim sruči i bik ga pregazi. Svi su se sjatili da odvrate pažnju biku. Ernest ga je na trenutak privukao mašući plaštom širokim bočnim pokretom. Drugi ljudi su mahali rukama i vikali, ali bik se vratio onom čoveku što još nije ustao, pa ga je gurnuo glavom. Čoveku noge preleteše preko glave taman kad se bik trgnuo na jednu stranu i desnim rogom rasparao čoveku butinu odmah ispod zadnjice pa sve do kolena. Ovaj je prodorno kriknuo a mi smo spazili belu butnu kost i onda je krv pokuljala pre nego što su pikadori skolili bika i naterali ga prvo uza zid a onda i iza ograde, gde će devet sati čamiti i onda biti ubijen.

Bio je to kraj borbi amatera. Arena je brzo ispražnjena a Daf i ja smo sišle da dočekamo momke. Nismo ni reči među sobom prozborile otkad smo videle ubadanje. Kad smo sišle do njih, videle smo da su i oni ćutljivi.

Kad smo izašli na ulicu, pošli smo ka kafeu.

„Nek me đavo nosi", rekao je Bil hodajući pored mene. Lice mu je bilo prazno i bledo. Cipele su mu bile pokrivene prašinom. Pronašli smo sto i taman naručili turu gustog piva koje smo voleli da pijemo uz ručak, kad su ulicom na nosilima proneli rasporenog čoveka. Od pojasa nadole bio je pokriven krvavim čaršavom.

„*Toro, toro*!", povikao je pijano neko iz kafea, a čovek se uspravio. Svi su ga pozdravili povicima, a jedan dečak mu onda pritrča sa čašom viskija koju čovek ispi i dobaci praznu, a dečak je lepo uhvati jednom rukom. Tad su svi opet zagrajali.

„Ovo je strašan život, zar ne?", rekla je Daf.

„Znam i gore", primetio je Ernest.

Naše pivo je stiglo pa smo prionuli na njega. Konobar nam je doneo *gazpacho* i dobar tvrd hleb, pa nešto lepe barene ribe s limetom, pa iako sam mislila da neću moći da jedem posle onog prizora probadanja, shvatila sam da sam gladna i da mi je sve bilo ukusno.

Harold se držao jedne strane stola, daleko od Ernesta, ali kad se konačno i Pat pojavio s Donom, bled i razdražljiv, Harold kao da nije znao kuda da se dene ili s kim može bezbedno da razgovara. I do kraja ručka naš sto je ličio na neku zamršenu partiju emocionalnog šaha, gde je Daf gledala Ernesta, koji je držao Pata na oku, koji je sevao očima u Harolda, koji je krišom osmatrao Daf. Svi su na silu preterivali u piću i svojski se trudili da se pretvaraju kako su veseliji i manje ugroženi od svih ostalih.

„Mogu da podnesem bikove i krv", rekao mi je tiho Don. „No stomak mi se prevrće od ovog ljudskog dela."

Skrenula sam pogled s njega na Ernesta, koji sa mnom nije progovorio niti me pogledao od doručka. „Da", složila sam se s Donom. „Ali kako to izbeći?"

„Kad bih samo znao. Možda se to ne može izbeći." Iskapio je pivo i dao znak konobaru da donese još.

„Katkad poželim da možemo da izbrišemo sve svoje greške i počnemo ponovo, iz početka", rekla sam. „A nekad pomislim da mi ničeg drugog i nemamo do grešaka."

On se sumorno, svečano nasmejao dok je na drugom kraju stola Daf nešto šaputala Ernestu u uho, a on se grubo cerekao, kao mornar. Okrenula sam stolicu od njih pod uglom tako da ih uopšte ne vidim. Čim sam to uradila, jasno sam se setila Foni i Rolanda pre sto godina u Sent Luisu i kako ona nije mogla da gleda Rolanda jer je smatrala da je slab i vredan prezira. Njihova priča je oduvek bila puna tuge i jada. Roland se vratio kući iz sanatorijuma, ali nije povratio ni razum ni mir. Sad su on i Foni vodili potpuno odvojen život iako su zbog dece ostali u kući na Aveniji Kejts.

Nadala sam se da ovo što se događalo između mene i Ernesta nije bilo ni približno tako strašno, ali me je on pogađao svakim šapatom i pogledom uprtim u Daf. Počela sam drugačije da osećam prema braku i šteti koju ljubavnici mogu naneti jedno drugom, ponekad šteti koja se ne da ispraviti, a načinjena je skoro bez razmišljanja.

„Kako smo svi žalosni i čudni", rekla sam Donu.

„To me je juče onako raspekmezilo. Uzgred, izvini zbog toga."

„Nemaš zbog čega da se izvinjavaš. Hajde da budemo prosto dobri prijatelji koji nešto znaju, ali ne moraju to da pominju."

„Dobro", rekao je i zagledao svoje šake pa popio još malo piva, i popodne se sve tako vuklo dok nije došlo vreme da počne *corrida*.

Mladi matador Kajetano Ordonjez bio je zapravo još dečak, ali kretao se prirodno i s takvom gracioznošću da se činilo kao da igra. Tamnocrveni serž njegovog plašta oživljavao je i pri najmanjem trzaju njegovih ruku. Umeo je da na određen način postavi stopala i da se blago nagne napred, pa se suoči s onim što nailazi i podstakne bika da ga napadne najneprimetnijim pokretom ili pogledom.

Ernest je bio loše volje kad smo ušli u arenu za koridu, ali se trgao kako se Ordonjez pokrenuo. Daf je ustala da sedne bliže njemu čim je videla tu promenu.

„Bogami, ovo je lep muškarac", rekla je Daf.

„Zaista je nešto", potvrdio je Ernest. „Gledaj ovo."

Ordonjez je navodio bika okrenuvši jednu veroniku plaštom, pa još jednu bliže privlačeći bika kao magnetom. Pikadori su se povukli jer su znali da Ordonjez u potpunosti vlada situacijom. Sve je ličilo na ples, a uz to i veliku umetnost. Imao je devetnaest godina, ali mu je znanje, koje je primenjivao tako prirodno i s lakoćom, bilo primalno i drevno.

„Neki samo odrade sve pokrete. Dobro, lepo je i to, ali ništa ne znači. Ovaj *hombre* zna kako moraš da priđeš tako blizu da možeš umreti. Treba zapravo da već budeš mrtav kako bi živeo i pobedio životinju."

Daf je klimala glavom, obuzeta njegovim poletom, a neka mi je bog u pomoći, i ja sam bila. Dok je govorio, Ernestu su oči najednom živnule gotovo kao Ordonjezov plašt. Napetost je ključala odnekud duboko u njemu pa mu izbijala na lice i u grlo, a ja sam videla kako je povezan s Ordonjezom i borbom, sa životom onako kako se odvija, pa sam znala da bih mogla da ga mrzim koliko god hoću što me onako povređuje, ali nikad neću uspeti da prestanem da ga volim zbog onoga što jeste.

„Gledaj sad", rekao je. Bik je naišao nisko spuštene glave, levog roga isturenog napred, izvijenog vrata. Ordonjezova butina je bila na pedalj od bikovih moćnih nogu, a on se nagnuo tako da je bik, digavši glavu i tražeći plašt, očešao Ordonjezu stomak. Skoro smo čuli šum kad su rogovi prešli preko tkanine. Publikom se razlegao uzdah jer zbog ovoga su i bili tu.

„Nikad nećeš videti da neko ovo radi bolje", rekao je Ernest tresnuvši beretku o zemlju u znak uvažavanja.

„Dozlaboga lepo", rekla je Daf.

Svi smo uzdahnuli, a kad se bik slomio i pao na kolena klimajući glavom, Ordonjez mu je lako saterao mač. Publika je poustajala kličući, potresena i uhvaćena prizorom i umećem. I ja sam ustala i tapšala kao luda, a mora da sam stajala pod nekim naročito blistavim zrakom sunca jer je Ordonjez digao pogled i zagledao mi se u lice i očima mi obuhvatio kosu.

„Misli da si *muy linda*",* rekao je Ernest kad je video Orodnjezov pogled na meni. „Ukazuje ti čast."

Mladi matador se savio nad bikom pa mu nožićem odsekao uho. Pozvao je jednog dečaka s tribine i poslao ga s uhom u dlanovima. On mi ga je doneo stidljivo, jedva se usuđujući da me pogleda, ali videla sam da je smatrao za veliku čast što je Ordonjezov izaslanik. Nisam znala kako da prihvatim dar, kakva su pravila u takvim slučajevima, pa sam jednostavno pružila ruke. Uho je bilo crno i trouglasto, još toplo, s jedva vidljivim tragom krvi – nešto najčudnije što sam u životu držala.

„Nek me đavo nosi", rekao je Ernest, očigledno ponosno.

„Šta ćeš uraditi s njim?", upitala je Daf.

„Čuvaće ga, naravno", rekao je Don, pa mi pružio maramicu kako bih ga uvila a i obrisala ruke.

I dalje stojeći, podigla sam maramicu i pogledala u arenu, gde su Ordonjeza zasuli cvećem. On je kratko pogledao u mene, nisko i duboko se poklonio, pa se prepustio obožavaocima.

„Nek me đavo nosi", ponovio je Ernest.

Tog dana je bilo još pet borbi s bikovima, ali nijedna nije po lepoti dorasla onoj prvoj. Kad smo posle otišli u kafe, i dalje smo treperili od nje, čak i Bil, koji je jedva podneo čitav taj dan,

---

* Špan.: vrlo lepa. (Prim. prev.)

naročito kad su dva konja proburažena i pala pa hitro ubijena pred svima. Sve je to bilo strašno i strašno snažno, pa sam bila spremna za piće.

Pustila sam da ono uho kruži oko stola kako bi mu se svi divili istovremeno se zgražajući. Daf se vrlo brzo napila pa počela otvoreno da flertuje s Haroldom, koji se toliko iznenadio i obradovao da uopšte nije bio diskretan. U jednom trenutku su se njih dvoje nekud izgubili, što je izbezumilo Pata. Kad je prošlo sat ili nešto više vremena, vratili su se veseli, kao da ništa nije bilo neprikladno.

„Ti mali skote“, rekao je Pat Haroldu. Ustao je i odmah se zaljuljao u stranu.

„O, prekini s tim, dušo“, rekla je Daf veselo. No Pat nije reagovao na prekor.

„Samo se gubi dalje od nas“, kazao je on Haroldu.

„Ne verujem da bi Daf to volela. Ti hoćeš da budem ovde, zar ne?“

„Naravno, dragi, želim da svi budete ovde.“ Dohvatila je Ernestovu čašu. „Budi drugar, hoćeš li?“

Ernest je klimnuo glavom; ona može da uzme čašu, a što se njega tiče može i svako piće sa stola. Njemu se Harold gadio. „Trčanje za ženom“, rekao je tiho. „Šta je niže od toga?“

Konobar je došao s novim pićem i hranom, ali veče više nije moglo da se popravi. Čir je pukao i okužio sve što je bilo tako moćno i lepo.

Ernest je i sam to osetio pa se trudio da razgovor skrene na Ordonjeza i njegov stav, njegove veronike.

„Šta ono beše veronika?“, upitala je Daf.

„To je kad matador stoji u mestu okrenut biku i veoma lagano mahne plaštom od bika.“

„Da, naravno“, rekla je Daf. „Bilo je čarobno, zar ne?“

„Ne veruj joj, Heme", ubacio je pakosno Pat. „Ničeg se ona ne seća."

„Daj mi malo oduška, Pate." Ponovo se okrenula Ernestu. „Sad sam malčice pripita. Sutra ću se setiti. Kunem se da ću onda biti dobro."

Ernest ju je žalosno pogledao. „U redu", rekao je, ali se očigledno razočarao u nju i u celo društvo. Sve je splaslo.

Te noći u hotelu izvadila sam uho, uvila ga u još nekoliko maramica i stavila u fioku komode.

„To će se uskoro usmrdeti", rekao je Ernest posmatrajući šta radim.

„Nema veze."

„Ne, i ja tako mislim." Počeo je polako i zamišljeno da se skida. „Kad sve ovo prođe", konačno je kazao, „hajde da krenemo za Ordonjezom u Madrid i posle u Valensiju."

„Hoće li ovo ikad proći?"

„Naravno da hoće." Okrenuo se k meni. „Ordonjez je bio divan, zar ne? U odnosu na njega sve ovo izgleda vrlo ružno i glupo."

Zatvorila sam fioku pa se svukla i legla u krevet. „Spremna sam da zaboravim Pamplonu. Zašto ne pokušamo odmah? Pomozi mi, hoćeš li?"

Na kraju te veoma duge nedelje razišli smo se i svako je otišao na svoju stranu. Don je krenuo na Rivijeru, tužnog i iscrpljenog izgleda. Bil i Harold su se uputili nazad u Pariz, ali su poveli Pata i Daf do Bajone. Ernest i ja smo se ukrcali u voz za Madrid, gde smo uzeli sobu u Pansionu *Agilar*, staromodnom hotelu u *Calle** San Heronimo, malom i sasvim tihom, bez turista. Posle Pamplone, ovo je bilo kao da smo u raju. Svakog dana smo išli na

* Špan.: ulica. (Prim. prev.)

borbe s bikovima pa smo prisustvovali kad je Huan Belmonte, navodno najbolji *torero* svih vremena, gadno rasporenog stomaka odnet u bolnicu. Već smo neko vreme pratili njegove borbe i Ernest se divio njegovoj odlučnosti, krivim nogama i čvrstoj vilici, ali smo i pre nego što je Belmonte povređen uvideli kako je Ordonjez bar jednako veliki kao njegov učitelj, ako ne i bolji. Pokreti su mu bili sušto savršenstvo, a hrabrost mu nikad nije pokleknula i gledali smo ga, oboje, s divljenjem.

Jednog popodneva mi je Ordonjez ukazao izuzetnu čast kad mi je dozvolio da mu pridržim plašt pre nego što je počela *corrida*. Prišao mi je tako blizu da sam primetila kako mu je dečačko lice sasvim glatko a oči duboke i jasne. Ništa nije rekao kad mi je pružio plašt, ali je bio veoma ozbiljan.

„Mislim da se zaljubio u tebe“, rekao je Ernest kad je Ordonjez otišao da se napuni energijom u gomili.

„Kako bi mogao? Pa on je dete“, rekla sam, ali sam se ponosila i osetila kako me ta čast menja.

Te večeri u hotelu, kad smo se oblačili za večeru, Ernest mi je rekao: „Radim na novom romanu. Ili on sam radi na sebi, zapravo, u mojoj glavi. O borbama s bikovima. Junak će biti Ordonjez i radnja će biti smeštena u Pamplonu.“ Oči su mu blistale a u glasu mu se nepogrešivo čulo oduševljenje.

„To zvuči stravično dobro.“

„Zvuči, zar ne? Mladog toreadora ću zvati Romero. Roman će početi u tri po podne u hotelu. Dva Amerikanca su odsela tu, u naspramnim sobama, i kad odu da se vide s Romerom, što je velika čast, vide da je usamljen i da razmišlja o bikovima s kojima će se suočiti tog dana. To ne može ni s kim da podeli.“

„Tako se zaista i oseća, zar ne?“, rekla sam. „Moraš to da napišeš.“

„Da“, rekao je, pa iako smo otišli na dugačku i sjajnu večeru s nekoliko boca vina koje smo podelili, on je već bio opsednut knjigom, bio je u njoj. Narednih dana sve je više razmišljao o njoj. Počeo je da piše u silovitim naletima, rano jutrom po kafeima, vrlo kasno uveče u hotelu, kad sam čula upornu škripu olovke po svesci. Kad smo otišli iz Madrida zbog praznika u Valensiji, ispunio je dve debele sveske, dve stotine stranica ispisanih rukom za manje od deset dana, ali više nije bio zadovoljan početkom.

„Razmišljam kako bi bilo da počne u Parizu, pa da odatle krene. Ono što se događalo u Parizu je i razbuktalo vatru. Ostalo ne možeš imati bez toga."

„Uvek si pričao kako ne možeš da pišeš o Parizu zato što si mu preblizu."

„Da, znam, ali iz nekog razloga sad mi lako dolazi. Bili smo u Pamploni pre dve nedelje, ali mogu i o tome da pišem. Ne znam otkud to. Možda svi moji stavovi i pravila o pisanju samo čekaju da se pokažu kao pogrešni."

„Lepo je kad si u vatri, zar ne?"

„Nadam se da će se ovako nastaviti zauvek."

I nastavilo se. U Valensiji je oduševljenje zbog praznika sve bacilo u grozničavo raspoloženje pa smo jednostavno uživali u tome. Sedeli smo u uličnom kafeu i jeli račiće poprskane svežom limetom i mlevenim biberom, prelepu paelju na tanjiru velikom gotovo kao naš sto. Popodneva smo provodili na borbama s bikovima, gde je Ordonjez vrteo svoje veronike potpuno savršeno.

„Eto. Jesi li videla?", upitao je Ernest pokazujući u arenu.

„Šta?"

„Njegovu smrt. Bik je bio tako blizu. Tako to postaje igra. Toreador mora znati da umire a to mora znati i bik, tako kad se provuče u poslednjem trenu, nastaje nekakva čarolija. To je pravo življenje."

Jednog popodneva dok je on dremao osećala sam neizdrž, pa sam prelistala njegove sveske i s divljenjem čitala pojedine delove. Sasvim slučajno sam naletela na stranice s dijalozima i rečenicama koje su prepoznatljivo Dafine. Prvo sam se, pročitavši ih, zabezeknula. Tako pažljivo ju je slušao, pa je sve upamtio i sjajno je uhvatio. Sad je sve izbilo, samo donekle izmenjeno, u njegovoj junakinji. Osetila sam nanovo strašnu ljubomoru prema njoj, dok nisam uspela da shvatim. Ernest je bio pisac, a ne Dafin ljubavnik. Gledao ju je kao junakinju priče, možda čak od samog početka. A sad kad živi u knjizi, a ne u uličnim kafeima u Pamploni, napetost i ružnoća postaju korisni. Čitavo to vreme bilo je konstruktivno i neophodno za njegov rad. Zato su mu reči sad tekle tako snažno, s takvom žestinom.

Iz Valensije smo se vratili u Madrid, pa otišli u San Sebastijan da izbegnemo sve više letnje temperature. U San Sebastijanu, pa zatim u Andeju, Ernest je pisao svakog prepodneva s velikom snagom, a ostatak dana bismo provodili plivajući i sunčajući se na plaži. Pesak je bio vreo i nalik šećeru, u daljini su se videle dugačke ljubičaste planine, a razbijanje talasa nam je ispunjavalo uši i uljuljkivalo nas u zadovoljnu obamrlost. Krajem prve nedelje avgusta meni je previše nedostajao Bambi da bih više mogla tamo da uživam. Vratila sam se u Pariz, a Ernest je ponovo sâm otišao u Madrid. Tamo je radio bolje i više nego ikada. Kao da je smišljao knjigu i istovremeno smišljao sebe kao pisca. Pisao mi je kako je prestao da spava duže od sata tu i tamo. *Ali kad se probudim*, pisao je, *rečenice su tu i čekaju me, viču da ih napišem. Tejti, ovo je tako neobično. Odavde vidim kraj i to je nešto.*

TRIDESET TREĆE POGLAVLJE

Na samom kraju avgusta Pariz je bio skoro pust. Svi koji su imali kuda da odu, otišli su, ali su i Polin Fajfer i Kiti ostale u gradu zbog posla. Nas tri smo se nalazile na večerama, katkad s Bambijem a nekad tek kad ga ušuškam u krevet i dok ga Mari Kokot pazi. Iako sam se u početku osećala nelagodno s Polinom i Kiti zajedno – s tim modernim, nezavisnim i neporecivo savremenim devojkama – u suštini su obe bile divno otvorene i opuštene. Zbog toga su i one mene volele, kako su uporno tvrdile, a ja sam počela da im verujem.

Povremeno se s nama u kafeima nalazila i Polinina sestra Džini, a meni su sestre bile vrlo zabavne kad su zajedno, kao neki sasvim šik nastup u vodvilju s kratkim mračnim šalama. Dobro su podnosile alkohol pa nisu sramotile ni sebe ni druge i uvek su imale neke zanimljive priče. Džini nije bila ni u kakvoj vezi, no ako je Kiti bila u pravu o njenom opredeljenju prema ženama, to je imalo smisla. Teže mi je bilo da shvatim zbog čega Polin još nije udata.

„Sve je bilo već skoro gotovo s mojim rođakom Matom Heroldom", rekla mi je jednog dana kad sam navalila da čujem više pojedinosti. „Čak sam isprobavala i venčanice i kušala gomilu torti." Stresla se. „Sve su, naravno, imale ukus torte."

„Je l' se među vama dogodilo nešto grozno?"

„Nije. Tako bi zapravo bilo lakše. Jednostavno sam mislila da ga ne volim dovoljno. Dopadao mi se. S njim ne bi bilo problema s izdržavanjem a bio bi i dobar otac. Sve sam to videla, ali nikad nisam i osetila. Ne zapravo. Htela sam nešto velelepno i očaravajuće."

„Ljubav na kakvu nailaziš u romanima?"

„Možda. Valjda sam zato neverovatno glupa."

„Nikako. Ja volim romansu. Žene danas kao da su prenapredne za nju."

„Vrlo je zbrkano kad znaš šta želiš a imaš toliki izbor. Ponekad pomislim kako sam prosto brak zamenila poslom. Hoću da budem *korisna*." Zastala je pa se nasmejala sebi. „Mislim da sam i to pročitala u nekom romanu."

„Možda možeš da imaš sve što želiš. Meni se čini da si vrlo pametna."

„Videćemo", rekla je ona. „A u međuvremenu ćemo nas dve biti dve slobodne devojke."

„Slobodne kô od šale?"

„Zašto da ne?"

Bilo mi je čudno da o sebi tako mislim. Ernest se svakako ne bi složio s tim, a uopšte sam se stalno pitala šta bi rekao na to što mnogo vremena provodim s Polinom. Ako je Kiti predekorativna, Polin je verovatno isto to. Ona je tip profesionalne lepotice koji on obično prezire. Ne samo što je beskrajno govorila o modi, uvek je uspevala da se probije do najzanimljivijih ljudi pa ih odmeri mogu li joj biti od koristi sevajući tamnim očima i lukavo okrećući točkiće uma. Kod Polin kao da nikad ništa nije bilo spontano. Ako se viđala s vama, izgledalo je da joj je to bila namera. Ako je razgovarala s vama, već je ranije isplanirala šta da kaže pa tako to ispada oštro i savršeno. Divila sam se njenom samopouzdanju i možda čak malo zazirala od njega. Imala je taj prizvuk nenapornosti koji je, na kraju, iziskivao mnogo napora. Pa iako nikad nisam znala šta da pričam pred drugim ženama *nalik* njoj – pred Zeldom, na primer – pod Polininom lepom odećom i dobrom frizurom, nalazila se otvorena i osetljiva osoba. Znala sam da me se neće rešiti pa sam brzo osetila kako mogu da računam na nju.

Sredinom septembra stigao je Ernest iz Madrida izgledajući istovremeno smožđeno i pobedonosno. Gledala sam kako raspakuje kofere pa nisam imala kud do da se zapanjim pred onim što je postigao. Doneo je sedam ispunjenih svezaka, stotine i stotine stranica, sve urađene za šest nedelja.

„Jesi li onda završio, Tejti?"

„Skoro. Tako sam blizu da gotovo ne mogu da se nateram da napišem kraj. Ima li to smisla?"

„Mogu li sad da pročitam?"

„Uskoro", rekao je. Privukao me je k sebi i dugo me i snažno grlio. „Imam utisak da bih mogao večno da spavam."

„Spavaj onda", rekla sam mu, ali me je on povukao na krevet i počeo da mi vuče odeću odjednom sa svih strana.

„Mislila sam da si umoran", rekla sam a on me je grubo poljubio i više ništa nisam govorila.

Nedelju dana kasnije završio je prvu verziju, pa smo otišli u kraj da proslavimo s prijateljima. Našli smo se u *Negr de Tuluzu* i svi su bili vrlo raspoloženi. Pojavili su se Skot i Zelda, kao i Ford i Stela, Don Stjuart i Harold i Kiti. Samo je nekoliko trenutaka vladala nelagoda dok su svi čekali da vide šta je šta. Pamplona se bolno završila, ali pošto je stiglo piće i po nekoliko čaša se brzo iskapilo, za zdravlje, društvo se opustilo. Ernest je popio više viskija nego što je trebalo, ali se lepo vladao sve do pred sam kraj večeri, kad smo se mimoišli s Kiti na polasku.

„Želim ti uspeh s knjigom, Heme."

„Hvala", odgovorio joj je. „Puna je akcije i drame, a svi su u njoj." On pokaza prema Bilu i Haroldu. „Rastrgao sam one skotove, ali ne i tebe, Kiti. Ti si sjajna devojka."

Glas mu je bio tako hladan i oštar da je Kiti prebledela. Ja sam ga povukla za ruku na vrata, potpuno postiđena.

„Šta je?", upitao me je. „Šta sam uradio?"

„Pijan si", rekla sam, „hajde da o tome razgovaramo sutra."

„I sutra nameravam da se napijem", odsekao je.

Samo sam ga terala ka kući, znajući da će ga ujutro stići kajanje uz titansku glavobolju.

Bila sam u pravu.

„Nemoj se vređati zbog onoga što sam rekao Kiti", kazao mi je kad se konačno u vreme ručka probudio i pojavio, sav zelen. „Ja sam magarčina."

„Bilo je to veliko veče. Treba malo da se središ."

„Šta god da sam rekao, knjiga je knjiga. Nije život."

„Znam", složila sam se, ali kad mi je dao rukopis da čitam, nije mi trebalo mnogo da shvatim kako je sve upravo onako kako se dogodilo u Španiji, svaki gnusni razgovor i napeti susret. Knjiga je bila gotovo prepis od reči do reči, osim jednoga – u njoj uopšte nije bilo mene.

Daf je bila glavna junakinja. Znala sam to i očekivala sam, ali me je ipak mučilo što stalno iznova srećem njeno ime. Još ga nije promenio u ledi Bret. Daf je bila Daf, Harold je bio Harold, Pat je bio pijandura, a svi su bili negativni osim boraca s bikovima. Kiti je bila u knjizi – lagao je o tome – u izuzetno nelaskavoj ulozi. Ernest je sebe prikazao kao Džejka Barnsa i onda je Džejka učinio impotentnim, a šta je trebalo o tome da pomislim? Je li tako sagledavao svoju moralnost ili kukavičluk, zdrav razum ili ono već što ga je sprečilo da spava s Daf – kao impotenciju?

No da sam imalo mogla da odmaknem od tih podozrenja i pitanja, videla bih kako je to bio neobičan rad, uzbudljiviji i življi od svega što je dotad napisao. Video je dobru priču u Pamploni kad sam ja osećala samo propast i ljudsku zbrkanost. Uobličio ju je i od nje napravio nešto više; nešto što će trajati zauvek. Bila sam neverovatno ponosna na njega, a istovremeno i povređena i isključena iz knjige. Ta osećanja su postojala u teškom klupku, ali i jedno i drugo osećanje bilo je istinsko.

Stranice sam čitala u stanju iščekivanja i straha, često sam morala da prekidam i spuštam rukopis pa se opet ispravljam. Ernest je radio tako uporno i u takvoj samoći da ga je ubijalo što toliko rastežem da kažem šta mislim.

„Je li imalo dobra?“, upitao je kad sam konačno završila. „Moram da znam.“

„Više je nego dobra, Tejti. Tako nešto ne postoji.“

Nasmešio se s olakšanjem i ponosom, pa kratko zakliktao. „Nek me đavo nosi“, rekao je. Bambi je bio na podu blizu njega i žvakao ručno izrezbarenu lokomotivu koju su mu poklonile Alisa i Gertruda. Ernest ga je digao s poda i bacio ka tavanici, a Bambi je radosno zacičao, obraza nalik jabukama punih vazduha.

„*Papa*“,* rekao je. To mu je bila prva reč i voleo je da je izgovara kad god je mogao. To se i Ernestu dopadalo.

„*Papa* je napisao stravično dobru knjigu“, rekao je Ernest smešeći se Bambiju, koji je bio sve crveniji.

„Poljubi ga“, rekla sam pa je Bambi, koji se sad srećno koprcao u Ernestovom naručju, izbalavio tatino lice.

Bio je to tako lep trenutak, nas troje u savršenoj sprezi i gledamo u istu blistavu zvezdu, ali kasnije iste večeri, dok sam

* Engl.: tata. Jedan od čuvenih Hemingvejevih nadimaka. (Prim. prev.)

ležala u krevetu i očajnički pokušavala da se uspavam, brige su me opet skolile i nisu mi dale mira. Izbačena sam iz knjige od prve strane, od prve reči. Kako da Ernesta to nije brinulo, hoće li me povrediti ili ću biti ljubomorna? Je li pretpostavio kako razumem da je priči potrebna izrazita junakinja, a to nisam ja? Mene svakako nije pratio okolo sa sveskom i zapisivao svaku moju mudru misao kao što je radio s Daf. Umetnost za umetnost, ali šta je Ernest mislio? To sam morala da znam.

„Tejti", rekoh u mraku, donekle se nadajući da je već čvrsto zaspao. „Je l' me uopšte bilo u knjizi?"

Nekoliko sekundi je prošlo u tišini a onda je, sasvim tiho, rekao: „Nije, Tejti. Žao mi je ako te to pogađa."

„Možeš li mi reći zbog čega?"

„Ne mogu tačno. Ideje su mene spopadale, nije bilo obrnuto. No mislim da bi to moglo da bude zato što nikad nisi bila u onom kalu. Tebe zaista nije bilo u toj priči, ako to ima smisla, već si nekako ostala iznad nje, bolja i finija od nas ostalih."

„Meni to nije tako delovalo, ali je lepa misao. Hoću da verujem u to."

„Veruj onda." Okrenuo se na bok i potražio mi pogledom oči. „Volim te, Tejti. Ti si ono najbolje kod mene."

Uzdahnula sam na njegove reči i osetila tek mali ubod sumnje. „I ja tebe volim."

U sledećim nedeljama Ernest je nastavio da radi na romanu, da glača jezik, izbacuje čitave scene. Samo o tome je mislio i pošto je bio tako obuzet, ja sam bila srećna što imam prijateljice da mi prave društvo. Na kraju mu, izgleda, Polin nije smetala i ja sam bila zadovoljna zbog toga.

„Previše trtlja o Šanel", priznao je, „ali razume se u knjige. Zna šta joj se sviđa i, što je još bolje, zna *zbog čega* joj se to sviđa.

To je prava retkost, naročito danas, kad su svi sve naduvaniji. Nikad ne znaš kome da veruješ."

S Ernestovim odobrenjem, Polin je počela da dolazi u strugaru i pravi mi društvo posle podne. Pile bismo čaj dok se Bambi igrao ili spavao, a ponekad je išla sa mnom u muzičku prodavnicu kad sam vežbala na pozajmljenom klaviru.

„Zaista divno sviraš", rekla mi je jednog dana kad sam završila. „Naročito Buzonija. Pomislila sam da ću se rasplakati. Kako to da nikad nisi stvarno svirala?"

„Nisam mogla da prelomim. Jednostavno nisam bila dovoljno dobra."

„Još bi mogla. Trebalo bi."

„Vrlo si draga, ali to nije tačno." Istegla sam prste pa sklopila notnu svesku. „U svakom slučaju, ovo je sad moj život. Drugi ne bih htela."

„Ne, ne bih ni ja da sam na tvom mestu", rekla je, ali je kasnije, dok smo išle kući iz prodavnice, još mislila na isto. „Ne bi morala ničeg da se odrekneš da bi se ozbiljnije bavila muzikom", rekla je. „Jedan koncert ne bi bio tako strašna trauma. Svi te vole. Žele da vide kako si uspela."

„To bi iziskivalo mnogo vremena i napora", rekoh joj. „A bio bi mi potreban i lični klavir."

„Ionako bi trebalo da ga imaš. Svakako Hem to zna. Mogu da razgovaram s njim o tome ako hoćeš."

„Videćemo", rekla sam. „Razmisliću o tome."

Nikad se nisam oslobodila nervoze zbog nastupanja pred drugima, ali malo-pomalo počela sam da se pitam da li bi ipak za mene bilo dobro da održim koncert – naročito u trenutku kad je Ernest tako zaokupljen romanom. Ta knjiga mu je zaprečavala svaku drugu misao i ušunjavala se čak i dok smo vodili ljubav. Osećala sam ga sa sobom, u sebi, a onda bi nestao, jednostavno ispario u svet koji je stvarao.

Moje sviranje ništa ne bi promenilo u njegovim navikama – nisam bila toliko naivna da tako nešto zamislim – ali sam mislila kako bi to meni dalo nešto da se usredsredim i izduvam, mimo pojedinosti o rasporedu Bambijevog hranjenja i mog vežbanja. Uživala sam što sam mu majka, ali to ne znači da ne mogu da imam i druga zanimanja. Stela je divno uspela u tome. U stvari, ona je bila novi uzor udate žene, a ja sam bila zastareli i provincijski primer.

Činilo mi se ironičnim što su skoro sve žene koje sam znala sad neposredno imale koristi od sifražetskog rada kojim se moja majka bavila pre više decenija, u našem salonu, dok sam ja sedela s knjigom i trudila se da budem neprimetna. Moguće da nikad neću uspeti da sustignem zaista savremenu ženu, ali treba li i da obaram glavu tako uporno? Zar ne bih mogla bar malo da eksperimentišem i vidim šta bi drugo moglo da mi se učini ispravno, naročito kad imam tako dobre prijateljice koje me vole, kao što je Polin istakla, i žele da uspem?

Vremenom nas je Polin upoznala s mnogima iz svog finog društva s Desne obale, kao što su Džerald i Sara Marfi. Džerald je bio slikar, ali još više od toga, bio je ikona dobrog ukusa i dobrog života. On i Sara su došli u Pariz 1921, pa iako su imali divan stan na Ke de Gran Ogisten, polako su se selili na jug Francuske, gde su gradili imanje na Rivijeri u Antibima. Džerald je studirao arhitekturu, pa će imanje Vila Amerika biti zajedničko delo Marfijevih, nešto najlepše što se može zamisliti i priuštiti novcem – a oni su mogli mnogo da priušte. Polin nas je upoznala i s pesnikom Arčibaldom Maklišom i njegovom ljupkom ženom Ejdom, koja je lepo pevala, čak i profesionalno, i imala najlepšu haljinu s perlama koju sam ikad videla.

Iznenadila sam se kako je Ernest popustljiv prema tim poznanstvima. Među nama ih je pakosno zvao „bogataši", ali nije mogao da odoli da ne reaguje na pažnju koju je od njih dobijao. Roman *U naše vreme* objavljen je u Americi početkom oktobra i nedugo zatim su primerci mogli da se nađu po svim knjižarama. Kritike su bile izuzetno pozitivne; u njima je Ernest nazvan glavnim mladim piscem koga treba pratiti. Izgledi su mu bili sve sjajniji, ali ovi novi prijatelji nisu bili samo zgubidani. Oni se nisu zadovoljavali grejanjem dlanova na ivici Ernestovog uspeha; hteli su da potpire vatru.

U međuvremenu, Polin je počela po nekoliko puta nedeljno da dolazi na večeru u strugaru, a ponekad bi se Ernest našao s njom u nekom kafeu. Veoma mi je laknulo što je taj odnos bio prirodan i uzajaman. Nikad nisam volela da se gložim s Ernestom oko Kiti, ali on nije odstupao. Ona je za njega oduvek bila i uvek će ostati „ta pozlaćena kučka", ali je Polin kod njega izazvala blažu, bratskiju stranu. Prozvao ju je „Fajf", pa sam i ja to prihvatila. Za Bambija je ona bila *tante** Fajf, a i ona je nama nadenula imena odmila. Ernest je bio Papa ili Dram, a ja Haš ili Dula. Zajedno smo bili njeni voljeni, njeni dragoceni.

Kad je zima zamenila jesen, a pariska vlaga počela da nam prodire kroz prozore i pod vrata, Ernest je odlučio da odloži roman o Pamploni.

„Više ga uopšte ne vidim. Ne znam šta je dobro a gde sam promašio. Treba malo sam da se krčka." Uzdahnuo je pa počešao brkove koji su mu se progustili i u poslednje vreme postali neuredni, lepo necivilizovani. „Razmišljam da počnem nešto sasvim drugačije. Nešto smešno."

* Franc.: tetka, teta, ujna, strina. (Prim. prev.)

„Smešno pristaje Donu i Haroldu, ali nisam sigurna da je i za tebe."

„Prvo što si videla moje bilo je smešno. Hoćeš da kažeš da to nije bilo dobro?"

„Nikako. Samo kažem da tvoj rad ima jaču iskru kad je dramatičan."

„Ne znam", reče on pa odmah otpoče. Nisam znala šta je zapravo imao na umu ni kako će ga brzo izbaciti. U roku od dve nedelje imao je gotovu prvu verziju *Proletnjih bujica*, satirične parodije na najnoviju knjigu Šervuda Andersona *Tamni smeh*. No to što je napisao rad nije mu olakšalo sledeći korak. Nije bio siguran šta ima niti kome da to poveri. Neko bi mogao steći pogrešnu sliku i smatrati da je to napisao iz pakosti.

„Volela bih da pročitam", rekla sam mu. „Umem da budem širokog uma."

„Izvini, Tejti. Nisam ubeđen da umeš."

„Zar je tako strašno?"

„Ne mogu da kažem. Pokazaću Skotu, možda i Dosu."

Nažalost, njima se nimalo nije dopao projekat i rekli su mu da se ne bakće time. Andersonova knjiga možda i jeste budalasta i sentimentalna, složili su se, ali on je veliki talenat i učinio je tako mnogo da obezbedi Ernestovu budućnost, da ne bi bilo pošteno istreskati tog čoveka. I kakvu bi to imalo svrhu?

„Svrha", objasnio je Ernest, „jeste u tome da je knjiga nikakva i zaslužuje odstrel, a ako neko treba to da uradi, zašto to ne bi bio prijatelj?"

„To je vraški čudno viđenje", rekao je Skot. „Kažem ti: ostavi se toga."

Ernest je, nepometen, odneo rukopis u stan Marfijevih i čitao ga naglas dok se Džerald iz petnih žila trudio da ne bude zabezeknut, a Sara zaspala sedeći pravo na kauču u svetlom svilenom ogrtaču. Ja sam slušala sa sve većom panikom. Kad je Ernest završio, Džerald se nakašljao nekoliko puta pa, veoma diplomatski, rekao: „Meni to nije, ali neko bi mogao pomisliti kako je to ono pravo."

„Ubijaš me", rekao je Ernest.

Džerald se okrenuo meni. „Šta ti misliš, Hedli? Ti imaš zdravu glavu na ramenima."

„Pa", počela sam, „to nije sasvim ljubazno."

„Tačno", složio se Džerald.

„Nije ni trebalo da bude ljubazno. Trebalo je da bude smešno."

„Tačno", ponovio je Džerald.

U potaji sam razvila teoriju kako je Ernest zapravo napisao tu knjigu ne bi li se udaljio od Šervuda i izašao iz njegove senke. I prijatelji i kritičari su često poredili Ernestovu prozu s Andersonovom, a Ernest je od toga ludeo. Nije želeo da ga sravnjuju s drugima, naročito ne s dobrim prijateljem i zastupnikom njegovog rada. Bio je zahvalan Šervudu na pomoći, kleo se da jeste, ali nije mu ništa dugovao. Nije bio vezan ugovorom. Njegov rad je bio samo njegov i nameravao je to i da dokaže jednom za sva vremena.

Žudeći da nađe nekog ko će se složiti s njim o *Proletnjim bujicama*, Ernest je najzad otišao Gertrudi, ali među njima već neko vreme nije bilo kako treba, a ovo je bila poslednja kap. Kad mi je ispričao kako je prošlo, srce me je zabolelo. Samo što ga nije izbacila iz stana govoreći: „Heme, ovo je neukusno, a ti si iznad toga."

„Jesam li?", pokušao je da okrene na šalu.

„Tako sam nekad mislila. Bio si posvećen svom zanatu. Sad si pakostan, težak i brineš samo o tome kako da se istakneš i o novcu."

„Ne budi licemerna. Ti bi volela da si bogata."

„Volela bih da sam bogata", složila se ona. „Ali ne radim sve što je moguće da bih to postala."

„Misliš, kao što je odricanje prijatelja?"

Ona se tad ućutala.

„Shvatam. Baš lepo me vidiš."

Izleteo je napolje, a kad je stigao kući prvo nije hteo čak ni da priča o tome. No knjigu je sklonio u fioku, a meni je laknulo što sam videla da je odustao od nje.

Tad se već bližio Božić. Spremali smo se da opet odemo u Šruns i ostanemo do proleća, a Ernest je svu energiju usmerio na planiranje.

„Što ne bismo pozvali i Polin da dođe s nama?", predložio je on. „Tebi bi bilo mnogo lepše ako i ona bude tamo."

„To bih volela. Zar nisi divan što misliš na mene?"

Pozvali smo i Džini zato što su sestre često išle u paru, ali Polin nas je uverila kako Džini ide u Nim s nekim prijateljima. Ona sama je bila oduševljena što će doći. Jedva je čekala.

TRIDESET ČETVRTO POGLAVLJE

Pfajf je s voza sišla sva rumena i lepa. Nedelju dana ranije bilo je više od pola metra snega, ali vreme je uporno bilo sve toplije pa se on sad rastopio, te skijanje nije bilo moguće. Ernest je obećao da će je naučiti da se skija, pa je trapavo nosila skije kad smo je dočekali na peronu, mada nije delovala razočarano kad smo joj rekli da se sve topi.

„Biće mi dovoljno što sam uz vas dvoje ljubimaca", rekla je. „I naravno s Bambijem."

Bambi je stajao i držao me za ruku. Bio je u svom odelu za sneg, izgledao kao pravo austrijsko detešce i bio vrlo hrabar pred vozom koji ga je oduševljavao i užasavao.

„Javi se *tante* Fajf", rekao je Ernest Bambiju, koji se sakrio iza moje suknje, pa odande znatiželjno izvirivao, što nas je sve nasmejalo.

Polin je izgledala očarano Šrunsom i svojom sobom u *Golubu* koja je bila na kraju dugačkog hodnika, odmah do sobe u kojoj je Ernest radio. „Manja je od tvoje", rekla je kad ju je videla, „ali ni ja nisam baš velika."

Sela sam na krevet da gledam kako se raspakuje dok se Bambi igrao resama krevetskog pokrivača klečeći i pevušeći austrijsku narodnu pesmu kojoj ga je Tidi naučila. Polin je otvorila torbu i počela da vadi dugačke štofane suknje i lepo izrađene čarape. Podigla je kašmirski džemper boje maslaca, naslonila ga uz telo pa ga trostruko preklopila.

„Imaš divne stvari", rekla sam joj pogledavši svoje pantalone i debeli vuneni džemper. „No ako zaista ovde budeš nosila nešto od toga, sve ćeš nas posramiti."

„Pre mi se čini da ću se sama osramotiti", rekla je. „Izgleda da sam preterala. Hem je rekao da je ovde najbolje društvo."

„Mora da je mislio na divokoze. Ili možda na debele Austrijance kasape i drvoseče s kojima se karta, a svaki od njih puši veću cigaru. Ako ne budeš pažljiva, mogla bi među njima da nađeš muža."

„Rekao bih da će lakše pasti jarčevi nego drvoseče", kazao je Ernest s vrata. Ispunio je okvir vrata, a iza njega je bio mračni hodnik.

Polin se nasmešila. „Onda ću se truditi da smanjim očekivanja."

Svi smo se smejali pa se Ernest vratio pisanju i čujno zaključao vrata. Meni je laknulo što vidim da opet piše. Prve dve nedelje u Šrunsu proveo je u krevetu i lečio bolno grlo i jak kašalj. Zato je bilo dobro što je izgledao spreman da se poduhvati posla, a još bolje što ja imam drugaricu s kojom će mi biti zabavno da razgovaram dok je on zauzet.

Kad se Polin sasvim smestila u svojoj sobi, utoplile smo Bambija pa ga vukle do varoši na sankicama kako bih joj sve pokazala – trgić s radnjicama i *Gasthäuser**, kuglanu, strugare i potok Lic, koji je više puta presecao varoš i bio pokriven jakim drvenim mostovima.

„Već obožavam sve ovde", rekla je Polin s uzdahom.

---

* Nem.: gostionica, krčma. (Prim. prev.)

Upravo su tad Bambijeve sanke naišle na led pa se iskrivile na bok i on se skotrljao u sneg. Oduševljeno je ciknuo, ustao i ponovo se brzo popeo na sanke: „Opet, opet, mama!“

„Opet, opet!“, odazvala se Polin pa šutirala sneg oko sebe onim lepim, nepraktičnim čizmama.

Kad smo se vratile u hotel, bila je sa mnom u sobi dok sam se presvlačila.

„Ovde neće valjati ništa od onoga što sam ponela“, rekla je. „Bi li mi pozajmila nešto svoje?“

„Ne misliš valja ozbiljno. Ja sam dvaput veća od tebe.“

Ona se namrštila. „Svakako nisi dvaput. A kakve su radnje? Ima li nečeg u blizini?“

„Ako nisi izbirljiva. Na stotine kilometara odavde nema ničeg ni nalik buticima s Desne obale.“

„Upravo sam od toga i pobegla ovamo. Nameravam da budem samo praktična, s razumnim, nimalo besmislenim pantalonama i muškim košuljama kakve su tvoje.“

Nisam mogla da se ne nasmejem. „Jesi li sigurna da znaš u šta se upuštaš?“

„Potpuno. I hoću papuče kao tvoje. Jednostavno moram imati iste.“

„Smešna si. Možeš uzeti ove“, rekla sam pa skinula papuče i pružila joj ih. „Ja ću nositi Ernestove. Uzgred, to se događa u braku. Negde usput otkriješ da imaš muževljeva stopala.“

Nasmešila se. „To mi ne bi smetalo.“

„Nemoj mi reći da si omekšala prema braku. Je l’ se pojavio neko nov?“

„Ne, ne. Samo sam zaljubljena u to kako ti i Dram živite. Neke stvari ranije nisam primetila, kao to kako je lepo kad imaš nekog uza se. Nikakav beli vitez koji te odnese, već momak koji sedi za tvojim stolom svake večeri i govori ti šta misli.“

„Ne rade oni *uvek* to, znaš. Čak i ne pričaju uvek.“

Ona se opet osmehnula i rekla da nije važno, pa je obula moje papuče. Bile su to tipične alpske, debele i tople, postavljene krznom, ali ona ih je nosila kao da ih svejedno obožava. „Hoću da umrem u njima", rekla je. „Nećeš moći da mi ih oduzmeš."

I dalje je bilo pretoplo i vlažno za skijanje, ali smo svejedno ustanovili divan raspored. Polin je bila moja senka, a kako dotad nisam imala senku, uživala sam u pažnji i društvu. Svakog popodneva me je gledala dok vežbam klavir ispunjavajući pauze između dve kompozicije podrškom i hvalom. Postala mi je najvažniji saradnik otkad je počela da me podstiče da održim koncert, a iznenadila sam se kad sam shvatila da mi se dopada što imam zastupnika koji se bori za moju stvar kod Ernesta, koji je već odredio deo svog avansa za iznajmljivanje klavira kad se vratimo u Pariz. Nisam znala da mi je potrebna njena pomoć sve dok je nisam dobila i mogla da se oslonim na nju – a tad sam se zapitala kako sam živela bez nje.

Možda zbog bliskosti, zbog toga kako smo sve troje bili stalno zajedno, no Polin je u Šrunsu pošla u krstaški pohod za Ernestov rad. I ranije se divila njegovom pisanju i smatrala ga za veliki talenat, ali sad je to postalo ličnije. Upravo je ponovo počeo da radi na romanu iz Pamplone pa je jednog popodneva, kad smo Polin i ja ručale, sišao iz svog ateljea s jasnim i živim pogledom u očima.

„Dobro ti je išao posao", primetila sam. „Drago mi je."

„Vrlo dobro. Pomerio sam ih u Burgetu."

„Verovatno mi ne bi dao da pročitam deo", rekla je Polin.

„Još nije ni u kakvom stanju. A ionako si samo učtiva."

„Uopšte nisam. Prosto znam da je sjajno. Je l' da, Hedli?"

„Naravno da jeste", rekla sam. I bilo je. No nisam bila spremna, bar ne još, da s nekim podelim svoja zamršena osećanja o toj knjizi. Samo to što sam je čula da pita da je čita izazvalo mi je nalet nelagode. Ona je pronicljiva devojka. Šta će pomisliti kad vidi da ja nisam ni neki sporedni lik? Hoće li pomisliti da smo Ernest i ja na nesigurnom tlu? Hoće li videti nešto što ja nisam videla ili nisam mogla da vidim?

„Roman o Pamploni će pričekati", rekao je on. „Mora još da se kuva." Zdušno se bacio na tanjir s kobasicama i lepim krompirom, pa na tren zastao. „Imam nešto drugo što možeš da vidiš ako si zaista ozbiljna."

„*Sušta* sam ozbiljnost", rekla je. „Zar nisi znao?"

Posle ručka, kad je Ernest doneo rukopis i dao ga Polin, ona je rekla: „Ovo je zaista čast."

„Videćemo hoćeš li to i dalje osećati kad pročitaš prokletinju", rekao je Ernest pa se spremio za bilijar s her Lentom.

Tek kad sam prošla iza nje da joj čitam preko ramena, shvatila sam da je rukopis koji joj je dao *Proletnje bujice*. Osetila sam blagu mučninu shvativši kako uopšte nije prestao da razmišlja o tom projektu. Samo je strpljivo čekao pravog čitaoca.

Kad je otišao na partiju, Polin se sklupčala u lepu crvenu fotelju uz vatru, a ja sam se vratila klaviru. Bilo mi je teško da se usredsredim jer se ona naglas smejala dok je čitala. Na kraju sam pomislila da će mi prijati duga šetnja pa smo se tek za večeru, mnogo sati kasnije, svi opet sastali.

„Ovo je sasvim urnebesno", rekla je ona Ernestu i pre nego što se udobno smestio za sto. „Vraški pametno i vrlo smešno. Imaš moj glas."

„I meni je bilo smešno", rekao je. „No moji dobri prijatelji izgleda da vide drugačije." Upadljivo je pogledao u mene.

„Ja samo mislim da je to ružno prema Šervudu", rekla sam.

Polin je sad jasno shvatila svoj zadatak. „Ako je knjiga dobra, zar to nije nekakvo priznanje Andersonu?", upitala je. „Za dobrim konjem se prašina diže, zar ne?"

„Upravo to sam i ja mislio", ponovio je Ernest pa su njih dvoje nastavili da bodre jedno drugo, sve naglašenije se slažući.

„Samo tako može da se gleda na ovo, zar ne? Zar na kraju neće biti polaskan?", rekla je.

„Ko ima imalo umeća ne vređa ga satira", rekao je on.

„Ja mislim da je sjajno. Vraški dobra knjiga i trebalo bi odmah da je predaš."

Sve do tog trenutka nisam sasvim razumela kako je on bio povređen kad su svi, zajedno sa mnom, omalovažili tu knjigu i odbacili je. On je voleo pohvale i bile su mu potrebne. Voleo je i bilo mu je potrebno da bude voljen, čak i obožavan. No mene je zabrinulo što ga je Polin podstakla baš sad i na taj način. S njenom podrškom on će *Proletnje bujice* poslati *Boniju i Liverajtu*, svom novom američkom izdavaču, i onda se ništa dobro neće dogoditi. Anderson je bio njihov najznačajniji pisac, a kako je baš preko njega Ernest i stupio u vezu s njima, nisam mogla zamisliti da ih knjiga neće uvrediti. Kad Anderson čuje, biće i više nego uvređen. Pretpostavljala sam da ćemo trajno izgubiti njegovo prijateljstvo, isto kao što očigledno gubimo Gertrudino. Bilo mi je teško da gledam kako Ernest odbacuje te mentore, kao da je zadavanje jakih udaraca jedini način da dokaže sebi (i svima ostalima) kako mu nikad i nisu bili potrebni. Međutim, osećala sam kako su mi s ovom knjigom ruke vezane. Više ništa nisam mogla da kažem protiv nje.

Sledećeg popodneva Ernest je sredio prekucani tekst pa ga uvio s pismom Horasu Liverajtu u kojem je rekao kako mogu da dobiju knjigu za avans od 500 dolara i da će svoj novi roman o borbi s bikovima, za koji ima razloga da bude uzbuđen, vrlo brzo biti dovršen. I tako ode taj paket.

Dok smo čekali odgovor, naišlo je novo nevreme s još kiše. Ubijali smo vreme u hotelu, čitali i jeli bolje nego ikad. Posle podne su Ernest i Polin počeli da se šetaju uzbrdicom iza hotela ili da lagano krivudaju po varoši zadubljeni u razgovor.

„Mnogo je pročitala“, rekao mi je jedne večeri dok smo se spremali za krevet. „I ume prelepo da priča o knjigama.“

„Misliš, više nego o Henriju Džejmsu?“

„Da“, rekao je pakosno se cereći. Henri Džejms je i dalje bio naša lična šala, pisac koji se isprečio kao granica između nas i pokazivao kako sam ja zaglibljena u prošlost bez obzira na to sa čim drugim me je upoznao ili na šta sam sama naišla.

„Zaista je pametna devojka“, rekla sam osećajući laku ljubomoru zbog njihove sve veće bliskosti. *Zaista* je bila pametna i kao da joj je prijalo što je intelektualno odgovarala Ernestu. Ja sam mogla da budem njegova navijačica, i bila sam od one večeri u Čikagu kad mi je prvi put pružio presavijene i izgužvane stranice. No ja nisam bila kritičar. Nisam umela da mu kažem *zbog čega* je njegov rad dobar i zbog čega je značajan za književnost, da vodim taj prastari razgovor među piscima i ljubiteljima knjiga. Polin je to umela i on je reagovao kao što se moglo očekivati. Dobio je novu energiju, naročito s večeri, kad bi sišao posle čitavog dana rada jer je tamo bio neko zanimljiv kome može da priča i *s kim* može da priča. Šta je uzbudljivije od toga? Ja mogu da ga volim do ludila i dajem sve od sebe da ga razumem i podržim, ali ne mogu da budem sveže oči i svež osmeh posle pet godina. Ne mogu da budem *nova*.

Dva dana posle Božića stigao je odgovor od *Bonija i Liverajta*. Odbacili su *Bujice*. Osim što je to nepotrebno pakosna satira usmerena na Andersona, nisu smatrali da bi se dobro prodavala. Suviše je intelektualna i nije duhovita koliko je trebalo. Veoma su, doduše, zainteresovani za roman o španskom prazniku i nestrpljivo čekaju njegov svršetak.

„Znači da sam slobodan čovek", rekao je kiselo Ernest pošto nam je naglas pročitao kablogram. „Skot je o meni pričao Maksu Perkinsu u *Skribneru*, a tu je uvek i *Harkort*. Mogu da odem kud hoću."

„Neko mora da primeti genijalnost ovde", rekla je Polin i naglasila to udarivši sitnom pesnicom o naslon fotelje.

„Ne znam", rekla sam. „Zaista želiš da presečeš veze s *Liverajtom*? Lepo su postupili s tobom za roman *U naše vreme*."

„Zašto uvek moraš da budeš tako prokleto razumna? Ne želim više da idem na sigurno. Osim toga, oni bi trebalo *meni* da budu zahvalni. Doneo sam im lepe pare."

„Nisu oni jedini izdavači", rekla je Polin. „Skot je imao sreće sa *Skribnerom*. Možda je to put."

„Nešto dobro mora da se desi", rekao je on. „To je vraški dobra knjiga."

„O, jeste!", uzviknula je ona. „Otići ću lično u Njujork i objasniti Maksu Perkinsu šta je duhovito ako on ne bude shvatio."

Ernest se nasmejao pa se na tren ućutao. „Znaš", rekao je, „možda i nije loša zamisao da odem u Njujork i lično se upoznam s Perkinsom. Skot mi kaže da je on najbolji, ali bilo bi dobro naći se licem u lice i tako sklopiti ugovor, ako do njega uopšte dođe."

„Zar nisi rešen da to saznaš?", upitala je Polin, a meni je upalo u oči kako je brzo i ova njena ideja postala *fait accompli**. Ona je prijala njegovom uhu. Govorila je ono što je najviše želeo da čuje, a to je očigledno bio moćan tonik i za jedno i za drugo, ta sjedinjenost u mišljenju. U međuvremenu, ja sam bila sama protiv *Bujica* i čitavog tog scenarija.

* Franc.: svršen čin. (Prim. prev.)

„Svakako možeš sve to da obaviš i poštom", rekla sam. „Ili da odeš na proleće, kad dovršiš izmene na novoj knjizi, pa ćeš imati više da pokažeš Perkinsu."

„Ali *Bujice* su završene. Znam da ne podnosiš tu knjigu, ali gvožđe se kuje dok je vruće."

„Nije tačno da je ne podnosim", pobunila sam se. No on je već ustao i dolio piće, a u glavi su mu se rojili planovi.

„To je ispravno, videćeš", rekla je Polin.

„Nadam se da je tako", kazala sam.

Kasnije te večeri, dok smo se spremali za krevet, rekla sam Ernestu: „Znaš, nisam ja samo *razumna*. Nekad ti se dopadala moja otvorenost."

„Jeste", rekao je malko uzdahnuvši. „Ti si veoma dobra i veoma iskrena. No ja ću ovo uraditi. Jesi li na mojoj strani?"

Koliko me je samo puta to pitao otkad smo u braku? Stotinu? Hiljadu?

„Uvek sam na tvojoj strani", rekla sam i zapitala se jesam li jedina koja oseća zamršenu istinitost toga kako lebdi nad nama u mraku sobe.

TRIDESET PETO POGLAVLJE

Februar u Šrunsu je ličio na pakao u malom. Napolju je vreme besnelo i mlatilo. Unutra nije bilo ništa bolje jer je suština života otišla u Pariz, pa zatim u Njujork, a ja sam ostala sama sa svojim slutnjama.

Veče pre nego što je Ernest otišao pomogla sam mu da se spakuje, ali je raspoloženje bilo zategnuto.

„Ako hoćeš, mogla bi da pođeš do Avra i tamo se oprostiš od mene."

„Teško je s detetom u vozu."

„Onda ga ostavi sa Tidi. Samo na nekoliko dana."

„Možda", rekla sam, ali već sam znala da neću zato što to ništa ne bi promenilo. Ne bi mi raspršilo brige da se među nama stvorio i rastao jaz, da je prestao da me sluša i da mi veruje, a ne bi umirilo ni moju neizvesnost zbog toga kako se okrenuo Polin. Privlačila ga je, to je bilo očigledno, ali nisam verovala da će zaista nešto i uraditi. S Daf nije, mada ona ni izbliza nije bila tako usađena u naš život. Polin mi je bila prijateljica. Ne bi on to uništio, a ne bi ni ona. Otkad smo je ispratili na voz za Pariz, gotovo svakodnevno nam je slala pisma. Uvek ih je adresirala na oboje, na njene velike ljubimce, kako je volela da kaže, njene dragocene. Ton joj je bio razdragan, sveobuhvatan i nepomućen – kao i sama Polin – pa sam se osećala bolje čitajući ih. Pomagalo mi je i to što sam sebe podsećala kako ona želi romansu koja će je oboriti s nogu, onakvu kakva se nalazi u književnosti. Ne bi se zadovoljila nečim niskim. To nije bio njen stil.

„Videćeš se, naravno, s Polinom u Parizu", rekla sam Ernestu stavljajući poslednje stvari u kofer.

„Ako bude vremena. Ona je sad vrlo zauzeta oko modnih revija za proleće, a ima i mnogo drugih prijatelja koje treba da vidim. Znači nećeš doći?"

„Ne, mislim da mi je bolje ovde."

„Kako ti drago", rekao je on i zatvorio kofer uz škljocanje.

Ernest je bio deset dana na pučini, nedostupan. Za to vreme Bambi i ja smo se koliko smo mogli držali uobičajenog rasporeda jer sam se tako osećala utemeljenije i stabilnije. Jeli smo uvek isto i u isto vreme. Rano smo legali i rano ustajali. Po podne bih se prošetala do sela ili pisala pisma dok Tidi pazi na njega. Uglavnom sam pre podne vežbala Buzonijevu obradu Bahove čakone dok mi se ne učini da će mi prsti otpasti. Radila sam to zbog koncerta koji sam konačno rešila da održim. Ernestovo odsustvo i moji sve veći strahovi pomogli su mi da uvidim kako mi je to potrebnije nego ikad. Pisala sam upravniku *Salle pleyel*, male koncertne dvorane u Ulici Rošešuar, u kojem sam prenela svoje zanimanje da tamo nastupim, kao i pojedinosti o mom poreklu i vezama. Drhteći sam čekala odgovor, mada nije bilo potrebno. On mi je brzo i pozitivno odgovorio, odredio 30. maj. Pojedinosti ćemo utvrditi kad se početkom aprila vratim u Pariz.

Kad mi je Ernest konačno pisao, saznala sam da je čim se iskrcao u Njujorku pravo otišao kod Horasa Liverajta. Sastanak je dobro prošao. Liverajt je bio uljudan i sve se završilo u sasvim prijatnom raspoloženju. Ništa nisu zamerili jedan drugom, a što je najbolje, Maksvel Perkins je *Bujice* video kao „veliku knjigu“. Ponudio je 1.500 dolara avansa na ime autorskih prava za ovu i za novu knjigu, koju je Ernest nazvao *Sunce se ponovo rađa*, što je više novca nego što smo ikad čuli da je neko dobio. Spremao se da napusti Njujork krajem nedelje, ali se u poslednjem trenutku predomislio i produžio boravak. Na kraju krajeva, bio je na vrhu sveta, a tu je bilo toliko zanimljivih ljudi. Upoznao se s Robertom Benčlijem, Doroti Parker i Elinor Vajli, pa je sve bilo dobro, da ne može biti bolje. Zašto bi žurio nazad?

U međuvremenu, vreme u Šrunsu se stabilizovalo. Napadalo je skoro metar snega, a ja sam se, trudeći se da ne poludim čekajući, skijala i šetala sve dok mi noge nisu postale jače nego ikad a pluća jedva osećala tu visinu. Iznad varoši sam mogla da gledam dole i vidim naš hotel kao minijaturu. Iz daljine sam mogla da ga stavim na dlan, pa opet mi je izgledao čvrst i pouzdan. Od svih mesta na kojima smo Ernest i ja bili zajedno, ovde sam se osećala najbezbednije i najsnažnije. Kad je već trebalo da prebrodim nedelje neizvesnosti, bilo mi je drago što sam ovde.

Ernest je u Njujorku ostao ukupno tri nedelje, pa opet deset dana na moru. Brod mu je pristao u Avru početkom marta, ali nije odmah došao u Šruns. Ipak je trebalo da se vidi s prijateljima u Parizu. Uspeo je da uhvati Skota i Zeldu na lepom ručku pre nego što odu u Nicu na celo proleće. Video se sa Džeraldom i Sarom Marfi, Maklišovima i, naravno, s Polinom. Sredio je poslove s bankom koje je trebalo obaviti i postarao se za stan, pa su tako prolazili dani. Kad je konačno stigao, na dan kad je sunce jarko zablistalo, Bambi i ja smo ga čekali na stanici.

„Vidi ti nju!“, uzviknuo je kad smo se našli na peronu. „Tako si fina, pocrnela i ljupka.“

Nasmešila sam se i poljubila ga.

„A vidi te obraze kao u mrmota, gospodine Bambi“, rekao je. „Moram priznati da imam najlepšu porodicu. Baš sam srećan.“

Za večerom je bio pun uzbudljivih priča o Njujorku. Tek kad smo se našli u krevetu rekla sam mu za koncert u *Salle pleyel*, a on je bio uzbuđen gotovo isto kao i ja.

„Tejti, ja sam to oduvek želeo za tebe. Da ti u životu bude muzika, kao nekad kod kuće. Da ti toliko znači.“ Prošao mi je šakama kroz kosu koja je sad rasla divlje i bila prilično posvetlela od sunca. „Nisam znao koliko si mi nedostajala dok te danas nisam ugledao.“

„Nisi?“

„Ima nečeg u povratku kući što te podseti na to šta imaš.“

„Ti si meni nedostajao sve vreme.“

„I to je lepo“, rekao je. „Sve je lepo.“

Poljubila sam ga pa legla i posmatrala kako se uspavljuje. Oči su mu bile sasvim opuštene i oko njih nije bilo bora i umora. Kad je dobro spavao, izgledao je kao dečak. Pod tim muškarcem videla sam dečaka kakav je bio i volela ih obojicu, jednostavno, potpuno i nepromenjivo. Uvukla sam se pod njegovu ruku i osetila tako dobro uz njegovo udisanje i izdisanje, pa sam se prepustila snu.

U martu su Šruns pogodile snežne lavine. Her Lent je poveo grupu Nemaca kad se dogodila prva. Bilo je mnogo sunčanih dana i uslovi su postali opasni, pa iako je Lent rekao Nemcima da ne dolaze, oni su ipak došli i navalili da se skijaju vodio ih on ili ne. Tako ih je poveo do najzdravije padine koju je znao pa se sam prvi spustio da se uveri kako je sve u redu. Oni su se spustili grupno, njih trinaest, i stigli do sredine strmine kad se planina odvalila. Čitava strana je krenula da vrtoglavo klizi, pa ih je pokrila svih trinaestoro. Kad je spasilačka ekipa stigla i iskopala ih, devetoro je već bilo mrtvo.

Kad su Lent i njegova lepa pomoćnica frojlajn Glazer došli u *Goluba* da provedu veče s nama, čuli smo celu priču iz prve ruke.

„Jedan čovek se zaglibio u teškom snegu, starom snegu, naročito mokrom i dubokom", pričao je Lent. „Nismo ga našli puna dva dana. Spasioci su kopali i kopali, a konačno su ga našli po krvi koja nam je ukazala trag i mi smo ga pratili. Skoro je otkinuo glavu trudeći se da nekako diše."

„Sve do kosti", dodala je frojlajn Glazer. Bila je tako sveža i ljupka sa čvrsto upletenom kosom i pocrnelim mrkim licem da je sasvim zaprepašćivalo kad od nje čuješ tako stravične pojedinosti. „Pre mnogo godina jedan čovek je ušao u lavinu. Okrenuo se da mahne prijatelju pa su obojica poginula mašući i smešeći se."

„Ne verujem da su se smešili", rekla sam.

„Ja verujem", kazao je Ernest. Vatra je pucketala i pštala, a mi smo se nakratko ućutali. „Možda je to kao borba s bikovima ili bilo šta drugo", konačno je rekao zureći u šolju s kuvanim vinom. „Možda možeš da upoznaš lavinu, da se srodiš s uslovima i naučiš šta ih pokreće i kako da preživiš ako te ponese."

„Možda", rekao je Lent. „U svakom slučaju možeš sebi da poboljšaš izglede, ali to nikad neće prestati da bude opasno."

„Misliš li da ćemo se ove sezone još penjati?", upitao je Ernest.

„Sumnjam", odgovorio je Lent. „Ako nekog i nagovoriš da te povede gore, to neću biti ja. Ne bih podneo da se ponovo nešto dogodi."

Frojlajn Glazer je saosećajno klimnula glavom, ali Ernesta kao da uopšte nije odvratilo Lentovo iskustvo. I dalje je razmišljao kako bi to uradio. Videla sam to po iskri u očima koju je svaki rizik izazivao. Želeo je da okuša svoju veštinu i strah dok sam ja razmišljala: *Ljudi su poginuli. Ne bi trebalo uopšte više da budemo ovde.*

Kako je Lent ostao uporan da ne treba da se skijamo, bili smo srećni kad smo krajem marta dobili pismo od Dos Pasosa u kojem nas obaveštava da će nas posetiti s Marfijevima. Kad su stigli, boravak u Šrunsu je bio kao i bilo gde drugde s vrlo bogatima. Bila je to neuporediva zabava u svako doba dana i svi su bili veseli.

„Dopada mi se vaše skrovište", rekla je Sara Marfi kad je sišla na doručak u novom, nenošenom odelu za skijanje iako skijanja nije bilo.

„Najbolje je", složila sam se.

„Samo više nije skrovito", ubacio je Ernest pakosno se smešeći.

Ernest se često žalio na beskrajan ukus i gomile gotovine Marfijevih. Bio je strpljiviji sa Sarom jer je ona bila tako lepa i pružala nam je mogućnost da gledamo lepotu. Sa Džeraldom je bilo teže. Za Ernesta je bio previše uglađen, suviše fin. Odela su mu bila prelepa i govorio je dobro, da je čovek morao da pomisli kako je on sebe iz temelja izgradio u stvorenje čiste elegancije, čistog šarma. No on je začudo izgledao i rešen da uradi sve što je potrebno kako bi ostavio utisak na Ernesta i stekao njegovo prijateljstvo i odobravanje. Nismo mogli da idemo na padine, ali je Ernest davao časove skijanja Džeraldu na bregu iza *Goluba* i tu je Džerald počeo da zove Ernesta „Papa" jer je bio prekaljen učitelj i uživao je u toj ulozi. Rekao mu je: „Pokaži mi ponovo kako da presečem taj okret u dnu padine, Papa. To je bila prava lepota."

Ernest je ostao oprezan. „Mogu da kupe čitavu smrdljivu Rivijeru ako im se prohte", rekao je u krevetu jedne večeri. „Pa da je nasele zanimljivim primercima koji će ih zabavljati u svako doba, kao mi. Svi smo mi orguljaški majmuni, a Dos je najgori. U njemu nema više uopšte inata, toliko se trudi da ih zadrži."

„No ima u tome i lepog, a i vrlo su velikodušni, zar ne?"

„Evo opet moje dobre i istinoljubive žene. Bi li te ubilo da se nekad složiš sa mnom?"

„Bi li tebe ubilo da vidiš dobro u njima? Oni ti se beskrajno dive."

„Veoma bogati se dive samo sebi."

Neko vreme smo ležali mirno i u tišini čuli kako Bambi suvo kašlje u sobi do naše. Što je više rastao, ređe se budio noću pa smo Tidi sada angažovali samo preko dana. Međutim, dok sam slušala sve uporniji kašalj, pomislila sam kako bi bilo lepo da je ona tu za ovakve trenutke.

„Hoćeš li da se postaraš za to?", upitao je Ernest. „Ne želiš valjda da nam probudi dobre i velikodušne goste."

„Zar moraš da budeš tolika magarčina?", pitala sam umorno ustajući pa se mašila ogrtača.

„Da, moram. To me održava u formi." Okrenuo se i napravio predstavu udobno se smeštajući za san, a ja sam otišla da se postaram za dete, koje se nije ni probudilo. Kašljao je zatvorenih očiju, još sanjajući, a kad je napad konačno minuo, izgledao je savršeno dobro i disao duboko. Vrativši se u sobu, ušunjala sam se tiho misleći da Ernest već spava, ali nije.

„Izvini što sam tako mušičavo govno", rekao mi je iz mraka. „Ti si oduvek bila bolji čovek."

„Nisam", odvratila sam i okrenula se k njemu. „Mi smo isti čovek, zar ne?"

„Naravno", rekao je pa mi promrsio kosu i poljubio me u nos. „Laku noć, Tejti."

„Laku noć, Tejti", uzvratila sam mu.

TRIDESET ŠESTO POGLAVLJE

Dvorac Šenonso se savršeno odražavao u reci Šer. Činilo mi se kao da je tamo zato što sam ga sama zamislila, da je izašao iz mog sna pa lebdi dok se ne okrenem a on se ne rastopi. Uporno mi je pogled privlačio dvostruki niz lukova sve dok nisam mogla da razaberem koji je pravi a koji samo odraz.

„Zovu ga *damski dvorac*", rekla je Polin čitajući iz vodiča.

„Zašto?", pitala je Džini.

„Ne kaže zašto. Možda zato što je on najveća dama u kraju."

„Možda su tu dame stezali u korsete i ućutkavali", rekla je Džini. „Dok su muškarci bili u dvoru i zabavljali se s kurvama i glodali velike čereke govedine."

Nasmejala sam se. „Čovek bi pomislio da uopšte ne voliš muškarce."

„O, umeju oni da budu od koristi."

„Rekla bih da umeju", kazala je Polin.

Putovale smo dolinom Loare, po oblasti dvoraca. Nikad tu nisam bila, ali Džini i Polin su znale gde treba odsesti, u koji restoran otići i šta naručiti. U Turu smo jele svinjsku paštetu, divljeg vepra, jarebicu i meke teleće kotlete, belu šparglu i pečurke koje se tope na jeziku i sedam vrsta kozjeg sira. Kud god smo išle bilo je drugačijeg regionalnog vina da probamo, a uveče smo užasno dobro spavale u najboljim gostionicama. U početku mi je bilo čudno što devojke podmiruju sve račune, ali one su bile uporne da sam im ja gošća i da su čitavo putešestvije smislile zato što su htele da me počaste.

Ernest je uglavnom mrzeo da primam milostinju, ali kad su Polin i Džini predložile dolinu Loare, nedugo pošto smo se u aprilu vratili u Pariz, iznenadio me je podržavši me da idem.

„Mari Kokot će dolaziti svakog dana i hraniti nas", rekao je. „Knjiga je završena. Svakodnevno ću voditi gospodina Bambija na biciklističke trke i smeštati ga da dugo drema na suncu. Bićemo sjajan tim, a ti si zaslužila predah."

I jesam, pomislila sam. Poslednjih nekoliko nedelja u Šrunsu svaki slobodan tren provodila sam pripremajući komade za koncert, plašeći se da neću biti spremna. Rekli smo svima koje znamo i dvorana je gotovo već bila rasprodata. Već je to bila dovoljno izluđujuća misao, ali sam se unela u rad, u svaki komad, frazu i nijansu, verujući da ću kad dođe vreme moći da se oslonim na naviku ako i propadne sve ostalo. U međuvremenu, Ernest se potpuno posvetio dovršavanju *Sunca*, koje je prepravljao po nekoliko poglavlja na dan. Sad je bio spreman da pošalje rukopis Maksvelu Perkinsu.

„Razmišljam da ga posvetim gospodinu Bambiju", rekao je i dodao kako je knjiga puna uputstava i anegdota.

„Ti to ozbiljno?"

„Naravno da ne mislim ozbiljno. Ovo je trebalo da bude ironično. Skot kaže kako ne bi trebalo, ali ja mislim da bi bilo dobro. Bambi će znati kako zaista mislim da ne treba nikad tako da živi, kao ovi siroti izgubljeni divljaci."

„Misliš, kad bude umeo da čita", rekla sam smejući se.

„Pa naravno."

„Nije lako znati kako treba živeti, zar ne? Srećan je što ima tebe za tatu i jednog dana će se vrlo ponositi."

„Nadam se da to stvarno misliš."

„Naravno, Tejti. Zašto ne bih mislila?"

„Zato što nije uvek lako znati kako treba živeti."

Dok sam se pakovala za put, morala sam da priznam kako mi je laknulo što smo se vratili pariskom životu i što je Polin uveliko u njemu. Čim smo došli, odmah je svratila u strugaru i bila ona ista divna, nasmejana i šaljiva s oboma i zvala nas „dva najdraža čoveka".

„Bože, kako si mi nedostajala, Fajf", rekla sam i zaista sam to mislila.

Kad smo krenule na put, obe sestre su bile u najboljem raspoloženju. Dva dana smo stajale kod svakog zamka obeleženog na mapi, a svaki nam se činio velelepniji i izuzetniji od prethodnog. No kako je vreme prolazilo, Polinino raspoloženje se menjalo.

U zamku Aze le Rido, tvrđavi od belog kamena koja kao da je lebdela nad jezercetom što ga je opasalo, sve je posmatrala potamnelim i žalosnim pogledom. „Molim vas, hajdemo", rekla je. „Ne želim više ništa da gledam."

„Samo si gladna, patkice", kazala je Džini. „Odmah ćemo ručati."

„Tepisi bi trebalo da budu raskošni persijski", rekla sam gledajući vodič koji mi je Polin prepustila.

„O, ućuti već jednom, Hedli."

„Polin!", oštro ju je opomenula Džini.

Polin je izgledala zabezeknuta što je zaista rekla ono što je rekla, pa je hitro otišla do kola. Ja sam, sa svoje strane, bila tako uvređena da sam osetila kako mi nestaje krvi iz lica.

„Molim te ne obraćaj pažnju na nju", rekla je Džini. „Mislim da ne spava dobro. Uvek je tako osetljiva."

„Šta je to zapravo? Zar me ne želi ovde?"

„Ne budi blesava. Sve ovo je ona smislila. Samo joj daj malo prostora i povratiće se."

Džini i ja smo provele skoro čitav sat šetajući po parku pred dvorcem, a kad smo došle do kola, Polin je već popila više od polovine boce vina koje se hladilo na ledu u prtljažniku. „Hedli, molim te oprosti mi. Takva sam glupa magarica."

„Tako treba", ohrabrila ju je Džini.

„U redu je", rekla sam. „Svi imamo svoje trenutke."

No čitavog tog dana je pila previše i kao da je ispod površine lepog provoda ključala, bez obzira na to šta smo jele, videle ili radile. Bez obzira na to šta sam ja rekla ili bi to uradio neko drugi.

Kasno posle podne zaustavile smo se i prošetale vrtovima dvorca Vijandri na Loari. Sve je bilo sušto savršenstvo i sjaj. Vrtovi su na tri nivoa, gde se najniži izdiže od obale reke i okružuju ga rascvetale lipe. Ostali nivoi su terasasto raspoređeni s geometrijskim baštama ispresecanim stazama s ružičastim šljunkom. Tu su vrt lekovitog bilja, muzički vrt i onaj koji zovu „vrt ljubavi", kroz koji je Polin prošla izuzetno sporo. Na kraju je stala uz grmlje crvenog štira i onda, neobjašnjivo, briznula u plač.

„Molim te, dušo, prestani", rekla je Džini. „Molim te budi srećna."

„Ne znam šta me je spopalo." Utirala je suze presavijenom lanenom maramicom, ali nije mogla da ih zaustavi. „Izvinite", rekla je zagrcnuvši se, pa otrčala zapinjući onim dobrim cipelama o ružičaste kamenčiće.

TRIDESET SEDMO POGLAVLJE

Kad je ugledao Fajf na ulici u onom lepom kaputu, bila je kao i uvek sveža i puna života. Nagla je glavu na stranu dok joj je pričao i zažmirila slušajući. Slušala je svime što je imala, a isto tako je i govorila. Kad bi rekla nešto o njegovom radu, imao je osećaj da razume šta se on trudi da uradi i zašto je to važno. Sve to mu se dopadalo, ali nije imao nameru ništa da preduzme. Onda je jedne večeri ona ostala u strugari vrlo kasno. Hedli je otišla u krevet jer ju je bolelo grlo pa su oni ostali i razgovarali. Kad je pošla, umesto da je smesti u taksi, otpratio ju je kući. Imali su najmanje četiri i po kilometra, ali su to rastojanje prešli kao u transu, čudno su se smešili jedno drugom, a koraci su im odzvanjali po kaldrmi. Što su bili bliže njenim vratima išli su sve sporije; na kraju više nisu imali kud.

Okrenula se k njemu i kazala: „Možeš da me poljubiš."

„U redu", rekao je pa joj snažno poljubio usne. Zatim se sam vratio kući naelektrisan od želje i zebnje da Hedli nešto ne posumnja.

Nekoliko dana kasnije slučajno su se sreli u Dingu. *Za njega je barem to bila slučajnost. Popili su po čašu pernoa, a onda je ona rekla: „Ako ostanemo ovde, kad-tad će se pojaviti neko od naših prijatelja pa ćemo morati da ostanemo do kraja."*

„Kuda bi trebalo da odemo?"

Ona ga je ozbiljno pogledala i sama platila račun, pa su žurno otišli do njenog stana u Ulici Piko. Sestra joj je izašla te večeri, a oni nisu čak ni palili svetla niti se pretvarali da su tu zbog nečeg drugog. Iznenadio se njenom žestinom – bila je velika katolikinja, pa je očekivao da će biti sramežljiva i puna griže savesti. No griža savesti je stigla mnogo kasnije. U tom trenutku bila je tu samo njena potpuna uverljivost i divna čudnost. Njeni uski kukovi i vrlo duge noge nisu bili ni nalik na njegovu ženu. Grudi su joj bile kao male čvrste polovine breskve i bila je neistražena teritorija, a on je bio srećan što je s njom sve dok ne pomisli šta to znači.

Kad je otišao kući svojoj ženi, osećao se kao grozno govno što je to uradio, pa se zakleo da se to više neće ponoviti. A kad se ipak dogodilo, i kad se stalno događalo, sve više planirano i određeno, zapitao se kako će se uopšte izvući iz gužve koju je napravio. Kad bi Hedli saznala, to bi je dvaput ubilo, po jednom za izdaju svakog od njih. A kad ne bi saznala, pa to bi bilo gotovo još gore. To, ovako, čak nije bilo ni sasvim istinito zato što je ona njegov život i ništa nema značaj ako ona ne zna.

Voleo ih je obe i otuda bol. To mu je tištalo glavu kao groznica i bilo mu je muka da misli o tome. A ponekad, pošto bi satima ležao budan, bilo bi mu jasno kako samo treba da promeni život tako da odgovara okolnostima. Paund je to uspeo. Imao je i Šekspir i Olgu i nijedna nije sumnjala da je voli. Nije morao da laže; svi su sve znali i sve je funkcionisalo jer je on terao svoje a nije pravio ustupke ili postao neko drugi.

U tome je štos, zar ne? Ford je star gotovo kao njegov otac, a ipak je to uradio. Kad mu prva žena nije dala razvod, jednostavno je promenio ime i oženio se Stelom, koja je vrlo lepa, istinita i uz to nikad dovoljna. Vezao se sa Džin Ris, doselio je u kuću gde je Stela slikala u jednoj sobi, a beba plakala u drugoj, a u trećoj on radio lekturu na Džininim knjigama i legao s njom. Svi su Džin zvali „Fordova devojka", a Stelu „Fordova žena", pa je tako sve bilo naizgled jasno.

Zašto Fajf ne bi mogla da bude njegova devojka? Taj aranžman bi mogao da bude zamoran, ali zar ne ume takav i brak da bude ako te guši? U braku možeš postati vrlo ćutljiv. Nova devojka te navede da pričaš i to što joj sve govoriš opet daje svežinu. Ona te je izvukla iz glave i presekla ono osećanje da je najbolji deo tebe odstranjivan, prst po prst. Zbog toga si joj dužnik. Bez obzira šta se još dogodi, koliko god to strašno bilo, ovo nećeš zaboraviti.

POGLAVLJE TRIDESET OSMO

„Dozvoli da odem i vidim šta je s njom", rekla je Džini pa pošla za Polinom do ivice vrta gde je bio mali nasip oivičen vrbama. Nisam čula šta su govorile, ali sam videla kako Polin zariva glavu u šake i mrda je napred-nazad. Tad mi je palo na pamet kako je Polin vrlo hrabra što me je pozvala da danima budem uz nju a toliko je zaljubljena u mog muža. Čim mi se ta misao obrazovala u glavi, znala sam da nisam ljubomorna žena. To je tako i ne može se time upravljati ili menjati. Prošla je baštom i osetila da joj ona govori o svemu što ne može imati od sreće. Ernest i ja smo ta bašta i mi smo mogli samo da je uništimo, a to se već dogodilo.

Na nasipu se Džini nagla k njoj i nešto joj nežno šaputala pa se Polin malo smirila. No kad je Džini pokušala da je povede odande, ona se usprotivila. Na kraju je Džini došla sama.

„Ne znam šta da kažem. Ona je Pandorina kutija raspoloženja, zapravo oduvek je to bila. Otkad smo bile devojčice."

„Džini, molim te budi iskrena sa mnom. Ima li ovo veze s Ernestom? Je li se Polin zaljubila u njega?"

Džini me je iznenađeno pogledala. Oči su joj bile vrlo smeđe i vrlo jasne pod oštro isečenim tamnim šiškama. „Mislim da im je stalo jedno do drugog."

Tad sam videla onaj deo koji ranije nisam mogla, pa sam se osetila čudno i glupo što sam ga propustila. „O“, izgovorila sam i ništa drugo nisam uspela da smislim.

Ostatak putovanja mi je prošao u izmaglici. Bio je tu još jedan beskrajan dan i ja sam ga s mukom prošla. Nisam mogla da se sredim i pretvaram da je sve u redu. Jedva sam mogla da progovorim učtivo s Polinom i Džini. Zapanjilo me je što kao da je obema ženama, čim je Polinina tajna izašla na videlo, laknulo pa su počele da uživaju. Ja sam pomislila da su ovaj izlet upravo i smislile da bih ja, ovako ili onako, saznala za preljubu.

Vozeći se natrag istim putem kojim smo došle, videle smo iste one dvorce u daljini, obasjane suncem ili kako lebde u magli kao napravljeni od helijuma. No ja više nisam mogla da osetim njihovu lepotu. I meni je glava lebdela, mnogo iznad tela, pa sam se pitala koliko je sve to između Ernesta i Polin otišlo daleko i koliko još daleko može ići za sve nas. Jesu li postali ljubavnici u Parizu, kad je Ernest pošao ili kad se vratio iz Njujorka, pa možda čak i pre, u Šrunsu? Spopadala me je mučnina pri pomisli na njih dvoje zajedno tamo. To je naša bašta. Naše najbolje i omiljeno mesto. No možda više ništa nije bezbedno.

Po povratku u Pariz Džini i Polin su me dovezle do strugare i ostavile me tamo. Nisu pitale mogu li da se popnu, a ja im to nisam ponudila. Ako je Polin želela da pogleda u prozore na drugom spratu da vidi gleda li Ernest dole u nju, uzdržala se. Sedela je i zurila pravo preda se s vrlo svetlim sivim šeširom, pa smo se pozdravile gotovo kao neznanke.

Gore je Ernest čitao u krevetu, a dete je bilo napolju s Mari Kokot. Spustio je knjigu kad sam ušla i gledao shvatajući sve više dok sam stajala i tresla se, nesposobna da skinem šešir i kaput.

„Zaljubljen si u Polin." Uspela sam da ga pogledam u oči dok sam to govorila.

Ukrutio je ramena pa ih otromboljio. Stisnuo šake pa ih opustio, ali nije progovorio.

„Dakle?"

„Šta dakle? Ne mogu da ti odgovorim. Neću."

„Što nećeš ako je to istina?" Dah mi je bio plitak i bilo mi je sve teže da ga gledam, da buljim u njega i glumim samopouzdanje.

„Koga briga šta je istina? Ima stvari koje ne treba da se izgovore."

„Šta je s onim stvarima koje ne treba da se urade?" Glas mi je bio nategnut i povišen. „Šta je s datim obećanjima?"

„Znaš, nabacivanje krivice neće uspeti. Ako misliš da ćeš me navesti da se osećam gore nego što se već osećam, moraćeš mnogo više da se potrudiš."

„Proklet bio."

„Da, dobro. To mi je već zajamčeno, pretpostavljam." A onda, dok sam ga posmatrala spalog lica i usta otvorenih kao u kretena, on je dograbio kaput i šešir pa izašao da prošeta po kiši.

Bila sam zabezeknuta. Sve vreme onog dugog putovanja ka Parizu razmišljala sam šta da kažem što će Ernesta podstaći da mi kaže otvoreno šta se događa. Ako treba nešto grozno da saznam, htela sam da budem načisto s tim, da čujem jasno, bez vrdanja i izbegavanja. No šta uopšte s ovim da radim? Njegovo ćutanje je bilo jednako priznanju da je i on zaljubljen u nju, ali nekako je on to sve uspeo na mene da svali tako da njihova preljuba nije najgora, već sam ja bila neumesna što sam je pomenula.

Kad se Mari Kokot vratila s Bambijem, ja sam tako mnogo plakala da su se oboje uznemirili. Mari je ostala i pomogla mi da nahranim dete i da ga stavim u krevet, jer sam očigledno bila beskorisna. Kad je polazila, kazala je: „Molim vas, madam, mogu li nešto da uradim?"

Zavrtela sam glavom.

„Pokušajte da ne tugujete toliko."

„Pokušaću."

Napolju je sumorna kiša padala i padala. Kud se delo proleće? Kad sam pošla u dolinu Loare, lišće je taman izbilo i cveće počelo da pupi, ali sad je sve bilo natopljeno i udavljeno. Bilo je to lažno proleće, laž kao što je i sve ostalo laž, a ja sam se zapitala hoće li ono ikad zaista doći.

Uveliko je prošla ponoć kad se Ernest pijan vratio kući. Bila sam još budna i mnogo puta sam iz tuge prelazila u bes.

„Ne želim te ovde", rekla sam kad je seo na krevet da se izuje. „Idi kući svoje ljubavnice ako je to ono što želiš."

„Ona je otišla u Bolonju", rekao je. „I otkud ti znaš šta ja želim?"

Hitro sam se uspravila i ošamarila ga najjače što sam mogla, pa onda još jednom.

On jedva da je i trepnuo. „Izigravaj žrtvu ako hoćeš, ali ovde niko nije žrtva. Trebalo je da držiš prokleti jezik za zubima. Sad je sve otišlo dođavola."

„Hoćeš da kažeš kako bi ti bio savršeno zadovoljan da ovako nastaviš, zaljubljen u nju, i da ništa o tome ne govoriš?"

„Tako nekako", kazao je.

„Ne verujem ti", rekla sam pa se rasplakala. „Ne verujem ni u šta od toga."

Upravo tad se u susednoj sobi dete probudilo i raskenjkalo.

„Savršeno", rekao je upiljivši se u zid. „Sad će verovatno i on početi da jauče." Izašao je iz sobe i otišao u kuhinju, a nekoliko minuta kasnije, kad sam izašla u ogrtaču da obiđem Bambija, već je sebi nalio viski i mašio se sifona.

Ernest nije došao u krevet te noći, a ujutro, kad sam ustala da spremim doručak, već je otišao iz stana. Kasno tog popodneva vratio se kući, pa kad je iz kaputa počeo da vadi svesku i olovke, iznenadila sam se što ih vidim baš ovog dana.

„Danas si radio?"

„Kao mahnit", kazao je. „Napravio sam skicu nove priče. Izašla je cela kao riba."

Samo sam uspela da zatresem glavom stavljajući hladno meso, sir i hleb na tanjir. Bambi je došao dok je Ernest jeo pa mu seo u krilo i uzimao mrvice njegovog hleba. Posmatrala sam ih neko vreme a onda pitala: „Šta sad biva?"

„Ne znam. To nisam napisao. Nemam pojma šta će biti sledeće."

„Ipak ćeš ići u Španiju?"

„Zašto da ne? Sve je već isplanirano. Krećem dvanaestog. Ni dana kasnije ako ne želim da propustim koridu u Madridu. Naravno, vratiću se za tvoj koncert. Nikakav problem."

„Sad to ne mogu", rekla sam. Potpuno sam zaboravila na nastup. Kako bih i mogla da ga održim a da se ne rastopim od suza pred svima koje znam?

„Zašto, kog đavola, nećeš? Dvorana je rasprodata. Ne možeš se izvući."

„Mogu i hoću."

„Znaš, svi će pričati."

„Verovatno već svi pričaju. Ne bi me iznenadilo da se upravo sad kafei puše od priče o nama."

„Neka se nose dođavola. Ništa ne boli ako mu ne dozvoliš."

„Ne veruješ valjda u to?"

„Moram", kazao je.

„Jesi li rekao Polin?"

„Da ti znaš? Još nisam."

„Pa hajde nju da pitamo kako ćemo dalje. Sigurna sam da ima neki sjajan plan."

„Oprezno s tim."

„Zašto? Bojiš li se da ne postajem kučka? Ako i postajem, znamo ko je za to kriv."

Ustao je i vratio se s bocom konjaka i dve čaše. „Popij ovo", rekao je, napunio čašu i pružio mi je preko stola. „Dobro će ti doći."

„Da, hajde da se uvoštimo."

„Tako je. U tome smo oduvek bili dobri."

TRIDESET DEVETO POGLAVLJE

Sledećih nekoliko dana bili su tako zategnuti i puni svađa, čak i usred bela dana, na ulici, pa se Ernest spakovao i ranije otišao za Madrid. Bilo mi je lakše što ga nema. Nisam znala šta nosi budućnost, ali sam znala da mi je potreban odmor i vreme da razmislim.

Osećala sam se kao kukavica, ali sam istrajala i otkazala koncert. Sad sam morala da se nosim s neprijatnošću izvinjavanja svima. Bilo mi je strašno što lažem i okrivljujem nerve i lošu pripremu – ali ne tako strašno kao što je bilo prolaženje kroz to, pomislila sam. Naročito otkad se vest o preljubi pročula, baš kao što sam i pretpostavljala.

Kiti mi je to rekla. Došla je čim je Ernest otišao u Madrid i saslušala sve na svoj postojani način, puštajući me da se pred njom rastočim. Kad sam završila i kad su mi samo suze ostale, ona je tiho rekla: „Volela bih da kažem kako sam iznenađena, ali nisam. Srela sam Polin na ulici pred sam polazak za Šruns. Imala je skije preko ramena i bila natrpana paketima pa, iako zapravo ništa nije rekla, bilo je nečeg u tome kako je pričala o vama dvoma. Nekog autoriteta u glasu, kao da joj oboje pripadate.“

„Baš je bezočna. To joj priznajem.“

„Zelda mi je rekla da su ona i Skot bili u *Rotondi* kad je Polin došla i počela da raspreda o pismu koje je dobila od Hema i kako je čudno što on zna toliko o ženskim parfemima i zar nikom drugom to nije čudno? Očigledno je bacala mamac. Izazivala podozrenje."

„Ili možda nije mogla da se obuzda. Zaljubljena je u njega."

„Hoćeš da kažeš da saosećaš s njom", upitala je s nevericom Kiti.

„Nimalo. Ali ljubav je ljubav. Tera te da radiš tolike gluposti."

„I dalje volim Polin, neka mi je bog u pomoći, ali u ovome je mnogo pogrešila. Jedno je sloboda, ali povučeš crtu pred prijateljičinim mužem. Moraš."

Vreme je postalo prekrasno a krem-beli cvetovi kestena gušili su slatkastim mirisom – ali ja nisam mogla da izađem i uživam u tome. Bambi se razboleo. Počelo je sa šmrcanjem, ali se ubrzo pretvorilo u groznicu. Sad je bio bled i malaksao od borbe s groznim kašljem koji se sasvim razbuktavao noću i oboje nas budio. Držali smo se stana. Čitala sam mu knjige i smišljala blesave pesmice da mu odvratim pažnju, ali bilo mi je vrlo teško, čak i na nekoliko vezanih minuta, da zaboravim kako mi se život raspada.

Svakih nekoliko dana dobijala sam kablogram od Ernesta. Bio je očajan u Madridu. U gradu je bilo prehladno i prašnjavo, a dobre koride su bile daleko i retke. Bikovi su bili tajanstveno slabi i bolesni; on se osećao bolesno kao bik. Nije imao s kim da pije. Svi njegovi dobri prijatelji su bili negde drugde, pa je bio vrlo usamljen. Doduše, pisao je. Jednog nedeljnog popodneva završio je tri pripovetke za koje je odranije imao tek sporadične nacrte, a ta dobra energija kao da ne usporava. Pisaće tamo i dovršavati. Dolazimo li Bambi i ja? Ako dolazimo, trebalo bi da požurimo. Trebalo mu je društvo da mu pomogne da ne poludi.

Otpisala sam mu da Bambiju nije dobro i da ne može da putuje. Ni ja nisam bila u dobrom stanju. Nisam znala na čemu smo Ernest i ja i nisam verovala da bih podnela čekanje u hotelskoj sobi u Španiji, naročito ako bih morala da gledam kako svakodnevno stižu kablogrami od Polin. Ne, bolje je da budemo na rastojanju, a i njegovo pisanje je jače zbog toga. Oduvek je radio dobro u teška vremena, kao da ga bol podstiče da zaroni do dna nečeg u sebi i pokrene pravu mašineriju.

Nije me iznenadilo ni to što on žali sebe. Postoje muškarci koji vole da su sami, ali Ernest nije bio od tih. Samoća ga je terala da previše pije, a piće ga je odvajalo od sna, nespavanje je donosilo ružne glasove i misli iz njihovih dubina, pa je pio dalje kako bi pokušao da ih utiša. Iako mi to nije priznao, znala sam da je patio zato što me je tako gadno povredio svojom preljubom. Znajući da on pati, ja sam trpela. Tako ljubav čoveka umrsi. Nisam mogla da prestanem da ga volim i nisam mogla da odstranim želju da brinem o njemu – ali nisam ni morala da trčim i odgovaram mu na pisma. I ja sam patila pa niko nije trčao zbog mene.

Krajem maja Bambijev kašalj se malo primirio pa sam spakovala torbe i otišli smo na Antibe, u Džeraldovu i Sarinu vilu Amerika, gde smo pozvani da odsednemo u gostinskoj kući. Mnogi iz našeg društva su već bili tamo. Skot i Zelda u obližnjoj vili Pakita u Žuan le Penu, Arči i Ejda Makliš su odseli na uzvišenju nekoliko kilometara uz obalu. Biće mnogo sunca, plivanja i dobre hrane, pa iako sam znala da će mi možda biti neprijatno, budući da su šaputanja trajala već neko vreme, nisam bila ni tako prosta da mislim da bi naša priča dugo zanimala društvo. Za Zeldom su ionako ljudi umirali a ona se ponosito razmetala time. Naša priča je bila tek sitan trač kad tako sagledaš sve. Kakva god da je opasnost, meni je predah bio potreban. Ernest će nam se pridružiti čim završi u Madridu, a dotad sam se nadala da ću se dovoljno povratiti da mogu da se suočim s njim.

Džerald nas je dočekao s voza i prevezao nas do vile Amerika u zapanjujuće brzom, kao limun žutom sportskom kabrioletu. Jednostavno nisam mogla da se uzdržim da na mene to sve ne ostavi jak utisak. Marfijevi su oblikovali vilu i dovodili je do savršenstva više od jedne godine dok su živeli u hotelu u varoši. Pre nego što su oni došli na scenu u Antibe, tu uopšte i nije bilo scene. Varoš je bila mala i uspavana, s kratkom prolećnom sezonom. Niko nije išao na Rivijeru leti, ali Marfijevi su voleli leto i voleli su Antibe; oni će naći načina da prilagode mesto sebi. Platili su jednom hotelijeru u varoši da otvori hotel čitave godine samo za njih, a ubrzo su i drugi hoteli ostajali otvoreni, uz to je sazidano i još hotela. Plaža je ranije bila pokrivena lažinom, ali ju je Džerald svojim rukama očistio, korak po korak, pa je sad bila besprekorno čista. Pre nego što su Marfijevi došli i postigli da to mesto postane pomodno, niko se nikad nije setio da se sunča na plaži. Oni su izmislili sunčanje, a kad neko vreme provedete uz njih, pomislite kako su izmislili i sve drugo što je dobro, prijatno i civilizovano.

Njihovo imanje se prostiralo na skoro tri hektara terasastih vrtova, s heliotropom na sve strane. Bilo je stabala limuna, urmi, maslina i akažua. Tu su rasle crne i zelene smokve i jedan egzotični arapski javor s potpuno belim listovima. Osim gostinske kuće, tu je bilo malo imanje i štala, baštovanova kućica, vozačeva kućica, kuća za igru troje dece Marfijevih i Džeraldov slikarski atelje. Pre nego što smo se uputili glavnoj kući, proveo nas je do kraja šljunkovite staze pa na beli, beli pesak njihove privatne plaže. Tamo su na širokim trščanim prostirkama za plažu već ležali Skot i Zelda i pili šeri iz tananih kristalnih čaša. Skoti se igrala u blizini u plićaku s decom Marfijevih, a svi su bili vrlo svetlokosi i preplanuli od sunca.

„Dođi, Hedli, da popiješ nešto s nama“, rekla je Zelda ustavši i poljubivši me u oba obraza. „Sigurno ti je potrebno piće posle Džeraldove vožnje.“

„Prilaz obalskim putem prilično parališe“, rekla sam.

„I Skotovi kokteli parališu, ali zato su tako dobri“, rekla je pa smo se svi nasmejali.

„Kako Hem napreduje?“, upitao je Skot zaklonivši oči i žmirkajući u mene.

„Sasvim dobro, mislim. Pisanje mu ide.“

„Neka ga đavo nosi“, rekao je veselo Skot. „Njemu je uvek dobro, zar ne?“

„To on kaže? Nemoj mu verovati.“

„Vidiš“, kazala je Zelda kao da izravnava neki međusobni račun.

„Da, draga. Čuo sam je.“ Zatim su oboje pružili čaše Džeraldu da ih dopuni.

Glavna kuća je imala pod od crnog mermera, crni satenski nameštaj i blistavo bele zidove. Strogost tog sklopa boja presecalo je na sve strane raspoređeno cveće iz bašte – tek ubrani jasmin, gardenije, lijander, ruže i kamelije. Opšti utisak je bio zapanjujući, pa sam se osećala upadljivo stojeći na ulazu u svom izlizanom letnjem žaketu. U stvari, ništa od moje odeće neće ovde odgovarati.

„Sara je gore u krevetu jer je malo nazebla“, objasnio je Džerald. „Siguran sam da će joj biti bolje pa će ubrzo sići.“

Bambi i ja smo se presvukli u odeću za plažu pa sišli da sačekamo Saru, ali ona se tog dana uopšte nije pojavila. Već sam se pitala treba li da se osećam beznačajno kad je lekar Marfijevih došao uveče da je pregleda.

„Mogao bi da pogleda i Bambija", kazao mi je Džerald. „Sara ga odozgo čuje kako kašlje. To je baš zabrinjavajuće."

„Jeste, zar ne? Nadala sam se da će mu mediteranski vazduh činiti dobro."

„Mogao bi, ali zašto se prvo ne posavetuješ s lekarem? Tek da budeš sigurna."

Složila sam se i pošto je vrlo podrobno pregledao Bambija, koji je bio pravo jagnje onako samo u donjem rublju na krevetu gostinske kuće, lekar je našao da ima veliki kašalj.

„Veliki kašalj?", rekla sam uznemireno. „To je ozbiljno, zar ne?" Reč koja mi je pala na pamet bila je *smrtonosno*, ali sam bila dovoljno prisebna da to ne kažem pred Bambijem.

„Molim vas smirite se, gospođo Hemingvej", rekao je lekar. „Sudeći prema simptomima, dečak ovu bolest ima već mesecima. Najgore je prošlo, ali treba mu mnogo odmora da se sasvim oporavi i ne sme ići blizu druge dece. Stavićemo ga u karantin na najmanje dve nedelje."

Prepisao nam je neki poseban lek za kašalj i ulje eukaliptusa za utrljavanje u grudi i leđa, kako bi mu olakšalo disanje, ali čak i s tonicima i razuveravanjima, brinula sam zbog Bambija. Uz to sam se osećala grozno što sam shvatila kako je trebalo da ga odvedem lekaru u Parizu.

Čim smo dobili dijagnozu, Sara kao da se veoma uznemirila i počela da planira kako da nas preseli u hotel u varoši. „I dalje ćete biti naši gosti", navalila je. „Samo ne može da bude ovde. Razumeš, zar ne?"

Naravno da sam razumela. U stvari, osećala sam se užasno što smo predstavljali takav izvor brige za sve. Nisam prestajala da se izvinjavam dok sam se pakovala.

Marfijevi su pozvali svog vozača da nas otpremi u novo boravište, a sledećeg jutra su ga ponovo poslali s namirnicama i svežim voćem i povrćem iz njihove bašte. Sve je to bilo veoma velikodušno. Ne znam šta bismo bez nekoga ko bi nas tamo pazio. No nisu mogli da mi pomognu oko negovanja i izolacije, a znala sam da to neću podneti sama. Poslala sam kablogram Mari Kokot u Pariz i zamolila je da dođe i pomogne mi oko Bambija, a drugi sam poslala Ernestu u Madrid i objasnila mu situaciju. Nisam ga, doduše, molila da dođe; želela sam da dođe kad sam to bude hteo ili da ne dolazi uopšte.

Vrlo brzo pošto je postalo jasno kako moramo u karantin, Skot i Zelda su priskočili i ponudili nam svoju iznajmljenu vilu u Žuan le Penu. Oni će preći u veću vilu blizu kazina koja ima vlastitu plažu. Ovo je, zaista, bio dar s neba. To mesto je bilo divno, s lepim rukom islikanim pločicama na sve strane. Imalo je bašticu s makovima i pomorandžama gde je Bambi mogao bezbedno da se igra a da ne zarazi nijedno drugo dete. No ja sam bila neraspoložena, izopštena i zabrinuta da se Bambiju bolest ne povrati. Dane sam provodila utrljavajući mu ulje eukaliptusa u grudi i leđa i trudeći se da ga podmitim da uzme gorki lek. Noću sam se budila na nekoliko sati da mu opipam čelo zbog temperature. Lekar je dolazio svakog dana, kao i telegrami iz Pariza i Madrida. Polin je pisala kako joj je žao zbog mene ali i zbog Ernesta, koji je usamljen u Španiji i očajan zbog toga. Tako sam se naljutila kad sam to pročitala da umalo nisam odgovorila i rekla joj kako može da ga ima, ali na kraju sam samo presavila telegram natroje pa ga iskidala u komadiće.

Jedne večeri dok sam sedela i čitala u baštici, čula sam sirenu automobila, a na prilazu kući bili su Marfijevi, Ficdžeraldovi i Maklišovi, svako u svojim kolima. Stali su odmah pred terasom iza gvozdene ograde, a žene su lepršale u dugim prelepim haljinama i izgledale kao umetničke slike. Muškarci su i sami bili lepi u odelima i svi su bili raspoloženi. Džerald je držao bocu vrlo hladnog martinija, pa kad sam prišla ogradi, pružio mi je čašu.

„Stiglo je pojačanje", rekao je očigledno zadovoljan što se toga setio. Svi su se okupili i podigli čaše osim Skota.

„Ja apstiniram i mučim se da budem dobar", rekao je on.

Zelda se namrštila. „Kako je dosadno, dragi, kad to kažeš."

„Istina je", potvrdio je. „No svejedno, danas sam dobar dečko. Nasmeši mi se, hoćeš li, Hedli?"

Svi smo stajali uz ogradu i nekoliko minuta ćaskali, a onda su oni smejući se odlepršali u automobile i uputili se u kazino u varoši. Ja sam ih posmatrala kako odlaze pitajući se jesam li ih sanjala, a onda sam ušla da rano legnem uz knjigu.

Kad je Ernest konačno došao iz Madrida, deset dana otkad nam je nametnut karantin, Marfijevi su mu priredili zabavu sa šampanjcem i kavijarom u kazinu. Mari Kokot je već stigla pa će čuvati Bambija, a ja sam osećala neverovatno olakšanje i slobodu što ću prvi put izaći iz te vile.

Ernest je bio bled i delovao je umorno kad je stigao u kuću. U Madridu je bilo hladno i uglavnom je radio naporno do kasno u noć. Ja sam i dalje bila iscrpljena od brige nad Bambijem, a i nisam znala šta Ernest oseća prema meni, ali on me je pozdravio lepim dugačkim poljupcem i rekao mi kako sam mu nedostajala. Pustila sam ga da me poljubi i nisam pitala šta je odlučio s Polinom. Nisam smatrala da je uopšte bezbedno pominjati njeno ime, pa pošto ga nisam pomenula – a kako je to bilo glavno u našim životima – osećala sam se potpuno bespomoćno. „I ti si meni nedostajao", rekla sam pa otišla da se obučem za zabavu.

Džerald nije štedeo na Ernestovom dočeku, a i zašto bi? Marfijevi su nasledili novac i nikad nisu bili bez njega. Bilo je tu kamelija koje su plivale po staklenim činijama, brda ostriga i svežeg kukuruza posutog grančicama bosiljka. Činilo mi se mogućim da su Marfijevi posebno naručili tamnoljubičasto mediteransko nebo i mnoštvo slavuja u živicama koji su u nizovima prodorno izvijali pesmu i zviždukali. To je počelo da me nervira. Zar sve mora da bude ovako nalik koreografiji i tako civilizovano? Ko u to može da poveruje?

Dok smo čekali da se Skot i Zelda pojave, Ernest je ostalima za stolom počeo da priča o najnovijoj prepisci sa Šervudom Andersonom u vezi s *Proletnjim bujicama*, koje su nedavno objavljene u Sjedinjenim Državama.

„Morao sam da mu pišem", rekao je. „Knjiga samo što nije izašla pa sam hteo da mu kažem kako je do nje došlo i da nisam bio takav skot posle svega što je on učinio za mene."

„Dobro si mislio, Heme", rekao je Džerald.

„Jest, tako je. Čovek bi to pomislio, zar ne?"

„Zar on nije lepo to prihvatio?", upitala je Sara.

„Rekao je kako je to najuvredljivije pismo, i u najvećoj meri nipodaštavajuće, koje je ikad dobio, a da je sama knjiga đubre."

„Nije zaista to kazao", rekla sam.

„Nije, rekao je kako bi bila smešna da je ograničena na desetak stranica umesto na sto."

„Heme, ja sam pomislio da je užasno smešna", rekao je Džerald.

„Džeralde, nisi je ni pročitao."

„Da, ali iz svega što si o njoj pričao, očigledno je vrlo, vrlo smešna."

Ernest se kiselog izraza okrenuo pa se latio čaše s viskijem. „Stajnova mi je rekla svoje", rekao je uhvativši vazduh. „Kaže da sam pravo govno i vrlo loš Hemingstajn i da mogu da se nosim dovraga."

„O bože", rekla je Sara. „Žao mi je što to čujem."

„Neka se i ona nosi."

„De, de, Tejti, ne misliš tako. Ipak je ona Bambijeva kuma."

„Onda je on prikraćen, zar ne?"

Znala sam da je ovo Ernestovo razmetanje skoro sasvim izmišljeno, ali mi se nije dopalo da mislim na sve one dobre prijatelje koje smo izgubili zbog njegovog ponosa i zapaljivog temperamenta, što je počelo u Čikagu s Kenlijem. Luis Galantjer, naš prvi prijatelj u Parizu, prestao je da govori s Ernestom pošto je ovaj Luisovu verenicu nazvao goropadnicom vrednom prezira. Bobu Makalmonu je konačno prekipelo Ernestovo hvalisanje i grubost, pa je sad prelazio ulicu da nas izbegne u Parizu. Harold Leb se nikad nije povratio od Pamplone, a Šervud i Gertruda, dva najveća Ernestova zastupnika, sad su izbili na vrh tog dugačkog i bolnog spiska. Koliko li će ih još otpasti, pitala sam se gledajući oko stola osvetljenog svećama.

„Hemi, momče!“, povikao je Skot kad su on i Zelda izbili na vrh stepenica s plaže. Skot je skinuo cipele i čarape i zavrnuo nogavice. Kravata mu je bila razlabavljena, a sako izgužvan. Delovao je naliveno.

„Jesi li išao na plivanje, Skote?“, upitao ga je Ernest.

„Ne, ne. Suv sam kao drenovina.“

Zelda se na ovo nasmejala i prezrivo frknula. „Da, da, Skote. Vrlo si suv i baš zato si maločas recitovao Longfeloua onom jadnom čoveku na doku.“ Zategla je kosu unazad s lica i zakačila beli božur iza uha. Šminka joj je bila besprekorna, ali su joj oči izgledale napeto i umorno.

„Ko još ne voli Longfeloua?“, upitao je Skot pa se spustio na stolicu pomalo ukočeno, a mi smo se kiselo nasmejali. „Hajde, draga“, reče on Zeldi, koja je i dalje stajala. „Hajde da popijemo s ovim čarobno izveštačenim ljudima. Evo kavijara. Šta bismo, dođavola, radili bez kavijara?“

„Molim te, dragi, ućuti“, rekla je ona i sela. Nama ostalima se osmehnula široko i lažno. „Uveravam vas da će sad biti dobar.“

Konobar je doneo još pića, a onda ponovo naišao da posluži za stolom do našeg, gde je jedna prelepa devojka sedela za večerom s nekim ko joj je izgledao kao otac.

„E ovo je lep aranžman", rekao je Skot gladno zureći u devojku. Ernest ga je gurnuo laktom da prestane, ali ovaj nije hteo da ućuti.

„Niste džentlmen", na kraju je otac rekao Skotu na francuskom, pa otpratio devojku unutra, sasvim daleko od nas.

„Džentlmen je samo *jedno* od svega onoga što ja nisam", reče Skot. „Osim toga nisam ni dobro niti sam pametan, niti blizu dovoljno pijan da trošim vreme s vama."

Džerald je prebledeo pa se okrenu da nešto šapne Sari.

„Nego, Džeralde, stari moj. Kako bi bilo da drugu dobaciš jednu ostrigu? Umirem od gladi."

Džerald ga je hladno pogledao pa se okrenuo da nastavi razgovor sa Sarom.

„Saro", navalio je Skot trudeći se da joj odvuče pažnju od muža. „Saro, molim te pogledaj me. Molim te."

No ona ga nije pogledala i tad je Skot sa stola dohvatio kristalnu pepeljaru i bacio je daleko iznad Džeraldovog ramena na prazan sto iza njega. Sara se trgla. Džerald se izmakao i zaurlao na Skota da prekine. Skot je uzeo drugu pepeljaru, kojom je pogodio sam centar stola, pa se ona odbila uz glasan tresak.

Zelda kao da je rešila da ga ignoriše, ali mi ostali smo bili zgroženi i posramljeni.

„Hajde, lepi prinče", rekao mu je Ernest najzad jasno. Prišao je Skotu pa ga uzeo za lakat da ga podigne. „Hajde da igramo", rekao je i poveo Skota s terase, niz stepenice i na plažu. Svi su zurili u njih sem Zelde, koja je uporno gledala u živicu.

„Slavuj", odrecitovala je. „Je li to vizija, il san budan?"*

---

* Stihovi *Ode slavuju* engleskog pesnika Džona Kitsa. (Prim. prev.)

Arči Makliš se nakašljao i rekao: „Da, tja." Ejda je lako takla svoju kolmovanu kosu, kao da je od stakla, pa pogledala u more koje je kao i nebo bilo crno i nevidljivo. Sto godina kasnije konobar je doneo račun.

Dugo sam spavala sledećeg jutra znajući da je Bambi na pouzdanoj brizi Mari Kokot. Kad sam sišla, Skot i Ernest su sedeli za dugačkim trpezarijskim stolom sa svežnjem iskopiranih stranica pred sobom.

„Skotu je upravo nešto presudno palo na pamet", rekao je Ernest.

„Dobro jutro, Hedli", javio mi se Skot. „Mnogo mi je žao za ono sinoć i sve. Pravi sam magarac, zar ne?"

„Jesi", odvratila sam mu pa se nasmejala vedro i prijateljski, što sam zaista osećala. Kad je bio trezan, kao sada, bio je razuman i logičan – prefinjen kao neko koga zaista želite da upoznate. Otišla sam da uzmem kafu pa se vratila za sto da čujem tu ideju.

Ernest mi je objasnio: „U prvih petnaest stranica *Sunca* imamo Džekovu autobiografiju, priču o Bret i Majku, ali sve to imamo i kasnije, u svakom slučaju sve podrobno objašnjeno. Skot kaže da ga otfikarimo odmah na početku."

„Mislim da će to upaliti", rekao je Skot veoma ozbiljno pa zaklimao glavom u svoj *café crème*.

„To sam uvek govorio za pripovetke, da ti uspeva i s najmanje moguće objašnjavanja. Sve je već tu ili uopšte nije. Razjašnjavanje je usporava i uništava. Sad mi je prilika da vidim hoće li to funkcionisati i u nečem tako dugom kao što je roman. Šta ti misliš, Tejti?" Oči su mu bile vrlo blistave i izgledao je onako mlad kao momak kog sam upoznala pre skoro šest godina u Čikagu, pa sam morala da se nasmešim uprkos svemu drugom što sam osećala.

„Mislim da to zvuči briljantno. Ti ćeš to prelepo sprovesti. Uzimaj nož."

„Evo moje devojke."

Ne zaboravi to, poželeh da mu kažem. *Ja sam i dalje tvoja najbolja devojka.*

Odnela sam kafu na terasu i pogledala preko krovova varošice u jarkoplavo i ničim nepomućeno more. Nije bilo ni galeba ni oblaka. Iza mene su muškarci opet povili glave i vratili se poslu, pa pomno razrađivali sve pojedinosti jer to je bila operacija srca a oni su hirurzi i dotad ništa tako važno nisu uradili. Skot je umeo da bude grozan, naporan pijanac. Ernest je umeo okrutno da odbaci svakog ko mu je pomogao i ko ga voli – ali to ništa nije značilo kad je pacijent pred njima. Na kraju krajeva, za obojicu je postojalo samo telo na stolu i rad, rad, rad.

Dobrih nedelju dana pošto je Ernest stigao iz Madrida, vodili smo život koji je izgledao vrlo blizu podnošljivom. Svakog jutra smo pili šeri i jeli keks na terasi u Žuan le Penu, baš kao što su oni radili u vili Amerika. U dva sata smo išli na ručak s Marfijevima ili Maklišovima dok je Bambi spavao ili se igrao s Mari Kokot. U vreme koktela naš prilaz kući ispunila bi tri automobila i mnogo smeha, pa dodavanje hrane i pića kroz kovano gvožđe ograde, dok smo mi izdržavali karantin i trudili se da se držimo.

Ernest je prvih nekoliko dana pisao vrlo vredno, ali onda je shvatio da je nemoguće da bude zaista sam – i da možda zaista i *ne želi* da bude sam. Skot je pokušao opet da apstinira, ali je jadno omanuo. On i Ernest su mnogo vremena provodili pričajući o pisanju, ali nisu uopšte pisali. Sunčali su se na plaži i od Marfijevih upijali hvalu koje kao da im nikad nije bilo dosta.

Sara je bila prava lepotica s gustom, kratko podšišanom svetlosmeđom kosom i jasnim, prodornim očima. Skot i Ernest su obojica žudeli za njenom pažnjom, a Zelda nije mogla da podnese suparnicu. Iz dana u dan je postajala sve nervoznija i otvorenija, ali svoj gnev nije uperila neposredno na Saru. One su ipak bile prijateljice i saveznice – tako je svoje najoštrije bodlje čuvala za Ernesta.

Zelda i Ernest se nikad nisu dopadali jedno drugom. On je smatrao kako ona ima preveliku moć nad Skotom, kako je destruktivna sila i verovatno polululuda. Ona je njega smatrala prevarantom koji je isticao muški stav kako bi prikrio svoju feminiziranu srž.

„Mislim da si ti zaljubljen u mog muža“, rekla je Ernestu jedne večeri kad smo bili na plaži i svi previše pili.

„Skot i ja smo pešovani? Ova ti je dobra“, rekao je on.

Zeldine oči su bile čvrste i tamne. „Ne“, odvratila je ona. „Samo si ti.“

Pomislila sam da će je Ernest udariti, ali se ona kreštavo nasmejala i okrenula pa počela da skida odeću. Skot je nešto važno pričao Sari, ali je tad sasvim obratio pažnju. „Šta to, zaboga, radiš, dušo moja?“

„Iskušavam ti hrabrost“, odgovorila mu je.

Na desnoj strani plažice uzdizalo se stenje. Najviša tačka je bila devet ili više metara nad vodom, a struja je dole uvek bila uzburkana i pravila vrtloge nad šiljatim vrhovima. Tamo je Zelda mirno zaplivala, a mi smo je gledali zgroženo radoznali. Šta li će uraditi? Šta li neće uraditi?

Kad je stigla u podnožje stena, uspentrala se lako uz njih. Skot se skinuo i krenuo za njom, ali jedva je stigao do stenja, kad je ona ispustila indijanski krik i skočila. Nastao je jeziv trenutak pre nego što je isplivala, dok smo se pitali je li se ubila, ali je ona iskočila na površinu i živo se nasmejala. Te noći je mesec bio veoma jasan pa smo im bez teškoće videli obrise tela. Čuli smo i još mahnitog smeha kad se Zelda uspentrala da ponovi skok. Skot se i sam okušao, a oboje su bili dovoljno pijani da se udave.

„Dosta sam video", rekao je Ernest pa odosmo kući.

Sledećeg popodneva za ručkom na terasi sve je bilo prilično nategnuto dok Sara konačno nije rekla: „Molim te nemoj nas više onako plašiti, Zelda. To je opasno."

„Ali, Saro", poče Zelda pa zatrepta očima nevino kao šiparica, „zar nisi znala da mi ne verujemo u očuvanje?"

Posle narednih nekoliko dana, kako nas je Polin bombardovala pismima prvo iz Bolonje, a zatim iz Pariza, zapitala sam se verujemo li Ernest i ja u očuvanje – postoji li to u nama da se borimo da očuvamo ono što imamo. Možda je Polin žilavija od nas. Ona je uspela da se laskanjem uvuče žaleći se kako se oseća udaljeno od svih dobrih događanja i zar ne može nešto da se uradi da se to sredi? Pisala je kako se ne boji velikog kašlja jer ga je imala kao dete, pa zar ne bi mogla da dođe i s nama deli karantin? Ovo pismo je poslala meni, a ne Ernestu, pa sam se zaprepastila, kako sam se često osećala s Polinom pred njenom upornošću i rešenošću. Nikad nije odbacila privid da smo ona i ja prijateljice. Nije odstupila ni pedlja od svog položaja.

Polin je stigla u Antibe jednog zaslepljujuće bistrog popodneva. Na sebi je imala belu haljinu i beli slamni šešir i izgledala je nemoguće sveže i čisto, kao porcija sladoleda. Veliki zrak sunca. Druga žena bi se možda osećala neprijatno da se pojavi na sceni ovako, kad svi znaju ili bar podozrevaju njenu ulogu ljubavnice – ali kod Polin nije bilo ni zrna neprijatnosti. U tome je podsećala na Zeldu. Obe su znale šta žele i nalazile načina da to dobiju ili uzmu. Bile su zastrašujuće praktične i savremene, a ja sam bila sve osim toga.

„Blago Hemu“, rekla je Zelda jedne večeri, „što mu ti tako povlađuješ sve vreme. Mislim, Hem stvarno režira predstavu, zar ne?“

Trgla sam se i ništa nisam rekla pretpostavljajući da je to rekla iz ljubomore prema bliskosti momaka, ali je ipak bila u pravu. Ernest je zaista režirao predstavu i, češće nego povremeno, režirao i mene, a to nije bilo slučajno. I on i ja smo odrasli u domaćinstvima gde su žene vladale gvozdenom pesnicom i pretvarale muževe i decu u pihtije. Znala sam da nikad neću biti takva, ni po koju cenu. Odabrala sam sama ulogu Ernestove podrške, ali u poslednje vreme svet se malo izmestio i moji izbori su se poljuljali. Kad se Ernest nedavno osvrnuo, video je drugačiji život i ono što je video dopalo mu se. Bogataši su imali lepše dane i slobodnije noći. Sa sobom su nosili sunce i pokretali plimu. Polin je bila novi uzor žene, pa što da je ne uzme? Zašto ne bi mogao da pruži ruku i ima sve što poželi? Zar se ne radi tako?

Sa svoje strane, osećala sam se potpuno zaglibljeno i na drugom kraju zavere. Ovo nije bio moj svet. Ovo nije bila moja vrsta ljudi, a oni su sve više privlačili Ernesta kako je koji dan promicao. Šta sam mogla da uradim ili kažem? Na kraju bi mogao da se odljubi od Polin i da mi se opet sasvim vrati – to je još bilo moguće – no ničim ja nisam upravljala. Kad bih mu postavila ultimatum i rekla kako ona ne može da ostane, izgubila bih ga. Kad bih postala histerična i napravila scenu u javnosti, to bi mu samo dalo izgovor da me ostavi. Preostala mi je jedino ta grozna paraliza, ta igra čekanja, ta igra koja slama srce.

ČETRDESETO POGLAVLJE

Nije znao da je ljubav u stanju da čas bude vrt, čas rat. Sad je bio u ratu, odanost mu je iskušavana na svakom koraku. I kako se dogodilo, bol i vrtoglava sreća nove zaljubljenosti prošla je mimo njega dok još nije ni bio siguran da je ima. Sad su mu ostale laži i kompromisi. Lagao je sve, počevši od sebe, zato što je rat i radiš sve što moraš da uradiš kako bi ostao uspravan. No gubio je vlast, ako ju je ikad i imao. Laži su se zgušnjavale i postajale sve teže. A kako je katkad bilo više bola nego što je mogao čestito da podnese, imao je crnu svesku ukoričenu krutim platnom, s debelim kremastim finim papirom, u koju je beležio načine kakve je smišljao da se ubije ako do toga ikad dođe.

Možeš pustiti gas i čekati sporu maglu i plavičast, prigušen polusan. Možeš preseći vene, britve su uvek pri ruci, a ima i drugih delova tela koji su čak i brži, vrat pod uhom, unutrašnjost butine. Viđao je noževe u trbuhu i to nije za njega. Podsećalo ga je na rasporene konje u Španiji, njihove ispuštene iznutrice u ljubičastom kalemu. Onda ne to, ne sve dok ima drugih rešenja. Postoji mogućnost skoka s prozora nebodera. Razmišljao je o tome u Njujorku kad je bio pijan i srećan posle sastanka s Maksom Perkinsom i kad je video zgradu Vulvort. Čak i srećan je o tome razmišljao. Postoji mogućnost duboke morske pučine, s ivice prekookeanskog broda usred noći, samo sa zvezdama kao očevicima. No to je strašno romantično i moraš unapred udesiti vožnju prekookeanskim brodom. Kad nameravaš to da uradiš, ne možeš nikud da doplivaš. Možeš da zaroniš duboko i ostaneš tamo, sasvim duboko i pustiš da ti vazduh iscuri iz tela pa prosto ostaneš, pa ako te neko hoće tamo, može da doroni i nađe te. No čim je čačnuo tu temu, znao je da bi to uradio samo vatrenim oružjem.

Prvi put je ozbiljno razmotrio vatreno oružje i pomislio da povuče okidač kad je imao osamnaest godina i bio ranjen u Fosalti. Osetio je munju čistog bola kako ga udara, više bola nego što je mislio da je moguće. Izgubio je svest, a kad se povratio noge su mu bile kaša i nisu bile njegove. Nije ni glava, ali je ležao na nosilima i čekao da ga bolničari odnesu, okružen mrtvima i umirućima. Nad njim se nebo belelo razmrskano svetlošću i vrelinom. Krici. Krv na sve strane. Ležao je tamo dva sata i svaki put kad bi čuo granatiranje, nije mogao da se uzdrži da se ne moli. Čak nije znao odakle su dolazile te reči jer se nikad nije molio.

Bio je natopljen krvlju, otvoren prema nebu, a nebo otvoreno prema smrti. Odjednom je spazio oružje, oficirski pištolj vrlo blizu svog stopala. Kad bi samo mogao da ga dohvati. Svi su umirali i to je bilo mnogo normalnije i prirodnije nego ovaj bol. I ova gnusna otvorenost. Snagom volje je pružio ruku k pištolju. Pružio ju je ponovo i nije uspeo. A onda su se pojavili bolničari i odneli ga živog.

Oduvek je sebe smatrao za hrabrog, no te noći s granatiranjem nije imao prilike da utvrdi. Ni sad nije bio ništa bliži saznanju. Prošle jeseni se zarekao da će to učiniti ako se do Božića ne razreši situacija s Fajf; ona se nije razrešila a on to još nije uradio. Tad je sebi govorio kako je to zato što je previše voli, a i Hedli, pa ne može izazvati tugu obema – no ionako su svi mnogo patili.

Sad je već leto i situacija je sve nemogućija. Nije mogao da zamisli da živi bez Hedli i nije želeo to, ali Fajf mu se sve čvršće uvijala oko srca. Sve vreme je pominjala reč „brak" i što je najlepše, to je mislila ozbiljno.

Želeo ih je obe, ali nije mogao da ima sve i ljubav mu sad nije bila od pomoći. Ništa mu nije od pomoći osim hrabrosti, a i šta je ona uopšte? Je li to pružanje ruke do pištolja ili sedenje s bolom, drhtavicom i strašnim strahom? Nije bio siguran, ali od tog prvog pištolja već se mašao za mnoge. Kad dođe čas, znao je da će biti puška i da će prosto povući okidač bosim nožnim prstom. Nije želeo to da uradi, ali ako sve postane tako loše – ako bude zaista loše, onda je samoubistvo uvek dozvoljeno. Mora biti.

ČETRDESET PRVO POGLAVLJE

Duž uvale Žuan beli put je presecao liticu. Tu ste mogli da vozite bicikl sedam, petnaest ili dvadeset i nešto kilometara i gledate u blistave brodove u pristaništima, stenovite plaže, šljunkovite plaže, a ovde-onde i potez nemoguće mekog peska. Kupači su dremali pod veselim crveno-belim prugastim suncobranima i izgledali kao na nekakvoj slici. Sve je tako izgledalo, ribari s tamnim kapama što bacaju mreže, kameni bedemi koji štite Antibe od nevremena, crveni krovovi selâ šćućurenih jedno iznad drugog u terasastim grupicama.

Polin i ja smo često zajedno vozile bicikl posle doručka dok je Ernest radio. Nisam ja to smislila, ali ipak smo bili u tom raju i morala sam nešto da radim. Najam vile Pakita isticao je početkom juna pa smo iznajmili dve sobe u hotelu *Pined* u Žuan le Penu. Bambi i Mari Kokot su bili blizu, u kućici okruženoj borovima. Lečenje velikog kašlja je konačno proradilo pa se on iz dana u dan osećao bolje. Vratila mu se boja i dobro je spavao, te je gotovo sasvim nestalo i naše brige zbog njega. Okončao se i karantin, ali mi smo se držali po strani, barem danju, stvorivši vlastito ostrvo, dok su niz plažu samo nekoliko kilometara u vili Amerika Marfijevi, Ficdžeraldovi i Maklišovi terali kao i pre, pili šeri s keksom tačno u pola jedanaest pa tavel s kavijarom na parčićima prepřženog hleba u pola dva i igrali bridž na prekrasnom plavo-zelenom mozaiku stola koji je postavljen na plažu za ovu svrhu. Slika na mozaiku predstavljala je morsku sirenu raspuštene kose. Sedela je na steni i zurila u daljinu. U vili Amerika svi su obožavali tu sirenu jer je ličila na simbol nečega. Voleli su je kao što su voleli svoj šeri i parčiće prepřženog hleba i svaki trenutak svakog obreda koji se oko njih odvijao kao opruge sata.

U hotelu *Pined* mi smo održavali naše obrede. Kasno smo doručkovali pa je onda Ernest odlazio da radi u sobicu s prilazom s terase, dok smo Polin i ja vozile bicikl ili plivale i sunčale se s Bambijem na našoj plažici. Posle ručka smo se odmarali, pa kupali i oblačili za koktel bilo u vili Amerika, u nekom od terasastih vrtova, bilo u kazinu u varoši, a niko pred nama nije pokazao ni najmanje iščuđavanje nit je išta rekao o tome da je to neukusno jer je takav bio ugovor.

Ko god bi nas pogledao s bilo koje strane, poverovao bi da smo Polin i ja prijateljice. Možda je i sama verovala u to. Nikad nisam saznala. Svakako se veoma trudila da uvek bude vesela i izmišljala nam je zadatke da iz sela donesemo sveže ubrane smokve ili najbolje usoljene sardine.

„Samo probaj ove masline“, rekla bi ona ili već nešto drugo – jaku kafu, pecivo ili lep džem. „Božanstven je.“

Mora da sam je hiljadu puta tog leta čula da kaže: „Božanstven je“, pa sam poželela da vrištim. Samo nisam vrištala, a zbog toga mi je posle bilo žao.

U hotelu smo imali dve sobe, svaku s po bračnim krevetom, teškom komodom i žaluzinama na prozoru koji su gledali na obalu. Ernest i ja smo bili u jednoj, Polin se držala odvojeno u drugoj – bar u početku. Nedelju ili deset dana, kad god bismo se Polin i ja vratile s vožnje biciklom ili plivanja, ona bi se izvinila da ide da se presvuče za ručak, ali onda je išla u Ernestov atelje prolazeći kroz hotel do drugog ulaza, koji je bio neobeležen, neupadljiv kao ostava za metle. Verovatno su imali neko tajno kucanje. Zamišljala sam i to i mnogo drugog, mada mi je od toga bilo muka. Kad bi oko sat kasnije došla na ručak, uvek bi bila tek istuširana i besprekorno odevena. Sela bi, nasmešila se i počela preterano da hvali ručak ili dan. Sve je bilo tako umereno i neupadljivo da sam se pitala uživa li ona donekle u igranju te uloge, kao da joj se u glavi odvija film u kojem je ona velika glumica koja nijednom nije zamucala u tekstu.

Ja nisam bila ni izbliza tako mudra. Sve češće sam ostajala bez reči, a nisam želela ni da slušam priče drugih ljudi. Njihovi razgovori su mi se činili lažni i prazni. Više sam volela da gledam u more koje ništa ne govori i s kojim se nikad ne osećaš sam. S bicikla sam posmatrala brodove kako plove po plavim talasima ili se zagledala u neki zeleni žbun koji s velikom upornošću raste iz bedema. Nekako ostaje ukorenjen bez obzira na to koliko ga vetrovi i talasi napadali, nepomičan kao tamna mahovina na stenama pod njim.

Jednog jutra posle nevremena koje je tutnjalo satima prethodne noći, Polin se upela da pokaže svaki znak razaranja – prevrnute čamčiće i oborena stabla bora, zamršene suncobrane na plaži. Trudila sam se da izbegnem njeno ćeretanje tako što sam okretala pedale sve brže dok nisam čula samo hujanje zaleta, predenje mojih točkova na putu. No ona se nije dala odbaciti.

„Pokušavam da nagovorim Drama da na jesen odemo u Sjedinjene Države. Znaš da moji roditelji imaju zemlju u Arkanzasu. Tamo je život tako jeftin da ćete uštedeti čitavo bogatstvo.“

Kako sam mrzela što tako opušteno koristi njegove nadimke. To je bio naš jezik. Naš ples. „Ne troši reči“, rekla sam joj. „On bi pre isekao ruku nego se vratio kući.“

„On zapravo misli da je to dobra zamisao.“

„Arkanzas?"

„Pigot. Naravno, tamo je seoska atmosfera, ali ti voliš selo."

„Ja volim naš život ovde. Šta to pokušavaš da uradiš?"

„Izvini. Samo mislim na vas. Uskoro ćete ostati bez novca u Parizu. On bi trebalo da počne da piše drugi roman i da brine samo o tome. U Pigotu možete priuštiti sebi lepe nove stvari. To ti svakako nešto znači."

„Ne", rekla sam. „Ne znači mi."

Ostatak vožnje sam se borila s nevericom i suzama. Nisam, doduše, želela da to Polin primeti pa sam se držala ispred nje vozeći sve brže i brže. Neke krivine su bile opasne. Da sam, čak i na tren, izgubila ravnotežu, mogla sam da odletim preko kamene ivice na oštre stene pod sobom. Tu i tamo sam krivudala, ali sam držala pravac i osećala nekakvu reckavu euforiju jureći da se suočim s Ernestom. Srce mi je bilo puno adrenalina a mozak mi je ubrzano radio. Šta ću mu reći? Šta će on reći u svoju odbranu?

Kad sam stigla do hotela, bila sam u takvom stanju da sam ostavila bicikl oboren na šljunku i požurila unutra bez daha i pokrivena tankim slojem znoja. Nameravala sam da mu uletim u atelje, ali naravno vrata su bila zaključana.

„Ko je?", upitao je kad sam pokucala.

„Tvoja žena", rekla sam glasa stegnutog od besa.

Kad je otvorio vrata, videla sam da je iznenađen što sam tu. Bilo je Polinino vreme, ili skoro. Verovatno ju je već iščekivao sa sve većom željom.

„Nije ti valjda palo na pamet da bih otišla u Arkanzas", ispljunula sam pre nego što je zatvorio vrata.

„O", izgovorio je. „Hteo sam uskoro da ti kažem. Kad bi staloženo razmislila, uvidela bi da to uopšte nije loša zamisao."

„Živeli bismo s njenim roditeljima?" Nasmejala sam se kreštavo.

„Ne, ona bi za sve nas našla kuću, možda u varoši."

Jedva sam mogla da poverujem u to što čujem. „Hoćeš da svi živimo zajedno."

„To i sad radimo, zar ne?"

„Da, i grozno je. Muka mi je što znam da vodiš ljubav s njom."

„Žao mi je, Tejti. No to je možda zbog novine cele situacije pa ne umemo dobro da je izvedemo."

„Zar zaista misliš da to *može* da se dobro izvede?"

„Ne znam. Ne želim da te izgubim."

„Šta ako se ja s tim ne slažem?"

„Molim te, Tejti", rekao je tiho i bolno. „Samo pokušaj. Ako uspe, pa počnemo svi da se osećamo dobro, otići ćemo u septembru u Pigot. Ako ne uspe, vratićemo se u Pariz."

„Sami?"

„Da", rekao je, mada sam mu u glasu primetila oklevanje ili vrdanje. Ni u šta nije bio siguran.

„Mislim da je to greška. Sve to."

„Možda, ali sad je prekasno da se vratimo. Preostaje nam samo ono što je ispred."

„Da", rekla sam žalosno, pa otišla istim putem kojim sam došla.

Narednih dana sam počela da se pitam je li ovaj Ernestov predlog neka nova zamisao, pokušaj da se nađe nekakav izlaz iz ove gužve u kojoj smo se našli ili je to sve vreme nameravao. Godinama smo bili okruženi trouglovima – slobodoumnim ljubavnicima slobodnog života, spremnim da iskrive svaku konvenciju ne bi li našli nešto dovoljno pogodno, rizično ili oslobađajuće. Nisam znala šta Ernest misli dok posmatra njihove ludorije, no meni su oni izgledali tužno pa čak i izmučeno. Najnovije što smo čuli o Paundu bilo je da mu je ljubavnica Olga Radž rodila kćerku, mada su se složili da je ne odgajaju. U

Paundovom životu nije bilo mesta za dete, a izgleda da ni jedno ni drugo nisu želeli da učine kompromis. Dete su dali seljanki u porodilištu gde se Olga porodila. Ta žena je imala pobačaj i bila je presrećna da ga uzme.

Zabezeknulo me je što iko može tako olako da prepusti dete, ali me je još više iznenadilo kad smo iz drugog pisma saznali da je Šekspir trudna. Dete nije Paundovo; u stvari, ni rečju nije pomenula detetovog oca, samo je rekla kako će ga zadržati. Očigledno mu je vraćala. Eto šta su grozne, nemoralne situacije činile čoveku: terale ga da se ponaša ludo, protiv vlastitog mišljenja, protiv sebe.

Jednog popodneva dok smo Ernest i ja dremali u svojoj sobi, Polin je ušla tiho, bez ijednog šuma. Ja sam sanjala kako sam zatrpana pod tonama peska. Bio je to prizor gušenja, ali začudo nije bio košmar. Pesak je bio topao i mekan i dok me je polako pritiskao, stalno sam mislila: *Ovo je raj. Ovo je raj.* Osećala sam se tako malaksalo i opijeno, da nisam čak ni shvatila da je Polin u sobi dok se nije uvukla pod čaršav s Ernestove strane kreveta. Popodneva su bila vrela, pa smo spavali goli. Znala sam šta se događa, ali nisam želela da se razbudim dovoljno da to i osetim. Nijednom nisam otvorila oči. Telo mi nije bilo sasvim moje. Niko ništa nije rekao niti napravio ikakav šum koji bi me prenuo iz transa. Krevet je pesak, govorila sam sebi. Čaršavi su pesak. Još sanjam.

ČETRDESET DRUGO POGLAVLJE

Ujutro, kad je sunce našlo put kroz letvice žaluzina i palo mi na lice, znala sam da je svanulo, htela ja to ili ne, pa sam otvorila oči. Vetrić je dohvatio lanene bledožute zavese i zanjihao ih. Svetlost je padala u izduženim trakama po tamnom drvetu poda a ja sam zevnula i proteglila se pa sklonila čaršav sa sebe. Naspram kreveta je stajalo dugačko ogledalo u kojem sam videla svoj odraz – bejah onako pocrnela kako samo mogu, jaka i čvrsta od plivanja i vožnje bicikla. Kosa mi je posvetlela na suncu pa je ostao jedva vidljiv trag riđe, a oči su mi bile jasne i blistave i izgledala sam vrlo lepo. Već je to prestalo da me iznenađuje – kako mogu izgledati snažno i zdravo kad zapravo umirem.

U našem hotelu bilo je od svega po tri komada – tri poslužavnika za doručak, tri frotirska bademantila, tri mokra kupaća kostima na žici. Na kamenoj stazi one strane hotela okrenute vetru, stajala su tri bicikla na svojim stalcima. Kad na jedan način pogledate te bicikle, izgledaju vrlo čvrsto, kao kipovi, kad im se popodnevna svetlost odbija o hromirane upravljače – jedan, dva, tri, svi u nizu. Ako ih pogledate na drugi način, vidite kako je svakom nožica za uspravljanje tanka pod velikom težinom rama i kako bi mogli da se sruše kao domine, kao skeleti slonova ili kao sama ljubav. No kad sam to primetila, zadržala sam misao za sebe jer je i to deo nepisanog ugovora. Sve može da se ugrozi i ode dođavola pod površinom samo dok ne pustimo da izbije napolje i ne izgovorimo mu ime, naročito ne u vreme koktela, kad su svi vrlo veseli i trude se iz petnih žila da tako ostanu i pokažu kako život ume da bude savršeno dobar ako imaš sreće, kao što mi imamo. Samo pij svoje piće, pa još jedno, i ništa ne kvari.

Pošto sam se obukla i umila, sišla sam na terasu u baštici gde nas je čekao doručak na stolu. Tri *ouf au jambon* s mnogo maslaca i bibera, tri vrela brioša, tri čaše soka. Ernest je izašao na terasu iz sobe u kojoj je radio.

„Dobro jutro, Tejti. Izgledaš vrlo dobro."

„Da", rekla sam. „A i ti."

Na sebi je imao platneni šorts i crno-beli prugasti ribarski džemper kupljen u Gro di Roa, i bio je bos. Ja sam bila slično obučena, a kad se Polin pojavila na terasi, bila je sveže umivena, tamnu kosu je začešljala unazad od lica i sama je imala prugasti ribarski džemper. Svi smo izgledali isto kad smo poželeli jedno drugom dobro jutro i gladno navalili na doručak, kao da nikad ranije nismo jeli.

Sunce je već pržilo plažu i sve je obasjavalo ujednačeno. Pesak je od njega bio gotovo beo. Voda ga je zaslepljujuće odražavala.

„Danas će biti lepo plivati", rekla je Polin.

„Da", potvrdio je Ernest prelomivši brioš na pola tako da se iz njega lepo izvila para. „A onda ćemo od madam tražiti da nam donese bolinger, vrlo hladan, i sardine s kaparom. To bi ti prijalo, zar ne?", upitao je okrenuvši se prema meni.

„Zvuči savršeno."

Posle doručka sam otišla da kažem madam šta smo hteli za ručak, pa spakovala torbicu za plažu. Pronašla sam cipele pa otišla stazom do kućice gde se Bambi igrao u dvorištu.

„Zdravo, medvediću“, rekla sam i podigla ga da mu gricnem uši. „Čini mi se da si danas viši. Izgledaš vrlo krupno mami.“

Njemu je bilo milo što to čuje, zabacio je ramena i isturio okruglu bradu.

Mari je rekla: „Prošle noći nije ni kašljucnuo, madam.“

„Kako si ti dobar.“ A kad je on ponosno klimnuo glavom, rekla sam: „Hajde, medvediću, idemo da plivamo.“

Na malom polumesecu plaže na drugom kraju staze Ernest i Polin su već rasprostrli ćebad i otvorili suncobrane pa su ležali na pesku kao kornjače, zatvorenih očiju. Sunčali smo se tako poređani dok su se Bambi i Mari igrali u plićaku i u pesku pravili slike od školjaka. Kad je sunce postalo prejako, otišla sam u vodu, koja te uvek prvo preseče hladnoćom, što je lep osećaj. Zaronila sam glavu, pa izronila i otplivala nekoliko stotina metara, tamo gde je vladao mir. Presecala sam vodu i puštala da me talasi izdižu. S vrha talasa videla sam plažu i njih na njoj, onako sitne i savršene, mog muža i dete i ženu koja nam je postala nešto više nego što možemo da podnesemo. Iz daljine su oni izgledali jednako i smireno, a ja nisam mogla da ih čujem niti da ih osetim. Na dnu, kroz talas, videla sam samo nebo, to visoko belo mesto koje kao da se nije mnogo menjalo uprkos našim patnjama.

Kao neki opit, prestala sam da plivam pa sam pustila ruke i noge i čitavu težinu duboko koliko je moglo. Oči sam držala otvorene dok sam tonula i uporno gledala u površinu. Pluća su počela da mi se grče, pa da peku, kao da sam progutala komadić vulkana.

Znala sam da će, ostanem li tamo i pustim da voda uđe u mene, da prodre na sva moja vrata, nešto postati lakše. Neću morati da gledam kako mi život nestaje, zrno po zrno, odvaja se od mene i odlazi Polin.

Vulkančić u meni je pržio, a onda je nešto puklo i shvatila sam da, čak i ako ne želim da živim ovako, ne želim ni da umrem. Zažmurila sam i snažno se odbacila k površini.

Kad sam se vratila na plažu, Polin je ustala i dočekala me. „Hajde da probamo da skačemo u vodu, hoćemo li?"

„Ne verujem da bih bila dobra u tome."

„Ja ću te naučiti. Danas ću biti instruktor skokova, a Hem će gledati i ocenjivati te."

„Molim te, bez toga", rekla sam trudeći se da se smejem.

„Onda prvo malo vežbaj." Okrenula se da me povede uz stazu pored plaže gde se mrko stenje postepeno sve više izdizalo. Bilo je vrlo tamno i ispresecano pukotinama, kao da ga je od gline napravio neki bog pa ga hiljadama godina pekao na suncu. Stenje je peklo pod bosim tabanima pa smo se brzo pele dok nismo stigle na vrh.

Polin je pogledala preko ivice da odmeri talase koji su nailazili i povlačili se četiri i po metra ispod nas. „Kad čuješ šum tad skačeš", rekla je. Zatim se ispravila i vrlo graciozno digla ruke iznad glave i dugog vrata. Pričekala je pa se, pri reckavom šumu talasa, odbacila tankim nogama i skočila, zastavši u vazduhu, pa se strmoglavila sasvim pravo i ispruženo. Voda se zatvorila nad mestom gde je bila i nije ostalo ničeg, tek površina nalik ravnoj koži doboša. Onda je izronila zabacujući kosu unazad i žmirkajući. „Dobro", doviknula je. „Sad ti."

„Izgleda prelako da bi bilo lako", viknula sam i ja, a ona se nasmejala.

Ernest je ušao u vodu pa je plivao na tu stranu, oko venca od stenja do mesta gde je Polin poigravala na vodi i čekala me.

„Hajde da te vidimo", rekao je on mašući rukama napred-nazad.

„Bez ocena i ispravljanja ili neću uopšte to da radim", rekla sam.

„Zar ne želiš da skočiš kako treba?", pitao je Ernest žmirkajući.

„Zapravo neću. Ako uopšte uspem da se ne razbijem o stene, biće sasvim dobro."

„Kako god hoćeš."

Stala sam na ivicu i osetila vrelinu pod prstima pa zatvorila oči.

„Ruke treba da su ti prave, da dodiruju uši", objašnjavala je Polin.

„Bez ispravljanja", rekla sam ne otvarajući oči. Stajala sam tako uspravno pa sam podigla ruke iznad glave. Osluškivala sam šuštanje, ali kad sam ga čula, shvatila sam kako ne mogu da se maknem. Bila sam prikačena tamo.

„Hajde, propustila si", rekao je Ernest.

Nisam mu odgovorila i još nisam otvorila oči; osetila sam savršeno vrtoglav trenutak kad sam ponovo čula šuštanje i osetila da sam deo toga, da se vrtim s tim a i da stojim mirno, da me je more pokupilo i prišilo u sebe i u svemir, ali sam osećala i da sam vrlo, vrlo sama. Otvorila sam oči i videla one dve mokre glave u laganim talasima. Izgledali su razigrano i prirodno kao foke, a ja sam odjednom znala da neću skočiti i da to nema nikakve veze sa strahom ili stidom.

Neću skočiti zato što ne želim da im se pridružim. Osećala sam stenu pod tabanima, glatku i vrelu kad sam se okrenula i polako, nimalo dramatično, sišla.

„Hedli", vikao je Ernest za mnom, ali ja sam išla s plaže, pa putem prema hotelu. Kad sam došla u sobu, tušem sam sprala sav pesak i legla u krevet još mokra, vrlo čista i umorna. Čaršav mi je bio beo uz lice, i krut i mirisao je na so. A kad sam zažmurila, poželela sam da se probudim s osećajem snage i čistote o svemu, kao što sam upravo osećala.

Kad sam se mnogo kasnije probudila, shvatila sam da Ernest uopšte nije dolazio u sobu na popodnevni odmor i da je morao otići u Polininu sobu. Tad je prvi put išao kod nje po danu. Madam i mesje, vlasnici hotela će to saznati, i svi će saznati. Kad jednom sve izbije na svetlost dana, više nikad neće moći da bude kao pre. *U redu*, pomislila sam. *Možda je tako i bolje.*

Upravo tad su se otvorila vrata i ušao je Ernest. Polin je išla odmah za njim, pa su ušli zajedno.

„Vrlo smo se zabrinuli za tebe", rekla je Polin.

„Uopšte nisi ručala. Imaš li temperaturu?", pitao je Ernest. Prišao je i seo pored mene na krevet, a Polin je sela s druge strane, pa su me gledali kao da su mi roditelji. Sve je bilo tako čudno, pa čak i tako smešno da sam se nasmejala.

„Šta je smešno?", pitala je Polin.

„Baš ništa", rekla sam i dalje se smejuljeći.

„Ona baš ume da bude tajanstvena, zar ne?", rekla je Polin Ernestu.

„Ne, obično nije takva", odgovorio je Ernest. „Ali sad jeste. Šta misliš, mačkice? Je li ti dobro?"

„Možda i nije", rekla sam. „Mislim da bi trebalo da se odmaram večeras. Ne smeta vam?"

Polin je izgledala začuđeno i tad sam shvatila da se zaista brine za mene i da joj je iz nekog razloga, možda zbog dobrog katoličkog vaspitanja koje ju je upućivalo na dobrotu u najtežim trenucima, bilo potrebno da meni bude dobro i da joj budem prijateljica i odobrim sve ovo. Da joj odobrim što mi uzima muža.

„Molim vas idite", rekla sam im.

Oni su se pogledali preko mene.

„Zaista. Molim vas."

„Hajde da ti madam donese nešto da pojedeš", rekao je Ernest. „Pozliće ti ako ne jedeš."

„Neka. Baš me briga."

„Ja ću ti doneti. Volela bih", rekla je Polin pa otišla da se dogovori o obroku s madam, onako kako to radi žena.

„Znači sve je preuzela", rekla sam kad su se vrata za njom zatvorila.

„Šta?"

„Sad sve ona može da radi. Sasvim će se lepo brinuti o tebi."

„Nije ti dobro. Samo se odmori."

„Nije mi dobro, u pravu si. Ti me ubijaš, oboje me ubijate."

Spustio je pogled na čaršav. „Ni meni ovo nije lako."

„Znam. Mi smo jedna jadna, pogana trojka. Ako ne budemo pazili, nijedno od nas se neće izvući bez izgubljenih strašno velikih delova."

„I ja sam o tome razmišljao. Šta ti hoćeš? Šta bi pomoglo?"

„Mislim da je prekasno, zar ne?" Pogledala sam na prozor gde je svetlo brzo čilelo. „Bolje što pre kreni jer ćeš propustiti koktele kod Marfijevih."

„Briga me."

„Jeste, a i nju je. Samo idite. Ona će večeras biti žena."

„Mrzim kad pričaš tako. Pomislim da smo sve upropastili."

„I jesmo, Tejti", rekla sam tužno i sklopila oči.

ČETRDESET TREĆE POGLAVLJE

Volela bih da mogu da kažem kako je to bilo poslednje; kako nas je ono što je postalo jasno tog popodneva primoralo da napustimo taj aranžman. Bili smo u samrtnom ropcu, istinski, ali nešto nas je teralo da svi nastavimo još nedeljama, kao što se telo životinje kreće i kad više nema glave.

Sledeće nedelje je počinjao praznik u Pamploni. Rano tog leta smo isplanirali da povedemo Džeralda i Saru Marfi, pa smo nastavili s tim, a Bambi je na nekoliko nedelja otišao u Bretanju s Mari Kokot; kašalj mu je presahao i potpuno nestao.

Te godine smo odseli u hotelu *Kintana*, u sobama preko puta soba toreadora. Svakog popodneva smo sedeli na najboljim mogućim mestima u areni, koja je Džerald platio. Svake večeri smo sedeli za istim stolom u kafeu *Iruna* na tamnim stolicama od pruća i opijali se do utrnuća. Ernest je bio *afacionado* kao i uvek, pa je preuzeo obrazovanje Džeralda i Polin kao što je nekad obrazovao mene, Daf, Bila Smita, Harolda Leba, Majka Stratera i svakog drugog ko je hteo da ga sluša. Džerald je ozbiljno shvatio učenje o koridi. Ernest ga je poveo na borbe amatera pa su obojica sišli u arenu da iskušaju hrabrost s dvogodišnjim bikovima, Ernest ove godine goloruk, a Džerald držeći kišni mantil tako čvrsto da su mu zglobovi na šakama pobeleli. Kad se bik punom brzinom zaleteo u Džeralda, on je uspeo da ga skrene u poslednjem času iskrivivši mantil u stranu.

„Ono je bila savršena veronika, stari moj“, rekao je Ernest Džeraldu kasnije u *Iruni*, ali je Džerald shvatio da nije dovoljno žilav ni jak muškarac da bi odgovarao Ernestu. Nije mu poverovao i nije prihvatio pohvalu.

„Uveravam te da ću sledeći put biti bolji, Papa“, rekao je. „Važno mi je da to uradim zaista dobro.“

Nasmešila sam se Džeraldu preko stola jer sama mesecima ništa nisam uradila zaista dobro ni iskreno. Bila sam tužna do dubine duše, i Ernest je bio, a s druge strane stola Polin je izgledala kao da bi svakog trena mogla da se rasplače. Nijedno od nas nije bilo raspoloženo. Nijedno od nas nije živelo prema sopstvenim merilima.

Posle te haotične nedelje Polin se s Marfijevima ukrcala u voz za Bajonu. Vraćala se u Pariz, na posao. Mi smo otišli za San Sebastijan zato što smo to odavno planirali. No znala sam da se u jednom trenutku planovi više neće ispunjavati. Suština će ispasti iz svakodnevice.

U San Sebastijanu smo došli do izvesnog mira pošto je Polin otišla, ali to je zapravo značilo kako možemo da se svađamo slobodnije i bez smetnji. Ništa novo nismo rekli jedno drugom, ali stari materijal je i dalje palio kad smo ga koristili dovoljno glasno i ružno.

„Ona je kurva“, rekla sam mu. „A ti si sebičan i kukavica.“

„Ti me ne voliš. Ti ništa ne voliš“, rekao je on.

„Mrzim vas oboje.“

„Šta hoćeš od mene?“

„Ništa“, rekla sam. „Volela bih da te nema.“

Sramotili smo se po kafeima i taksijima. Nismo mogli da spavamo ako ne pijemo previše, ali kad bismo prešli granicu s pićem, uopšte nismo mogli da zaspimo pa bismo samo ležali jedno pored drugog, očiju osušenih i pocrvenelih od plača, stisnutih grla.

Polin je nastavila svakodnevno da piše i njen glas mi se činio kao osica u uhu: *Nedostaju mi moji dragoceni mimo razuma. Molim te piši mi, Hedli. Znam da možemo svi da brinemo jedno o drugom i budemo srećni. Jednostavno znam.*

„Ne možemo dalje ovako, zar ne?“, rekao je Ernest podigavši jedno Polinino pismo pa ga opet spustivši. „Misliš li da možemo?“

„Nadam se da ne možemo.“

„Svet je otišao dođavola u svim pravcima.“

„Da“, rekla sam.

„Stvaraš život s nekim i voliš ga i misliš da je to dovoljno. Ali nikad nije dovoljno, zar ne?“

„Ne znam. Više ništa ne znam o ljubavi. Želim samo da neko vreme prestanem da osećam. Možemo li to?“

„Zato postoji viski.“

„Onda je mene izneverio“, rekoh. „Sva sam netaknuta.“

„Hajdemo kući.“

„Da, vreme je da odemo. Ali ne zajedno. To je gotovo.“

„Znam da jeste“, rekao je.

Gledali smo se svako sa svoje strane sobe i sve videli jasno, pa dugo ništa više nismo mogli da kažemo.

Na povratku u Pariz svratili smo da prenoćimo u vili Amerika, ali smo odustali od zavaravanja ostalih, pa i sebe. Uz koktele na plaži saopštili smo Džeraldu i Sari da se razilazimo.

„Nemoguće“, rekao je Džerald.

„Moguće. Tako je“, potvrdio je Ernest i iskapio piće. „Ali nastavi s ovim, hoćeš li?“

Sara me je nežno pogledala – onoliko nežno koliko je njoj moguće – pa ustala da smeša novi šejker martinija.

„Kako ćete to izvesti? Gde ćete živeti?“, raspitivao se Džerald.

„Još to sve nismo smislili“, rekla sam. „Sve je još sveže.“

Džerald se na nekoliko minuta zamišljeno zagledao u more, pa je rekao Ernestu: „Imam atelje, znaš, u Ulici Froadevo. Uzmi ga ako hoćeš. Koliko god ti je potrebno.“

„To je vraški lepo od tebe.“

„Moraš računati na prijatelje, zar ne?“

Kad se Sara vratila, s njom su išli Don Stjuart i njegova lepa nevesta Beatris Ejms. Njih dvoje su provodili medeni mesec u jednom hotelu u varoši.

„Donalde“, rekoh i toplo ga zagrlih, ali on je bio bled i bilo mu je neprijatno, kao i Beatris. Očigledno im je na putu do plaže Sara došapnula našu novost. Nije mogla izabrati lošije vreme.

Doneto je još stolica uz stočić s mozaikom u pesku pa smo svi uporno pili i gledali kako se spušta suton.

„Moram priznati kako sam mislio da ste vas dvoje neuništivi“, rekao je Donald.

„Znam“, složio se Džerald. Okrenuo se k Sari. „Zar ti nisam uvek govorio da su Hemingvejevi stvorili brak kao niko drugi? Da mi se čini kako su prikačeni za nešto uzvišeno?“

„Dobro de“, prekinuo ih je Ernest. „Hajde da stanemo s autopsijom. Već nam je i pored toga zlo.“

„Hajde da čujemo nešto lepo“, rekla sam. „Pričaj nam o venčanju, Done.“

Don je pocrveneo pa pogledao u Beatris. Ona je bila vrlo privlačna, u stilu Gibsonove devojke,* s visokim čelom i crvenim

---

* Na prelasku iz devetnaestog u dvadeseti vek ilustrator Čarls Dejna Gibson stvorio je lik savremene Amerikanke, vitke a ipak zaobljene, visoke devojke s mekom punđom, nezavisne i ravnopravne s muškarcem. (Prim. prev.)

srcastim ustima, no tad je izgubila pribranost. „Mislim da ne bi trebalo da pričamo o tome“, rekla je. „Nije pravo.“

„A to“, reče Ernest. „Navići ćeš se na to.“ Usne su mu bile skupljene i suve, a oči trpeljive. Videla sam da za njega ovo sve ide prebrzo, ali da on igra svoju ulogu, prateći džin i veseli razgovor. Kraj se bližio mesecima, još od Šrunsa, ali kad je sad stigao, nismo znali šta bismo s njim.

Tek sledećeg popodneva, u vozu za Pariz, pogodila nas je puna težina onoga što se događalo. Dan je bio zagušljiv i nemoguće vruć, a voz krcat. Delili smo spavaća kola s jednom Amerikankom koja je nosila složeno ukrašen kavez sa žutim kanarinčićem. I pre nego što smo joj se javili, žena je rasprela priču o tome kako je ptica poklon za njenu kćerku, koja se verila sa švajcarskim inženjerom i trebalo je da se uda za njega dok joj majka nije presekla tu vezu. „Odmah sam videla da moram da ga otpravim“, rekla je žena. „Znate kakvi su Švajcarci.“

„Da, svakako“, rekao je Ernest stežući usne oko reči. Nije znao ništa o tome. „Izvinite me“, rekao je. „Mislim da ću potražiti konduktera.“ Kad se vratio, nosio je bocu konjaka pa smo ga pili iz čaša za vodu u kupeu.

Bili smo već blizu Marselja i kroz prozor mi se sve činilo prašnjavo i belo-sivo – masline, kuće na imanjima i kameni zidovi, brežuljci u daljini. Sve je izgledalo nekako izbeljeno, a ona žena je i dalje pričala o braku i kako se nada da će joj kćerka oprostiti. Popila sam čašu konjaka, pa još jednu i trudila se da uopšte ne čujem ženu. Ptica je lepo cvrkutala, ali sam shvatila da ne želim ni nju da čujem.

Kad je palo veče, ona žena je konačno zažmurila i zahrkala, klimajući velikom glavom na ramenima. Stigli smo u Avinjon, gde je neka kuća gorela u suvom polju. Videli smo kako plamen dramatično suče u sve tamnije nebo i podivljale, uspaničene ovce koje trče tamo-amo iza polegle ograde. Mora da se vatra najavila jer je mnogo nameštaja poređano po polju dovoljno daleko od kuće i muškarci su radili da spasu ono što je moguće. Videla sam ružičastu emajliranu kadu i stolicu za ljuljanje, kolica za bebu s jedne strane – i to je bilo izuzetno žalosno. To je nečiji život, ta gomila nameštaja kao šibice. Nije izgledala spasena, već napuštena – dok je dim kuljao u velikim stubovima.

Kad smo prišli Parizu već je bilo skoro jutro. Ernest i ja smo čitave noći vrlo malo spavali, a i vrlo malo pričali. Zato smo pili i gledali kroz prozor gde znaci razaranja kao da nisu prestajali. Na obodu grada, blizu Šoazi le Roaa, izvrnut teretni vagon se pušio uz šine.

„Zar ćemo zaista uraditi ovo?“, upitala sam Ernesta.

„Ne znam, hoćemo li?“

Upravo tad se ona Amerikanka probudila i glasno proteglila, pa skinula pokrivač s kaveza da probudi kanarinca. Odjednom je bilo jutro i mi smo stigli kući, mada je bilo teško da išta osetimo. Popila sam toliko konjaka da su mi se šake trzale od njega a srce mi tupo lupalo u grudima.

Kad smo stigli na stanicu, Ernest je kroz prozor dodao nosaču naše torbe pa smo izašli na peron. Bio je već skoro septembar i jutarnji vazduh je bio svež i vlažan.

„Ulica Froadevo broj šezdeset devet“, rekao je Ernest taksisti, a meni se presekao dah u grlu. Otići će u Džeraldov atelje, a ne kući sa mnom. Ničem se ne vraća. Zaista je gotovo.

„Zašto jednostavno ne odeš pravo u Polinin stan?“, pitala sam.

„Molim te ne počinji. Već je dovoljno bolno.“

„Šta ti znaš o bolu? Ti ga nanosiš, skote jedan.“

Nisam znala šta govorim. Konjak mi je još gušio krvotok i pokretao misli. Na tren sam znala samo to da ne mogu da ostanem sama. Počela sam da se gušim, a kad se Ernest, zabrinut za mene, primakao, navalila sam na njega dlanom, udarala ga u grudi, rame, vilicu. Svaki udarac je čudno sletao, kao u snu. Činilo mi se da mi je šaka elastična, a isto i njegovo telo. Rasplakala sam se i nisam mogla prestati.

„Oprostite mojoj ženi", rekao je Ernest vozaču na francuskom. „Nije joj dobro."

Kad je taksi konačno stao, Ernest je izašao pa obišao do moje strane i otvorio mi vrata. „Hajde", rekao je. „Potreban ti je san."

Pustila sam ga da me odvede gore kao da sam lutka. U ateljeu je pod bio od hladnog betona, uz jedan jedini sto i dve stolice, nisku sudoperu s bokalom i stalkom. Odveo me je do uskog kreveta i smestio u njega, pa mi do brade navukao crveno vuneno ćebe. Zatim je legao iza mene i obgrlio me, pa uvukao kolena iza mojih i zagrlio me najčvršće što je mogao.

„Budi dobra, mačkice", rekao mi je u vrat. „Molim te sad spavaj."

Ja sam počela da se tresem. „Hajde da ne radimo ovo. Ja ne mogu."

„Možeš. Već je urađeno, ljubavi." Pa me je ljuljao dok smo oboje plakali, a kad sam najzad zaspala, nisam se predala snu koliko me je on nadvladao, kao u bolesti ili smrti.

Probudila sam se satima kasnije, a njega više nije bilo. U glavi mi se ljuljalo od konjaka koji smo pili u vozu, a mučnina na nekom drugom nivou naišla je iz dubine i nekog nepojamnog mesta. Život mi se raspao; kako da se ispravim? Kako da prođem kroz ovo? Podigavši komad ugljena s niskog stola, na papiru iz skicen-bloka napisala sam mu poruku koja je bila mnogo mirnija i pribranija nego što sam se osećala, pa čak i verovala da mogu da se osećam: *Vrlo mi je žao zbog scene u taksiju. Izgubila sam razum, ali ću dati sve od sebe da budem dobra u svemu. Želeću da te vidim, hoću, ali neću te tražiti.*

Otišla sam iz ateljea, zaključala vrata za sobom i krenula u dvorištance po kojem su rasuti gipsani odlivci delova tela – odvaljeni komadi stopala, šaka i torzoa. Bio je to morbidan prizor. Dok smo spavali verovatno je neki vajar ispraznio atelje bacajući sve to kroz prozor. Trudila sam se da mi ta misao ne utiče na tanku odlučnost kad sam ušla u taksi i uputila se do hotela *Bovoar* na Aveniji Observatoar. To je prvo što mi je palo na pamet jer je bilo odmah preko puta kafea *Kloseri de lila* i videla sam ga hiljadu puta i divila se njegovoj jednostavnoj i dobro urađenoj ogradi od kovanog gvožđa i saksijama s geranijumom. Naći ću načina da preživim ovo. Iznajmiću dve sobe, jednu za mene i jednu za Bambija. Mari Kokot će se iduće nedelje vratiti iz Bretanje s njim pa ću joj pisati da ga dovede ovamo. Mogli bismo svakog jutra da doručkujemo u kafeu *Kloseri de lila.* Tu može često da viđa oca i ostale prijatelje, pa će mu sve biti poznato, što je sada važno.

Kako se taksi kretao polako kroz saobraćaj, zatvorila sam oči i pokušala da ne mislim ni na šta osim na *café crèm* koji ću uskoro piti. Gledaću da to traje, pa ću onda uraditi nešto sledeće, šta god to bude. Sve stvari su mi bile u strugari i za njih se treba pobrinuti. Zamoliću Ernesta da on to uradi ili da unajmi nekog, zato što sam znala da ja ne mogu tamo da se vratim. Ne mogu. I nisam. Nisam nikada.

ČETRDESET ČETVRTO POGLAVLJE

Ernest mi je rekao kako reč *raj* potiče od persijske reči koja označava vrt opasan zidom. Tad sam znala da je shvatio kako su obećanja koja smo jedno drugom dali bila za našu sreću. Nisi mogao imati stvarnu slobodu dok ne saznaš gde su zidovi i održavaš ih. Mogli smo da se naslonimo na zidove jer su oni postojali; oni su postojali zato što smo se mi naslanjali na njih. S Polininim dolaskom sve se okrenulo. Više mi ništa nije izgledalo trajno osim onog što je već bilo iza mene, što smo već uradili i proživeli zajedno.

Sve sam to ispričala Donu Stjuartu jedne večeri u kafeu *De mago*. On i Beatris su se vratili u Pariz, pa me je potražio, zabrinut za mene i potresen zbog našeg raskida.

„Znaš, mogla bi da se boriš za njega."

„Prekasno je za to. Polin ga gura da traži razvod."

„Bez obzira na to, šta ćeš raditi kasnije ako sad ništa ne preduzmeš?"

Slegnula sam ramenima i pogledala kroz prozor, gde je neka vrlo lepa žena u *Šanelovom* kostimu čekala nekog ili nešto na uglu. Bila je vitki crni pravougaonik sa šeširićem, i nije nimalo slabašno izgledala. „Ne znam kako bih se zapravo takmičila."

„Zašto bi morala da se takmičiš? Ti si mu žena. On tebi pripada."

„Ljudi pripadaju jedno drugom samo dok oboje u to veruju. On je prestao da veruje."

„Možda je samo strašno zbunjen."

Otpratio me je do hotela i nežno poljubio u obraz, a mene je to podsetilo na ono opasno leto u Pamploni s Daf, Patom i Haroldom, kad je sve prekipelo i postalo ružno. No čak i tad je bilo sićušnih tračaka sreće.

„Oduvek si dobar prema meni, Done", rekla sam. „To pogađa više nego što znaš."

„Ako hoćeš zaboravi sve što sam ti rekao u kafeu. Nije mi namera da ti govorim šta da radiš sa svojim brakom. Dođavola, pa i ja sam se tek oženio. Ipak, mora biti nešto. Neki odgovor."

Pozdravila sam se i polako pošla stepenicama do trećeg sprata, gde je Bambi mirno spavao a Mari slagala njegovu odeću u savršene gomile onim vrlo sigurnim rukama. Poslala sam je kući pa sama dovršila savijanje razmišljajući o tome šta bih još mogla da uradim da nekako promenim Ernesta. I stalno sam se vraćala na to kako bi možda, kad Polin ne bi bila u blizini i kad je on ne bi viđao, mogao da izađe iz te magle i vrati mi se. Još me voli; znala sam to. No pravo prisustvo te devojke bilo je kao zov morske sirene kojem nije mogao da se odupre.

Sledećeg dana, osećajući rešenost za novu odluku, otišla sam u Džeraldov atelje u Ulici Froadevo, prošla ono dvorištance, koje je i dalje bilo posuto gipsanim delovima tela, pa zatekla Ernesta kako ukočen radi za stočićem. Nisam sela. Nisam mogla.

„Hoću da se ti i Polin složite da se ne viđate sto dana."

On je iznenađeno ćutao. Konačno sam mu privukla pažnju.

„Ne zanima me kuda će ona – što se mene tiče može da se ukrca na trajekt za pakao – ali mora da ode. Ne možeš je viđati i ne možeš joj pisati, pa ako se držiš toga i još je voliš posle stotinu dana, daću ti razvod."

„Tako. A kako si došla do te sjajne zamisli?"

„Ne znam. Nešto mi je Don Stjuart rekao."

„Don? Znaš, uvek si mu se sviđala."

„Nisi ni u kakvom položaju da sudiš."

„Da, u redu. Znači sto dana? I onda ćeš mi dati razvod?"

„Ako to i dalje budeš hteo."

„Šta ti hoćeš, Tejti?"

„Da se osećam bolje." Oči su mi bile vlažne i s mukom sam zadržavala nove suze. Pružila sam mu papir gde sam zapisala sporazum i potpisala ga. „Potpiši i ti. Hoću da ovo bude jasno i kako treba."

On ga je svečano uzeo. „Ne pokušavaš da me kazniš, zar ne?"

„Ne znam. Više ništa ne znam."

Odneo je sporazum Polin i rekao joj za zamisao, a za divno čudo, ona je odmah pristala. Pretpostavljam da je zbog snažnog katolicizma u njoj proradio mučenik. Mogla je pomisliti kako je to što tražim tri meseca razuman zahtev odbačene žene, ali je moguće i da je osetila da nije dovoljno patila zbog njihove veze. Razdvajanje će joj u tome pomoći. Napisala mi je kako mi se divi i veruje u moju odluku, a onda je uzela neplaćeni odmor u časopisu i rezervisala kartu za *Penland* do Amerike.

U roku od jedanaest dana otkad sam napisala sporazum, Polin je napustila Pariz, ako ne i scenu.

„Mogu li da joj pišem dok je još na brodu?", pitao me je. „Je li to dozvoljeno?"

„U redu, ali onda sto dana počinju zaista tek kad stigne u Njujork."

„Sad si kao neka kraljica? Određuješ pravila."

„Nisi morao da pristaneš."

„Ne, valjda nisam."

„Ne trudim se da budem gadna", rekla sam mu blago. „Trudim se da spasem svoj život."

Ernest je mrzeo da bude sam i tako je oduvek bilo – ali zbog Polininog odsustva osećao se i više nego sam i vrlo ranjiv. U roku od nekoliko dana pojavio se u mom hotelu u vreme večere. Samo što je završio pisanje za taj dan, pa je u očima imao onaj pogled koji je uvek imao kad bi bio predugo u svojoj glavi i kad mu je bio potreban razgovor.

„Kako ti je išlo pisanje danas, Tejti?", pitala sam ga i pozvala unutra.

„Pomalo nalik na treskanje u granit", rekao je. „Mogu li se nadati piću ovde?"

Ušao je u trpezariju, gde je Bambi jeo hleb i banane. Seo je, a ja sam osetila svakog od nas, čak i Bambija, kako je odahnuo. Samo kad smo za istim stolom.

Iznela sam bocu vina pa smo je popili i podelili jednostavnu večeru.

„*Skribnerov časopis* mi plaća sto pedeset dolara za pripovetku", rekao je.

„To je mnogo novca, zar ne?"

„Bogami jeste. Možda ipak ne bi trebalo da je pročitaš. Radi se o našem povratku vozom iz Antiba, s onom ženom i njenim kanarincem. Tebi neće biti prijatna."

„U redu, neću je čitati", rekla sam pitajući se je li u priču stavio i kuću koja gori u Avinjonu, i urušene i tinjave vagone. „Hoćeš li da okupaš dete?"

Zavrnuo je rukave i izvadio kadicu, pa čučnuo na pod pored nje dok se Bambi igrao i prskao.

„Skoro je prerastao kadicu, zar ne?"

„Za nekoliko nedelja će napuniti tri godine. Treblo bi da priredimo zabavu sa šeširićima i sladoledom od jagode."

„I balonima", rekao je Bambi. „I malim majmunom."

„Ti si mali majmun, Šac",* rekao je Ernest pa ga podigao u veliki peškir.

Kasnije, kad sam ga stavila u krevet i izašla iz njegove sobe zatvorivši vrata, Ernest je i dalje sedeo za stolom.

„Ne želim da pitam mogu li da ostanem", rekao je.

„Onda ne pitaj", odvratila sam. Ugasila sam lampu i prišla stolu pa klekla pred njim. On mi je nežno obavio šakama glavu, a ja sam mu zarila lice u krilo i udisala grubu tkaninu njegovih novih pantalona – onih koje je kupio uz Polininu pomoć, nema sumnje, kako je ne bi sramotio kad paradira njime pred prijateljima s Desne obale. Zarila sam lice i obavila mu prstima listove.

„Hajde", rekao je pokušavši da ustane, ali nije. Pretpostavljam da je to bilo izopačeno, ali želela sam da ga imam tamo, pod mojim uslovima, da ga držim tamo sve dok onaj vreli, mučni osećaj u stomaku ne prođe. On je još moj muž.

Kad sam se probudila sledećeg jutra, on je spavao pored mene a oko nas je bila topla posteljina. Pritisla sam telo uz njegova leđa i milovala mu stomak dlanovima dok se nije dovoljno razbudio pa smo ponovo vodili ljubav. Na izvestan način bilo je kao da se ništa nije promenilo. Tela su nam znala jedno drugo tako dobro da nismo morali da razmišljamo kako ćemo se kretati. Ali kad je bilo gotovo, ležali smo mirno i ja sam osećala strašnu tugu jer sam ga volela kao i uvek. *Mi smo isti čovek*, pomislila sam, ali to nije bilo istina. Oduvek je preterivao da smo u suštini ličili. S godinama smo počeli da izgledamo slično, s kratkom kosom, pocrnelih, zdravih, okruglih lica. No to što smo ličili nije značilo da nismo i sami, svako za sebe.

---

* Nem.: Schatz, dragi. (Prim. prev.)

„Znači li ovo išta?", pitala sam trudeći se da ga ne gledam dok to govorim.

„Sve nešto znači." Nekoliko minuta je ćutao pa rekao: „Znaš, ona se razdire."

„Svi se razdiremo. Jesi li video Šacovo lice sinoć? Bio je tako srećan što si tu. Mora da je zbunjen."

„Svakako smo svi rastrojeni." Uzdahnuo je pa se otkotrljao s kreveta i počeo da oblači. „Znaš, Fajf misli da si vrlo mudra što si uradila sve ovo i što se trudiš da središ ovu gužvu koju smo svi napravili, ali se rastače zbog toga, a i ja."

„Zašto meni govoriš o tome? Šta ja treba da osećam?"

„Ne znam. Ali ako ne mogu tebi da kažem, kome ću reći?"

ČETRDESET PETO POGLAVLJE

Čim je Marfijevima pomenuo razlaz, Džerald je postao predusretljiv. Zbog čega? Iz šešira je izvukao atelje, a i novac. Mogao je da ga povuče iz Marfijeve banke.

„Ovde nije reč samo o braku“, rekao je Džerald kad mu je to ponudio, dok su nasamo pili. „Ne znam šta bih bez Sare, ali ti si drugačiji i zato su i pravila drugačija. Ti možeš zauzeti mesto u istoriji. Već ga zauzimaš. Ime ti je na karti, pa možeš da se okreneš na jednu stranu, a ne na drugu.“

„Šta imaš protiv Hedli?“

„Ništa. Kako bih i imao? Samo ona trči drugom brzinom. Opreznija je.“

„A ja sam valjda koljač. Je l' to misliš?“

„Ne. Samo si odlučniji.“

„Ona me je podržavala u tome.“

„Da, i to je divno radila. Ali sad nailazi sve novo. Treba sad da gledaš unapred. Znam da ti je to jasno.“

Često je smatrao kako mu Džerald preterano laska, ali sad sa suncem iza sebe i toliko toga ispred, osećao je kako je još toliko toga potrebno. Nije znao tačno čega, samo da to podrazumeva sve što ima.

Fajf je bila puna ideja za budućnost. Već je organizovala venčanje i moguće da ga je od početka planirala. Tako se nagodila s Bogom ili svojom savešću.

„Reci mi da me voliš“, kazala je onog prvog puta dok je još bio u njoj.

„Volim te.“ Bila je mišićava i snažna pa mu je bilo zanimljivo da je ima u krevetu, čudno drugačije, s divljinom i čvrstinom nimalo nalik Hedli.

„Više nego što nju voliš? Čak i ako to nije istina, hoću da mi to kažeš.“

„Tebe volim više“, rekao je.

Ona ga je odgurnula dugim čvrstim rukama pa ga zajahala. Ruke je spustila na njegove grudi. Tamnim očima ga je uporno bušila. „Reci da žališ što nisi prvo mene upoznao“, rekla je snažno se trljajući o njega.

„Da“, rekao je.

„Odsad ću ti ja biti žena. Jedina žena.“

Izraz lica joj je bio istovremeno sasvim dalek i divalj, što ga je pomalo nerviralo. Možda je ona morala da izmisli život za sebe u glavi, kako bi inače mogla da živi sa sobom i bude Hedlina prijateljica? U Šrunsu ih je posmatrao jednu uz drugu pred vatrom, kako pričaju i smeju se. Prekrstile bi noge na istu stranu, u jednakim čarapama i papučama. Nisu bile sestre, nisu bile ni nalik jedna drugoj. On je jedino što ih je zaista povezivalo.

Nije spavao dobro i košmari su mu se vratili. Ponekad, usred noćne tišine, razmišljao bi o ženama koje je voleo. Sećao se kako se trudio da ugodi majci, i kako je to bilo grozno. Zvao ju je Fviti i smišljao joj pesme, a kad ga je vodila vozom u Boston, samog, kad je imao deset godina sećao se kako je ponosno sedeo s njom u kolima za ručavanje i jeo salatu od krabe s trozubom srebrnom viljuškom, a oko njega su na sve strane bili mirni beli čaršavi. No nedugo posle povratka kući stigla je nova beba, pa još jedna, pa je on postao prestar da bi ionako toliko žudeo za njom. Polako i namerno je ubio očajanje razmišljajući kako je ona promenljiva i kritična, ispod one nežnosti, i kako joj ne veruje.

Taj trik nije uvek palio. Ponekad bi neka žena stajala tajanstveno i nedostižno, kao Kejt, a katkad bi ti se spustila u samu srž i ostala tamo bez obzira na sve. Hedli je bila najbolja žena koju je upoznao, predobra za njega. Oduvek je to mislio i mislio je i uprkos tome što je izgubila njegovo koferče s rukopisima. Trudio se da nikad ne razmišlja o tom danu. To je nešto najstrašnije što je preživeo. Ranjavanje je jedno. To mu je oštetilo telo i probudilo u njemu strah i užas. I dalje je bilo uz njega, kao onaj šrapnel zariven duboko u tkivo njegovih mišića. Ali njegov rad, to je on. Kad je nestao, osećao se sasvim prazno, kao da bi mogao jednostavno da se povuče i postane vazduh. Bolno mesto i osećanje oko praznine.

I dalje je posle toga voleo Hedli. Nije mogao i nije hteo da prestane da je voli, možda nikad, ali ubila je nešto u njemu. S njom se nekad osećao tako ukotvljeno, čvrsto i bezbedno, ali sad se pitao hoće li ikom više moći da veruje. To je bilo stvarno pitanje a on nije imao odgovor. Ponekad je osećao kao da ima kamen u središtu koji nevidljivo preti svemu. Polin je bila budućnost. Obećao je i prionuće da joj da sve što ima. No ako bi bio iskren prema sebi, znao je da ni njoj ne veruje. Taj deo ljubavi je možda izgubio zauvek.

ČETRDESET ŠESTO POGLAVLJE

Sredinom oktobra Ernest je došao s primerkom knjige *Sunce se ponovo rađa*, koja je upravo objavljena u Sjedinjenim Državama. Napravio je čitavu ceremoniju od odvijanja knjige iz mrkog papira i uzice, pa mi ju je sramežljivo uručio. Odmah na prvoj stranici knjiga je bila posvećena Bambiju i meni. Promenio je to otkad smo se rastali i uvrstio i moje ime.

„O, Tejti. Ovo je zaista lepa knjiga i tako se ponosim."

„Dopada ti se znači posveta?"

„Još kako. Savršena je."

„Dobro je. Hteo sam bar to da učinim za tebe. Napravio sam takvu gužvu od svega i toliko štete, sad, na sve strane."

„Da", rekla sam vrlo dirnuta. „No vidi ovo." Digla sam knjigu. „Vidi šta umeš da uradiš. Ovo si ti stvorio."

„To smo mi. Naš život."

„Ne, to si ti od početka. Mora da si to znao, dok si pisao."

„Možda." Pogledao je knjigu u mojim rukama pa se okrenuo prozoru.

Trudila sam se koliko sam mogla da prekinem stare navike i da se viđam s prijateljima. Ejda Makliš je svraćala da me vodi na večeru i da mi odvrati misli od svega. Gertruda i Alisa su me pozvale na čaj, ali smatrala sam da je to loša zamisao da nastavim to prijateljstvo i izložim se da Ernest pomisli kako biram Gertrudu umesto njega. Odanost je opasna igra i bilo mi je teško da znam kome mogu bezbedno da se okrenem. Kiti je bila rastrzana. Polin joj je prijateljica, ali i ja sam; Ernesta nikad nije volela i nije mu verovala. Došla je u hotel nekoliko puta, ali me je zamolila da ne govorim Ernestu da smo se videle.

„Uhvaćena iza neprijateljskih linija i sve to“, rekla je.

„Kako to da sam ja neprijatelj kad je ona druga žena? To mi se čini vrlo nepravedno, zar ne?“

„Kad smo se Harold i ja rastali, pomislila bi da sam kužna koliko su ljudi marili za mene. Potrebno je vreme. Malo kasnije će se sve vratiti k tebi. Samo diši i izdrži, draga.“

Jednog popodneva mislila sam da Bambi spava, ali on je morao čuti kako plačem za trpezarijskim stolom, glave zagnjurene u ruke. Nisam znala da je ušao dok ga nisam čula kako pita: „O čemu brineš, mama?“

„O, Šac, dobro mi je“, rekla sam brišući oči džemperom.

No nije mi bilo dobro. Bila sam neraspoloženija nego ikad i bilo mi je sve teže da se borim. Skoro je bio novembar i manje od šezdeset dana do punih sto kad sam zamolila Ernesta da pričuva Bambija kako bih mogla da odem i malo razmislim. Složio se da mi da to vreme, a ja sam u poslednji čas pozvala Kiti da krene sa mnom. Odabrala sam Šartr i rekla joj kako bez njenog dobrog društva neću moći da uživam u zamku i divnoj okolini, ali zapravo sam se plašila samoće.

Prijavile smo se u *Gran otel de Frans* neposredno pred zalazak sunca, pa iako je bilo prohladno, Kiti je predložila da se prošetamo oko jezera pre večere. Vazduh je bio oštar i svako drvo kao da je bilo jasno izrezano.

„Mnogo sam razmišljala o svojim svadbenim zavetima", rekla sam Kiti kad smo došle na pola puta. „Obećala sam da ću ga voleti u dobru i u zlu, zar ne?"

„Zlo je svakako stiglo." Namrštila se. „Iskreno, meni je bilo teško da izgovorim zavete. Kako mi se čini, ne možeš zaista reći da ćeš voleti nekog duže nego što ljubav traje. A što se tiče onog dela o poslušnosti, to prosto nisam htela da izgovorim."

„Ni ja taj deo nisam izgovorila, ali začudo ipak sam ga se držala."

„Kad sam upoznala Harolda, i on je već izgubio veru u brak, pa smo sklopili svoj pakt. Bićemo partneri i jednaki sve dok je dobro, ali kad se ljubav završi, i mi ćemo."

„To je ideja vredna divljenja, ali ne mogu da verujem da to može da bude tako civilizovano. Vama dvoma nije bilo."

„Nije", rekla je. „U poslednje vreme se pitam da možda meni nije suđeno da imam ljubav – mislim na dugotrajnu."

„Ni ja nisam sigurna da je meni suđeno da je imam. Pa i da *budem*."

„Možda će ti raskid s Ernestom dati priliku da to otkriješ."

„Možda." Pogledala sam i videla da smo obišle jezero dok smo pričale i da smo se vratile tačno tamo odakle smo krenule.

Posle nedelju dana u Šartru, u glavi je konačno počelo da mi se bistri. Jednog jutra sam poslala Kiti da sama istražuje pa sam napisala:

Najdraži Tejti, volim te više nego ikad, a iako različiti ljudi različito gledaju na svoje bračne zavete, ja smatram da su moji do smrti. Spremna sam da zauvek budem tvoja ako baš moraš da znaš, ali pošto si se ti zaljubio i hoćeš da se oženiš nekom drugom, osećam da nemam izbora no da se uklonim i pustim te da to uradiš. Sto dana je zvanično prošlo. Bila je to grozna ideja koje se sad stidim. Reci Polin šta god hoćeš. Bambija možeš viđati koliko god želiš. On je isto tvoj i voli te i nedostaješ mu. Samo molim te, hajde samo da pišemo o razvodu, da o njemu ne pričamo. Više ne mogu da se svađam s tobom i to proživljavam, a ne mogu ni da te viđam jer me to previše boli. Uvek ćemo biti prijatelji – nežni prijatelji – i ja ću te voleti do svoje smrti, znaš. Zauvek tvoja mačkica.

Mnogo sam plakala kad sam poslala to pismo, ali sam se osećala i lakše. Ostatak prepodneva sam provela zureći u vatru u svojoj sobi, a kad se Kiti vratila iz razgledanja, još sam bila u pidžami i ogrtaču.

„Izgledaš mi drugačije", rekla je i u očima joj je bilo mnogo dobrote. „Jesi li završila s tim?"

„Trudim se. Pomozi mi tako što ćeš otvoriti ovaj izuzetni šato margo."

„Sigurna sam da je i Hem bio ojađen čekajući tvoju odluku", rekla je otvarajući vino. „Mada ne znam otkud mi još i ta mrva saosećanja za njega posle onog prokletog romana. Kako je samo bio okrutan prema Haroldu. Znaš, izgubiće sve prijatelje."

„Mogao bi još kako", rekla sam. „I dalje ne znam zašto je morao da napiše to tako, da gazi po leševima, ali moraš priznati da je knjiga sjajna."

„Moram li? Tebe u njoj uopšte nema. Kako si mu to oprostila?"

„Isto kao uvek."

„Dobro", rekla je pa smo bez reči podigle čaše.

Nekoliko dana kasnije Kiti i ja smo se dovezle u Pariz i tamo sam primila Ernestov odgovor.

Najdraža moja Hedli, ne znam kako da ti zahvalim na onom veoma hrabrom pismu. Brinuo sam za tebe i sve nas zbog ove strašne pat pozicije. Tako smo sve bolno izveli da niko od nas ne zna kako da krene dalje a da ne pričini još nevolje. No ako je razvod neizbežan sledeći korak, mislim da ćemo svi ojačati i osetiti se bolje i da će sve početi da se razbistrava kad ga načinimo.

Zatim mi je napisao kako želi da ja dobijem sva prava za *Sunce* i da je već pisao Maksu Perkinsu i to mu saopštio, pa je završio ovim rečima:

Mislim da si divna majka i da Bambiju ne može biti bolje nego u tvojim nežnim i sposobnim rukama. Ti si sušta dobrota i ispravnost, finoća i iskrenost – i sad to vidim sasvim jasno po onome kako si se držala i slušala svoje srce. Promenila si me više nego što misliš i uvek ćeš biti deo svega što sam ja. To sam iz ovoga naučio. Svako koga ti voliš nikad nije zaista izgubljen.

Ernest

ČETRDESET SEDMO POGLAVLJE

Pariz smo tad zvali veliko dobro mesto, i to je zaista bio. Na kraju, mi smo ga izmislili. Mi smo ga izmislili svojim žudnjama, cigaretama i rumom *Sent Džejms*; mi smo ga stvorili dimom i pametnim i mahnitim razgovorima i čikali smo svakog da kaže da on nije naš. Zajedno smo sve stvorili a onda opet rasturili.

Neki kažu kako je trebalo da se za svoj brak jače ili duže borim nego što jesam, ali na kraju borba za ljubav koje više nema ličila bi na život u ruševinama izgubljenog grada. Nisam mogla to da podnesem pa sam se povukla – a to što sam uopšte uspela, to što sam bila dovoljno snažna i imala noge i srce da to uradim jeste zato što se Ernest pojavio i promenio me. On mi je pomogao da vidim ko sam u stvari i šta mogu da uradim. Sad kad znam šta mogu da podnesem, moraću da podnesem što ga gubim.

U proleće 1927. Bambi i ja smo otplovili za Ameriku na dug lep odmor od Pariza i svega što bi moglo da nas muči tamo. Živeli smo nekoliko meseci u Njujorku, pa seli u spori voz preko zemlje koji nas je na kraju doveo do Karmela u Kaliforniji. Iznajmila sam kuću blizu obale u boriku. Nebo je tamo bilo beskrajno, a čempresi su se krivili na vetru i sunce me je jačalo. Tamo sam saznala da su se Ernest i Polin venčali u skromnom katoličkom obredu u Parizu. Nekako je uspeo da ubedi sveštenika da je katolik, a pošto mu je prvi brak sklopio metodistički sveštenik, taj se i ne računa. Pročitala sam vest jednog neuobičajeno oblačnog majskog dana, dok je Bambi, sad već skoro četvorogodišnjak, lopaticom kopao jarak u pesku. Morska voda mu je prelivala ivicu i rušila peščane zidove još dok ih je gradio. Plakalo mi se dok sam to gledala, pa sam uzela pismo i otišla do vode. Na pučini su talasi bili sivo-beli i horizont je bio beo, sve se pretapalo jedno u drugo. Tamo iza sve te vode, Ernest i Polin su gradili svoj zajednički život. On i ja smo već imali svoje vreme, pa iako je to još bilo tako blizu i stvarno za mene, onako lepo i bolno kao bilo koje mesto na mapi, bilo je uistinu drugo vreme – druga zemlja.

Bambi mi je prišao i naslonio vlažno lice na suknju.

„Da napravimo čamac?“, pitala sam.

On je klimnuo glavom pa sam presavila Ernestovo pismo, savila i izravnala ivice dok mi se nije učinio čvrst. Dala sam ga Bambiju pa smo zajedno pošli u plićak i porinuli čamčić. On je poskakivao, zaranjao, reči na vodi, a kad su ga talasi polako zahvatili, samo malo sam plakala i onda ga više nije bilo.

EPILOG

Posle leta u Karmelu Bambi i ja smo se vratili u Pariz. Njemu je strašno nedostajao otac, a iskreno, ja nisam znala kuda inače da idem.

Posle nekoliko meseci tamo počela sam da se viđam s Polom Maurerom, starim Ernestovim poznanikom i novinarom. Pol je bio urednik *Čikago dejli njuza* i uz to dobar pesnik. On i Ernest su radili zajedno u Lozani, a ja sam ga tad videla nekoliko puta. Nedugo pošto smo se Ernest i ja razveli, naletela sam na Pola u teniskom klubu, pa me je pozvao da izađemo posle meča na pivo u kafe *Observatoar*. Bio je zainteresovan za mene i to mi je blago stavio do znanja, ali meni je trebalo da razmislim. Još je toliko mene pripadalo Ernestu, nisam bila sigurna da bih ikog drugog mogla da zavolim. No Pol je bio neverovatno dobar i strpljiv, i imao je divne mediteranske plave oči. Što sam duže gledala u njih, to sam htela da ih još gledam. Kod Pola nije bilo ničeg komplikovanog. Bio je solidan i stabilan i imao je sve vreme tu divnu mirnoću. Znala sam da će me zauvek voleti i da mi neće nauditi, čak nimalo. Trebalo je samo da se prepustim.

U proleće 1928. Ernest i Polin su napustili Pariz i otišli u Ameriku. Polin je bila u petom mesecu trudnoće pa su se uputili u Pigot, a zatim na Ki Vest, gde je Dos Pasos obećao najbolje pecanje na svetu. Polin će kupiti kuću za njih i sve divno srediti jer je znala kako se to radi – gde se kupuje najbolji nameštaj i kako se na pravi način uokviruju slike i koje prijatelje treba gajiti. Možda će ona brinuti o njemu bolje od mene. A možda i neće.

Na kraju Ernest nije imao sreće u ljubavi kao ja. Dobio je još dva sina, oba s Polinom, a onda je nju ostavio zbog druge. Pa je tu ostavio zbog nove. Sve u svemu imao je četiri žene i mnogo ljubavnica. Nekad mi je bilo bolno da mislim kako oni koji sa zanimanjem prate njegov život o meni misle kao o prvoj ženi, pariskoj ženi. No to je verovatno taština što želi da se istakne u dugom nizu žena. Uistinu, nije bilo važno šta drugi vide. Mi smo znali šta smo imali i šta nam je to značilo, pa iako se oboma toliko toga desilo, ničeg nije bilo kao što su te godine u Parizu, posle rata. Život je bio bolno čist, jednostavan i dobar, i verujem da je Ernest bio tada najbolji. Ja sam dobila najbolje od njega. Oboje smo dobili najbolje od onog drugog.

Pošto je otišao u Ameriku, videla sam ga samo još dva puta u svom dugom životu, ali sam ga posmatrala iz daljine kako je postajao, i to brzo, najvažniji pisac svoje generacije, a i junak svog kova. Videla sam ga na naslovnoj strani *Lajfa* i čula o ratovima koje je hrabro pokrivao i drugim podvizima – prvorazrednom pecanju, lovu na veliku divljač u Africi, piću koje bi bilo dovoljno da balsamuje i dvaput većeg čoveka. Mit koji je stvarao od svog života bio je dovoljno veliki da ga ponese – no ispod svega, znala sam da je izgubljen. Da spava s upaljenim svetlom ili da uopšte ne spava, da se plaši smrti toliko da je traži gde god i kako god ume. Bio je zaista prava enigma – fin i snažan i slab i okrutan. Neprevaziđen prijatelj i pravi skot. Na kraju kod njega nije bilo ničeg istinitijeg od nečeg drugog. Sve je bilo istina.

* * *

Poslednji put smo razgovarali u maju 1961. Pozvao je iznenada oko ručka jednog svežeg popodneva kad smo Pol i ja bili u Arizoni, na odmoru na ranču na koji smo dolazili svakih nekoliko godina radi pecanja i divnog pogleda. Sama sam razgovarala jer je Pol smislio neki posao znajući da mi je to potrebno. Nisam morala da ga zamolim. U braku smo bili trideset pet godina i Pol me je znao bolje od ikoga. Skoro.

„Zdravo, Tejti", rekao je Ernest kad sam digla slušalicu.

„Zdravo, Tejti", rekla sam i ja smešeći se kad sam posle četrdeset godina čula taj nadimak.

„Tvoja kućepaziteljka mi je rekla gde da te nađem. Nadam se da ti ne smeta."

„Ne, srećna sam što si zvao. Srećna sam što si to ti."

Ukratko sam mu ispričala o ranču na kome smo Pol i ja zato što sam znala da će mu se to dopasti. Nije bilo ni moderno ni previše udobno. Bilo je tamnih istrulelih mesta u drvenoj lamperiji od osamdeset godina dobrih vatri i sav nameštaj je bio rashodovan i prost, ali je delovao stvarno kad sediš na njemu. Dani su bili dugi i otvoreni. Noći su bile pune zvezda.

Čitavu večnost već nisam čula ništa od njega, a sad me je pozvao da razgovaramo o novoj knjizi, njegovim memoarima. Hteo je da to budu priče iz našeg vremena u Parizu.

„Sećaš li se kurvi u *bal misette*, i muzike harmonike, dima i smrada?"

Rekla sam mu da se sećam.

„Sećaš li se praznovanja Dana Bastilje kad su muzičari svirali pod našim prozorima po čitavu noć?"

„Svega se sećam."

„Ti si svugde u ovoj knjizi", rekao je i glas mu se produbio. Trudio se iz sve snage da bude veseo, ali znala sam da je bio tužan, neraspoložen i progonjen. „Bilo je to nešto, da pišem o tom vremenu i ponovo ga proživljavam. Reci mi, misliš li da smo hteli previše jedno od drugog?"

„O, ne znam, Tejti. Moguće je."

„Možda je to. Previše smo bili zakačeni jedno za drugo. Voleli smo se previše."

„Možeš li nekog da voliš previše?"

Ćutao je neko vreme, a ja sam čula pucketanje veze, duboko krčanje koje kao da je označavalo svaku onu oštru stvar koja se isprečila između nas. „Ne", rekao je na kraju, a glas mu je bio mek i pribran. „Nije to uopšte. Ja sam to upropastio."

Osetila sam da mi se mišići u vratu grče, ali sam pokušala da ih prenebregnem. Oboje smo to pokušavali. Pričali smo još malo o Parizu, a onda o Bambiju, koji je odavno postao Džek i o njegovoj ženi Pak, pa smo ostali na vezi i kad je sve već rečeno. „Čuvaj mačkicu", rekao je opraštajući se i misleći na mene. Spustila sam slušalicu i sela na kauč i samu sebe iznenadila briznuvši u plač.

Kasnije tog popodneva Pol i ja smo otišli daleko uz izvor i bacili udice kad su insekti krenuli da se jate i svetlost počela da se menja. To nam je bio omiljeni deo dana, to vreme između, i ono nam se uvek činilo da traje duže nego što treba – čarobno mesto ispunjeno lavandom i otrgnuto od sati oko njega, između svetova. Držala sam štap i osećala kako je najlon opušten, a u mislima sam se vratila u Keln s Ernestom i Činkom. Vratila sam se svojoj prvoj ribi i znala da bez te ribe ne bi bilo nijedne druge, niti bi bilo ljubavi bez te prve.

Bila je jedna nedelja u julu kad me je pozvala Ernestova žena Meri i javila da se ubio. Rano se probudio i obukao omiljeni crveni kućni ogrtač pa otišao u predsoblje s voljenom puškom. Stao je u mlaz svetlosti i nagnuo se nad cev pa povukao oba okidača.

Nije mi promakla ironija da se upravo tako ubio moj otac, a i Ernestov 1928, kad je Ernest imao samo dvadeset devet godina. Možda to i nije bila ironija, već najčistija i najtužnija vrsta istorije. Ernestov otac je upotrebio pištolj iz Građanskog rata. Kasnije će njegov brat Lester upotrebiti isti pištolj. Njegova sestra Ursula će popiti pilule. S toliko gubitaka počnete da mislite da je to u krvi, kao da neki mračni magnet privlači tela u tom pravcu – privlači, možda, od početka.

Nisam mogla da se pretvaram da me je iznenadila Ernestova smrt. Iz različitih izvora sam saznala za sanatorijum u Ročesteru i grozne tretmane elektrošokom. Smrt je uvek bila uz njega, nekad samo jedva prevagnuta.

„Mogu li da ti donesem nešto?“, pitao je Pol malo kasnije kad se odmakao od mene i stavio mi ruke na ramena.

„Ne“, rekla sam mu, a rođeni glas mi je zazvučao čudno i odvojeno u toj sobi. Tejti je umro. Ništa ne može Pol da uradi, jedino da me pusti – da se vratim u Pariz i Pamplonu, u San Sebastijan i Čikago kad sam bila Hedli Ričardson, devojka koja je izašla iz voza i uskoro će upoznati muškarca koji će joj promeniti život. Toj devojci, toj neverovatno srećnoj devojci ništa nije bilo potrebno.

IZJAVE ZAHVALNOSTI

Prvo i pre svega treba da zahvalim svom agentu Džuli Bejrer, koja se predala ovom projektu tako očigledno (i tako presudno) od prve reči. Savršeno sjajna Suzana Porter bila je od vitalnog značaja da ova knjiga dobije svoj konačan oblik kao što je, ništa manje, moj urednik iz snova. Duboko sam zahvalna na pomoći mnogima i saradnji s njima u kućama *Ballantine Books* i *Random House*, među kojima su Libi Mekgvajer, Kim Houvi, Tereza Zoro, Liza Barns, Kristin Fasler, Kvin Rodžers, Debora Fouli, Stiv Mesina, Džilijan Kvint i Sofi Epstajn. Vilijam Bogers iz *Barer Literary* pribrano je odgovarao na svaki telefonski poziv i bio nezamenjiv u čitavom poslu. Mnogo zahvaljujem Ursuli Dojl, Viktoriji Pepe i *Viragu*, Kristen Kohrejn i *Doubleday Canadi*, kao i Kaspijanu Denisu iz agencije *Abner Stein* i Niki Kenedi, Semu Idenborouu i svima u *ILA*.

Naročito zahvaljujem prijateljima i prvim čitaocima Glori Simons, Lori Kini, Brajanu Grou, En Ursu, Alis D'Alesio, Sari Mačado i Džonu Sardžentu, Polu Koksu i Kirsten Dokter, Pam i Dagu O'Hari, Toni Ratner i *Cedar Hill Walking Clubu*, Vilijamu Džosonu, Beki Gejlord, Heder Grini, Ejmi Vajnfurtner, Margaret Koen i Patriši Kao, Suzani Hejgan i Karen Rozenberg. Takođe i Karen Long iz klivlendskog *Plain Dealer*, Džudit Mansur iz

LIT-a, Džimu Harmsu i Žaklin Žan iz *MFA Program in Poetry* na Koledžu Nova Engleska i mnogim dragim kolegama i studentima u proteklim godinama.

Svojoj porodici dugujem mnogo zbog beskrajnog strpljenja i hrabrenja – Gregu D'Alesiju, Konoru, Fioni i Beketu, D'Alesijevima sa svih strana, Džuli Hejvord, Riti Hinken i konačno svojim divnim nepokolebljivim sestrama Terezi Reler i Peni Penington. Svima mnogo zahvaljujem i mnogo ih volim.

BELEŠKA O IZVORIMA

Iako se istinske ličnosti Hedli Ričardson, Ernest Hemingvej i drugi pojavljuju u ovoj knjizi kao izmišljeni junaci, važno mi je bilo da im prikažem pojedinosti iz života koliko je moguće tačnije i da pratim sasvim dobro dokumentovane istorijske spise. Dramatičnu i potresnu istinitu priču o braku Hemingvejevih prelepo je izneo sam Ernest Hemingvej u *Pokretnom prazniku* te mi je namera bila da zaronim dublje u emocionalni život ličnosti i izvedem novi prikaz istorijskih događaja čvrsto se držeći činjenica. Usput sam veoma zahvalna za više izvora, među kojima su *Hadley: The First Mrs. Hemingway* Alise Hant Sokolov, *Hadley* Đoje Diliberto, *The Hemingway Women* Bernise Kert, *Ernest Hemingway: A Life Story* i *Ernest Hemingway: Selected Letters 1917-1961* Karlosa Bejkera, *Hemingway: The Paris Years* i *Hemingway: American Homecoming* Majkla Rejnoldsa i *The True Gen* Denisa Brajana. Izuzetno značajne za moje razumevanje Pariza iz dvadesetih godina prošlog veka i ostalih pojedinosti o tom mestu i vremenu bile su *The Crazy Years* Vilijama Vajsera, *Paris Was Yesterday* Dženet Flaner, *Living Well Is the Best Revenge* Kalvina Tomkinsa, *Zelda* Nensi Milford, *The Great War and Modern Memory* Pola Fasela i *Selected Writings of Gertrude Stein*. Suzan Rajn i Sem Smolidž iz Hemingvejeve zbirke u Biblioteci *Džon F. Kenedi* u Bostonu bili su od velike pomoći dok sam se probijala kroz njihov bogati materijal u koji ulaze i prepiska između Hedli Ričardson i Ernesta Hemingveja i Hemingvejevi rukopisi. Osim toga, zadužili su me i mnogi radovi Ernesta Hemingveja pored *Pokretnog praznika*, najviše knjige *U naše vreme, Sunce se ponovo rađa, Rajski vrt, Smrt po podne* i *Sabrane kratke pripovetke.*

BELEŠKA O PISCU

Pola Meklejn je postala master na odseku poezije Univerziteta u Mičigenu i bila je član umetničkih kolonija *Yaddo*, *Makdauel* i Nacionalnog fonda za umetnosti. Pisac je dve zbirke poezije, memoarske proze *Like Family: Growing Up in Other People's Houses* i romana *A Ticket to Ride*. Živi s porodicom u Klivlendu.

Pola Meklejn
PARISKA ŽENA

Za izdavača
Dejan Papić

Slog i prelom
Igor Škrbić

Lektura i korektura
Silvana Novaković

Štampa i povez
Colorgrafx, Beograd

Izdavač
Laguna, Beograd
Resavska 33
Klub čitalaca: 011/3341-711
www.laguna.rs
e-mail: info@laguna.rs

CIP – Каталогизација у публикацији
Народна библиотека Србије, Београд

МАКЛЕЈН, Пола, 1965–
Pariska žena / Pola Meklejn ; prevela Milica Cvetković. – Beograd : Laguna, 2011 (Beograd : Colorgrafx). – 373 str. ; 20 cm

Prevod dela: The Paris Wife / Paula McLain. – Beleška o piscu: str. 373. – Beleška o izvorima: str. 371–372.

ISBN 978-86-521-0849-7

821.111(73)-31

COBISS.SR-ID 186392844